長浜 功
Nagahama Isao

石川啄木という生き方

Ishikawa Takuboku

二十六歳と二ヶ月の生涯

社会評論社

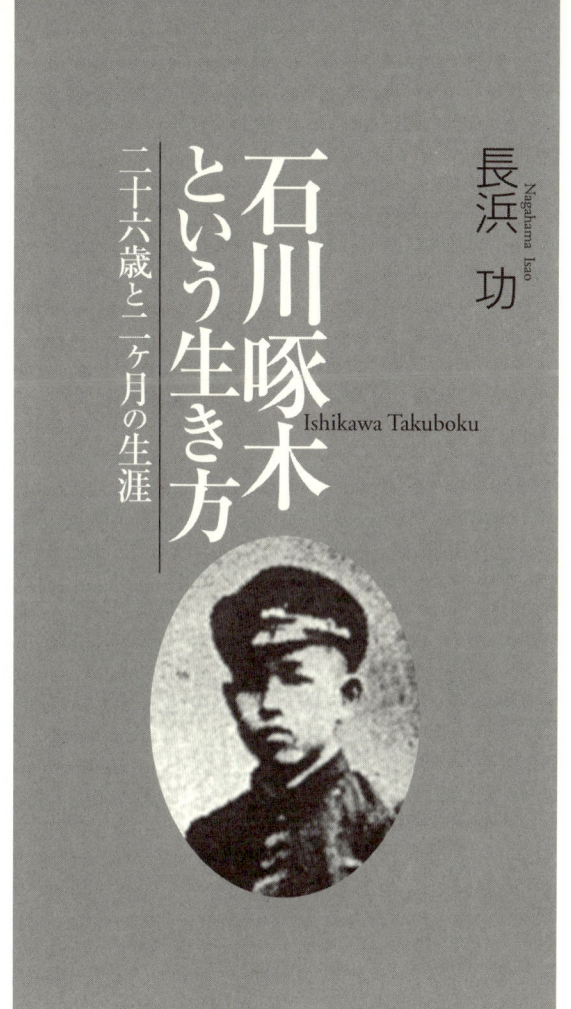

はじめに

最初に断っておきたいことは本書は石川啄木に関する「人物論」だということだ。文芸論や作家論は専門家に任せて、本書は専ら石川啄木という夭折の人物像を追ったものである。

石川啄木が二十六歳と二ヶ月という若さで亡くなってからまもなく百年になる。数多い啄木研究の成果によってあらゆる角度から研究し尽くされて余人が入り込む隙がないのかも知れない。しかも啄木ほど評伝の多い人物も珍しい。どんなに有名でも伝記というのは、ある個人について書かれるのは多くて二、三冊である。ところが啄木について言えば大正時代から今日まで何十冊もの評伝があり、ともかく文学界では傑出した人物であることは言うを待たない。

そういう立錐の余地もない世界に、なんでまた一介の素人ごときが入り込もうとするか、と尋ねられれば尻込みするしかないが、やや大胆に言えば少し新しい視点で見直したかったから、ということに尽きる。一つの資料でも見方や角度を変えれば解釈はかなり異なったものとなってくる。

例えば啄木の日記や書簡は有名で、啄木の人生を伺う重要な役割を果たしてくれる。しかし、この日記や書簡も啄木の言い分を鵜呑みにすると火傷を負うことになる。さらに、これまでの啄木評価が〝大先生〟といわれる〝大物〟や〝小物〟の言い分を鵜呑みにして歪んだ啄木像を増幅させていることもあって、一度、別の角度から啄木像の洗い直しを試みたかった、ということもある。

基本的には資料を中心に極力事実に即した分析を試みたが、なかには事実と事実の間隙を埋めなければならない場面は避けられず、その場合には私の視点つまり解釈を導入した。また、文体に弾力性をもたせる為に資料を直接引用せず、これを間接的に表現するという試みを加えたところもある。これまではそうした手法は極力排し客観的記述に留まるよう終始してきたが、それでは啄木の人間性を捉えることには限界があり、むしろこの壁を取り払った方が啄木像により近づけるという判断に立ってのことである。

だから本書は小説とドキュメントの間に位置するものと考えて頂いていい。ただ、姿勢としては極力、客観的な記述にする心がけを終始忘れないようにしたことは付け加えておきたい。

多くの日本人に夢や希望を与える歌を遺してくれた若き歌人、石川啄木の人間的生き方を改めて見つめ直す契機になってくれればと願っている。

二〇〇九年七月一日

長浜　功

石川啄木という生き方——目次

【凡　例】

①「啄木」は正しくは「啄木」ですが、本書では「啄木」と表記しました。

②啄木自身の表記は基本的に原文のまま採りました。ただし、「しみ〴〵」は「しみじみ」、「とう〳〵」は「とうとう」と表記しました。

③啄木による難読漢字には筆者の判断で〈カタカナ〉でルビをつけました。例「贏《〈アマリ〉》得る」「怎《〈ド〉》う」「啣《〈カン〉》」等。

④（＊・・・・）は筆者の注釈です。

⑤『全集』は『石川啄木全集』筑摩書房版　一九八二年版です。

⑥なお、引用した啄木の歌には一部に重複がありますが、誤截ではありません。

序　夭折の章

ただ一人《ひとり》の
をとこの子《こ》なる我《われ》はかく育《そだ》てり。
父母《ふぼ》もかなしかるらむ。

結　婚●啄木が同年齢の堀合節子と結婚したのは1905（明治38）年19歳。結婚は早かったがその期間は僅か7年という短いものだった。

1　誕生年

啄木が亡くなってもう百年近くになる。これまで啄木についてはは多くの真摯で熱心な研究者や愛好家たちによって膨大な資料文献が蓄積され、またそれと同時に多くの評伝や小説も相次いで、啄木について新たに語る立錐の余地もないような観がある。

しかしながら、残念なことに啄木をめぐる数々の問題が未だに未知というか謎というか明らかになっていないことが数多く残されている。例えば啄木の生誕一つとっても三説があって確定したものとなっていない。このため、石川啄木の亡くなった年齢は二十六歳から、二十七、二十八歳までの三通りが沙汰される結果になっている。さらに年齢の数え方を満年齢とするか数え年とするかという問題もからまっていて、余計に混乱に拍車をかけている。そのうえ出生日までもが説の別れるところとなっている。

今では啄木研究者のうち最も実証的でかつ精緻な研究を行ったとされる岩城之徳《ゆきのり》の「一八八六（明治十九）年二月二〇日」説を支持する声が大勢になっているようである。しかし、この岩城之徳は数え年を採っているので啄木の生涯は二十七歳になっている。現在は満年齢で計算するので岩城説を採ると啄木は二十六歳と二ヶ月の人生だったということになる。

我が国に戸籍法が出来たのは一八七一（明治四）年のことである。これによって日本国民であることを証明するためには役場へ届け出て戸籍を作る事、と同時に出生してくることもまた届け出て戸籍に追加することが定められた。ただ、戸籍法施行の初期には出生届けが正確になされることは少なく一ヶ月や二ヶ月の遅延は当たり前でなかにはもっと遅れたり、親にとって都合のいい日に変えたりすることが普通だった。

啄木もその一人だった。いや、正確に言えば父一禎《いってい》がそうだった。一禎には妻カツ、長女サダ、次女トラがいて、啄木は長男「一《はじめ》」として生れた。届けをしたのは外ならぬ一禎だったが、役場に実際の出生日を届けたかどうかは分からない。当時の風潮から言って一禎が妻カツと計って都合のいい日を語呂の合う二月二十日とした可能性は否定出来ない。

啄木は自分の故郷を渋民村と言っているが、生れたのは渋民村隣の日戸村である。ここには一年ほどしかいなかったので青春期を送った渋谷をわが故郷と思ったのは当然だった。彼の小説『道』（『新小説』明治四十三年第十五巻第四号掲載）には日戸村の周辺を思わせる描写がでてくるが、歌などはつくっていない。

ところで盛岡中学に同期で入学した伊東圭一郎は啄木から次のように言われたことをはっきりと記憶している。「自分は明治十八年生まれで、君と同じ年だが、役場に届け出るのが遅れたので、明治十九年になっている」（伊東圭一郎『人間啄木』岩手日報社　一九五九年）というのである。啄木にはしばしば作り話や嘘をつく癖があったが、日頃の付き合いから、その性格に慣れていた伊東はこの言葉が本当の事を言っていると信じたのだから、素直に受け止めるのが人の道というものだろう。啄木本人がこう言っているのだから、赤の他人が勝手に、いや明治十九年だ、というのは明らかに越権である。しかも出生届けはあくまでも戸籍のための形式的な官僚手続きに過ぎない。本人が確信している事実がより重要なのであって、戸籍上のことは二の次と考えるのが自然であり妥当な選択だ。

ただ実際は啄木が書いた三本の履歴書すなわち①「明治三十九年四月十四日」（渋民小学校代用教員用）②「明治四十年八月三十日」（札幌での新聞社就職用）③「明治四十年九月一日」（札幌での学校・官庁就職用）にはいずれも生年月日を明治十九年二月二十日としている。一旦戸籍に明記された記載を訂正するのは全く不可能だから、やむなくこれを認めたのであろう。

しかし啄木の短かかった生命を考えると一日でも一ヶ月でもその時間を暖めて引き延ばしてやりたいと思うと私は啄木自身が語った「明治十八年」を彼の生年とすることに躊躇《ためら》いを持たない。即ち啄木は満年齢の二十七歳と二ヶ月の生涯だった、と心情的に考えたくもなる。

ただ、実際にこの手法で行くと他の著書、論文などとの照合で表記に混乱が生じてしまう。そこで混乱を避けるため本書では岩城之徳説に従うことにしたい。即ち啄木の生涯は満年令で二十六年と二ヶ月ということになる。

2　いきなりの「晩年」

石川啄木の一生は短かった。啄木がこの世に存在を許された時間はなんと二十六年と二ヶ月ぽっきりであった。こんな短い生涯で人間ができることはなんだろうか。普通であれば、学校を出て、さあこれからが人生のスタートだ、という短い年月の一区切りにしか過ぎない。仕事といえば新入社員、新人レベル、右も左も分からない駆け出し、人生の入り口である。

しかし、啄木はこの限られた時間を見事に使いこなし偉大な足跡を遺した。何が偉大でどのような仕事を遺したのかはさておくとして、啄木の偉大さを証明するのは日本人で啄木の名を知らない人間は一人もいないという事実である。教科書に何度も出てくるから当然だという人もあるが、たいていの人間は辛気くさい教科書に書かれている事などは覚えていないのが普通なのである。だから啄木の国民的人気は学校によって形づくられたものではない。自然に国民の中からわき上がってきたものといって過言ではない。日本人であれば啄木の歌の一つや二つは誰もがそらんじて言えるほどなのだから上滑りの人気とはわけが違う。

　人間がその生涯を通じて遺す足跡は長い時間をかけて達成されるのが普通である。ましてや二十歳前後では満足な仕事など出来るはずもない。スポーツや作曲といった分野では十代で業績を上げることは可能だが、それだとてすべての人間が出来ることではなく、相応の能力が備わっていなくてはならない。

　啄木の目指した文芸の道もまた時間をかけて、ある目標に到達するのが常である。例えば啄木が目標にし、崇拝した国木田独歩《くにきだどっぽ》は三十六歳の生涯を閉じたがそれでも啄木より十年生きた。そして独歩の作品が世間に認められたのは、死の数年前である。また田山花袋《たやまかたい》は『重右衛門の最後』が認められたのは三十一歳の時であった。独歩と花袋と同世代の柳田國男も二人と親交を結んだが、柳田國男は二十代で文学に見切りをつけ、民俗学という学問を興《おこ》す。八十七歳の長寿を全うした柳田國男の学問の多くは六十代以降の研究である。

　広辞苑には「晩年」について「一生のおわりの時期」や「死に近い時期」とあるが、もう一つ「年老いたとき」という定義も含んでいる。啄木は二十代で亡くなったが、それは「老いて」ではなく、最も活力に溢れた時に亡くなったのだから、私にはどうしても啄木に晩年があったとは思えないのである。正確にはそう思いたくないというべきかも知れない。

　というのは多くの啄木研究家は言葉では「思いもかけない夭折」とか「駆け足で駆け抜けた短い一生」あるいは「短かすぎる一生」といいながら、実はその「晩年」に疑問を持たないというか、気にかけないままに啄木を論じているという実態に私などはどうしても疑問を持たないわけにはいかないのだ。いくら天才や神童だからといってその短い一生は「未完」であり、その一生は人生の「一部」でしかない。人生の入り口で生涯を逐えた人物を、あたかも長寿を遂げた人物と同じように論ずるのはあまりにも乱暴だし正しくない。

　だから啄木を論ずる場合は、この短かい時間を考慮し配慮することが絶対的に不可避というべきなのである。ところが多くの啄木論者たちはこうした条件を無視して、一方的に自分達の視点を押しつけている。これではまっとうに啄木という人物を見極めることは不可能だといって過言ではない。

例えば、多くのインテリが好んで論ずる啄木の「思想転向」問題はその好例である。明治から昭和の戦前に至る時代の青年は一度は社会主義思想にかぶれるのが常であった。それは思想の「はしか」ともいうべき現象で、ほとんどの若い労働者や学生がくぐり抜けるトンネルのようなものだったのである。

ところが大の大人たちは目の色を変えて、啄木に「思想的転向」があったか無かったか、口先から泡を飛ばす長い論争を繰り返してきた。これなども啄木が二十代で夭折した基礎的な事実を考慮しない結果からもたらされた問題の一つである。しかも「転向」の定義自体が的を射ていない。明治時代には転向という問題は存在しなかった。転向が問題になったのは戦前のファシズム期になってからで、国家権力が暴力を持って社会主義思想を持つ個人と組織に対しその排除と変更を強制したことを指している。

十代の啄木は国家主義的考えを持っていた。そして次第に社会主義思想に傾いていったことも事実である。しかし二十歳代の青年に確固たる論理と思想を求める事の方がどうかしている。これなどは明らかに啄木の二十六年という人生を考慮に容れずに論ずる落とし穴の一つである。少なくとも啄木へのまなざしには「未成熟」という視点を忘れてはなるまい。秋山清はそうした観点を指摘した数少ない人物である。

詩において、歌において、また早熟な評論において、彼の残したものは傑出しているいないとにかかわりなく、ことごとく青春そのものであった。いいかえれば啄木には成熟というものがなかった。あまりに短い時間を精一杯に使い果たして、しかも明日を望み続けて、まっしぐらに死へと走った。その性急さが、いっそう彼を青春の詩人として際だたせる。だから啄木には成熟したといえるものが、早熟に見えても、なかったのである。彼の仕事はことごとに序の口に立つものばかり。その未完成と未来への期待が啄木の魅力であった。いつの日かの完熟を想わせながら、そうなることなく死へ忙《せ》いたところに、啄木の美しさがあった。（「青春の詩人―性急な死」『短歌現代』短歌新聞社　一九八〇年四月号）

啄木にもう少し時間が与えられていれば歴史、文芸、美術、哲学、教育、ジャーナリズム等々で啄木は自由で斬新な理論を展開し論争し各界に様々な影響を与える仕事を遺したことであろう。啄木を論ずる時にこの視点を欠落して語ることは許されない所以である。即ち啄木はあくまでも未完であり、私たちは未完のままの啄木にしか言及できない悔しさと不条理を抱えているという自覚なしに彼を論ずることはできないという限界をわきまえる必要がある。いかにもしたり顔でとくとくと分かったような態度で啄木を論ずる傾向を苦々しく感じていた読者は少なくなかった筈である。かくいう私もその一人であった。しかし、ようやく自分で念願の啄木に近づける機会が与えられたので、その才にひれ伏すばかりではなく、真摯にかつ謙虚に赤裸々な人間啄木を見つめることにしたいと思うのである。

ともかく啄木は本人が全く気づかぬうちに人生の幕を未完のまま閉じなければならなかった。啄木を思うとき、そして彼を語る時は、この短かすぎた時間を片時も忘れてはなるまい。病を癒《い》えたなら、若者に希望を持たせる雑誌を作りたい、いや故郷に戻って農民新聞を出そう、苦労をかけた家族と一度も出かけたことがない温泉にいってのんびり湯につかりたい、と考えていたことであろう。

ところがいきなり病を得て死と直面しなければならなくなった。啄木自身も予想だにしなかった「晩年」はいきなり彼の目の前に現れたのである。

3　病魔の前兆

ともかくも石川啄木という人間が二十六歳で早死にしたという事実は変わらない。十代で上京して文壇に雄飛を試みて失敗、病を得て渋民に戻った啄木が、あるとき村へ来た祈祷師に運命を占ってもらったところ、次のようなご託宣があった。

曰く、昨年は寧ろ失敗の年であったが、今年の卦は火風鼎の卦で、至極よろしい。希望の実現される年である。就中、旧暦六七月の頃が最もよい星に当って居る。但し成功を急ぐべからず。又、旧暦十月末より十一月初めに当って印書の事に就いて相談あり。若し熟慮せずして行へば、後の不利益となる。云々。（明治三十九年三月二十六日」『渋民日記』）

この時、啄木は二十歳、卦の「至極よろしい」との占い通り徴兵検査の結果が不合格あたりまではよかったが、啄木が全力をあげて編集した文芸雑誌『小天地』（発行は明治三十八年）の印刷費用に拘わる詐欺嫌疑で警察や裁判所に呼出されるやら、父一禎の宝徳寺住職復職が村人の反対にあって苦境に立たされるなど散々だった。ただ、十一月二十九日、盛岡の実家で長女京子が誕生した。つまり、当るも八卦当らぬも八卦だったわけである。

ただ、啄木は「人生一切の不可思議にたいして、抑ゆべからざる強い信仰を持って居る。世界は大なる謎である」といい、「この貧しき売卜者に対してだに、心中一種の畏敬」の念を抱いたと述べている。

また小樽で新聞記者をやっていた一九〇七（明治四十）年、下宿先がたまたま天口堂という姓名判断の看板を掲げていて、あるときここの主人が占ってやるといって鑑定書を作ってくれた。天口堂主人は啄木の生命線を見て次のように判じた。「畢竟《ヒツミヨウ》するところ長寿とはいえずとも少なくとも五十の半ばまでは是無事成ること断言して憚《ハバカ》らず」これに対して啄木は「五十五歳で死ぬとは情けなし」と感想を述べている。（「十月十七日」『明治四十丁未歳日誌』）当時五十五歳といえばそれほど短命といえる年齢ではなかったが、当然のことながら、啄木はもっと長生きするつもりだったことが分かる。まさか二十代半ばで生命の終焉を迎えるとは本人はもとより家族も友人もつゆ思わなかったのである。

幼少のころから重い病気に罹ったこともなく成人した啄木は身長一五六センチ、体重四十八キロ、頑健とまではいかないが、少年期には軍人になることを真剣に考えていたほどだから一人前の健康な体をしていたことは裏付けられる。

小学校を卒業した啄木は岩手県の名門校である盛岡中学に入る。入学したての頃は活発で何事にも積極的で勤勉、成績もよかった。しかし、中学二、三年になると啄木は学校から与えられる学科の知識に飽き足らなくなっていった。此頃の自分の居場所への〝煩悶〟を啄木は次のように回想している。

> 人生を夢想することは、当時の予にあっては即ち直ちに一の煩悶であった。予は一書を読み了る毎に、人生の「美」と「厳粛」とに就いて、必ず何等かの知識を得た。予の好奇心は益々高まる。そして又、予の心中に起こった新事件は、日に日に芽を出して葉をのばして、人生の奇しき色彩と生命の妙なる響きを語った。予の不安は、予をして一瞬時の安逸をも貪らしめなかった。予は其頃、大抵夜は二時三時まで薄暗き燈火の下に、読み、或は沈思した。予は此為め、其後一年許りも薬餌に親まねばならぬ程の不健康の素を作ったのである。
>
> （「林中書」明治三十九年）

ここにいう「心中に起こった新事件」というのは堀合節子との間に芽生えた恋愛を指している。恋と思索の狭間《はざま》に多感な啄木の精神は高揚と煩悶の渦中に投げ出され、とうとう薬の世話になるに到り健康を著しく損なう。啄木にとっての病魔の先触れである。

一九〇二（明治三十五）年、晩秋、啄木は上京し与謝野鉄幹らの「新詩社」に顔を出した。投稿した短歌が初めて『明星』に掲載され、晴れがましい文壇デビューだった。同人たちと交流する傍ら図書館に通って英文の原書に取り組んだ。ある日、いつもの通り図書館で本を読んでいると突然、眩暈が起こった。「急に高度の発熱を覚えたれど忍びて読書す。四時帰りたれど悪寒頭痛堪え難き故六時就寝」（「明治三十五年十一月二十二日」『秋韷笛語』）とあり、これが二度目の発病である。この時、啄木十六歳、いかに天才と言われても慣れない都会での生活は緊張の連続だったであろう。しかも相手は名だたる文壇の名士たちである。神経がすり減る状況があったのは事実だが、この突然の病魔はじわりと啄木の肉体を蝕む前兆だった。

啄木はこの上京中も毎日欠かさず長い克明な日記を付けているが、この発病後一週間は数行のメモを遺すのが精一杯だった。この時、啄木は初めて健康の大切さを痛感する。「予はこの頃健康の衰えんことを恐る」（「十一月二十五日」前出）そしてこの十年後、最後の病魔が啄木を襲う。

一九〇三（明治三十六）年、二月やむなく父一禎に窮状を訴え、驚いた一禎は金策（この金策が啄木にとって人生最大の負荷となる。）をして上京、啄木を宝徳寺に連れて帰った。

意気揚々、前途洋々を期しての上京は惨めな結果になって失意のうちに療養と静養を余儀なくされることになる。「毎日にがい薬をのんで顔をしかめては砂糖こもりを囓《カジ》り囓り日を暮して居る」（小林花郷宛「三月十九日付」）日々が続いた。

ある時、一年後輩で文芸同人「白羊会」の仲間である岡山儀七が見舞にきた。岡山は後に岩手日報社に入り、原稿の売れなかった啄木に投稿の機会を作るなど生涯交友のあった人物である。

ふだんから余り肥へた方でもない彼が、この二、三日の間にまたやせ細って、暗い顔を枕に埋めてゐた。気分はどうだときくと、／「実はあれから食ひすぎて下痢をやった。どうしても、とまらないから、ゆふべ実はゲンノショウコを煎じて飲んだところが、こんどはあんまり利き過ぎて、少しも便が通じなくなった。そのために痔の方が余計痛くなって、寝がへりができない。失敬だけれども、このままで、ごめんをこふむる。」／といふ。いいかげんな手療治をするから、そんなことになるのだ。からだが悪かったら医者に見てもらふことだと私はその頃この方の経験にかけては最も豊富なところから、そろそろ説きすすめて見たが、ガンとしてきき入れない。／「なあにモウこれで、なおってしまったのだ。医者に自分のからだをみてもらふことは、何だか秘密を嗅ぎつけられるような気がしてがまんができない。秘密はそっとして、人に知られないで置くところに意義がある。秘密を無造作に暴露するやうな人間はよくよく浅薄にでき上がった奴だ。」／とだんだん変な気焔をあげはじめた。それから医者なんか役に立たないといふ話。おれが若し、医者の中にないやうな病気にかかったら、いい加減な薬代を払はされるに違ひないといふ議論、それと比べると、草根木皮といっては軽蔑するが、ゲンノショウコなどは霊験あらたかなものだといふ説。それからそれと口をついて出た。／「ただし、ゲンノショウコといふ名前は、何ぼ何でも妙でない。字引をひいて見たら、あれは風露草といふ草だそうな。風露草はいい名だな。」（啄木について思い出す事共」『回想の石川啄木』八木書店　一九六七年）

その啄木が若くして最も嫌いな医者の世話になり、薬代にも事欠く生活を余儀なくされることになるまであと十年を切っていた。

わが病《やまひ》の
その因《よ》るところ深《ふか》く且《か》つ遠《とほ》きを思《おも》ふ。
目をとぢて思《おも》ふ。

そしてこの句は一九一一（明治四十四）年、慢性腹膜炎で入院し手術を受けた間に作られたものである。それは亡くなるおよそ一年前のことであった。

4　夭折

啄木の人生は二十六歳で終わった。人はこの短かった生涯を夭折と評する。夭折とは言うまでもなく若死にのことである。ただ、この言葉には何歳までをそういうのか定義はない。十代未満の死でも、ある場合には五十代でもこの言葉が用いられることがある。現代のように平均寿命が八十代前後という社会では六十代でも若死にとして受け止められてもあながち不当ではない。啄木の生きた明治時代では六十代前後が平均寿命だったから、四十代以前の生涯は明らかに夭折の範疇に入る。

そして人の死には概ね①病死②自殺③事故死などがある。明治から昭和初頭には日清、日露、満州侵略、太平洋戦争があったからそれによる戦死ということも忘れてはなるまい。戦争で真っ先に死んでゆくのが兵士である若者なのだから、この期間はまさしく「夭折の時代」と化していた。

今回はこの「戦死」は割愛して、この期間の文壇における「病死」と「自死」に関わる夭折者を恣意的に挙げてみると次のようになる。

《病死》

◇樋口 一葉（一八七二―一八九六）年・作家『たけくらべ』等 肺病 二十四歳
◇梶井基次郎（一九〇一―一九三二）年・作家『檸檬』等 肺病 三十一歳
◇国木田独歩（一八七一―一九〇八）年・作家『武蔵野』等 肺病 三十六歳
◇中島 敦（一九〇九―一九四二）年・作家『古潭』等 気管支喘息 三十三歳
◇長塚 節（一八七九―一九一五）年・歌人『佐渡ケ島』等 咽頭結核 三十五歳
◇中原 中也（一九〇七―一九三七）年・詩人『山羊の歌』等 結核性脳膜炎 三十歳
◇正岡 子規（一八六七―一九〇二）年・詩人『病床六尺』等 結核 三十五歳
◇宮沢 賢治（一八九六―一九三三）年・作家『風の又三郎』等 肺炎 三十七歳
◇八木 重吉（一八九八―一九二七）年・詩人『貧しき信徒』等 肺結核 二十九歳
◇北村 初雄（一八九七―一九二二）年・詩人『吾歳と春』等 病死（特定不能）二十五歳
◇富永 太郎（一九〇一―一九二五）年・画家、詩人『魂の夜』等 肺結核 二十四歳

《自殺》

◇藤村 操（一八八六―一九〇三）年・学生『巌頭之感』（遺書）華厳の滝へ投身 十七歳
◇北村 透谷（一八六八―一八九四）年・詩人『蓬莱曲』等 自刃 二十五歳
◇芥川竜之介（一八九二―一九二七）年・作家『河童』服毒 三十五歳
◇金子みすず（一九〇三―一九三〇）年・詩人『鯨島』等 服毒 二十六歳
◇太宰 治（一九〇九―一九四八）年・『人間失格』等

心中　三十九歳
◇川上　眉山（一八六九—千九百八）年・作家『うらおもて』等　自刃　三十九歳
◇服部　達（一九二二—一九五六）年・文芸評論『われらにとって美は存在するか』（遺稿集）　服毒　三十四歳

現代は日本国民の三人に一人が癌で亡くなっているというが、この時代は「結核」が猛威を振るっていたのである。啄木一家はことごとくが結核で斃《たお》れている。

第一高等学校の学生藤村操は夏目漱石の英語の授業をとっていて、優秀な藤村操は漱石にちょくちょく質問をした。その態度が時として気に障ったので漱石が注意した間もなくの自殺だったため、一時漱石は責任を感じて悩んだという話が残っている。しかし「打っちゃっておくと厳頭に吟でも書いて華厳滝から飛び込むかも知れない」（『我が輩は猫である』）と、あっさりした一節を書いているところを見ると藤村の死は漱石にとって悩むほどの問題ではなかったらしい。

藤村、芥川、太宰、服部の死因は記載の通りであるが、実際には失恋、不倫という影がつきまとっている。若い故のなせるワザと言ってしまえば簡単だが現実には彼等自身、深い懊悩《おうのう》と葛藤の渦中にいたことは間違いない。

ところでこの数少ないリストのうちにほぼ同時代ということもあるが、啄木とつながる人物が四人いる。樋口一葉、北村透谷、川上眉山と国木田独歩である。このうち樋口一葉については啄木が最初の上京に病を得て渋民に療養生活を送っていたとき与謝野鉄幹から「七日に一葉会を故天才一葉女史の故宅に催したりと。」（「明治三十七年二月九日」『甲辰詩程』）と知らされている。即ち一葉没後八年目のことで、「天才一葉」と記しているから啄木は一葉の作品をいくつかは目にもし、その噂を新詩社に出入りしているときに耳にしていたのであろう。一葉が長生きしていればお互い相まみえる機会があった可能性がある。そうなれば啄木の女性観は違ったものになっていたかも知れない。しかし、この後、一葉に関する記述は見あたらない。

北村透谷の自殺は思想的な行き詰まりとされているが、その引き金を引いたのは失恋であった。「厭世詩家と女性」（『女学雑誌』一八九二年）における「恋愛は人生の秘鑰《ひやく》なり」とする恋愛至上主義観は木下尚江、島崎藤村ら同時代の文壇に影響を与えた。島崎藤村は『桜の実の熟する時』や『春』に苦悩する透谷の姿を描いている。

啄木と透谷の関わりは盛岡中学を退学し、上京する前日、先輩の大井蒼悟が餞《はなむけ》だと言って『透谷全集』（星野閑之輔編、文武堂、明治三十五年）を手渡した。四百ページを超える分厚いもので定価が一円五十銭もするものだった。啄木にとって最高の贈り物だった。透谷の恋愛論や「内部生命論」などの影響を受け神原有明と歓談したおり「明治の真の詩人は、透谷と独歩の二人きりだ」(「七月三日」『明治四十一年日誌』)と語っている。

川上眉山も透谷と同じくナイフによる自刃である。透谷の場合は失恋がらみであったが、眉山は作家としての行き詰まりという切実な背景があった。啄木が彼の死を知って驚愕したのはその状況が自分のそれと酷似していたからであった。

明治四十一年四月、啄木は北海道での流浪の新聞記者生活に見切りをつけて函館に家族を残し単身東京に出立した。「漂泊の一年間、モ一度東京へ行って、自分の文学的運命を極度まで試験せねばならぬといふのが其最後の結論であった」(「四月二十五日」『明治四十一年日誌』)以来、啄木は下宿にこもり必死になって小説を書く。五月に入った一ヶ月の間に「菊池君」「病院の窓」「母」「天鵞絨《ビロード》」「二筋の血」五本およそ三百枚を書き上げる。啄木はこれらの作品がいとも簡単に認められ、相次いで世に出て、新進気鋭の天才作家出現を夢見ていた。十七歳の折り上京して新詩社に迎えられ、若き詩人の令名を賑やかかした経験はその夢の現実になることを全く疑っていなかった。

ところが来る日も来る日もやってくるのはにべもない拒否の返事ばかり。思いあまって森鷗外を訪ねて斡旋を依頼する。啄木の才能を高く評価していた鷗外は出版やら掲載やら知り合いの編集者に頼むが、鷗外であっても打開はむつかしかった。下宿代は滞る、借金は増える一方、函館に置いてきた家族からは矢のような上京を促す催促、さしもの啄木も精神的に疲れ果て電車に飛び込んで死んでしまおうか、懊悩の日々が続く。そこへ舞い込んできたのが川上眉山の自殺のニュースである。

知らず知らず時代に取残されてゆく創作家の末路、それを自覚した幻滅の悲痛!あ、あ、その悲痛と生活の迫害と、その二つが此詩人的であった小説家眉山を殺したのだ。自ら剃刀をとって喉をきる。何といふいたましい事であらう。創作の事にたづさはってゐる人にはよそ事とは思へない。(「六月十七日」『明治四十一年日誌』)

この衝撃は日記に書き置くだけでは済まなかった。経済的・精神的に啄木を支え続けた無二の函館の友人宮崎郁雨に心情を吐露した手紙を書いている。「一昨暁の川上眉山の自殺!君、これは近来の最も深酷な悲劇だ。知らず知らず時代におくれて来て、それを自覚した創作家の末路!その幻滅の悲痛と生活の迫害！人事とは思へぬ。まして露伴や泣菫や鉄幹や宙外はどんな気がしたらう?!」（明治四十一年六月十七日付）

未だ眉山の死の衝撃から抜け出せないでいる啄木に、さらに追い打ちをかけるように悲報が届く。それは眉山の死から一週間後の六月二十三日、啄木が最も尊敬していた国木田独歩が亡くなったという知らせであった。

一人散歩に赤門の前を歩いてると亀田氏に逢って、国木田独歩氏、わがなつかしき病文人が遂に茅ヶ崎で肺に斃れた（昨夜六時）と聞いた。驚いてその儘《ママ》真直に帰った。独歩氏と聞いてすぐ思出すのは〝独歩集〟である。ああ、この薄倖なる真の詩人は、十年の間人に認められなかった。認められて僅かに三年、そして死んだ。明治の創作家中の真の作家—あらゆる意味において真の作家であった独歩氏は遂に死んだのか！（「六月二十四日」『前出』）

啄木は同時代の作家のうちでは藤村、漱石、尚江らよりも独歩を高く評価していた。文学に対する思想性と方向性が最も啄木のそれと近かったせいもあった。「〝独歩集〟を読んだ。ああ〝牛肉と馬鈴薯〟！読んでは目を瞑り、目をつぶっては読み返した。何とも云へず悲しかった。明治の文人で一番予に似た人は独歩だ！死にたいといふ考が湧いた！」（「七月十七日」『前出』）

文壇に生きようと飛び込んだその入り口で啄木はいきなり死と直面する。そして書いた作品はさっぱり売れない。さらに追い打ちをかけるように病魔に襲われる。失意の裡《うち》に故郷渋民に戻り再起をはかるが、それもなかなか思うようにいかない。

5　啄木の生涯

僅か二十六歳という短い生涯を終えた啄木の人気は一向に収まっていない。その秘密はなんであろうか。啄木の人生をいくつかのキーワードで表すとすると「天才」「短歌」「薄倖」「窮乏」「友情」という言葉に集約されるだろう。そしてさらにもう一つ、これが最も大きな要素だと思われるが「ドラマ性」である。彼の生涯はどのような小説でも読むことが出来ないほどの波乱と壮絶な生き様が、それこそ息を呑むような迫真的な場面の連続で示される。

啄木の生涯という舞台は、おそらくどのような名優と有能なシナリオライターそして名監督であっても、到底なし得ないような大仕事を見事に一人でこなし、全ての観客を感動の坩堝《るつぼ》に巻き込んでしまうという離れ業をやってのけた、という比喩がぴったりするかも知れない。実際、啄木は自分は名優で世間をあっといわせる舞台に立ってみたいと友人宛の書簡で語っている。

また、ある人は啄木は友人つくりの天才だ、とも言っている。それもただの友人ではない。啄木の人生そのものを徹底的に支えるという、いわゆる刎頸《ふんけい》の友が次々と現れるのだ。金田一京助、宮崎郁雨、土岐哀果などといった友人が啄木の危機の諸処に現れて救出するのである。いや、もっと正確に言えば啄木が求めもしないのに相手の方から啄木に近づいて来る、といった方がいいかも知れない。

ある著者が巧みにこういう啄木の人間像を簡潔に表現した文章がある。

「啄木は不思議な男で、友人から借金を重ねていながらも、危機に遭遇するとどこからともなく新しい友人が現れてきて力になってくれるのである。石川家で次々に死者が出て来る時期に、歌の仲間土岐哀果が手をのべてくれて実兄が住職をしている寺で葬儀を出している。郷里の新渡戸仙岳、函館の宮崎郁雨、東京の金田一京助、土岐哀果、佐藤北江らがまるでリレーのバトンのように、啄木一家の窮状のために援助が継がれていく。（太田愛人『石川啄木と朝日新聞』恒文社　一九九六年）

なかにはこうした啄木の人間像について、自分ほどの才能ある人間に周囲が応援するのは当たり前だという傲慢さや、返す当てのない借金を平気でして遂にはこれを踏み倒した〝犯罪人〟だとする指摘もないではない。例えば啄木を学問的レベルから研究する目的で結成されたという「国際啄木学会」が出した『石川啄木事典』（おうふう　二〇〇二年）の「借金」の項目には啄木の「意識的な借金・踏み倒し・濫費《らんぴ》」の「理論的準備」として次の解釈を組み立てている。「天才ほど貴い人間はこの世にいない。一人の天才を生み出すために、多くの人々は犠牲になってしかるべきである。自分もまた大詩人となってその天才を大成すべき人物である。」

事典というものは、もう少し見識あるものだと思っていたが、このような悪意ある解釈がいわば啄木の〝身内〟から出ている位なのだから、他の啄木像がゆがめて伝えられるのも無理はない。啄木の名誉の為に言っておくが啄木が「意識的」に借金をして平気で踏み倒した例が全くないわけではない。それは本書でも明らかにしている。しかし、殆どは返済しようにも返済出来なかったのが真相で、また「濫費」というが、それは女中へのチップや何年も買うことが出来なかったクロポトキンの本、電車を使わずに「俥」にした程度の話である。一度に百円、千円を使ったわけではない。せいぜい二円か五円の話なのだ。

ひとかどの啄木研究者なら最も大口の被借金王の宮崎郁雨が、本当に啄木が悪意のある謝金魔なら、あの頭を使えば別の道で大金持ちになれたはずだ、と語っていることぐらい知っていよう。啄木はその部類の人間ではなかった。確かにいわれるいくつかのそういう側面もなかったわけではない。

しかし、そういうマイナス面があったとしても啄木の歌によってどれだけ多くの人々が心を洗われ、共感を覚えて心を救われた人々はどれだけの数になるだろうか。

はたらけど
はたらけど猶《なほ》わが生活《くらし》楽《らく》にならざり
ぢつと手《て》を見《み》る

啄木の歌は日本人の精神的心情をわかりやすく単刀直入に表現しているからこそ、誰にでも理解出来、こどもにでもわかる歌なのである。

ふるさとの山《やま》に向《むか》ひて
言《い》ふことなし
ふるさとの山《やま》はありがたきかな

そして啄木の歌は誰もが共有できる世界を提供している。啄木が言う「ふるさとの山」は岩木山でなくても少しも差し支えない。自分の故郷の二〇〇メートルの小山や丘であってもいい。柔らかに柳あおめる大きな北上川でなくて故郷をながれる小川であっても構わないのだ。

啄木の世界はそういう世界であり、啄木という人物はわれわれの身近にいる人物なのである。

I

山河の章

そのかみの神童《しんどう》の名《な》の
かなしさよ
ふるさとに来《き》て泣《な》くはそのこと

10歳の啄木●従兄弟たちと撮ったもの、あどけなさが印象的である。

一　渋民

1　野鳥動物園

石川啄木、本名石川一《はじめ》は戸籍上、一八八六（明治十九）年二月二十日、岩手県南岩手郡日戸《ひのと》村に父一禎母カツの間に長男として生まれたことになっている。「序章」でも触れたが生年をめぐっては未だ論争中で複雑になるので、本書ではこの戸籍にしたがうことにする。一禎とカツの間には長女サダ、次女トラがいた。

一年後、一禎が渋民村宝徳寺住職となって渋民に引っ越したため、実質的な故郷は渋民村となる。後に啄木は「ふるさとに入りて心痛むかな道広くなり橋も新し」と謳っているが、十数年前、初夏の頃私がこの村を訪れたときは鬱蒼とした緑豊かな土地で「柳あをめる北上」が滔々と流れていて、啄木が過ごした時間がまだ止まったままのような気がしたものである。

太平洋戦争末期、危急以外の旅行をするなという政府通達を無視して啄木の魅力に取り憑かれて何度も渋民に足を運んだ斉藤三郎は、その時の様子を「郭公、鶯、ホトトギス、山鳩をはじめその他名も知れぬ多くの鳥類がしきりに鳴き、農家の座敷へは雀が遠慮会釈もなく跳びこんで来るなどまるで野鳥動物園のなかにいるような気がしたし、一歩庭前に出てみると、見渡すかぎりの樹海がほとんど栗であるにはさらに驚かされた。」（『啄木文学散歩』角川新書　一九五六年）と書いている。

渋民について啄木は「家並百戸にも満たぬ、極不便な、共に詩を談ずる友の殆ど無い、自然の風致の優れた外には何一つ取柄の無い野人の巣で、みちのくの広野の中の一寒村である」（明治三十九年三月四日「渋民日記」）と記す一方で、次のように述べている。

愛と詩と煩悶と自負と涙と、及び故郷と、これは実に今迄の、又現在の自分の内的生活の全部ではないか。或は人は、人間到処青山あり、心ある青年は故郷の天地にのみ恋着すべきでないと云ふかも知れぬが、さり乍ら、詩人たる自分の学ぶべき大学が、塵の都のいかめしい大建築であるとは思へない。故郷は、いわば、神が特別の恩寵を以て自分の為に建てられた自然の大殿堂である。

ところで、啄木の作品のなかで最も人口に膾炙《かいしゃ》した歌の一つは次のそれであろう。

やはらかに柳《やなぎ》あをめる
北上《きたかみ》の岸辺《きしべ》目《め》に見《み》ゆ
泣《な》けとごとくに

現在、啄木に関わる石碑は全国に四十余を超えているが、最初に建てられたのがこれである。高さ四・五、幅一・五メートルの堂々たる石碑である。裏側に「大正十一年四月十三日　無名青年の徒建立」とある。なお、崖崩れによる倒壊を防ぐため一九三三年に現在地に移転された。啄木自筆体ではなく、印刷活字明朝体である。その経過は岩手の青年から協力を求められた土岐善麿はその顛末を次の様に述べている。

これを僕に揮毫してくれということであった。然し僕はそれを断った。理由は、啄木の友人として、僕は彼の晩年に最も親交のあった一人ではあるが、彼は既に死に、僕はまだ生きている。僕に対する毀誉褒貶《キヨホウヘン》は定まっていない。将来僕がどうなるか、それは僕自身にもわからない。そういう僕が、啄木の記念碑に文字を書くことは、僭越至極なことではないか。啄木自身の筆跡があれば、それをそのまま刻むことが最も適当なのであるが、啄木は生前短冊や色紙など書かなかったのである。あの一首を収めてある『一握の砂』の原稿もない。むしろ、現在民衆的になっている新聞の活字体によることが、最も無難であろうと僕は答えたのである。そこで、この意見が承認され、無名の石工によって、まもなくそれが刻まれた。（土岐善麿『啄木追懐』新人社　一九四七年）

ここに立つと北上川を見下ろしつつ秀麗岩手山が借景し踵をかえせば姫神山が目に入ってくる。そしてこの歌が自然と心に染みこんでくる。啄木の歌の巧みさは余計な理屈や解釈が要らないことだ。いろいろ御託を並べたてややこしく考える必要がない。一言読めばそのまま素直に心に入ってくる。やはり、さすが啄木なのだ。また、啄木がふるさとを偲んで作った歌も多い。なかでも次の句は忘れがたい。

かにかくに渋民村《しぶたみむら》は恋《こひ》しかり
おもひでの山《やま》

おもひでの川《かわ》
山《やま》の子《こ》の
山《やま》を思《おも》ふがごときにも
かなしき時《とき》は君《きみ》を思《おも》へり

今日もまた胸《むね》に痛《いた》みあり。
死《し》ぬならば
ふるさとに行《ゆ》きて死《し》なむと思《おも》ふ

啄木には三歳年下の妹光子がいた。啄木が亡くなる一年前に、病床に伏していた啄木を見舞った時のことである。話が渋民のことになると啄木はぼろぼろと涙を流しながら「もう故郷のことを話すのはよそう。たまらなくなる。でも死ぬ時は渋民へ行って死にたい。あの村でいちごをつくって食べたい」（三浦光子『兄啄木の思い出』理論社　一九六四年）と語っている。しかし、啄木は東京で亡くなり、その一族の墓は函館立待岬に建っている。

焦がれていた渋民で死ねず、墓も函館と〝異郷〟の地になった。その背景には啄木の波乱の生涯を物語る波乱のドラマが秘められている。

二　少年時代

1　恵まれた環境

長男としての啄木は家庭では両親から溺愛され、我が儘いっぱいに育てられた。二人の姉もやさしく接した。また宝徳寺住職としてほどほどの檀家を持っていたから経済的に中流クラス以上の生活であった。啄木のほしがるものは、ほとんど手に入った。子煩悩だった一禎はその品々に「一《はじめ》」という名を貼りつけるほどの可愛がり方だった。

宝徳寺は一九五八（昭和三十三）年に全面改築されたが、一禎一家が住んでいた当時を出来る限り復元したという。そこには啄木庵と称される、啄木が二歳から二十歳まで住んだ書斎の「白蘋《はくひん》の間」がそのまま残されている。引き出し付きの床の間がある六畳の部屋からは小さな石橋が架かった池のある前庭が眺められる。啄木はここに小机を置き、読書や思索に耽った。後の啄木の歌人としての原型はこの環境の中で育まれたといえよう。

当時、東北の山村で子供に個室を与えられる家は希であった。大抵は一部屋に大勢の家族が押し込められて生活したものである。だから、この生活環境はあまり触れられないが恵まれすぎるほどのものであった。

しばしば、啄木の人生を薄倖とか窮乏の連続として憐憫の情で覆ってしまう傾向は後を絶たないが、二十六歳の生涯のうち二十年は経済的には何一つ不自由せず豊かな生活を送っていたという事実を忘れてはなるまい。「ふるさとの寺の御廊に　踏みにける　小櫛の蝶を夢に見しかな」はこの時代の回想の一景だ。

妹光子の語るところによれば「幼い日の啄木は自然の懐のなかでほしいままにふるまった、まったくの自然児」だったと言うが、負けん気の強い光子とはしょっちゅうぶつかった。喧嘩になって「私が負けてさえいれば兄の機嫌はいいのだが、少しでも勝とうものならたちまちふくれあがり、二人の間は、母に止められるまでけんかになっていった」(『兄啄木の思い出』理論社　一九六四年)

そして私がいつも、女で年下なのだからと母に叱られる。いかにも損な話であった。あるときなどは、兄が例の大きないろりの火を火箸でとばし、私はやけどをして泣き出したが、母はそれさえも「そんな小さな火がとんだってあついはずがない」と私を叱った。―このときは父が見かねて、「どんな小さい火でも火はあついものだ。一が悪い」と、兄のほうがひどく怒られたが、ともかく、こうした空気でもわかるように、兄はなんといっても一粒種の男の子、一家の寵児として、きわめてわがままないたずらっ子にそだっていった。

ある時には厳しい東北の冬の真夜中に「ゆべし饅頭」を食いたいといって家中を起こし騒ぎ出す。そしてその饅頭が口に入るまで剣幕は収まらない、というエピソードも光子は書いている。経済的に恵まれ何一つ不自由せず、家庭的には我が儘やりたい放題、となれば大抵は自堕落の道が待っている。

ところが一つの「事件」が起こった。同じ村に友松等という同年齢のこどもがいた。友松が年下のこどもに難癖をつけ手を挙げた所を通りかかった。「何するんだ!よせっちゅうんだ!」といって啄木が友松を追い払うと啄木をにらみつけて逃げ帰った。その夕方、一禎に客が来た。友松の父である。彼は渋民村に駐在する巡査であった。「こどもの喧嘩というが怪我をさせるようなことは困る。今度同じ事をしたら許さん」と辺りに聞こえるような大声の剣幕で帰っていった。友松は逃げ帰る途中、自分で樹に頭をぶつけ血を出し、駐在の父に啄木にやられたと告げ口をしたのである。しかし、一禎は友松巡査ではなく啄木を信じて「あんな子と遊ばない方がいい」とだけ言った。

友《とも》として遊《あそ》ぶものなき
性悪《しやうわる》の巡査《じゆんさ》の子等《こら》も
あはれなりけり

この一件があってから、啄木は急に家の中でも以前より素直になった。周囲の雰囲気に敏感な啄木は巡査という存在が「悪」を糺すよりもむしろ平穏を乱す存在に映ったのかもしれない。いつもの悪戯っ子が少し大人になってゆく契機になったのであろう。

後に啄木は

ただ一人《ひとり》の
をとこの子《こ》なる我《われ》はかく育《そだ》てり。
父母《ふぼ》もかなしかるらむ。

と詠んだのは妹光子に言わせれば「反省と自嘲」の故だと皮相的にとらえているが、私には啄木が抱いた「悲し」みの果てに横たわる人生の深淵を見た人間の歌に聞こえる。

2　小学校生活

やがて啄木は学齢期になり一八九一（明治二十四）年、渋民尋常小学校に入った。同期入学の伊東圭一郎は「私はチビなので後ろの方だったが、啄木もやはりチビだった。そして担任の先生に引率されて教室に入ったところ、啄木と同じ机に並ばされた。」そして啄木の印象はというと「啄木は可愛い少年だった。糸切り歯が見え、笑うと右の頬にえくぼが出た。後年、釧路の芸者子奴が啄木を好きになったのはこのえくぼだといっている。それと啄木の特徴はひたいであった。与謝野晶子さんは『森鴎外先生と啄木さんのひたいの広く秀麗であることがその人の明敏を象徴している』とほめている。ただ啄木のひたいはおでこであった。」
（『人間啄木』岩手日報社　一九五九年）

このとき満年齢で五歳である。中には啄木が同世代より一年早く小学校に入学したことを神童の根拠にしているものがある。一年早く入学したことは事実だが、当時の学校は現在のように文科省の法令や通達でがんじがらめに拘束されていたわけではない。現場の校長の裁量でかなり弾力的に運用されていた。なかには元旦に登校させて饅頭をくばったり、先生が児童にドブロクを振る舞ったりしたものである。就学年齢などは一年違いは当たり前で、なかには二、三年遅れて入学するケースもあった。

啄木の場合も天才や神童だから一年早めたのではなく、学校と親で話し合って決めただけのことと考えるべきなのだ。実際に啄木と同じ一年早く入学した同級生は「悪い遊びをしないように幼稚園代わりに（中略）見学の生徒のつもりで通学しており、学校で弁当を食べられるのを喜んで通学した」（友松等「優等生でなかった啄木」『回想の石川啄木』八木書店）と述べ、さらに成績についても「啄木は相当上位の成績をとるかと思うと、また落第点の筆頭であり、かなり学科に好き嫌いがあったように思います。少なくとも小学校の優等生型ではなかったようです。私の見た啄木の最も得意なのは、文字の読み方と解釈で、私の数倍広く読み方もしっており、字画も正しく書いていました」と語っている。

少年時代の啄木像について一年後輩だった岡山儀七は次のように率直な意見を述べている。

白状すると私なども少年期の啄木に対しては多少の面識をもつてゐる。その面識にだけ基づいて考へると、啄木の今日に於ける人気を不当とする人々の意中が了解できないことはない。実際啄木はそんな強い人でもなかつたし、円満な人格でもなかつた。彼に対して『偉大』と云ふやうな形容は、なんとしてもしつくりしない様に思ふ。彼はどちらかと云へば、弱い、欠点の多い、しかし、野心や覇気や、夢や空想や、そしてそんなものの混沌と渦巻く中に、異常な熱を持つてゐた男であつた（「啄木について思ひ出す事共」『回想の石川啄木』）

実は私がある芸術家に関する取材をしたときのこと、会う人物によって評価がまるで異なるので驚いたことがある。少年期、青年期、成人期それぞれの時代に付き合った経験がその人物に対する評価につながっていたのである。だから、啄木の少年時代しか知らないとその時代の評価にしかならない、ということになる。岡山儀七の考えが間違っているわけではないのだ。

小学校に入ってから啄木が興味を持ったのは国語と歴史関係である。算数、理科にはほとんど関心を持たなかった。というより嫌いで苦手であった。また絵本や読物雑誌を好んで読んだ。当時、書店は盛岡に二軒あるだけだったが、父一禎が盛岡に出て行く度に啄木の為に買ってきて与えた。また、啄木は新聞にも関心を持ち、一禎より先にむさぼるように読んだ。この時代の新聞はほとんどの漢字にルビを振っていたので啄木の漢字力は飛び抜けていて同級生が驚くほどだった。小学校二年には父に頼んでそのころ出版されたばかりの最初の国語辞典『言海』を手に入れている。教師が読めない漢字を啄木がさらりと読むので彼の存在はますます際だつようになっていた。神童とまではいかなくても成績は「学業善、行状善、認定善」と優秀だった。

三 盛岡中学時代

1 悪童

小学校課程をおえて盛岡中学に進学する。入学した頃五年生には米内光政（後に海軍大将、海軍大臣、総理大臣）、八角三郎（海軍中将）、三年には及川古志郎（海軍大将）、二年には板垣征四郎（陸軍大将）などがいて、当時の時代風潮もあって軍人熱が盛んな学校だった。

少し余談になるが、以前、昭和時代の歴史を手がけた時分に元海軍参謀でBC級戦犯（横浜法廷）として禁固四十年の判決を受けた実松譲（大佐）という人物を取材したことがある。驚いたのは実松が米内光政内閣で米内の主席補佐官をしていたことだった。取材の目的は横浜法廷と収監先の巣鴨刑務所だったが、実松は米内の話を合間合間にしてくれた。米内が非常に文学に詳しいので、訝《いぶか》ると「盛岡中学時代は勉強そっちのけで明けても暮れても文学談義に花を咲かせたもんです。軍人になっても時間があれば文学をあきらめんかった。ただ、後輩の板垣征四郎君は武道一点ばりで文学をバカにしておった。東京裁判で彼は死刑になったが、同じ時期軍人をやっとったわしが連合国側の証人になったのだから、これは文学をやっとったからかもしれんなあ」と笑いながらよく話していた、という。金田一京助も実松の話を裏付けるエピソードを残している。

軍人《ぐんじん》になると言《い》ひだして、
父母《ちちはは》に
苦労《くろう》させたる 昔《むかし》の我《われ》かな。

啄木は徴兵検査で「筋力不足」で徴兵を免除になるが、中学時代は真剣に軍人をめざしていたのである。一方、盛岡中学は文芸が盛んで米内光政、及川古志郎なども熱心に同人誌活動に参加、とりわけ及川は野村胡堂に啄木を紹介し、文芸の道を開く重要な役割を果たしている。

その文芸熱は啄木研究家で知られる吉田狐羊に言わせると「一個の小さなルネッサンス」ともいうべきものだったと言っている。

当時の盛岡中学校は一個の小さなルネッサンス時代で、野村一派の『六〇五』の外に、一級上の現代議士田子一民氏を中心としたグループには政治的色彩の『反古袋』があり、胡堂氏より一級下の啄木中心の一派には『三日月』、その下の瀬川深氏等には『五月雨』があり、その外に間接的なグループとしては、根岸派の系統を引いた俳人の団体として全国的に認められた杜稜吟社などがあり、鬼才としてその夭折を痛まれた原抱琴、内田秋皎、岩動露子氏などが活動しているという有様で、正に花壇の草花が一時に咲き出たような盛観を呈していた。（『啄木を繞る人々』改造社　一九二九年）

このような状態だったから、啄木が文芸の世界に夢中になってのめり込んだのは自然な成り行きだったのである。おそらく、そのせいもあって、啄木は中学では学科の好き嫌いがますますはっきりして一年の成績は百三十一人中二十五番であった。二年生になるとつまらない授業を抜け出すようになった。同級で隣の机にいた伊東圭一郎は「啄木が教室の窓から脱出する芸当は、まったくうまいものであった。先生が黒板の方へ向いて字を書き出すと、すばやく、あらかじめあけておいた後ろの窓から、するすると音を立てずに、降りて脱出するのであった。が、一度も先生に見つからなかった」（『人間啄木』前出）と伊東は書いているが実際には啄木の〝脱出劇〟は教師達には筒抜けだった。なにしろ啄木自身がその事を正直に告白している。

　時に十四歳。漸く悪戯の味を知りて、友を侮り、師を恐れず、時に教室の窓より又は其背後の扉より出脱れ出でて、独り古城跡の草に眠る。欠席の多き事と、師の下口を取る事、級中随一たり。先生に拉せられて叱責を享くる事、殆ど連日に及ぶ（「百回通信二十七」『岩手日報』明治四十二年）

教室《けうしつ》の窓《まど》より遁《に》げて
ただ一人《ひとり》
かの城址《しろあと》に寝《ね》に行《ゆ》きしかな

という句はこのときの回想である。これとほぼ同じ時期に啄木は次の歌を詠んでいる。

師《し》も友《とも》も知《し》らで責《せ》めにき
謎《なぞ》に似《に》る
わが学業《がくげふ》のおこたりの因《もと》

啄木がストライキを煽動したり、授業をサボりだしたのは成績が悪くなったからだとする書物がいくつもあるが、それは違う。むしろ逆である。一つには学校での授業で学ぶことへの疑問、二つには沸き上がってくるような激しい文芸への感情、そして三つ目がこのころ芽生えた初恋への切ない愛情である。この三つの要因が複合し捻りあって学業から啄木を遠のかせた、と考えるべきなのである。負けん気の強かった啄木がおいそれと成績の下がることを好んで選ぶわけがない。しかし啄木の内なる精神に巣くった複合要因は成績なんぞもののうちではなくなりつつあった、と考えるのが自然だろう。
　このころ啄木は「読書や思索で夜を徹する」ようになり、寝るのが明け方という日々が続くようになっていた。

　朝になると、大方授業の始まった頃に目を覚ます。時としては、落第しては両親に気の毒だといふ様な心が起こって垢じみた校服を着て学校へ急ぐこともある。遅刻の理由を訊されて席に着く、すぐ欠伸が出る。真面目になればなる程睡くなる。（中略）バイロンの詩中の一句を五十行も六十行も並べて書いたこともある。其頃好んで読んだ審美学の本を物理の時間に蜜読した事もある。かくて予は二時間か三時間の後には、何の得る所なくし

て飄然と寓居に帰るのであった（「林中書」明治三十九年）

さらに啄木は問う。「学生としての煩悶は、予をして『教育の価値』を疑わしめた。予は何故学校に入学ったろうと自問した。又、何故に毎日学校へ行かねばならぬのか考え出した。噫、予や何たる不埒者であったろう」（「同」）

2 文芸熱

盛岡中学には文芸愛好家が多勢《おお》いて各人がそれぞれ好みの同人会を創《つく》って活発な活動を展開していたことである。正に盛岡中ルネッサンス花盛りの様子を呈していた。例えば啄木が関わった活動を列記してみると

◇一八九九（明治三十二）年、十三歳。二年生のクラスで「丁二会」を結成、会誌『丁二会』発行。

◇一九〇〇（明治三十三）年、十四歳。『丁二会誌』を『丁二雑誌』と改称。学年全体に会員が増える。この年、金田一京助と知り合い『明星』の存在を知り愛読する。

◇一九〇一（明治三十四）年、十五歳。四年進級。回覧誌『三日月』創刊。同級生五人で英語学習会「ユニオン会」結成。『三日月』『五月雨』と合併『爾伎多麻《にぎたま》』を発刊、同誌に「翠江《すいこう》」の雅号で短歌二十五首を掲載。短歌会「白羊会」を結成。『岩手日報』に七回に渡って掲載、生まれて初めての活字となった計二十五首を発表。

◇一九〇二（明治三十五）年、十六歳。『盛岡中学校友誌』に「白蘋」の雅号で短歌「牧舎の賦」を発表。『明星』第三巻第五号に短歌一首初めて掲載、この年十月二十七日盛岡中学退学。

これをみると啄木の行動様式が少し分かるように思う。一つには「サロン」というか「サークル」を作って友人との交流や話し合いの機会を作る、ということ。二つには詩作に時間を割くことはもちろんだが、その発表メディア作りにも積極的で、その企画・装丁・編集を担っている、ことである。

後に『あこがれ』や『小天地』を編集・出版するが、これなどもその流れの一環と見ていいだろう。そして東京に出て文壇進出を狙う啄木の行動パターンはこの時期に形成されたと見て間違いない。啄木の生涯を眺めていると歌人や詩人というより編集者・出版人を目指していたのではないか、という気がするほど、この方面に力を入れている。

この時代、歌や詩では食べていけないからひとまず糊口をしのぐため雑誌社や新聞社そして出版関係の仕事につきな

がら機会を待つ、というのが一般的な道だった。正宗白鳥、野口雨情、国木田独歩などがそうである。

啄木が死ぬ直前まで執念を燃やした土岐善麿との共同編集だった『樹木と果実』は印刷業者の不誠実から断念せざるを得なかったが、これにかけた啄木の意気込みと情熱は病臥にありながら本物の編集者顔負けのすさまじいものであった。

事実、啄木は日記にも書簡でも、少しでもカネがあったら田舎に帰って「農民新聞」をだしたいとか、若者に希望を与えるような雑誌をやりたいと言っている。代用教員でも日本一と自慢した啄木だったが、出版界でも日本一の編集者になっていたろう。

話を中学校にもどそう。啄木が夢中になっていた詩歌の世界に微分・積分や原子・質量の世界の入り込む余地などあるわけがない。不得意な理科系の試験に不正行為（カンニング）をやったこともあり、成績は急降下、身から出た錆とはいえ、学校にはもう未練が無くなっていた。

決定的なことは『明星』にたったの一句だったとはいえ、すべての歌人憧れの的である専門誌に堂々と入選したことである。ただ、負けん気の強かった啄木は金田一京助から『明星』を借読して以来、誰にも話さず密かに自分の作品を投稿し続けていた。掲載されたのは投稿歴三年目だった。

（吉田狐羊『啄木を繞る人々』前出）

血に染めし歌をわが世のなごりにてさすらひここに野にさけぶ秋

しかし、啄木はこの一句の入選、これですっかり自信をつけて文壇の道を歩もうと決心したのである。なかには「文芸評論家」を目指したという説もあるが、この当時、いくら楽天的で自惚れの強かった啄木でも弱冠十六歳の中学中退の洟《はな》垂れ小僧が「評論家」として自立できるとは考えもしなかったろう。また経済的理由をあげる説もあるが、当時父一禎は宝徳寺住職在職中であり、経済的に問題はなかった。

3　退学

ところで啄木に関する逸話では事実に基づかない作られたエピソードが見られるのも〝神童〟ならではの副産物なのかも知れない。その一つが盛岡中学で起こったストライキである。多くの啄木伝ではこのストライキの首謀者が啄木になっている。

啄木が中学に退学届けを出したのは一九〇二（明治三十

五）年十月二十七日である。この退学の理由は明らかである。第一は彼が定期試験でカンニング（不正行為）をしたこと、第二は中学で学ぶ意味のないことを悟ったこと、第三は文芸の道に進もうと決意した、ということである。なかには両親が経済的な理由から進学を断念してくれと頼んだという〝小説〟もあるが、先に述べたように全くあたらない。むしろ話は逆で溺愛して育てた長男を出来ればどんなことをしても高等学校、帝国大学まで行かせるつもりだったことは疑いようがない。さればこそ啄木は自らを「不埒者」と称したのである。

カンニングについては啄木一生の汚点となったが、それも一度や二度ではなく、どうやら常習犯だったようなのである。同じクラスに机を並べた伊東圭一郎の証言。

啄木は二、三年の頃にも不得意な数学の試験の時は阿部、小野、内村、八角などの諸君から教わり、いわゆるカンニングをやり、近くの席の二、三人の友達にも紙片を回したものだったが、まことに電光石火の早業であった。そして答案は二、三番目にさっと、先生のところへ出して、ちょっと気取った足取りで、教室のドアを開けて出て行くその格好は、今も私の目の底に残っている。しかし、今度はいけなかった。謹直な優等生だった狐崎嘉助さんにはおそらく機敏な早業は無理だったかも知れない。（『人間啄木』前出）

この結果、特待生だった狐崎はこれを解かれ、一時苦境に立たされたが、奮起して首席で卒業した。（残念なことに狐崎は二十二歳の若さで結核で亡くなった）啄木の退学の背景にはこの時の狐崎への良心の呵責も含まれていたであろう。だから中途半端で中学を退学することに悔いはほとんどなかった。あるとすれば溺愛に近く自分を育ててくれた両親に対する申し訳なさであったろう。

両親の嘆きと思いとどまるようにとの説得を振り切って、啄木はカバン一つの身軽な出で立ちで単身東京に向かう。出で立ちも軽かったが心はもっと浮いていた。これからが厳しい現実と立ち向かうというのに啄木にはその現実が全く見えていなかったのである。

4　恋の道

盛岡中学に入って次第に学業に身が入らなくなりつつあった時分に啄木が作った歌がある。

不来方《こずかた》のお城《しろ》の草《くさ》に寝《ね》ころびて

空《そら》に吸《す》はれし
十五《じふご》の心《こころ》

これはさきの授業から教室を抜け出した際の続きであるが、どうやら「空に吸はれ」ていたのは啄木の初恋のことだったらしい。恋の優れた作品の多い啄木だが、恋という言葉を使わずその心を詠んだ憎らしいほど巧みな恋歌である。

大形《おおがた》の被布《ひふ》の模様《もやう》の赤《あか》き花《はな》
今《いま》も目《め》に見《み》ゆ
六《む》歳《つ》の日《ひ》の恋《こひ》

というのも一種の比喩なのであろうが、いわゆる異性に対する早熟さを象徴している作品の一つといってよい。ただ、明治時代は十二歳で元服させていた中近世の名残もあったから十代の初恋は珍しくなかった。唱歌「赤とんぼ」でも「十五で姉やは嫁に行」っている。志野焼で文化勲章をもらった荒川豊蔵が結婚したのは十六歳。こう考えると啄木の初恋は特別に早かったとは言えないかも知れない。

砂山《すなやま》の砂《すな》に腹這《はらば》ひ
初恋《はつこい》の
いたみを遠《とほ》くおもひ出《い》づる日《ひ》

という名句を後に結婚することになる堀合節子を謳ったとするまことしやかな説があるが、それが仮に事実であったとしても、この情景をそう狭く解釈する必要はあるまい。ここに漂う叙情は恋に憧れる若者すべてに共有できるものだからである。往々にして啄木愛好家は微細にというか仔細にこだわりすぎて視野狭窄的解釈に陥る傾向がある。

ところで盛岡中学を中途退学したのは恋人が出来たことと関係があることは明らかである。成績不振、カンニング事件、相次ぐ不祥事の渦中にありながら啄木は「この煩悶と疑問とは、三十五年の秋、家事上に或る都合の出来た時、余をして別に悲しむ所なく、否寧ろ却って喜び勇んで、校門を辞せしめたのであった」（「林中書」明治三十九年　前出）として、恰も退学を喜んでいるかのような記述である。

ここに言う〝家事上の都合〟というのが実は問題を解く鍵なのだ。結論を先に言えば同村の裕福な家庭の娘堀合節子との恋愛が深く進行していたという「都合」というわけなのである。この事を裏付ける証言として「啄木と節子さんとの関係は、五年生になってからは、よほど深入りして、どうにもならぬ段階にきていたようだった。そのころは今とは違い、若い男女が隔離されていた時代で、道で会って挨拶を交わしても問題になったほどだった。ところが節子さんの盛岡女学校でも、啄木との噂がだんだん立ちはじめたので、啄木としても考えざるを得なかったと思う。」（『人間啄木』前出）

　であるから啄木の退学は経済問題では全くなく、恋愛と文芸熱がもたらしたものであって、道連れにした級友への自責の念を同時に込めた啄木流の解決策だった、と考えるのが正しい。

　啄木が堀合節子と知り合うようになるのは一八九九（明治三十二）年、啄木十三歳の頃からである。盛岡で下宿先から中学に通っていた啄木が、私立盛岡女学校に通っていた節子と出会う。二人の下宿は五軒ほどしか離れていないから通学しているうちに否が応でも道ばたで顔を合わせることになる。その上、啄木の親類筋の盛岡中の先輩が堀合家と付き合いがあり、それが機縁で啄木と節子は自然に言葉を交わしあう仲になった。

　かくして二人は相思相愛の関係になっていく。初めは人目を忍んで啄木が長い長い恋文を書くと節子も必ず返事を出す。妹の光子が啄木より先に節子からの手紙を配達人から受け取ることがあった。

　そんなとき私はわざと大声で『兄さん、盛岡市新山小路堀合節子という人から手紙が来ましたよ』と父や母に聞こえよがしに呼ぶ。兄はそれを聞くとバタバタ駈けてきて私の手から手紙をひったくり、下唇をぐっと噛んで凄い目でにらんだ（『兄啄木の思い出』前出）

　このせいか、以来手紙は郵便を使わず啄木側は姪の田村いねを、節子は堀合家三女孝子に託して渡した。いたいけな二人は運び賃一銭をもらって喜んで〝大役〟を果たした。そのうち手紙では物足りなくなって人目も憚らず公然と逢い引きをするようになる。先に引いた伊東圭一郎の言葉通りである。

わが恋《こひ》を
はじめて友《とも》にうち明《あ》けし夜《よる》のことなど
思《おも》い出《い》づる日《ひ》

　写真で見ると節子はとびきりの美人ではないが、目鼻立ちのしっかりした女性で物腰の落ち着いた風情と性格に惹かれたのであろう。友人の小笠原謙吉に宛てた手紙にはその時分の恋の心境を綴った一節が残っている。

早く十四才《ママ》（＊数え年）の頃より続けられし小生と節子との恋愛は、小生に取りて重大なる意義を有する意識するに至れり。兄よ、『自己の次に信じうべきものは恋人一人のみ。』何となれば、恋人は我ならぬ我なれば也。我の次に最も明瞭なる存在は乃ち恋人なれば也。（明治三十九年一月十八日付）

啄木本人が自分の恋が始まったのは十三歳（満）とはっきり認めているのだから、いくつもの異論や論評のごとき、さらにあれこれ疑う必要はあるまい。ただ正直に「早く」と述べているのは興味深い。というのも啄木には節子との恋が急激に進行していて、ある種の躊躇いが存在していたことをはしなくも示しているからである。この事を裏付けるいくつかの文章と歌が残されている。

かなしみといはばいふべき
物《もの》の味《あぢ》
我《われ》の嘗《な》めしはあまりに早《はや》かり

恋の芽生えは「性」が基軸にある。それへの興味・関心は早熟であればあるほど早い時期に芽生えるのが当然である。性への目覚めを示唆する文章を婉曲に書いている。盛岡中学に入って間もなくのことである。

其当時、教科書を売ったり、湯屋へ行く銭を節したりして、秘かに買った或種の書籍―先生からは禁じられて旨い旨い木の実―と、自分の心中に起こった或新事件とによって、朧ろ気に瞥見した、「人生」といふ不可測の殿堂の俤と、現在自分の修めて居る学科、通って居る学校との間に何の関係もないらしいといふ感じであった。アダムでなくとも禁制の木の実には誰しも手の出したい者。（「林中書」前出）

ここにある「或種の書籍」とは言うまでもなく、性に関する書物のことである。性への目覚めと恋人の存在は否が応でも急速に二人を近づける。ものの本では二人がいつ体の関係を持ったか持たないか賢しらに詮索して得意になっている人物や評論があるが、それこそ余計な世話である。私は好きこのんで啄木を一方的に美化したり、過大に評価しようとは思わないが、そのような品のない覗き趣味は啄木研究には不要だし邪道だ。

城址《しろあと》の
石《いし》に腰掛《こしか》け

禁制《きんせい》の木《こ》の実《み》をひとり味《あぢは》ひしこと

啄木には常に孤独感と寂寥感が漂っているように見えるが、恋のさなかにあってもこのことは変わらなかったようである。むしろ人生がこれから始まろうとしているときめきと不安が恋の炎を消し去るかも知れないとでも思い続けていたのであろうか。

先《さき》んじて恋《こひ》のあまさと
かなしさを知《し》りし我《われ》なり
先《さき》んじて老《お》ゆ

一九〇二（明治三十五）年、盛岡中学を退学した四日後、啄木は恋人節子を残して単身上京する。このいかにも急な出立は啄木が早くから盛岡中学に見切りをつけて上京の計画を練っていたことを裏付けている。

カバンの中にはその月「白蘋」の雅号でようやく初めて掲載になった『明星』十月号が入っていた。

Ⅱ

青雲の章

小学《せいがく》の首席《しゅせき》を我《われ》と争《あらそ》ひし
友《とも》のいとなむ
木賃宿《きちんやど》かな

初詩集「あこがれ」●1905（明治38）年、啄木19歳の作品。苦難の結果刊行に至ったこの詩集によって啄木は一躍詩壇にその名を知られることになった。

一　東京新詩社

1　与謝野鉄幹

盛岡中学を退学し学友と恋人節子に別れて慌ただしく東京に向かったのは一九〇二（明治三十五）年十月三十日午前九時、住み慣れた我が家を後にし盛岡に向かった。「かくて我が進路は開きぬ。かくして我は希望の影を探らむとす。記憶すべき門出よ。雲は高くして巌峯の巓《テン》に浮び秋装悲みをこめて故郷の山水歩々にして相へだたる。ああこの離別の情、浮雲ねがはくは天日を掩ふ勿れよ。遊子自ら胸をうてば天紘凋悵《テンコウチュウチョウ》として腔奥響きかすか也」（「秋韷笛語《しゅうらくてきご》」明治三十五年十月三十日）と悲壮感を漂わせる門出であった。

十一月一日東京小石川の下宿に旅装を解き、慌ただしい日々が続いた。啄木の上京を聞きつけ連日のように友人達がやってきた。上京数日間の啄木の行動を要約しておく。

◇十一月三日
鉄幹へ上京の書簡。同郷の先輩・友人・詩友二十余人にハガキ。堀合節子に書簡。本郷の岩動露子に会う。野村琴舟を訪れるも不在。その足で上野公園の日本美術展覧会。（＊「陳套なる画題を撰んで活気なき描写をなすは日本画界の通弊也」と手厳しい。）午前二時就寝。

◇四日
同郷の四人に「長き手紙」。細越白蟲へハガキ。午後散歩。四時頃より野村菫舟来訪夕食を共に九時まで。「友は云ふ。君は才に走りて真率の風を欠くと。」詠歌二首。

◇五日
菫舟宅訪問。菫舟の勧めで中学入学に関する書類を問い合わせる。正則英語学校の願書を貰ってくる。夕食後夏村と散策。金子が留守中にきたとのメモ。夜半詠歌三十首。

◇六日
「一日詠歌にくらす。」友人四人からハガキ。

◇七日
鉄幹へ書簡。金子、野村宅を訪う。「ああ東京は遊ぶにも都合のよき所勉むるにも都合のよき所なり。」飯岡三郎に会う。金子と上野公園・紫玉会油絵展覧会。「数多のうち四枚の裸体画は下谷警察の厳論よりて取りはづせる由誠に滑稽なり」（＊これは『明星』（明治三十三年八号）に掲載したフランス女性の裸体画二葉が風俗紊乱の廉で発禁処分となった事件を啄木が想起しての皮肉だったかもしれない。）

◇八日

残紅、花郷、箕人へハガキ。午後宮永、大里突然来訪。夜阿部に「長き長き」手紙。「ああ吾恋しの白百合」の節子へ切々とした手紙。小野、小沢、伊東へハガキ。就寝二時。

という次第である。ただ、気にかかるのは盛岡中学をいともあっさり蹴っての上京だったにも関わらず啄木が中卒の資格に拘ったことである。友人の説得とはいえ、さほど親しくない友人の世俗的な勧めに動揺し、再入学を翻意したのは啄木らしくない。やはり学歴に拘ったのだろうか。しかし、この話はこれで立ち消えになる。

啄木が与謝野鉄幹が主宰する「東京新詩社」（以下「新詩社」）の『明星』の読者になったのは中学三年（十三歳）だった。中学二年の時、級友の伊藤圭一郎がやや興奮気味に「一君《はじめ》、こんな歌知ってるかい」といってある雑誌を示した。そこには与謝野鉄幹・晶子作とあり、いくつかの歌が紹介されていた。少年石川が記憶しているのはこのうちの二作であった。

妻をめとらば才たけて
顔《みめ》うるはしくなさけある
友をえらばば書を読みて
六分《りくぶ》の侠気四分の熱（鉄幹）

やは肌のあつき血潮にふれも見で
さびしからずや道を説く君（晶子）

以来、啄木は詩歌にすっかり夢中になり、伊東圭一郎から、金田一京助さんならこの『明星』全部もっているそうだ、貸してもらうといい、と言って金田一に引き合わせたのである。以来毎月のように『明星』に短歌を投稿するが投稿は掲載されることなく、漸く三年後に陽の目を見たことは先に述べた通りである。

啄木による今回の上京の最大の目的はその憧れの鉄幹と晶子と会うこと、そして同人のメンバーと会って新しい時代の文芸思潮を吸収し、あわよくば文壇進出の手がかりを掴むことだった。見通しがあるわけではなかったが、この段階では啄木は楽観していた。世の中というか、この世界の厳しさというものを十六歳の青年が理解するのは無理だった。

2　詩人たちとの交流

東京在住で同郷の友人達の世話で仮の下宿先を見つけたのち、意気揚々として待望の新詩社に向かったのは上京してから十日後のことである。「今日は愈々そのまちし新詩社小集の日也」(十一月九日「前出」) 牛込神楽二丁目、城北倶楽部で開かれた会場には既に鉄幹を初め同人が集まっていた。初めての会合とあって啄木は期待と緊張とが交錯していたに違いない。

出席者の顔ぶれは、平木白星、山本露葉、岩野泡鳴、前田林外、相馬御風、前田香村、高村砕雨、平塚紫袖、川上桜翠、細越夏村ら十四名だった。『明星』を隅から隅までむさぼるように読んでいた啄木はこれらの人々はあたかも旧知の間柄のような感慨で各メンバーの個性的な発言に耳を傾けた。「閑談つきずして興趣こまやかなる」雰囲気も啄木には新鮮だった。一時から始まった集まりは午後七時に終わった。「人が我心をはなれて互いに詩腸をかたむけて歓語する時、集りの最も聖なる者也と。」そしてこの日の会合で啄木は自分の選んだ詩人としての道が間違っていなかったという確信を持つことができた。「ああ吾も亦この後少しく振るふ処あらんか。」啄木は帰りがけ御風、夏村と一緒に神楽坂を歓談しつつ散策、深夜帰宅すると、いつもは張り切って書く手紙だが今夜ばかり「心つかれてならず早く寝に就く。」のだった。

明けて十日、啄木は鉄幹の招待で渋谷の自宅を訪れる。この時の印象を鉄幹は次の様に記している。

初対面の印象は、率直で快活で、上品で、敏慧で、明るいところのある気質とともに、豊麗な額、完爾として光る優しい眼、少し気を負うて揚げた左の肩、全体に颯爽とした風采の少年であった。妻は今日でも「森鴎外先生と啄木さん、お額の広く秀麗であることが其人の明敏を象徴していると言って讃めるのである(「啄木君の思い出」『回想の石川啄木』前出)

そして啄木の初訪問の印象は「先づ晶子女史の清高なる気品に接し座にまつこと少許にして鉄幹氏完爾として入り来る、八畳の一室秋清うして庭の紅白の菊輪大なるが今をさかりと咲き競ひつつあり。」(十一月十日「同前」)というすがすがしい環境で三人の歓談は続いた。この時、晶子は長男を十日ほど前に出産したばかりだった。

鉄幹は十五歳で山口県徳山で兄の経営する女学校の教員となり十七歳の時、教え子を妊娠させるという問題を起こしている。翌年別の教え子と同棲するなど、血気盛んな青春時代を送った。十七歳の啄木を見ていると自分の無謀だった時代を思い出して話は次から次へととどまらなかった。

石川君、君を見ていると若い頃の私を思い出す。野心家で夢見るような人間だった。無茶もした。世間から手厳しく非難を浴びたこともある。しかし、若さというのは未熟の典型だ。少しくらいの脱線は当たり前だから、それを恐れてはならない。学校を退学するという無茶もあっていい。ただ、詩人として生きてゆこうとするなら、それなりの忍耐も修行も必要になる。君の豊かな天分が本当に活かされるためには、ただその才能におぶさっていただけではだめだ。今の君は才に溺れすぎて詩歌の奥深さに気づいていない。その意味で無茶も大事だが、これからは謙虚さを身につけていくべきだ。薄田泣菫君や前田林外君が昔そうだった。これからは彼等から少しでも学んでもっと進歩した作品を生んでくれ。私も君のためになることなら喜んで協力しよう。

と励ました。鉄幹は二年前にあるブラックジャーナリストが書いた『文壇照魔鏡』（新声社）で「強姦魔」「詐欺師」「恐喝人」に仕立てられ、それを真に受けた世間から轟々と批判の矢面に立たされ苦境に陥った経験がある。有名になるとどこから鉄砲玉が飛んでくるかも分からない、そういう用心もしておいたほうがいい、とも鉄幹は付け加えた。傍らでもの静かに相づちを打っていた晶子は一年前、二人の前夫人と漸く折り合いがついて入籍したばかりであった。

春みぢかし何に不滅のいのちぞと
ちからある乳を手にさぐらせぬ（晶子）

啄木は勿論、この歌も読んでいた。知的な美貌を持ち、色香すら漂う晶子を見ていると恋人節子を思い出さないわけにはいかなかった。自分もこうして与謝野夫妻のような理想的な家庭と生活が出来るのだろうか、という思いもよぎった。

話は午後四時過ぎまで続いた。「鉄幹氏の人と対して城壁を設けざるは一面尚旧知の如し」とその印象を日記に残しているが、さらに鉄幹と晶子について次の様な感想を述べている。

面語することわづかに二回、吾は未だその人物を批評すべくもあらずと雖ども、世人の云ふことの氏にとりて最も当れるは、機敏にして強き活動力を有せることなかるべし。他の凶徳に至りては余は直ちにその誤解なるべきを断ずるをうべし。／晶子女史にとりても然り、而して若し氏を見て、その面皃《メンボウ》を云々するが如きは吾人の友に非ず、吾の見るすべてはその凡人の近くべからざある気品の神韻にあり。（「十一月十日」『秋韷笛語』前出）

後に啄木は詩潮や人物について鉄幹を批判するようになるが晶子に対しては一貫して尊敬の念を抱き続けた。一体に啄木は人物を直感でとらえようとするところがある。だから初対面で相手を見抜くというか、最初の印象が人間観の大事な要素になっている。この時の啄木の視線にはこのことが如実に示されている。

3　生活の暗雲

これまでの啄木は生活の現実を知らない。すべて両親が整えてくれた。好きなだけ本を読み、好きなだけ思索に耽ることができた。上京して間もなくの啄木は詩人仲間と議論し、詩作にふけり、展覧会にも行き、また近くの図書館に通う余裕があった。「神保丁に古本屋尋ねまはり」「ビーヤホールに入りて美しき油絵の下に盃を傾け」（十一月十一日）「一日英語研究に費やす」（十二日）「大橋図書館に行き宏大なる白壁の閲覧室にて、トルストイの我懺悔読み」（十三日）「中西屋より Maurier's novel "Selected poem from Wordsworths" 求む」（十六日）「日本橋の丸善書店へ行って "Hamlet By Shakespeare" の "Longfellow's poem" の Selection とを買って来た」（十七日）「渋民より夜具来る。お情けの林檎、あゝ僕たゞ感謝の誠を以て味った。明星。掛物。足袋。」（十八日）「丸善等をたづね、せつ子様に送るべきネスフィルドグランマーの一、及びウオルズヲースの詩抄、イプセンの散文劇詩 Johon Gaburiel Borkman のオーサー英訳買ひ来る」（二十一日）

これをみる限り、何一つ不自由ない生活を送っていることが分かる。いやむしろ当時は高嶺の花だった洋書を懐を気にせず購入している。上京して十日目には「為替受け取りて」とあるから、かねて仕送りをそのように決めてあったのか、啄木から催促の電報があったのかは日記に残っていない。

実際に渋民の家を出るときどのくらい懐に入れてきたのか、これに関して言及した資料を私はまだ見つけていない。ただ、心配性の両親は相当の生活費は渡したであろう。それが日々の消費に現れている。ところが啄木は自分で稼いだお金を持ったことがない。こういう人間はカネの有り難さというものに鈍感だ。だからいくら金を使っても気にかけない。

上京して以来、友人達との食事や交際費、書物の購入、そのころタバコも始めていた。その上、下宿代がばかにならなかった。そのため啄木の懐はあっという間に底をつきだした。十一月十一日の家からの為替は無心の催促に拠ったものと見て間違いない。

十二月に入ると啄木の経済状況は次第に窮し始める。啄木はやがて友人たちの下宿に押しかけて夕食を取ったり、タバコをせがんだりするようになった。後に啄木は〝借金王〟と呼ばれるほど借りまくるようになるが、どうやらその兆しはこのあたりから始まったと言っていいかも知れない。十一月二十一日の日記には「吾は近頃蔵書の多くを英語をのぞいては大底売り払ひたり」とあり、上京してまだ一ヶ月しか経っていないというのに、もう切り売りの暮らしである。

そういう次第だから生活が乱れる。精神的不安と金銭的不安から健康も損なわれつつあった。十一月二十二日には図書館で高熱を出して寝込む。序章でも書いたが、これが啄木を襲う最初の病魔の兆候である。

「秋韷笛語《しゅうらくてきご》」日記は十二月三日「イプセン集ひもとく。／午後一人散歩す。」（全文）の後、十二月十九日『日記の筆を断つこと茲に十六日、その間殆んど回顧の涙と俗事の繁忙とにてすぐしたり。」（全文）で終わっている。今回の上京で果たせたことは与謝野夫妻と新詩社同人と会えたことぐらいであった。

身寄りのない東京でカネもなく毎日の食事にも事欠き、これまでで最も悲惨な大晦日を迎えることとなった。しかし、これもやがて再現する啄木の人生の悲惨な一齣にしかすぎなかった。

病身の啄木を父一禎が上京して郷里に連れて帰ったのは翌年二月二十六日である。この時の父一禎が啄木のために奔走して作った金策が徒《あだ》となって啄木一家は煉獄の底に突き落とされることを誰も予想しなかった。

二　『あこがれ』

1　石川白蘋

傷心の帰郷となった啄木は自宅で療養を続ける。病名ははっきりしないが不規則な生活と栄養不足からくる一種のノイローゼだったようである。故郷に戻ってしばらくは「毎日夕刻には薬取方々医師の家まで散歩」（明治三十六年三月十九日付小林茂雄宛書簡）という状態だったが、みるみる回復した。

そして合間を見て書き上げた「ワグネルの思想」を『岩手日報』に七回に渡って掲載（五月三十一日から六月十日）し、ワーグナーが単なる作曲家ではなくニーチェの思想とトルストイの哲学を結合させた偉大な思想家であり芸術家であると論じている。当時は蓄音機はまだなく（日本初の生産は明治四十三年）スコアの入手も不可能だったろう。啄木の同郷の友人で作家の野村胡堂は「あらえびす」の雅号で希代のレコード収集家であり音楽評論の旗手となったが、このワーグナー論について啄木と論争したことがある。

「こんなものを読んだって仕様が無いじゃないか。ワグナーは作曲者だ、音楽を抜きにしたワグナーなどは意味がないよ。」と私がひとかど物識りめかして云うと、「それは違う、ワグナーは作曲者ではあるが、ドイツでも一流の劇詩人だ、僕は文学としてのワグナーを味読して居る」啄木は昂然としてこういうのである。言うまでもなく、啄木の言葉の方が正しい。私は私の負を認識するためには、それから又何年かの歳月を費やさねばならなかったのである。（『面会謝絶』乾元社　一九五一年）

啄木自身は少しだがバイオリンやオルガンを弾けた。後に渋民で代用教員をした時には教え子たちのために簡単な作曲もしている。その腕前はともかく、「思想家・芸術家」ワーグナー、目の付け所は時代の寵児であることを示していた。

またほとんど健康を回復した十一月には詩作に集中しその作品を鉄幹に送った。「冬木立」（四首）と「愁調」（五編）である。前者は「白蘋」の署名で後者は「啄木」になっている。いずれも秀作で詩壇の評判を呼んだ。「白蘋」についてはこの年十月の『明星』誌上の社告で同人として「石川白蘋（陸中）」と紹介されていたから知っている読者もいたが突然現れた「啄木」とはいったい何者か、その話題で持ちきりになった。

2 作品の評価

ところで白蘋時代の詩壇での評価はどうだったのだろう。『明星』に初めて短歌が掲載された一九〇二（明治三十五）年十月以降、投稿した白蘋の作品は殆ど頁を飾るようになった。それらの作品がどのような評価を受けていたのか、それを知る一端として『明星』同人達による「短詩合評」の様子を紹介しよう。（一九〇三（明治三十六）年十一月号に載った白蘋の「沈吟」という作品は次の十二首であった。（＊以下の記述は吉田狐羊『啄木を繞る人々』改造社　一九二九年に依拠。）

天《あめ》よりか地よりか知らず唯わかきいのち食むべく迫る『時』なり
相逢うてひと目ただそのひと目より胸にいのちの野火ひろごりぬ
死の海のふかき浪より浮きもこし水沫《みなわ》なればか命あやふき
せめてこの深き静黙《しじま》の歌よあはれなさけの火盞《ほざら》灰冷えしまま
さびしみを胸に千すぢの髪のごと捲けると知りて天《あめ》の名よびぬ
こしかたよ破歌《やれうた》ぐるま網かけて悲哀の里を喘ぎ過ぎしか
犠卓《にへだな》に蒼火ささげて陰府《よみ》の国妖女夜すがら罪の髪梳く
恨負ひて悲風ひとたび胸に入り泣くに涙ぞ皆石となる
大空や何か日頃のあこがれの黙示《さとし》流ると仰ぐ夕雲
石投げて水うつ興も秋のわび敗荷や我や隠沼《こもりぬ》寒き
いづこより古きなやみのよみがへりただよひ来るか頬痩《ほやせ》秋風

そして翌月の『明星』掲載の「短詩合評」である。要約ではなく啄木の部分をそのまま引用する。

（記者）次に白蘋君のを願ひます。
（萍）何れも幽寂孤独の愁に満ちた作ですが、「せめてこの」、「死の海」、「こし方や」、「天よりか」などは何れも佳作です。
（常）私は「相逢うて」の「ひと目ただそのひと目」が

飽き足りません。他は皆佳作ですが、「こし方よ」が尤も秀れてゐます。

（呂）一体に新しい作りぶりで才気が溢れて居ますが、「古山に影ひく秋の雲のごと」と云ふ着想が非常に珍しい。「さびしみを」の作は凄愴の気が人を襲ふ第一の佳作と思ひます。

（文）作者は平素沈黙無口な人のやうな気がします。そして自分の周囲のものをまぼろしのやうに見て、はかないやうな楽みを追うて居る人のやうです。「古山に」、「死の海の」、「さびしみを」、「こし方よ」が特によろしい。「こし方よ」は「悲哀」の文字が尤も能く用ゐられて居て、「此悲哀」は確かなはっきりした悲哀で無く、楽しいやうな悲哀でなければ成らない。「古山に」の歌は、秋に成ると弱い光線が地に投げた薄い陰影《かげ》を、十月の末頃に能く捉えて能く見る時の感じの、現はしにくゝ而も淡く感ずるのを能く捉へて居ます。「死の海の」は前櫻翠君の「恋姫の」の作と形も似て、同じく「水沫《みなわ》を用ゐてあるが、此方が上だと思ひます。

（長）「さびしみを」は吊影君に同感、尤も傑出した作です。「犠卓に」の歌は何となく厭な作です。「古山に」は太白の「長風幾万里、吹渡玉門關」と云ふやうな趣が加味せられて居るやうです。

（晶）「さびしみを」のお作が殊に宜しい。

（鉄）私の好きなのは、「相逢うて」、「死の海」、「せめてこの」、「さびしみを」、「こしかたよ」、「にへだなに」。中にも「さびしみを」、「にへだなに」、は尤も傑作です。

（記者）「公孫樹」の諸作を抜ひて評しませう。

（萍）白蘋氏のには「石投げて」を取ります。

（常）「いづこ」でせう。

（吊）「大空や」一寸面白い。夫は二三四の句が気が利いて居るのです。

（文）「恨負ひて」がよろしい。

（鉄）吊影君と同感です。「いづこより」は清乱君臭いのが厭味です。


こうした「合評」を見ると「白蘋」に予想以上の高い評価が与えられていることがよく分かる。また、評者たちが作品一つ一つを存外真剣に吟味して取り組んでいる雰囲気が伝わってきて興味深い。

3　雅号「啄木」

「啄木」という雅号の命名については現在二説あって、一つは鉄幹の命名とするもの、もう一つは啄木自身でつけたとするもので、中でも石井勉次郎が鉄幹説（『私伝石川啄木』桜楓社　一九五二年）を、岩城之徳が啄木説（『啄木評伝』學燈社　一九七六年）を唱えて持論を譲らず論争が続いた。事は雅号そのものではなく命名者をめぐる末節的事案だから目くじら立てて争うほどのこともないが、なにしろ啄木という響きそのものに惹かれるという向きも無視できないので、この二人の論争とは別個に敢えて私見を挟んでおきたい。

どちらかというとこれまでは鉄幹説が有力だった。というのも鉄幹自ら次の様に言っていたからである。

それまでの雅号は「白蘋」であったが、私は其の寂しい雅号が君に不似合なやうに思って居たので、此詩の発表を機会に新しく雅号を撰んで付けよう、確かに此詩が詩人たる君の地歩を決定する最初の意義あるものだと考へたので、その詩の中にある「啄木鳥」の一編が君の其頃の心境を尤も正直に表現した佳作だと見て、私は「啄木」と云ふ雅号を付けて『明星』に載せたのであった。
（「啄木君の思出」前出）

この文の初出は一九二八（昭和三）年、『石川啄木全集』（改造社版『月報』第一号）で、啄木没後十六年経ってのことである。十六年も前のことをこのようにはっきり記憶し、公表するというのはよほどその記憶に自信があるとも言える。それに、この時期には啄木再評価が高まり世間からも注目されだしていたので、敢えて一石を投じる意味でこの一文を書いたと見ることもあながち不自然ではない。しかし、〝恩師〟あるいは〝師匠〟が弟子に雅号を与える場合は師匠といえどもその弟子に一言声をかけるのが普通であろう。北大路魯山人が福田房次郎という本名を若かった修行時代に岡本太郎の父岡本可亭に弟子入りした時には可亭から「鴨亭《おう》」という雅号を貰うが押しつけではなく「これでいいかね」と念を押されている。魯山人を称するのはそれから十余年後、自らつけた雅号である。

啄木は十五歳（中学四年）の時「翠江《すいこう》」を名乗り、「白蘋」はその翌年から使っている。「蘋」は浮き草でそのたよやかな佇まいは気品が漂う。しかし音《おん》は「貧」「顰」「頻」などと繋がり気品に欠ける。はっきりいって言葉にうるさい啄木ほどの人物には似つかわしくない雅号である。だから啄木自身うすうすこの事は感じていて何かの機会に改めようと考えていたとしてもおかしくはない。

しかし、そうではあっても鉄幹が啄木に一言の相談もなしに一方的に〝改号〟したとすれば、いくらこれから厚誼を得、指導してもらう立場にあるとはいえ、啄木がこれをそのまま鵜呑みにすることはなかったであろう。書簡にも日記にもこの経過は一つも見あたらない。この〝改号〟に関して鉄幹との間にトラブルが生じていないということは、どう考えても啄木自身による改号だったと言わざるを得ない。啄木が自分で雅号を変えた理由を述べた文章が残っているのだから素直にうけとればよいだけのことである。

窓前の幽林坎々《ゆうりんかんかん》として四季啄木鳥《きつつき》の樹杪《じゆびやう》を敲《たた》く音を絶たず閑静高古の響、真に親しむべし。春来病を此処に養ふて、或は苦愁枕に凭《よ》るの時、或は無聊《ぶれう》高吟するの時、又或は会心のワグネルを繙《ひもと》くの時、常に之を聞いて以て日夕の慰めとしぬ。而して之に接する毎に予は如何なる時と雖《いへ》も吟懐潤然《ぎんくわいかつぜん》として清興の湧くを覚え、詩腸《しちやう》の愁渣《しうさ》を一洗するの快を得たり。取つて以て名付くる者斯くの如きが故のみと。（「無題録」『岩手日報』　明治三十六年十二月十九日付）

もう一つ、渋民で療養中だった啄木が野村胡堂に宛てた一九〇三（明治三十六）年九月二十八日の書簡では署名を「病痩白蘋拝」としているが一ヶ月後の二十九日同氏宛て署名は「啄木庵　素蘋拝」である。ということはこの一ヶ月の間に「白蘋」を変えるべく思案中だったことが分かるし、また「署名」も「啄木鳥庵」「啄木庵」「啄木」と少しずつ変えて使っている。どれにすべきか試行錯誤の最中だったのだろう。

啄木の雅号で掲載された『明星』（明治三十六年十二月第十二号）を見ると「冬木立」以下短歌四首の署名は「石川白蘋」で同じ号に同時に投稿した「愁調」以下五編の署名は、ただ「啄木」の二文字のみである。これが世に「啄木」の名が登場する最初である。鉄幹は「啄木」の署名をいぶかったに違いないが結局は作者の意向を尊重してそのまま掲載した、というのが顛末である。おそらく啄木は「白蘋」と「啄木」に対する読者の反応を見るために並べて試したのだろう。

だから結論から言えば鉄幹の証言は作為になる。かといって鉄幹を批判するのは短絡にすぎるだろう。鉄幹夫妻へは啄木から渋民で療養している間中長い長い書簡を何度も送ってきた。いわゆる切手代がいつも超過してその負担は赤ん坊のミルク代を圧迫した。その後上京してきた啄木に衣食住の世話をやき、時に何日も泊まっていくこともあった。しかし夫妻は嫌な顔一つ見せず啄木の成長を見守った。やがて啄木が鉄幹を批判するようになっても夫妻の温かなまなざしは変わらなかった。啄木逝って十幾星霜、自分が啄木にはささやかな貢献をした一人だと一度ぐらい誇張して言っても啄木は怒るまい、と鉄幹は思ったのだろう。鉄幹の肩を持つわけではないが、人間的には啄木より遙かにスケールの大きな人物である。嘘をついて自慢するようなさもしい人間ではない。〝啄木と私は信頼関係の間柄、私が名付け親でどこが悪い〟という程度の感覚と思えばいい。

4　模索

病を得て渋民に戻った啄木と恋人堀合節子との関係は、一時は節子の父忠操の猛反対を受けたが二人の真剣さに負けて以来公認の付き合いとなり、順調に進んでいた。一方、啄木の健康状態も落ち着いて逢い引き以外はもっぱら詩作に打ち込んだ。非凡と平凡の決定的な違いはその才能の差は当然としても、もう一つは集中力にある。

白蘋から啄木に変身してからというもの詩興が忽然と湧き上がってきて集中的に作品の創作に取り組んだ。と同時にエッセイや評論にも積極的に取り組んだ。

一九〇四（明治三十七）年の一年間に啄木が書き残した筆跡をみると、その旺盛な創作ぶりがはっきりする。

◇詩…………………「森の追懐」『明星』以下五十五編
◇短歌………………「雑吟」『岩手日報』以下十四首
◇評論・エッセイ…「詩談一則」『岩手日報』以下十六本

発表媒体も『明星』や『岩手日報』という〝身内〟ばかりではなく『時代思潮』『白百合』『太陽』など次第に発表の機会を拡大していった。このことは啄木が詩壇のみならず文芸への道筋を作りつつあることを示していた。それほど多くはないが原稿料も入ってくるようになり、読みたい書物を親の顔色を気にしないで購入できるようにもなった。啄木は次第に東北の無名詩人から東京そして全国的に知られるようになり、その注目度はますます高まっていった。と同時に筆で食べてゆけるかもしれないという期待も膨らんできた。

啄木はこの機運を見逃さなかった。書きためた作品をまとめて発表しよう。自分のためではあるが、恋人節子との結婚を考えていた啄木はその記念にもしたかったし、結婚に反対していた堀合忠操にも見返してもらう機会にもなる、と考えた。そしてこれが成功すれば独立も出来る。

そこで手始めに啄木は最初の詩集出版を推し進めることにした。かつて与謝野鉄幹に会った際に出版についてのアドバイスを受けたことがある。「西欧と違って日本には著作権という考えが普及していないから本を出すのは非常に難しい、ましてや印税という発想が全くないから詩人はもとより小説家でも大変だ。筆一本で食べているのは紅葉や露伴くらいだ。あと森鴎外さんかな。だから若くして出版ということはほとんど無理だ。どうしてもと言うなら自費出版しかないだろうね。」という鉄幹の話を思い出していた。

しかし、若かった啄木は一端思い込むと後戻り出来なかった。がむしゃらに突き進むしかない。最初に頭に浮かんだのは自費出版だった。いろいろ聞いて見ると最低で百円、東京の書店に置いて貰うと二百円はかかるという話だった。啄木自身はおろか、あたりを見渡してもこれだけの大金をだしてくれる身内・親戚・友人はいない。それに昨年、最初の上京で失敗して帰村して以来、両親がふさぎ込んでため息をつく日々が続いている。とても金策を頼める雰囲気ではない。それもそのはず、一禎は病身の啄木を連れて帰るために相当の借金を抱えたことを啄木には話していなかった。すべて腹の中に納めていたのである。父一禎と母カツの不機嫌はその現れだったことを後に啄木は知ることになる。

田舎にいては出版は不可能だ、先ずは東京に出ることからすべてが始まる。初めての上京では一つも伝《つて》はなかったが、今回は鉄幹もいるし『時代思潮』の姉崎嘲風もいる、「太陽」編集部とも顔はつながっている。なんとかなるはずだ、時折頭をもたげる啄木の楽天的な決断は今回も変わらなかった。

啄木は『明星』に載った「愁調」以後作った七十七編の詩歌を持って単身上京する。一九〇四（明治三十七）年十月三十日のことであった。上京間もなくは希望を持っていたので意気軒昂で余裕もあったのだろう。友人達に「今度出す詩集は自信がある。順調にゆけば二、三百円くらい楽なもんだよ」と吹聴し、高級タバコ「敷島」を吸い、どこへ行くのも人力車に乗り、友人が来ると「客膳」を振る舞った。同人仲間の「宵吟会」に参加したり、上田敏、姉崎嘲風、石井柏亭、蒲原有明らに会ったりしていたが、出版の話はどうも進捗しない。このままでは第一次上京の二の舞になる、とあせりがでてくる。

無二の親友だった金田一京助は与謝野鉄幹が「少年にして名をなすというのは必ずしも将来よくない、（中略）おいそれとは出版してくださらなかった」（「啄木の人と生涯を語る」前出）と述べているが、これは金田一がしばしば無意識のうちに繰り返す一方的な推測に過ぎない。鉄幹をもってしても出版は大事業だったのである。現に第三次の啄木上京の時には彼の書いた小説は森鴎外の斡旋があってもついに一度も陽の目を見なかった。啄木をいち早く発見しその才を讃えた鉄幹が啄木の成功を望んでいなかったはずがない。

詩集出版より遙かにはやく啄木の生活破綻が迫っていた。年末もおしせまり「予算が違って誠に哀れなる越年をせねばならぬ事と相成り候」（十二月二十二日）と金田一京助宛てに窮迫を訴えた三日後には「一月には詩集出版と、今書きつつある小説とにて小百円は取れるつもり故、それにて御返済可致候に付、若し若し御都合よろしく候はば、誠に申かね候へども金十五円許り御拝借願はれまじくや」と平身低頭しながらの借金生活となる。

一方、渋民の実家には未曾有の大事件が起こっていた。この年末には本山曹洞宗宗務院から「宗費滞納ノ為住職罷免」の通知が届いていたのである。第一次啄木上京の救出のため金策で捻出した借金の為に宗費百余円を払えなかったからだった。

このため啄木一家はこの後離合集散、窮乏連綿という日々をおくることになるが、この事実を啄木が知るのは年が明けた三月になってからである。遠慮しがちに両親に無心の手紙を何度か書いたがなしのつぶて、さもあろう、両親はすでに渋民宝徳寺を追われ廃屋に近い古い農家に移転していた。

第一次上京の時と異なっていたのは健康だけはなんとか保持していたということであった。友人達に食事やタバコを恵んで貰い小銭を借りる光景は第一次の再現であった。後に啄木は

いささかの銭借《ぜにか》りてゆきし
わが友《とも》の
うしろ姿《すがた》の肩《かた》の雪《ゆき》かな

と詠んだがそれはまさに啄木自身の姿そのものだった。

5「あこがれ」出版

生活が窮迫してくるが、この間、啄木が手をこまねいて無為にすごしていたわけではない。自分で出来る様々な努力をしていることを見過ごしてはなるまい。先ず、当時既に詩壇に堅固な地位を固めていた上田敏に会って「序文」を依頼し快諾を得たし、鉄幹には「跋」（あとがき）の約束を取り付けている。他にも数人に依頼したが出版の目処が立たないことを聞きつけたせいか原稿はこの二人だけにな

った。
また出版については、啄木はいろいろ思案をめぐらして突飛な行動にでることもあった。鉄幹に「今日は原敬に会ってくる」と言って出かけたと思うと夕方帰ってきて興奮気味に「原敬に政治家は詩を知らなければならないと激論してきた」とか「大隈重信に手紙を書いておいた」「尾崎行雄東京市長に会って食事をしてきた」などと言うので鉄幹は「例の嘘であろうと聞き流していた」（「啄木君の思い出」前出）

ところが啄木は真剣だったらしい。原敬と大隈についいては確証がないが、尾崎については本当の話だった。尾崎本人の文章が残っているのである。（「石川啄木と私」前出）

「私が東京市長をして居た頃、石川啄木君がやってきて私に会ひたいと云ふので会って見ると、彼は歌の草稿を一冊私に示し『これを先生に捧げたい』と云ふのだった。彼は其頃十八歳位の青年であり、私は歌など無用なものと思って居たから、『若い者が歌など作ってどうする、もっと外に学ぶべき大切なことがいくらでもある筈だ、私はこんなものは要らないから持って帰れ』と云って叱り飛した。然し彼は『折角持って来たのだから』と云って無理に置いて行き、私は其草稿を反故紙と一緒に何処かへ捨てゝしまった。」（内海信之「啄木の『あこがれ』」『短歌研究』一九三六（昭和十一）年六月号より重引）

その時、啄木は尾崎がなぜか白手袋をしていたのが強い印象として覚えていた。後に、

手《て》が白《しろ》く
且《か》つ大《だい》なりき
非凡《ひぼん》なる人《ひと》といはるる男《をとこ》に会《あ》ひしに

と詠んだのはこの時の歌である。『あこがれ』が出版された時、その扉に「此書を尾崎行雄氏に献じ併て遙に故郷の山河に捧ぐ」と記銘したものだから尾崎が出版させてくれたのだろうと誤解が先に流布してしまったのである。しかし同郷の先輩尾崎に対する尊敬の念は強く、もし自分に男の子が生まれたなら行雄と名付けるつもりだと日記に残すほどの入れ込みようだった。

ただ、啄木と盛岡中の同級生でユニオン会のメンバーの一人だった小沢恒一が「私に話したところによると、未知の尾崎市長を東京市役所に訪問して文学談などを交わし十五円かの出版費を寄贈してもらったということであった」（『石川啄木』潮文社　一九七六年）とする証言もあるが、そ

れは啄木が小沢から借金をする口実にするつもりで言ったのかも知れない。後に小沢は啄木の不誠実に我慢できず絶交する。

6 まぼろしの著作

今回出す予定の詩集の題名は「あこがれ」と啄木が決めていたことは疑いがない。ところが金田一京助はここでもまた「与謝野先生の命名」（「前出」及び「あこがれ時代」『新訂版　石川啄木』角川新書）云々と決めつけているが、これは違う。金田一への手紙で啄木は「詩集の方は『あこがれ』と致し、上田敏氏の序詩一編有之候」（明治三十七年四月十一日付）とわざわざ記している。啄木は長女が生まれた時、身内親戚が付けようとした名前を振り切って自分の意志を通しているくらいである。それでなくとも初めての自分の詩集の題名には余程の執着を持っていたはずである。与謝野が「あこがれ」と命名したのであれば先に引用したように鉄幹から「おいそれとは出版してくださらなかった」という言葉は出てこないだろう。また、出版された『あこがれ』に鉄幹が「跋」を寄せているが命名には言及していない。

結局ようやく『あこがれ』が出版されるのは翌一九〇五（明治三十八）年五月のことである。紆余曲折を経て同郷の小学校の同級生小田島真平を中心とした三兄弟（長男嘉兵衛、三男尚三）の協力で出版資金三百円を拠出してくれたのである。銀行勤務の尚三が日露戦争に出兵することになり、出版社勤務の長兄嘉兵衛が啄木詩集の噂を聞きつけ、どうせ戦地にお金を持って行くことは出来ないのだから、ちょっとの間人に貸し付ける方がいい、とこの話を弟に持ちかけた。そして三人で啄木に会った。その場面を小田島尚三に取材した伊東圭一郎の記録に見よう。

> 市ヶ谷駅から神楽坂の方へ行った牛込のある下宿屋に啄木を訪ねた。啄木は女中を呼んで『おいおい、ねえや、敷島を五つ持ってこい、といいつけ、また客膳を五つ取り寄せた。兄の話では下宿屋にも大分迷惑をかけているらしいとの事だったが、その時は空返事ではなく確かにお膳が出て私もごちそうになった。ただしゃべることが少しホラ吹きがかっていて『イギリスの詩人バイロンの考えより僕はね、もっと大きな空想を持っているんだよ。たとえばずっと天井の円い芝居小屋を建てたいという風に思うんだよ』などといったりした。／私どもは高山樗牛や姉崎嘲風などといえば大変偉い人だと思っていたのに、啄木は『姉崎嘲風君がね』などと君（くん）づけに

してしゃべるので、少しホラ吹きだという感じを受けたけれども、唯眼がとても澄んでいて美しいので、詩人とはこういうものかと思った。真平が『石川という人は貧乏だが文学的才能のある人だ』と推薦したが、結局私も啄木に魅せられてしまったわけでしょう。三百円ほどの貯金を兄の嘉兵衛に渡し、これで『あこがれ』を出すことになった。」（『人間啄木』前出）

かくして難産の『あこがれ』は千部印刷、定価は一冊五十銭、制作費二十五銭、うち百部は上製のクロース張り、都合三百円だった。（当時は六畳、四畳半、三畳、台所、洗面所の家賃が三十八銭である。）クロース張りはすべて啄木が贈呈用に取り分けた。小田島尚三は無事旅順から帰還したが、一度も啄木から「ありがとう」の言葉はなかった、と伊東圭一郎に話したそうである。

『あこがれ』の評判は詩人たちには好評だった。『帝国文学』『明星』『国史』『太陽』などといった専門誌が相次いで取り上げ、十九歳になったばかりの彗星の如き若き詩人の出現を祝した。なかでも大町桂月は「形も、想も、未熟なる節多けれども、詩趣もあれば、詩才もあり。二十歳の青年にしてこの多数の詩編あるは、感心也」（『太陽』明治三十八年第八号）と絶賛した。

しかし、商業的には完全な失敗で書店に置かれたもののそのほとんどは啄木の元に返却された。小田島三兄弟は『あこがれ』を一部ずつ贈られたが、寡黙で平凡な生涯をひっそりと終えた。しかし、この三兄弟こそ『あこがれ』の産みの親であり、これを世に送った功績を忘れてはなるまい。

ただ、これまで余り注目されなかった事だが、この『あこがれ』には二冊の啄木の著作についての予告が掲載されている。ところがこれらの著作についてはこの後の日記にも書簡にも触れられていない。

一冊目は『劇詩死の勝利』と『新《にひ》弦《ゆづる》』である。両者とも「四六版洋装美本」とあり「近日発行」となっている。啄木の手になる広告文、前者には「詩壇革新の、凝つて茲に劇詩『死の勝利』成りぬ。幕をわかつ事五、すべて韻文を以て書かれたるもの也。／見よ、これ、日東国民の内部生命の絶叫也。見よ、これ日本新文芸の煙火也。」とあり、後者では「目次」までついていて「北海の詩、深林、生命環、雑詩数十編」という構成である。少し長めのアピールは以下の通りである。

これ『あこがれ』の著者が第二の詩集也。北海の詩は著者が甲辰の秋北海道に遊べる時の紀念にして、『津軽海峡』、『ヘレン号の甲板』以下十二編の詩を集め、深林、生命環の二は何れも二千行以上の雄編、日本詩壇空前の象徴詩なり。その他雑詩数十あり。著者が詩業の発展この書に於て更に眩目すべきものあらむ。乞ふ、新弦弓に上つて一鳴するの時、白羽の長箭《セン》何れの天に飛ばむとするかを見よ。

ともかく異常な力のいれようである。それと自己宣伝の巧みさにも驚かされる。しかし、この二冊はとうとう陽の目をみることなく終わってしまう。年末に十五円の借金を申し込んだ時の金田一への書簡には「今書きつつある小説」とあるから、一部の原稿は書き上げていたのだろう。しかし、『あこがれ』の売れ行きが不振で当てにしていた収入は全く入らなかった。この出版に人生を賭けていた啄木の落胆は執筆意欲を失わせるに十分だった。このため意気込んで売り込んだ『劇詩死の勝利』と『新弦』二作は幻の著作になり了った。

7　住職罷免

『あこがれ』出版が思うように進まず手こずっている間に渋民宝徳寺では大事件が持ち上がっていた。それは住職一禎が宝徳寺を免職されるという予想だにしなかった青天霹靂の事態であった。

一禎がいつもの如く庭園の樹木の手入れを終えて玄関脇の郵便受けに向かう。楽しみといえば東京に出ている息子からの便りである。最近は十日か二十日にハガキで簡単な近況しかこなくなったが、それでも父母は満足だった。満足な仕送りも出来ないが元気でいてくれればいい、という親心である。

ところがこの日一九〇四（明治三十七）年十二月二十六日の郵便受けには茶封筒が一通入っていた。送り主はと見ると「曹洞宗宗務院」。いつもは葉書で本院の催事や修行通知しか来ないのに不吉な予感がして封を切るとやがて手がワナワナと震えだした。「岩手郡渋民村四等法地宝徳寺住職石川一禎儀去ル明治三十七年十二月二十六日宗費怠納ノ為住職罷免ノ御処分ヲ受ケ候」という思いもかけない文字が目に飛び込んできたからである。確かにとっくに納めておくべき筈の宗費百余円はまだ払っていなかったが、東京に出ている息子啄木が詩歌で有名になり生活費を稼げるようになるのは間違いないから、そのうちに払えばいいだろうと甘くみていたのである。ここ二年の間、啄木の二度の上京で出費が重なり宗費をこれに当ててはいたが、これほど早く、これほど厳しい処分を受けるということは全く考えてもいなかった。実直で気の弱い一禎が不払いを意図的にしたのでないことははっきりしている。一禎とその妻カツは一時は混乱し取り乱したが、ともかく宗費百余円を払うことができない以上、住職にとどまるのはできないと考えて宝徳寺を出ることにした。これまでは一禎が困窮し病に伏せている啄木の為に檀家に無断で「山林を売った」とか「山の杉の木を売った」などという説がまこととされていた。しかし、これらの話を裏付ける物証がなく、誰に、幾らで売ったのか、或はどのような金策を為したのか、未だに明らかになっていない。

宝徳寺を出るに当たって一禎やカツの頭の中には啄木がかならずや一旗揚げて帰って来る筈だから、そのときはこんな片田舎にいるより東京で啄木と一緒に暮らせるだろうという気持ちがあったのだろう。いくつかの資料では檀家が慰留を試みたが、とりわけカツが村民の意向を無視して顰蹙をかった、とする説もある。いずれにしても啄木、一禎、カツの楽天的で見通しの甘さという親子の共通因子が決断を誤らせる元凶だった。

啄木がこのことを知るのは一九〇五(明治三十八)年三月上旬のことである。一禎からの手紙で状況を知った啄木は金田一宛に「この呑気の小生も懊悩に懊悩を重ね、一時は皆ナンデモ捨てて田舎の先生にでも成らうとも考へた位。結局矢ツ張本月中には一家上京の事に不止得相纏り申候。」(四月十一日)と言って東京に一家を呼ぶ考えを示している。自分一人でも生活出来ないというのに、一家で暮らそうというのだから楽天を通り越した現実逃避の典型的思考である。

8 節子との結婚

この間、啄木の周辺の動きは慌ただしかった。恋人節子との婚約はこれより一年前の一月に成り、その十日の日記には「未来を語り、希望を談じ、温かき口付けうち交はしつゝ話は絶間もなくうち続きたり。詩、音楽、宗教のけぢめもなく、云い渡り、さて語つくれば無音の語ぞ各自の瞳に輝きぬ。/家人外出してしばらくへらず。破壁の隙もる冬の風も我らには温き春の日のそよ風の如く覚えぬ。」とあり、二月に結納、ふたりの仲は公然となり週末には二人きりで過ごすようになっていた。節子の弟堀合了輔は「啄木の農村的早熟と、それに引きずられ、ひたむきになってゆく節子の姿は想像し得る。人はだらしないというが、肉親として情けない感じである」(『啄木の妻 節子』洋々社 一九七四年)と率直な感想を残している。結婚は秒読み段階にはいっていた。五月十二日、一禎は啄木代人として盛岡市役所に婚姻届をだした。一九〇四（明治三十七）年三月から岩手郡滝沢村尋常高等小学校に代用教員となっていた節子が翌年三月結婚の準備のため退職。

東京で苦しい生活のなかで詩集出版が思うようにゆかず、一方で頼みの綱だった父一禎の失職、迫り来る結婚、啄木の肉体的・精神的疲労は限界に近づきつつあった。

仲人をすることになっていた上野広一に宛てた書簡で啄木は次の様に伝えている。「家はもう見付けた、駒込神明町四百四十二番地の新しい静かな所、吉祥寺の側に候。ヒドクよい所に候。炊事係の婆さんも頼んで置き候。兄を迎ふる時、青葉の中の我が新居、久し振りに画の話しでも可仕候。」（明治三十八年五月十一日付）

実際問題として借金まみれの啄木に新居を構えたり、炊事婆さんを雇うことなど出来るわけがない。このような作り話を仕立て上げなければならなかったほど、啄木の精神状態は追い詰められていた。

結婚式はさきの上野広一が仲人となり五月三十日に披露宴が行われる手はずを友人達が整えていた。ところが肝心の啄木が盛岡に戻ってくる気配がない。周囲のやきもきを知らなかった啄木ではない。しかし、どうしていいのか自分で判断出来なかったというのが真実に近い。帰る旅費もない、詩集も失敗だった、帰れば結婚式、その後には自分で嘘で固めて言い出した東京での両親を伴った新婚生活、どうあがいても解決策が見えない。

そのうち業を煮やした在京の友人達が啄木と直談判して盛岡に強引に連れ戻すことになった。すると啄木は「実は言いにくいんだが僕には別の女がいて節子と結婚することになれば死ぬというんだ。この女性と別れるためにはカネがいる」と言い出した。勿論これは啄木得意の作り話だ。啄木は自分でも認めているが、とにかく話を作るのがうまいし、平気で嘘もつく。

あの頃《ころ》はよく嘘《うそ》を言《い》ひき。
平気《へいき》にてよく嘘《うそ》を言《い》ひき。
汗《あせ》が出《い》づるかな。

嘘をつかない人間など存在しないが、啄木の場合は生活のために、生きなければならないためのぎりぎりの状況が重なり続いたから、否が応でもこの困難を切り抜けるための方便だった。

もう嘘《うそ》をいはじと思《おも》ひき――
それは今朝《けさ》――
今また一つ嘘《うそ》をいへるかな。

何《なん》となく、
自分《じぶん》を嘘《うそ》のかたまりの如《ごと》く思《おも》ひて、
目《め》をばつぶれる。

今《いま》までのことを
みな嘘《うそ》にしてみれど、
心《こころ》すこしも慰《なぐさ》まざりき。

魯迅は〝仲間につく嘘は悪徳だが、権力につく嘘は美徳だ〟と言っているが、啄木の場合は権力と対峙する以前に斃《たお》れてしまったから、これらの「嘘」を悪徳呼ばわりする訳にはいかない。

　ともあれ友人たちに盛岡まで〝護送〟された啄木は一旦、仙台に降りてから渋民に行く、という言葉を友人たちは信じて別れた。ところが結婚当日になっても啄木は式場に現れない。それどころか啄木は仙台で老舗「大泉旅館」に一週間も泊まり、友人達を招いて馳走し酒を飲み交わしている。さらに土井晩翠に妹を語ったでたらめな手紙を送り、慌てた晩翠夫人にカネを都合させ、あまつさえ旅館代まで払わせている。土居家に肩代わりさせた旅館代と現金は十五円にもなる。これなどは明らかに確信犯といってよい。

　こうした啄木の支離滅裂な行動をこれまでの主な啄木伝を見る限り、きちんと説明したものはない。しかも啄木研究家の中には精神科医もいるにもかかわらず、啄木の心理、精神状態を的確に分析したものがない。逆に言えばこうした一貫せず説明の付けようがない啄木の言動は専門家の診断の範疇には入らないのかも知れない。ともかく、この時の啄木の言動は明らかに〝迷走〟としか言いようがない。無理矢理なんとかこじつけて正当化しようとしたこれまでの啄木伝は啄木美化信仰のなせる落とし穴の一つというべきだろうか。

　さらに啄木の逸脱は続く。右往左往する周囲の困惑を尻目に啄木は渋民の手前の好摩駅に降り立ち駅前の食堂でビールを飲みながら仲人の上野広一に「友よ友よ、生は猶活きてあり、／二三日中に盛岡に行く、願はくは心を安め玉へ。」という人をバカにしたハガキを書いた。温厚な性格であまり感情を表に出さない上野は激怒し、失望して啄木と絶交する。ただ、上野は当日の新婦節子について「結婚式当夜の節子さんの態度は実に落ち着いたもので、別段彼の不信を意に介しているようでもなく、それほど悲観しているようにも見えず意外でした。矢張り確固たる自信があったのだと思」（＊伊東圭一郎「前出」ただし、この部分だけ一九五九年版を採った）われると証言している。さもあろう節子は式後、上野広一と佐藤善助宛に「吾れはあく迄愛の永遠性なるといふ事を信じ度候」（堀合了輔「前出」）と凛とした態度で応じている。ただし、両家の親たちの狼狽ぶりは目も当てられなかったという。

そして啄木が盛岡の新居にようやくやってくるのは六月四日のことである。言ってみればどの面下げて今頃のこのこと顔を出せたものだと思うが、不思議なもので大騒ぎになったこの一件はたちまちのうちに沈静化した。こういう場面で悪びれることなくあっけらかんと現れる啄木の面目躍如といったところであろうか。石川家にとっては両親、妹光子、新婚夫婦が一つ屋根の下で暮らすという願っても ない結末だったから、啄木が取ったいくつもの不可解な言動をほじくり返す人々はいなかった。

9 『小天地』第一号

ようやく落ち着いた一九〇五（明治三十八）年六月二十五日、一家は盛岡市加賀野磧《かわら》町四番地に転居し、父一禎の住職復帰を目指しながら一抹の希望を持って新しい生活を始めた。門をくぐると二畳の玄関と四畳の女中部屋、六畳・八畳・四畳半という間取り五人で暮らすには十分であった。しかし家賃五円は堀合了輔が言うように明らかに「身分不相応」（前出）であった。

しかし、中津川のほとりにある新居には朝夕小鳥の囀りが聞こえ、川辺をむつまじく散策する啄木と節子の姿があった。この頃の啄木の日課は起床すると家族そろって朝食、啄木はいつも巧みな話題で食卓を賑わせた。「岩手日報」「万朝報」「読売新聞」「毎日新聞」四紙を読み鉛筆でマークをする。節子がそれを切り取りスクラップ帳に貼り付けるのである。その後、机に向かい自作の詩歌の添削、原稿執筆で午前が終わる。午後は友人・知人が入れ代わりやってくる。天気がいい日は夕刻節子と散策という愉しい日課だった。当時二人合作で作った歌がある。（「涼月集」『明星』明治三十八年七月号に十首が掲載された。）

まどろめば珠のやうなる句はあまた胸に蓄みぬみ手を枕に

薄月に立つをよろこぶ人と人饒舌《ぜうぜつ》なれば鳥き、それぬ

中津川や月に河鹿の啼く夜なり涼風《すず》追ひぬ夢見る人と

考えてみれば啄木の生涯でこの時期ほど幸福に満ち充実した生活はなかった。それはローソクの灯りが消える直前の瞬間的な輝きだったが、私は啄木がたとえ短いこの一瞬であっても爍々《あかあか》と生きた時間の与えられたことを心から歓《よろこ》

びたい気持ちを抑えることが出来ない。

　心のゆとりを取り戻した啄木ではあったが収入と言えば「岩手日報」に寄稿した「閑天地」（二十一回連載）や『明星』『時代思潮』『太陽』などの原稿料が不規則に入るだけで一家五人が食べて行くのは大変だった。

　ところで私が常々不思議というか疑問に思っているのは父一禎と母カツが二十を過ぎたばかりの中学中退で無職同然の長男に何故ぬくぬくと世話になっていたのか、という問題である。この時一禎はまだ五十五歳、カツ五十七歳である。二人は病気一つせず健康そのものだった。最もカツは少し腰が曲がりだしていた。しかし、無為徒食すべてを啄木に託し、はっきり言えば、のうのうと暮らしていたのである。例えばせめてカツが農地を借りて野菜や果物を作ったり、ある程度の教養を備えた一禎はこどもを集めて書道かなにかの塾でもやるとか、まだ二人とも体力だってあるのだからどこぞの商店の番頭か農家の手伝いだって出来たはずなのである。少しでも家計の足しになる努力をすべきなのにこの二人にはそのような考えはまるでなかった。二人はいずれ、せがれが有名人になるに違いないという夢にすがって啄木の足枷になっていた。後にこういう姿勢が禍いとなって啄木一家は凄惨な生活破綻を招くことになる。

　それでも一応平穏な生活はしばらく続いた。磧町の啄木家は文学好きの友人・知人が出入りするサロンになっていた。啄木には鉄幹と晶子がやっていた新詩社のイメージが焼き付いていたに違いない。このサロンで様々な議論を重ねていくうちに文芸誌を出そうではないかという話になっていった。というのも中学時代既に彼等は同人誌をさんざん自ら作ってきたから当然の成り行きだった。話はとんとん拍子に進んだ。なによりこの企画に最も熱心だったのは啄木である。周囲は『あこがれ』による全国デビューを果たした啄木を中心とすることに衆議一決した。企画編集は啄木にすべて任されたが難関は刊行費用であった。

　いろいろ話し合って結局のところ新詩社の同人で盛岡市内で大きな呉服商を営んでいた大信田金次郎がスポンサーを引き受け、経費は自分が持つから安心して編集に打ち込んでくれと啄木を激励した。他の仲間も小口ながら献金し、かなりの資金が出来た。啄木はこの運用を自分で仕切り、自由に使った。

　啄木が人力車を乗り回したり、来客には糸目も付けず高額な仕出しものを取り寄せたり、友人達を招いて歌会を開いた後では酒肴を振る舞うようになったのはこの資金の流用の故である。父が失職中にも関わらずこのような身分不相応な饗応ができたのはそのためであったが、普段から啄木はあちこちの雑誌、文芸誌、新聞に寄稿して忙しくてたまらない、と口癖のようにいっていたし、友人達が不意に啄木の家を訪ねると殆ど机に向かってなにやら原稿を書いていたので周囲はこの贅沢はてっきり原稿料で稼いでいるものと思っていたのである。啄木はつましい東北人だが、本人は「宵越しのカネは持たない」江戸っ子気質であった。懐に入ってくるカネは右から左へとあっという間に使ってしまう性癖はとうとう生涯直らなかった。

さらに同じ頃のこと、まことしやかに伝えられるエピソードに次の様な場面がある。それは編集の打ち合わせの途中にこれ見よがしに電信用紙に啄木がさらさらと筆を走らせて節子に「今日中に届くように急いで発信してきなさい」と渡した、という描写のあと、「これは周りに自分が如何に忙しく、如何に重要な役割を果たしているかということを見せるための芝居で、電信用紙は節子が裏口で破り捨てた」というものだ。この話はたいていの啄木伝でくり返し使われている。

私が北大路魯山人という芸術家のことを学んでいた折り、魯山人についてこう評した人物がいた。それは鎌倉の自邸で茶会を開いた時のこと、魯山人は落ち着きのない男で十分置きくらいに茶室からでて水を撒いていたと、さも蔑むような調子で言うのである。私は茶会を嗜《たしな》んだことはないが、それでも初夏の茶会での打ち水は十分も経たずに干上がる、だからせっせとしかも一期一会の精神で門番にやらせずに自分で打ち水をしていたのである。さもしい心しか持てない人間はその程度の見方しか出来ないのだ、と思ったことである。

もし、私が『小天地』(復刻版だが)を実際に手に取っていなかったならこの偽電信の話を真に受けていたかも知れない。また規模が同じほどのさる団体の機関誌編集の十数年の経験がなければやはり偽電信の話を疑わなかったであろう。

『小天地』は週刊誌大、本文五十二頁、定価十二銭、寄稿者は与謝野鉄幹、岩野泡鳴、小山内薫、正宗白鳥など延べ三十九人に上る。これだけの原稿を短期間でしかも啄木一人で集めるのは容易な業ではない。地元の人間ならともかく東京の高名な作家たちへの依頼や返答御礼などの対応は電話の普及していないこの時代、電報がなによりの通信手段だった。寄稿者への連絡の為に電信用紙何枚あっても足りないくらいである。まして偽電信など打つ暇などあるわけがない。

啄木がいかにこの計画に熱をいれたかということの一端は印刷所に何度も出かけて文選工たちに昼食を馳走し、自分でも活字を拾ったということでも察しられるが、何よりも編集の素早さに端的に現れている。出版の構想が持ち上がったのは六月初旬のこと、編集主任として全体構想と企画が決まるのが中旬、そして入稿、割付、印刷と、なんと三ヶ月という短い期間で刊行されているのである。普通なら準備やら編集会議など一年かかっても不思議でない。盛岡中時代に『三日月』『爾伎多麻』などという同人誌作りの経験がその下地にあったことは確かだが、反面、啄木の抜群の編集能力やセンスがなければ達しえなかった仕事だったことは疑いない。「小生が小天地出したことについて世人は小生今後いかなる事をするやに就いて憶測し居る様に候がとにかく小生の行く所、必ずや小天地てふ雑誌は同伴すべく、よしや休刊する事有之候ふとも小生のいのちある限りは小天地の寿命はつきざる筈に候」（金田一京助宛書簡「明治三十八年九月二十三日付」）と意気軒昂であった。

　同誌奥付には啄木が考案した「清規」六条が掲載されている。

一『小天地』は月刊文芸雑誌なり。
一『小天地』を読みて面白しと思ふ人は皆小天地社々友たり。
一社友は本誌六ケ月分以上の前金を収むるものとす。
一何人と雖も投稿するを得。但し十行二十字詰。原稿返却せず。
一毎月第二日曜日に本社に於て社友清談会を開く。
一本社を岩手県盛岡市加賀野磧町四番地に置く。

　特に五条のアイディアは啄木ならではのものだ。第一回の清談会の開催予告が編集後記に掲載されているが「雅友諸君の来会を望む。但会費十銭持寄の事」とある。いかにも啄木らしい繊細さが現れているように思えて微笑ましい。

　繊細さといえば、やはり奥付に小文字ながら載せている「広告料」にも注目したい。「○特別（裏表紙石版刷）金十五円○一頁金十円○半頁金六円」さすが「行広告」までは規定していないが、これが二十歳の若者が考えることか、という気がする。

　そして同誌に掲載された実際の広告を見ると

「特別」・・・・1
「並」・・・・・8
「半頁」・・・・2

　全部からきちんと回収されたとすれば広告収入は百七円になり、また「編集後記」には新渡戸仙岳ら六人から計十一円の寄付がなされているという記事から合計百十八円の収入があったことになる。発行部数が三百でこれが全部売れれば黒字になるはずだった。ところが実際は百部も出なかった。発刊前の啄木は「凡そ雑誌の経営位は男子一人の事業としては一些事にすぎず候へどもとにかく何年かの後には小天地の特有船が間断なく桑港と横浜との間を航海し、部数三十万くらいずつ発行する様になるべく候」（金田一京助宛書簡「前出」）とえらい鼻息であったが、それは一夜の夢に果ててしまった。

広告費が半分しか入らなかったとしてもこの時の啄木の懐に入った金は全体で百五十円前後であり、啄木の生涯中最高の収入になった。

10 破綻

ところで私が注目したのは『小天地』の発行人が石川一禎になっていることである。このことについては塩浦彰が「『小天地』の発行人を父一禎としたのは、父が戸籍の戸主たることと関連するのであろう」（『啄木浪漫』洋々社　一九九三年）と書かずもがなの型どおりのように言っている程度で、この件で関心を抱いた啄木研究家はいないようである。啄木のことは今でも岩城之徳に聞けというくらい精通している筈の氏ですら「発行人が啄木の父一禎になっているのは注目されるが、これは宝徳寺を追放された失意の父をなぐさめる啄木の真情を表すものであろう。」（「小天地解題」『近代文芸復刻叢刊　第三巻』冬至書房　一九五九年）とさりげなく述べている程度である。

そうかも知れないが、私にはもう少し深い意味があると思っている。というのは、毎日なにもしないで猫とばかり遊んでいる一禎に〝営業〟の一端を担わせたのではないか、ということである。具体的に言えば広告取りである。編集で頭も体もいっぱいの啄木に十本以上もの広告を取ってくる時間はない。そこで発行人の肩書きをつけて仕事をさせた。啄木にとっても雑誌にとっても、なにより一禎にとってもやりがいがある。そう考えての啄木独特の〝人事〟だったのであろうと思う。後にも先にも啄木が父に仕事を依頼したのはこれ以外にはない。その意味でもこの一件は興味のある話のように思う。生一本の一禎がどのような顔で広告取りや集金といった〝商い〟をしたのか想像するだに可笑しさがこみ上げてくる。

後日談になるが『小天地』で一敗地にまみれた啄木に追い打ちをかけるような事件が起きた。一九〇六（明治三十九）年八月四日、盛岡沼宮内警察から出頭命令を受けたのである。この頃、啄木は盛岡から渋民村に戻り代用教員をやっていた。啄木には少年期に村の駐在から間接的に注意を受けたことがあるから警察と聞いただけで一瞬身震いがした。出頭してみると厳《いか》つい顔つきの下斗米署長が出てきて盛岡地方裁判所検事局から大信田金次郎に関連する「委託金費消」嫌疑で問い合わせが来ている、ついては経過を教えてくれ、というのである。啄木は一部始終を署長に話すと検事局に報告を上げておくから、自宅で待機するように言われた。警察署を出た啄木はその足で駅前の喫茶店に入り大信田金次郎に、なんとか誤解を解いてもらえまいかと切々と哀願の手紙を書く。出来ることなら直接会ってお願いしたいが今は汽車賃もない。貴殿が直接検事局に話してくれれば問題は解決する、という長い手紙である。「あゝ兄よ。兄願はくは石川啄木をして猶この世に生かしめよ。」（「八月四日付書簡」）

結局、大信田の尽力で啄木は無罪放免となるが、荒木田家寿の研究によればこの一件は「法的には『犯罪』が成立していた」（「眇の見た啄木像の輪郭」『啄木研究』第三号　一九七八年）としている。啄木が大信田から預かった出版資金を流用していたことは前後の生活状態から明らかであろう。ただ故意であったのか計画的だったのか、という点では啄木の楽天性というか無謀性というから言えば作為的でなかったことは確かである。それゆえにこそ検事は無罪釈放としたのである。ただ、この一件は後の啄木の出版計画に生きた。晩年に企画した『樹木と果実』では全国から集めた予約金は収支を明確にしている。（最もこの資金の殆どが印刷所の倒産で奪われてしまったが）無断流用を二度としなかったからである。

『小天地』は詩壇では好意的に受け止められたが経営的には失敗だった。啄木一家の生活は破綻状態で節子は人目を忍んで質屋通いをしなければならなかった。お嬢さん育ちで暮らしに何の心配もなく育ってきた人間にとって、しかも新婚ほやほやでの質屋通いはつらかったであろう。

啄木は節子の父堀合忠操とは折り合いが悪く普段から双方ほとんど付き合いもなく口も利かなかった。軍人気質の忠操と文学青年とはウマが合わなかっただけではなく大切な娘の結婚式をすっぽかすだらしない性格の人間だと思い込み、啄木を好きになれなかったのである。今では想像も出来ないかも知れないが当時、文学をやる人間は放蕩者か堕落者と言われて蔑まれた存在だった。二葉亭四迷こと長谷川辰之助のペンネームが「くたばってしまえ」に由来するし、幸田成行は北海道余市から突然出奔、東京で一旗揚げようとするが頓挫し餓死寸前に「里遠しいざ露とねん草枕」という句が湧いて来て幸田露伴が誕生する。言い換えれば当時は文学を志すことはそれなりの覚悟が必要だったから、意志薄弱の人間には向かなかったが、堀合忠操には軍人にもならず役に立たない詩などを書いている人間とは相容れなかったのである。

　嫁に出したばかりの節子が結婚衣装までも質屋に入れたという話を聞いた忠操は見るに見かねて節子を呼んで「啄木には知られないようにな」と言って百円を渡した。自尊心の強い啄木に悟られたらこじれた話になる、と思っての言葉だった。忠操という人物はあまり融通の利かない堅物のように思われているが、私の見るところ人情と道理をわきまえた立派な人物だったと思う。

　忠操の息子了輔によると盛岡磧町に住んだ九ヶ月間に啄木は二百八十八円の借金をしたと言っている。(「啄木の妻とその一族」『回想の石川啄木』前出）家賃五円と家族五人の一ヶ月の生活費を二十円（普通は十円だが人力車、敷島、仕出し等を加味するとその倍と見積もった）とすればこの金額は借金とほぼ見合う。しかし、これには広告費と大信田の拠出金は含めていないから啄木がいかに派手に乱費したかということは隠しようがない。こう見てくると啄木にはカネというのは入ってきただけ使い果たすものだ、という金銭哲学があったのではないか、と思えてならない。

三　忍従

1　渋民回帰

『小天地』の経営失敗で窮地に立たされた啄木を見るに見かねて父一禎は「一《はじめ》よ、わしは野辺地の葛原対月和尚にもうしばらく会っておらんで少し寄らしてもらうで」といってひっそり青森野辺地の常光寺に一人で出かけたのは一九〇六（明治三十九）年一月のとある日であった。葛原対月の妹カツが一禎の妻だから葛原対月は義兄というわけである。実は義兄に会うというのは口実で困窮している啄木に少しでも負担をかけまいという一禎の心遣いであった。

　そして盛岡女学校にいた妹光子を寄宿舎に入れ、母カツと新妻節子と三人は渋民に向かった。一九〇六（明治三十九）年三月四日のことであった。この日の彼の日記にはこうある。

我が一家の此度の転居は、企てた洋行の、旅券も下付に成らぬうちから、中止せねばならぬ運命に立至つた事や、徴兵検査を受けたい為や、又生活の苦闘の中に長く家族を忍ばしめる事の堪へられなかつた為や、閑地に隠れて存分筆をとりたかつた為や、種々の原因のある事であるが、新住地として何故に特にこの僻陬《ヘキスウ》を撰んだか。それは一言にして尽きる。曰く、渋民は我が故郷―幾万方理のこの地球の上で最も自分と関係深い故郷であるからだ。

ちなみにここにある「企てた洋行」云々とあるのは、当時青年らに徴兵逃れの手段にもなる欧米遊学の風潮が持ち上がっており、啄木もご多分に漏れず、かなり本気で渡米を考えていたようである。中学退学後は独学で英語を勉強し「百円もあればアメリカにゆける」と周辺に吹聴してもいる。結婚後、借金生活に陥り節子が妊娠し、つわりに苦しんでいるというのに真顔で渡米の話をしていたと妹光子は回想している。(『兄啄木の思い出』前出)実際、啄木はイギリスで成功した野口米次郎や盛岡中の同級生でアメリカ留学中の川村哲郎に手紙を書いて渡米の意志を伝えているから周囲が見ていたような「いつもの大法螺」では必ずしもなかったようである。

それにしてもさんざん悪口を言われて一度は出た村である。しかも一年も経たないというのに誰の目から見ても尻尾を巻いた負け犬の里帰りだ。出来ることなら誰も知らない土地に行きたかったであろう。だから、三月四日のこの日記の部分は説得力に欠ける。それは逆に言えば自らの故郷回帰を強引に正当化しているからに他ならない。誹謗中傷が逆巻くことが分かっていながら「閑地に隠れて存分筆をと」れる筈がない。

にも関わらず啄木の選択肢は渋民以外になかったのである。生活力のない啄木にとって見知らぬ土地に住むことは死ぬに等しかったのだ。人に頭を下げたことのない人間には未踏の地は島流しに遭い、路頭に迷い悲惨な結末が待ち受けている、と思えたのである。そういうことだけは避けなければならない、そうだこれは緊急避難だ、荒れ狂う暴風から家族を守り自分の将来を切り開くための一時的選択だ、と啄木は自分に言い聞かせた。じきに生まれてくるこどのためにも我《が》ばかり張っているわけにはゆかない。そう考えるとこれまでの迷いも急に吹っ切れた。

啄木らを待ち受けていた〝新居〟は渋民村大字渋民第十三地割二十四番地(現在は玉山村渋民愛宕二十四番地)にある斉藤福の古い農家の六畳一間であった。「不取敢机を据えたのは六畳間。畳も黒い、壁は土塗りのままで、云う迄もなく幾十年の煤の色。例には洩れぬ農家の特色で、目に毒な程焚火の煙が漲《ミナギ》つて居る。この一室は、我が書斎で、又三人の寝室、食堂、応接室、すべてを兼ねるのである。ああ、都人は知るまい、か々る不満足の中の満足の深い意味を。」（三月四日）今までの暮らしからみると天国から地獄への様相だったが啄木は痩せ我慢か平気を装って「知人への通知を書く。曰く、天下の逸民啄木、今度はグットおとなしく出て、再び故山渋民村の住人と相成申候。」（三月五日）君子は豹変するというが啄木も変わり身は早い。もう気分は渋民っ子である。

2　代用教員

節子の父忠操と啄木は折り合いというか相性が悪いというかほとんど口を利かなかった。しかし、ことこの期に及んでは我を通している場合ではない。恥も外聞も投げ捨てて忠操に渋民での小学校の代用教員採用を懇願した。当時、忠操は岩手郡役所で兵事主任兼学事係の地位にあり、その友人に郡視学の平野喜平がいた。忠操から話があると平野はわざわざ渋民小学校の現教員を一名他校に転出させて啄木を代用教員に任ずることにしたのである。（平野喜平「啄木を採用したころ」『国文学』一九五八年四月号）

この話は三月始めに内定し啄木に知らされた。一番気がかりだった給与は一ヶ月八円、結婚する前に節子も代用教員をやっていたが五円だった。校長が十八円、三十年勤務の教師が十四円だったのだから八円は極端に低い額とは言えないが単身者はともかくこれでやがて生まれてくる子供を抱えた家族を養うのはどう考えても無理なように思える。辞令の出る一ヶ月前に啄木は与謝野鉄幹宛に、その意気込みを語っている。

月給八円の代用教員！天下にこれ程名誉な事もあるまじく候がこれは私自身より望んでの事に御座候。但し、自己流の教育をやることと、イヤになれば何時でもやめる事とは、郡視学も承知の上にて承諾せしのに候へば、私の姓名の上に、渋民尋常高等小学校代用教員（月給八円支給）といふ肩書きのつく間が、数ヶ月なるか、数ヶ年なるか、私にもわからず候へども、とにかく私はこの機会を以て、天真なる児童の道徳、美、乃至宗教に対する心理を、ある目的のために出来るだけ仔細に研究して見るつもりに御座候（「三月十一日」『渋民日記』）

と心中を披瀝《ひれき》しているが、一寸気になるのはこの段階でせっかく手にした代用教員の仕事を、何時でも辞めると述べていることである。それは八円の給料では生活が成り立たないと言うことを前提にしているからなのか、職場に不安を覚えたからなのか。思うにこの段階で啄木は上京の機会を探っていたからではないかという気がする。そうでなければまだ就いてもいない仕事の退職を云々する筈がないし、この書簡の相手が与謝野鉄幹であることを考えれば小学校に何時までも綿々とせずにいつでも上京する用意のあることを言外に仄めかしていると受け止めても不自然ではない。

一方で啄木は代用教員としての自信のほどを以下のように語っている。「私もこの故郷の狭き天地にありては、案外の信用もあり勢力もあり、たとへ俸給と席次が末席でも一村の教育に就いては、思ふまゝになる次第、あまり自慢にも成らぬ話に候へども、私に教へらるゝ児童は幸福なることゝ信じ申候。小児と遊ぶのが大好きの私、何はともあれ、教壇に立つの日を少なからぬ興味を以て鶴首いたし居候」(「同前」)と自信満々の体である。渋民では「案外の信用もあり勢力もあり」という認識がどのような次第になってゆくか、その結果がでるのにそう時間はかからなかった。

辞令の交付は四月十三日、啄木の担当は斉藤忠校長が「まあ、新米だからあまり手のかからない尋常科二年生から始めてもらおうか。」と言い渡した。早速翌日から勤務が始まった。この日の朝、めでたい日だからと母が赤飯を炊いてくれた。家計の切り盛りは節子がしたが炊飯は母の日課だった。

啄木の教育実践は実にユニークだった。師範学校では教育原理や教授法といった講義があるが、これが硬直した融通の利かない理論や指導法だから自動的に教師も型にはまった面白くもおかしくもない機械的な没個性の人間になって学校に送られる。断言していいが学制が施かれた明治以来、こどもに魅力を感じさせる教育制度や理論は一つもなかったといっていい。私は「学校」は「楽校」でなければならないと思っている。楽しい環境でこそこどもたちはすくすく能力や人格を伸ばせるのである。かつてそのことを教育界に提言したことがあるが、一顧だにされなかった。

啄木の教育実践の特徴は、こどもたちと楽しく過ごす、ということが中心でこどもたちは文字通り「楽校」に親しんだ。天気のいい日には野原で野草と虫の知識を、校庭でスポーツを楽しみ、雨天には教室で啄木の話に耳を傾けた。啄木の話は機知に富みこどもたちは目をキラキラさせながら聞き入った。また啄木先生は図画工作や音楽にも力を入れた。なにしろ啄木はオルガンもバイオリンも出来る。

二学年のこどもたちは朝早くから啄木の家に「センセ、

早くガッコーさいくべや」とやってくる。節子も代用教員の経験がある。こどもたちに短いおとぎ話をきかせてくれたり、節子のバイオリンに合わせて唱歌を歌うのもこどもたちにとっては嬉しくてしようがなかった。「オラだぢはさ、ガッコーさいぐのがおもすろくておもすろくて、あさめしもくわねでくることもあるんだっちゃ」「ウんだウんだ、ワッしらみんなこのごろは石川センセにあいだくてオッカァより先におぎるんだッテ」かくして啄木先生の評判は学校中に広まり、担当の授業が終わると週末には他の学年に歴史や英語を教えたりした。日曜日にはこどもたちが朝早くからやってきて一日過ごしていくのだった。「朝から寝るまで、口をとづる暇もなかつた。小児等には、ナポレオン、ビスマークの話。大人には現時世界外交局面の話。催眠術の原理。欧羅巴文明の現状及び今後、等」（「三月二十四日」『渋民日記』）とあるから青年の相手もしていたわけだ。そして胸を張って曰く「余は日本一の代用教員である。」

啄木の独特の教育観について語るにはここでは紙数がたりない。いずれべつの機会に述べることにしよう。ただ、代用教員について一言つけ加えておきたい。この制度は学卒者が少なく、また給料が低いことから教師不足を補うものであり、あくまでも付け足しで教育的位置づけはなされていない。しかし、無資格の啄木が行った実践は有資格者の教育よりはるかに生き生きしたものだった。やがて、教育制度が固定されると代用教員は次第にはじき出され影の薄い存在になった。

敗戦後、不況と薄給で教員不足になった時にも代用教員が採用されたことがある。ちょうどこの頃小学校に入った私のクラスの担任が二十歳の代用教員だった。今思い出すと啄木のような教師だった。教科書を無視して綴り方を書かせ絵を描かせピアノが空けば真っ先に先生が音楽室に私たちを連れて合唱をさせた。遠足で私たちのクラスが通りを歌いながら歩いて町の人々から拍手をもらい、小高い丘の目的地では他のクラスも加わってその歌声は谷間にこだましたものだった。だから先生は先生ではなく兄貴だった。代用教員でなければ出来ない〝教育〟がそこにあり、私なども朝起きるのが待ち遠しくてならなかった。〝本物〟教員ではなく〝代用〟の教員によって私たちは〝楽校〟を体験できたのである。現在の教育制度は表向き整備されてはいるが、その中身たるや旧態依然の「学校」であって、こどもを主人公とする〝楽校〟ではない。啄木も「若し予に今多少の学力とか才識と云ふものがあるとすれば、それは大抵学校以外で教へられて、非組織的な唯僅々数百冊の書巻と実際との見聞とによつて聚《あつ》めたものに過ぎぬ。」（「林中書」前出）と言っている。

3　村人との反目

代用教員として「幸福の日々」を過ごしていた啄木は、一方で父一禎の住職罷免問題を抱えていた。ある意味では啄木が異常とも言えるほどに代用教員にのめり込んでいたのは、この問題から遠ざかりたいという逃避行動だったのかも知れない。

啄木が渋民に戻ったのは父一禎の復職運動とその対策のためだとする説が有力である。しかし、私はそうは思っていない。第一、罷免撤回は曹洞宗宗務院本院の決定だから、これを覆すには渋民村ではなく本院のある東京かあるいは実際の執務手続きに当たった岩手県第一宗務所（盛岡）いずれかの方が適切だ。第二、復帰準備のために啄木が渋民の檀家と鳩首協議した形跡は書簡にも日記にも一言も形跡はない。日記は啄木のメモ帳代わりだから復職に関わる協議や進捗状況を記録しておかない筈はない。したがって復職のための渋民ではないと明言していい。とにもかくにも啄木にとっては渋民でなければならなかったのである。閑古鳥の啼く水清い山河、やわらかに柳あおめる渋民でなくてはならなかったのである。まことしやかで尤もな理由をこじつけて無理矢理説明する必要はない。

渋民に戻って代用教員をやる前までは啄木は髪を長く伸ばして右肩を上げて村中を闊歩していた。その風体は保守的な村の雰囲気にそぐわず村人の顰蹙《ひんしゅく》を買った。人々はその風体を江戸の由井正雪に喩《たと》えて蔑んだ。「或者は余を由井正雪と呼んで居る。正雪にならくらべられても恥かしくはないが、彼等自身は恐らく正雪のどれだけ豪かつたかを御存じないであらうから可笑しい」（「三月二十三日」『渋民日記』）とやり返している。最も代用教員に採用が決まるとさすが啄木も断髪して七三分けに戻した。この一件も啄木が渋民に溶け込もうとするどころか反発を買うようなことを平然としでかしている一例である。檀家の支持を取り付けようと思っていたならこんなことをするわけがない。啄木は由井正雪に例えられたのが気に入ったらしい。友人宛の手紙で正雪を名乗っている。（五月二十一日「畠山亨」宛、五月二十二日「小笠原謙吉」宛）

ところで一月に青森野辺地に出かけた一禎はまだ葛原対月の定光寺にいた。三月二十三日、啄木の元へ吉報が届いた。それは曹洞宗宗務院から一禎への「懲戒赦令」つまり懲戒免職の撤回であった。その知らせを受けた一禎が喜び勇んで渋民に戻るのは四月十日。光子も盛岡から一時帰宅して一家は久し振りに笑顔を取り戻した。

短く薄倖な啄木の生涯のなかで希望の明かりが灯った唯

一の日だった。復職が実現すればカネの心配もなくなり、また宝徳寺の庭園付の啄木庵で腰を据えて創作に打ち込める。やむなく代用教員になる直前『自分は今まであまりに繁く刺激を受けた。これからは静かに考えねばならぬ。そして書かねばならぬ。小説を書かねばならぬ。」（「三月六日」『渋民日記』）と記している。小説の構想が次々と沸き上がっていたが、それに取りかかる時間がなくて、あせりにあせっている所だった。だからこの知らせを喜んだのはむしろ啄木だったろう。これで安心して創作にとりかかれる。

ところが事態は啄木の望む方向には進まなかった。一禎が宝徳寺を去ってその後住職に就いた中村義寛はなかなかのやり手で旬日のうちに村の有力者に働きかけて味方に引き込んだ。勿論一禎を忘れない人々もあったが一禎の宝徳寺を出る時の強引とも思える振る舞いは多くの檀家の支持を失っていた。中村義寛はぬかりなく檀家に手を回して己の地位を固めつつあった。そこへ再び一禎が復帰するかも知れないというので平穏な村はたちまち紛争の場となってしまった。

渋民に戻ってきた頃は啄木も比較的呑気に構えて村人を見ていた。「戸数百に足らぬ小部落であり乍ら、藩閥もある。在野党もある。中立党もある。策士あり、硬骨漢あり、無腸漢あり、盲従漢あり、野心家あり。そして互に策を廻らして蝸牛角上に相争つて居る。」（「三月二十三日」前出）しかし、住職問題が絡まってくると啄木も平静ではいられなくなる。

故郷の自然は常に我が親友である、しかし故郷の人間は常に予の敵である。予言者郷に容れられざるものであらう。予が幼くしてこの村の小学校に学んだ頃、―神童と人に持て囃された頃から、既に予は同窓の友の父兄たる彼等から或る嫉視を亨けて居た。この嫉視は、その後十幾年、常に予を監視して居る。高い木に風の強いのであらう。今年の三月、予が盛岡の寓を撤してこの村に移らむとした時、彼等はいかにして予を閭《リヨ》門に入れまいとした。然し予は、平気で来てしまつた。予が学校に奉職しやうとした時、彼等は狂へる如くなつてこれを妨げた。然し予は勝つた。」（「七月十九日」前出）

この記述以前までは啄木は村人へのこのような悪し様な批判はしていない。一禎の復職に反対する動きが出てきた段階から渋民への批判が露骨になる。その前兆は『小天地』出版費用で裁判所に呼び出された一九〇六（明治三十九）年夏、啄木はこれを渋民の反一禎派の陰謀だと直感するが、かといって村民批判はしなかった。この時啄木が批判の口火を切っていれば再び故郷に戻ることは出来なかったろう。
啄木と一禎の鬱積《うっせき》した感情は忍耐の限度に達していた。啄木は小学校の子供たちを森に連れて行って反一禎派の檀家を支持していた斉藤忠校長排斥のストライキを煽動して辞表をだす。啄木は盛岡中学でもストライキの旗を振ったが、今回のストライキは腹いせという単純な動機だったせいか自らストライキの歌を即興でつくり曲は陸軍教学団団歌に会わせて学校めがけて行進した。妹の光子によれば「ともかく終始愉快でたまらないといった恰好で、排斥する校長や校長夫人の物真似をして笑わせたり、たいへんな元気であった。」(『兄啄木の思い出』前出)
ところでこの間、啄木にはめでたいニュースが飛び込んできた。出産のため盛岡の実家に帰っていた節子が長女京子を産んでいた。一九〇六(明治三十九)年十二月二十九日のことであった。「三十日朝電報くる。(中略)予はこの電報を握つて臥床の中より躍り起きぬ。あゝ盛岡なるせつ子、こひしきせつ子が、無事女の児—可愛き京子を生み落したるなり。予が『若きお父さん』となりたるなり。」(「十二月三十日」前出)
節子が赤ん坊を連れて啄木の家に戻ったのが翌年三月五日、その朝三人でいつものように一汁一菜の朝食を済ませると一禎は心持ち背を丸めて玄関に向かった。啄木は一禎が小さな風呂敷包みを持っていたような気がしたが別に気にもとめずに午後やってくる節子と京子のことばかり考えていた。しばらくぶりで会う愛妻と初めて対面する我が子との喜びをかみしめていた時だった。誰言うとなく「おや、お父さんは?」一禎はどこにもいなかった。行李を調べてみると下着と着物、そして小銭が無くなっていた。
いくつかの啄木伝では一禎が初孫の顔も見ずにわざわざこの日を選んだ薄情さを叙するものもある。しかし、それは違う。どこの世界に可愛い初孫の顔を見ようとしない人間がいるだろうか。できる事なら一目でも会いたいと一禎も思ったであろう。しかし、一端顔を会わせるともう離れたくなくなる。それでなくとも月給八円で三食もとれない日が続いている。孫が来ればもっと費用がかさむ。自分が家を出れば少しは家計の助けになるだろう。そのことを考えて続けた一ヶ月だった。苦渋と断腸の想いでの決断だったのだ。一禎のやりきれない気持ちとその辛さと寂しさはいかばかりだったであろうか。本章の一節で私は二十歳の無職の啄木の臑を囓っていた一禎に苦情を呈したが、この時の一禎の心の裡を読むといたたまれない気持ちになる。その一禎の真情を理解出来ずにその家出を表面でしか見れない啄木伝の作家たちにはむしろ哀れさを感ずる。
さすが啄木は父の真情を見抜いていた。「二十二歳の春三月五日、父上が家出された其日、予は生れて初めて、父の心といふものを知つた」（「三月五日」『明治四十丁未歳日誌』）短いこの言葉には啄木の苦悩と悲憤が塗り込められている。

一禎が命からがら青森でなんとか生きていることを啄木が知るのはそのしばらく後のことである。代用教員も辞めた啄木にはもう渋民は生きる地ではなくなっていた。

石《いし》をもて追《お》はるるごとく
ふるさとを出《い》でしかなしみ
消《き》ゆる時《とき》なし

砂を噛むような思いで啄木は故郷を去る。心の裡《うち》ではいつか必ず戻って来ると堅く自分に言い聞かせていたが、再び生きてこの地を踏むことはかなわなかった。啄木の辛く厳しい試練と悲運の日々が始まるのはこれからであった。

Ⅲ

流浪の章

子《こ》を負《お》ひて
雪《ゆき》の吹《ふ》き入《い》る停車場《ていしゃば》に
われ見送《みおく》りし妻《つま》の眉《まゆ》かな

函館時代の啄木●故郷渋民村を追われるようにして去った啄木は函館の若き詩人達の「苜蓿社」に乞われて渡道、大火で函館を離れた啄木は札幌・小樽・釧路と流浪の生活を送る。左端に啄木、円内右端に宮崎郁雨。

一　函館

1　一家離散

代用教員をまだやっていた一九〇六（明治三十九）年六月に啄木は学校の田植えの始まる農繁休暇を利用して上京している。新詩社に顔を出して与謝野夫妻に十日ほど厄介になった。この目的を一禎の宝徳寺復職運動のためとしているものもあるが、少し疑わしい。確かに啄木はこの上京について「老父宝徳寺再住に関し、在京の曹洞宗総務宗務局に運動せんとするは小生上京の第一の用件に候ひし、而して此外小生自身の用件一二にあらず、幾多の企画と希望を抱いて」（「明治三十九年八月十六日付小笠原謙吉宛書簡」）と述べているが、それは窮乏生活中、単身上京する口実に使ったのである。本院に顔を出す位のことはしたかも知れないがこの件に関する啄木の言及は見あたらない。

この時期は一禎の「懲戒赦令」によって村人が現職の中村義寛を支持する一派と一禎派に分かれてその対立が鮮明になり、渦中の啄木は心ない中傷誹謗にあうようになっていて居心地が次第に悪くなっていた。だから、この本当の目的は、そろそろ村を出る事を考えて上京の下調べと準備のためだったと考えるのが自然である。事実、啄木は次の様な言葉を残している。

> 予は飄然として一人上京して、千駄ヶ谷の新詩社に十日遊んで帰った。／予にして若し一家を東京に移さんとすれば、必ずしも至難の事ではない。予は上京の初め、都合によつたらさうしやうと考へて行つた。無論出来る。しかし予の感ずる処では、東京は決して予の如き人間の生活に適した所ではない、本を多く読む便利の多い外に、何も利益はない。精神の死ぬ墓は常に都会だ。矢張予はまだまだ田舎に居て、大革命の計画を充分に準備する方が可《いい》のだ。」（「七月十九日」『渋民日記』）

月給八円の俸給で往復十円以上もかけての上京はまたどこかに借財したに違いないから、遊び心ではなく、かなりの決意を持って出かけたのである。その実現は「無論出来る」と見栄を張るが、「大革命の計画」準備のために村に残るのだ、と翻意する。「大革命の計画」とは何か。無論、それは一禎の復職ではない。おそらくこの問題は既に啄木の眼中になかった。それどころか啄木はこの数日間に鉄幹を始め多くの文人と会い、文芸談義を交わしていて、それらの人々の実力というか力量がよく見えるようになった自分に気づいた。例えば「逢ふた人も沢山ある。然し豪い人は矢張無いものだ。」とか、次の様な大胆な発言と決心を披露している。

近刊の小説類も大抵読んだ。夏目漱石、島崎藤村二氏だけ、学殖ある新作家だから注目に値する。アトは皆駄目。夏目氏は驚くべき文才を持つて居る。しかし「偉大」がない。島崎氏も充分望みがある。『破戒』は確かに群を抜いて居る。しかし天才ではない。革命の健児ではない。(中略)矢張自分の想像して居たのが間違つては居なかつた。『これから自分も愈々小説を書くのだ』と云ふ決心が、帰郷の際唯一の予のお土産であつた。(同)

啄木は田舎にいても自分の才能は衰えてはいない、という確信を持つ。詩作は一時休んで小説を書いて見たい、それが「大革命の計画」の中身である。啄木の頭の中には渋民で小説を書いて漱石や藤村と並ぶ作家になってから村を出ようという〝予定表〟が書き込まれていた。

そして帰郷して間もなく初めての小説『雲は天才である』を書き始めている(七月三日)。このタイトルは漱石の『我が輩は猫である』を模したものと言われる。しかし、内容は「鬱勃《ウツボツ》たる革命的精神のまだ混沌として青年の胸に渦巻いてるのを書くのだ。」(「同前」)そして主人公は啄木本人である。しかし「これを書いて居るうちに、予の精神は異様に興奮して来た」ために筆を休んだ。そして再び筆を取って今度は『面影』百四十枚を徹夜も含め六日間かけて書き終える。

予の心は完たく極度まで張りつめて居る。秋までには長編小説少なくとも三篇と、非常に進歩した形式の脚本《五幕。『帝国文学』の懸賞募集へ応ずる積もり。小説も『早稲田文学』と『大坂毎日』の懸賞へやつて一つ世の中を驚かしてやらうと思ふ》を書くつもりである。(「同前」)

これ以降、十一月には『雲は天才である』を書き直し(八十五枚)、十一月には『葬列』(五十七枚)を仕上げて方々に送った。『面影』は小山内薫に送ったことが分かっている。恐らく啄木は自信満々で投稿したことであろう。借金している友人にも「小生は小生の小説に就いて自信あり。」（同前）ただ、この頃は原稿用紙にも事欠く始末で、友人に宛てた書簡でもその窮状を訴えている。しかし、懸賞小説はすべて落選、当てにしていた原稿料は全く入って来ず教員給与は前借りに次ぐ前借り、友人達へは相次ぐ借金の依頼、生活破綻は目前に迫っていた。

　東京での移住を「無論出来る」と豪語していた啄木だったが万策尽きて上京を断念した。そして啄木の頭に閃いたのは北海道移住であった。身寄りと言えば啄木の姉の義弟が北海道小樽で駅長をしていて一度遊びに行ったことがある。津軽海峡を渡り函館から船に乗り換えての旅だったが、その時初めて目にした函館は港に外国船が入り活気のある街だという印象を持っていた。またなだらかな山容の函館山にも惹かれた。後年、まさかこの山の一角に自分の墓が建てられようとは予想だにしなかったことであろう。

　この函館には文学好きの若者達が集まって「苜蓿社《ぼくしゆく》」を名乗り機関誌『紅苜蓿《べにまごやし》』を出していた。（司代隆三編『石川啄木事典』では昭和四十五年版、改訂版昭和五十一年版とも「べにうまごやし」としている）この若者たちは『明星』の愛読者で啄木の名は同人たちの間では有名であった。彼等から『紅苜蓿』発行の知らせを聞いた啄木は三編の詩「公孫樹・かりがね・雪の夜」を送った。おそらく啄木は一種の予感、函館との絆を感じて寄稿したのであろう。北海道移住はこの絆によって実現することになる。

　取り敢えず妻子は堀合家に、母カツは隣村の親戚宅に、妹光子は小樽の義兄に預かってもらうことにし、一禎はそのまま青森に残った。渋民を去る前日まで啄木は金策に奔走した。親戚一戸から一円五十銭、知人三人から三円、節子が家の衣類、家具、書籍すべてを質屋に運んで五円二十銭、合わせて九円七十銭が全財産であった。このカネはほとんど啄木と妹光子の旅費に当てられ、節子とカツは小銭数銭をもってそれぞれ住み家に向かった。出立《しゅったつ》の前夜、教員時代親しい話し相手だった堀田秀子としみじみと語り合った。「恐らくはこれ最後ならむと思へば、何となく胸ふさがりて、所思多く予は多く語るを得ざりき。友も又多く語らざりき。」（「五月三日」『明治十丁未歳日誌』）

かの家《いえ》のかの窓《まど》にこそ
春《はる》の夜《よ》を
秀子《ひでこ》とともに蛙《かはづ》聴《き》きけれ

　という句を啄木は残している。二人の関係がどのようなものだったかはこの歌の解釈次第である。ただ、はっきり言えることは、この二人の間には二人しか分からない情愛の念を共有していたということである。啄木にとって忘れることの出来ない女性の一人だったことは間違いない。ある書物ではこの句で実名を出されたため秀子は離婚された、とするものがあったが、今となっては真偽のほどは分からない。「一家離散とはこれなるべし。昔は、これ唯小説のうちにのみあるべき事と思ひしものを」一家離散！まだ啄木二十一歳であった。

船《ふね》に酔《よ》ひてやさしくなれる
いもうとの眼《め》見《み》ゆ
津軽《つがる》の海《うみ》を思《おも》へば

啄木と妹光子は実は仲があまり良くなかった。兄は妹をよくいじめた。負けん気の強い妹はその度に「雨が降っても傘いらず、転んでも鼻打たず」と兄の高いおでこをからかい言い返した。(『兄啄木の思い出』前出)しかし、青森から出航した陸奥丸が荒波に揺れ船酔いで苦しむ妹をみて、この時ばかりは憐憫《れんびん》の情やみがたく素直な心境になれたのであろう。似たような心情の晩年病床にあって作った歌がある。

病院《びやうゐん》に来《き》て、
妻《つま》や子《こ》をいつくしむ
まことの我《われ》にかへりけるかな。

高熱や不眠に苦しみながら、その苦痛と苦悩から解き放たれ瞬間、ふと我にかえって普通の父親と夫にもどった感情を巧みに表現した歌であるが、そのまなざしは津軽海峡の船上の妹光子に向けられたものと近似していて、人間啄木の一面を示したものとして印象的に残る作品の一つといえよう。

2 函館「苜蓿社」

「苜蓿《うまごやし》」というのは海辺に春を迎えて咲く黄や紫の花弁をもつ牧草の一種である。ウマが好んで食べるので「馬肥やし」と言い、そこからつけられた名称だ。函館の若き詩人達、すなわち並木武雄(翡翠)・松岡政之助(蕗堂)・岩崎正(白鯨)・吉野章三(白村)・大島経男(野百合)・向井永太郎(希徴)らが参集して「苜蓿社」を結成したのは一九〇六(明治三十九)年秋のことであった。彼等は東京の文芸誌『明星』『白百合』『芸苑』などに作品を投稿し、互いに合評しあっていた。そのうち自分たちで文芸誌をつくろうということになり青柳町にある松岡蕗堂の下宿を苜蓿社として編集を開始した。誌名は『紅苜蓿』と衆議一決した。紅色の苜蓿はないが若い感覚が生み出した新しい草花の呼称であった。

「そういえば、この間、盛岡の石川啄木が出した『小天地』は素晴らしい出来栄えだった。あれに勝るとも劣らないものをつくりたいね。」

「そうだ、いっそのこと彼に何か原稿を頼んでみたらどうだろう。あの人の原稿が載ればそれだけで価値が出ると思うんだが。」

「待てよ、確か『明星』の消息記事に〝渋沢村にて病気療養につき休養中〟とあったから無理かもしれんぞ。」

「かまわないよ。もし出来ることならお願いするというように頼むだけ、頼んでみようよ。駄目でもともとだ。」

原稿依頼は同人最年長で女学校教師をしていた大島野百合が書いた。すると思いがけなく「地方文芸の狼煙上ぐるは満腔《まんこう》の賛同を以て讃へるの意義此有」という一書と詩三篇が届いた。狭い八畳間の苜蓿社の歓声は深夜に及んだ。先にも述べたが、この時の啄木との接点と交友が無ければ啄木の北海道への〝流浪の旅〟はなかったと断言していい。

かくして啄木が流浪の第一歩を函館に踏んだのは五月五日午前九時、日曜日でうららかな春風が吹いていた。港から北東側、少し離れた所にある大森海岸の砂山にはすでに苜蓿が咲き出していて、北海道の独特の春景色が広がっていた。

旅装を青柳町の苜蓿社に解いた啄木は早速同人仲間の歓迎を受けた。開口一番啄木は「与謝野鉄幹はあなた方が作った『紅苜蓿』という題目が気に入らないというんですよ、第一難しくて読めない、というんだ。そこでぼくは函館の人は誰もが文学者でこの程度の漢字は簡単に読めるといってやりましたよ。」と持ち上げて同人たちを笑わせた。実際には正しく読める人はあまりなく取り次ぎの書店の主たちですら「もくしゅくしゃ」とか「こうもくしゅく」と読んでいたのだが。苜蓿社の同人は近寄りがたい偉大な詩人与謝野鉄幹の名を、啄木がこともなげに口にしたので、驚くと同時に啄木の〝偉さ〟を改めて実感した。

『紅苜蓿』創刊号は好評で二百部を全部捌《さば》いた。続いて二号、三号と出したが全員が定職を持っていたので定期的な刊行は困難になってきた。ちょうどその時期に来函した啄木が「紅苜蓿編集長」の任務に当たることになったのは当然の成り行きであった。「小雑誌なれども北海に於ける唯一の真面目なる文芸雑誌」のために啄木は久し振りに奮い立つような昂揚した気分を愉しんだ。

ところが定価一部十銭のうち九銭は印刷費、残り一銭は書店への手数料という利益がゼロという素人商いだった。これでは啄木編集長には一銭も渡らない。そこで啄木は定価はそのままで部数を五十部増やし、『小天地』で会得した「広告」も扱うこととした。月一回の読者による談話会も会費制を取り入れたり、経営努力を試みたが改善ははかばかしくなかった。

一方、同人達は手分けして啄木に他の仕事を斡旋することにして奔走した。最初に見つかったのは函館商工会議所の日給六十銭の事務補助であった。今で言うアルバイトである。これはしかし一ヶ月で仕事がなくなり〝解雇〟されると同人最年長の大島野百合が自分の勤めていた靖和女学校に常勤講師として迎えるよう関係者に掛け合ってみると言ってくれた。しかしおとなしく無口な大島はこうした交渉は苦手で結局はうやむやになって立ち消えになった。大島は「ぼくは郷里の日高に帰るのでその後釜に君を推薦したんだが、うまく行かなかった。申し訳ない」と言葉少なに詫びた。『一握の砂』の「忘れがたき人人」の中に

とるに足《た》らぬ男《おとこ》と思《おも》へと言《い》ふごとく
山《やま》に入《い》りにき
神《かみ》のごとき男《おとこ》

という句はこの大島野百合のことである。大島とはこの数ヶ月後に札幌で再会することになる。そのうちに小学校教師の吉野白村が区立弥生尋常小学校の代用教員の口をもってきた。今度は月給十二円で渋民の八円よりよほどいい。無論、啄木に異論のあるはずがない。早速手続きを済ませ六月十二日から登校する。

ところで雑誌『紅苜蓿』について啄木は日夜その編集と発行について考え続けていた。そのころ軍事訓練で旭川にいた同人宮崎郁雨に宛てた手紙にはその一端が示されている。「昨夜一先大体の編輯を終り、今日午前小野活版所に渡してまゐり候、十六日に発行の予定に候、実際今度は苦心致し候」とあり、今後の方針について新構想を訴えている。

社の前途について大に考ふる所あり、口先だけの発展は到底効力なき今度愈々積極的方針を取ることに致し、既に同人及び沢田氏等の賛同をえ候、今月の号みて予告する筈に候、兄も無論賛成して下さる事と信じ申候、第一は、基金募集の公告を雑誌に出して区内の金持ちを説き廻る事、第二はその金を初めから無いもののつもりに

て、九月十五日紙数百頁以上の特別号を出し、爾後引きつづき定価十五銭に値上の事、十月以後も毎号六十頁以上の事、社友（男も女も）をつのる事、九月の大冊後四五日にして例の音楽会をひらく事、雑誌は部数を多くし、先づ第一に東京へ百部、札幌小樽へ各三十部販路を拡張する事（「明治四十年八月八日」）

ここには『小天地』編輯で得た経験を遺憾なく発揮させて『紅苜蓿』を発展さえようとする意気込みが伺える。その実現は八月二十五日に起きた大惨事がなければ達成し得たかもしれない。この惨事は苜蓿社のみならず啄木の運命まで一変させることになる。

3　橘智恵子への思慕

啄木の代用教員は二度目だが今度の学校は教員数十五、児童数千百名という規模の大きな学校で、以前の渋民小学校とはかなり状況が変わっていた。渋民では啄木は教員生活に全てをなげうって打ち込んだが、今度は『紅苜蓿』の編集の仕事がある。それに大規模校のため「教授細目」が重んじられ型にはまった教育が行われていて啄木の個性的な教育観と相容れないことが多く、校長や教師と衝突することがしばしば生じた。渋民時代書いた「林中書」に見られる教育論の実践は弥生小学校では望むべくもなかったので、次第に手抜きするようになり、欠勤が多くなった。

その代わりといってはは啄木に叱られそうだが彼は女教師に関心を向けた。「職員室の光景は亦少なからず予をして観察する所多からしめき、十五名のうち七名は男にして八名は女教員なり、予は具《ツブ》さに所謂女教員生活を観察したり」（「函館の夏」『明治四十丁未歳日誌』前出）

遠山いし君は背高き奥様にて煙草をのみ、日向操君は三十近くしての独身者、悲しくも色青く痩せたり。女子大学卒業したりといふ疋田君は豚の如く肥り熊の如き目を有し、一番快活にして一番「女学生」といふ馬鹿臭い経験に慣れたり。森山けん君は黒ン坊にして、渡部きくゑ君は肉体の一塊なり。世の中にこれ程厭な女は滅多にあらざるべし。高橋すゑ君は春愁の女にして、橘智恵君は真直ぐに立てる鹿ノ子百合なるべし。（「九月四日」）

最後に出てくる橘智恵子が実は啄木意中の女性である。智恵子は生粋の道産子で札幌高等女学校を出て弥生小学校に赴任するとほぼ同時に啄木と出会うことになる。啄木二十、智恵子十八歳であった。写真でみると智恵子はふくよかな唇と耳を持ち愁いがちな瞳をした魅力的な女性である。どうやら啄木はこの智恵子に一目で惚れたようなのである。『一握の砂』の「忘れがたき人人」中（二）に於ける二十二首はすべて橘智恵子への思い出を詠んだものだと友人への手紙で明らかにしている。啄木を繞る女性関係は少なくないが、歌に登場する女性は精々二、三句である。いかに啄木が恋い焦がれた女性であったか、その歌にもはっきり現れている。

頰《ほ》の寒《さむ》き
流離《りうり》の旅《たび》の人《ひと》として
路問《みちと》ふほどのこと言《い》ひしのみ

世《よ》の中《なか》の明《あか》るさのみを吸《す》ふごとき
黒《くろ》き瞳《ひとみ》の
今《いま》も目《め》にあり

啄木が弥生小学校にいたのはこの年の六月十一日から九月十一日までの三ヶ月、しかもこの間に夏休みと後述する函館大火があるから実際に学校に出かけたのは実質一ヶ月ほどであった。だから智恵子とはほんの短い会話を交わす程度で渋民小学校の堀田秀子のような小鳥の囀りに耳を傾けたり月光の元で語り合ったりするような機会はなかった。事実、有名な啄木の「ローマ字日記」には次の様な記述がある。（日本語現代表記に筆者が変換）「智恵子さん！なんといい名前だろう！あのしとやかな、そして軽やかな、如何にも若い女らしい歩きぶり！さわやかな声！二人の話をしたのは、たった二度だ。一度は大竹校長の家で、余が解職願を持って行った時。一度は谷地頭のあの海老色の窓掛けの架かった窓のあの部屋で—そうだ余が『あこがれ』を持って行った時だ」（「明治四十二年四月九日」）

かの時《とき》に言《い》ひそびれたる
大切《たいせつ》の言葉《ことば》は今《いま》も
胸《むね》にのこれど

君《きみ》に似《に》し姿《すがた》を街《まち》に見《み》る時《とき》の
こころ躍《をど》りを
あはれと思《おも》へ

函館《はこだて》のかの焼跡《やけあと》を去《さ》りし夜《よ》の
こころ残《のこ》りを
今も残《のこ》しつ

函館を去り札幌に発つ前日、啄木は智恵子の下宿を訪れる。「相語る二時間余」というのはローマ字日記にある二度目のことである。岩城之徳によれば、この日の橘智恵子の日記には「終日家に居る、別に変わりたる事なし」とあるから「啄木の一方的な愛情に過ぎなかった事が明らかである。」（『石川啄木傳』東寶書房　一九五五年）としている。その推定は間違っていないのかも知れない。多くの評伝は岩城説に従っている。しかし、まだ十八歳のうら若い女性が男の訪問を受けたことをそのまま記すだろうか、「別に変わりたる事なし」という記述はむしろ周囲や世間の誤解を受けないための煙幕だった可能性はある。とは言ってもこの時期、智恵子が啄木に特別の感情を持っていなかった事は確かであろう。智恵子が啄木への認識を改めるのはもう少し後のことである。

　そして「午後高橋女史をとひ、一人大森浜に最後の散策を試みたり」とある。（「九月十二日」前出）思うに啄木は智恵子に自分の想いを伝えることが出来ず、その片思いの不燃焼の痛みを「春愁の女」高橋すゑに求めたのではなかろうか。しかし、すゑを歌った句は一つもない。

病《や》むと聞《き》き
癒《い》えしと聞《き》きて
四百里《しひやくり》のこなたに我《われ》はうつつなかりし

あるとき啄木は風の便りに智恵子が病を得ていることを知った。この歌は依然として智恵子への思慕が変わっていないことを端的に示している。智恵子は教員採用契約の一年が切れたところで札幌に戻った。この後も互いに手紙のやりとりが続いていた。智恵子の啄木に対する心の変化が生じたのはこの頃である。それを裏付けるのが啄木の次の書簡である。冒頭の「アノ」とあるは『一握の砂』の事を指している。

　アノ「忘れがたき人々」の（二）に歌つてある人は、石狩原野の中の大きい農牧場にゐる、札幌郊外の名高い林檎園の娘さんであつたが、こんど来た年賀の手紙によると、去年の五月にその農牧場へお嫁さんに行つたさうである、過去一年間僕は向こうから来た手紙に返事を出さずにゐた、さうして今度初めて苗字の変わつた賀状を貰った、異様な気持ちであつた、「お嫁には来ましたけれど心はもとのまんまの智恵子ですから―」と書いてあった。（瀬川深宛「明治四十四年一月九日」）

「心はもとのまんまの智恵子です」という言葉を素直に読

めば二人の関係は相思相愛ということになる。『一握の砂』を啄木から贈られた智恵子は、この時、ようやく啄木が詩人として独自の道を歩んでいることに気づき改めて啄木を見直したのだと思う。その感慨がこの言葉に示されたのだというべきだろう。当時は貴重品であった自家製のバターを啄木に送って謝意を伝えた。

石狩《いしかり》の空知郡《そらちごほり》の
牧場《ぼくじやう》のお嫁《よめ》さんより送《おく》り来《き》し
バタかな。

この歌は『悲しき玩具』に載っているが、晩年まで啄木の心の恋人としての存在は消えることがなかった。『一握の砂』にはさらに次の句がある。

死《し》ぬまでに一度《いちど》会《あ》はむと
言《い》ひやらば
君《きみ》もかすかにうなづくらむか

わかれ来《き》て年《とし》を重《かさ》ねて
年《とし》ごとに恋《こひ》しくなれる
君《きみ》にしあるかな

橘智恵子は一九一〇（明治四十三）年五月、北海道空知の豪農北村謹と結婚、六人のこどもに恵まれたが一九二二（大正十一）年、末子の産後のあと岩見沢の病院で急逝した。三十四歳であった。啄木の女性関係については多くの評伝が力を入れた注釈が飛び交う。その一冊『啄木の札幌放浪』（小林エージェンシー　一九八六年）を書いた好川之範は「妻節子との恋を除いて、それは唯一代表的な恋であった」と両者があたかも恋に陥ったかのように歯切れ良く断定しているが私の見る限り、明らかに啄木の片思いである。にもかかわらず、啄木の澄み切ったひたむきさや輝くような青春の姿が投影された人生の一幕であったことは間違いない。

4　宮崎郁雨

青柳町の苜蓿社は啄木が参加してからいっそう活気に満ち笑い声が絶えなかった。啄木が煙草をくゆらしながら談論の輪の中心にいたことは言う迄もない。啄木は話に熱中すると東北弁丸出しになり「そんなふうにハナスがうまぐゆぐわけながんべ」まではみんなが理解出来たが「御前《おめあ》はんも行《えっ》たげすか。ほんで、真《ほん》にそだちなはん。それがらなはん、家《え》さ来るづぎも面白《おもしえ》がたんちえ。そら大変だたあんすてぁ」と滔々とまくし立てられると異国にいるような気分になった。函館には独特のアクセントはあるがおしなべて〝標準語〟である。

苜蓿社には少しずつ同人が増えていったが、ある日一人の新人がふらりとやってきた。体格は立派であったが少し青白い顔をして自分からは口を開かず周りの会話に耳を傾けていた。ただ、話している人物を目でしっかり捉えていたので、それに気づいた啄木は「おや、初めての方ですね」と話しかけた。すると「はい、宮崎大四郎（郁雨《いくう》）です。」と名乗った。これが啄木と郁雨との出会いであった。以来、宮崎は足繁く苜蓿社に通い始めた。というより無口な郁雨が啄木の該博な文芸の話に惹《ひ》かれたと言う方が当たっていた。

以来二人の仲は急速に接近し文学上の問題もさることながら日常生活のことも率直に話すようになっていた。ちょうどこの頃、生活の見通しが立ったので離散した家族を呼ぶことにし、七月には節子と京子を、八月には母カツと妹が戻ってきて啄木は父一禎をのぞく五人が暮らすようになった。とは言っても宮崎郁雨の経済的支援が無ければ一家の呼び寄せはまだ無理であった。「石川さん、家族は一緒にいなければ駄目ですよ。経費のことは私に任せて下さい。」と言って郁雨が万般を世話してくれたのだった。

郁雨の父竹四郎は新潟から新天地を函館にもとめ単身来函、何度も苦境に遭いながら努力の末函館で味噌醸造で成功し、その社長となり、漸く家族を呼び寄せた。その家族の一人が大四郎、郁雨の雅号は大四郎初恋の女性の名前からとったものである。失恋の痛手を雅号にする人物はあまりいないと思うが、この辺りに郁雨の内向的な性格が潜んでいると言えるかも知れない。函館商業学校を卒業し、一年志願兵の軍務を勤め上げて家業を手伝っていた。自分では商人向きだとは思わなかったが、父の意向を尊重して家業を継ぐことを決めていた。しかし、文学にも関心があり誘われて苜蓿社に顔を出したのであった。

啄木と個人的に親しくなってからなんでもお互い腹蔵無く語り合った。ある時、腕を何度もさすったり首をぐるぐるまわしたかと思うと天を仰いでため息をついたり落ち着きのない仕草を啄木が続けるので訝ると「なあに、煙草を数日吸わないのが因《もと》さ」という。郁雨はてっきり禁煙しようとしているのかと思ったら「なにしろここんところ煙草代もないんだ」と啄木が本音を吐いた。煙草代もない、と聞いて郁雨は驚いた。郁雨も貧乏生活が長かったから啄木の苦労はよくわかった。早速啄木が吸っていた「敷島」を一ケース持参すると愛好をくずして一本を旨そうに吸った。その嬉しそうな姿を見て郁雨は言った。「君と違ってぼくには詩歌の才能はないが、少しくらいの経済的な手助けは出来る。何時でも遠慮無く言ってくれ給え。君の才能を守る手伝いをさせてくれ。」と言った。啄木は郁雨の手を強く何度も握って無言の涙を流した。以後、二人の堅い絆は啄木が晩年に一方的に断ち切るまで続く。

友《とも》われに飯《めし》を興《あた》へき
その友《とも》に背《そむ》きし我《われ》の
性《さが》のかなしさ

この歌は一九一〇（明治四十三年）に作られ『一握の砂』に収められている。啄木が節子を繞るある〝事件〟で郁雨と「義絶」状態になるのは翌年九月のことである。詳しくは後章（Ⅵ蓋閉の章）にゆずるが、この時点ではよもや二人の絆が決定的な破局に到るとは啄木も考えてもいなかっただろう。なかには「義絶」を含んだ解釈をしているものもあるが、それは拡大解釈だ。

ところで、離散した家族のことは啄木は片時も忘れた事はなかったが、まだ見通しは立たなかった。ある日、郁雨が啄木の部屋に行くと机に伏して嗚咽している啄木の後姿が目にはいった。その嗚咽の原因が離ればなれになっている家族の問題であることは郁雨には痛いほど分かった。悟られないように外に出た郁雨はある決意をする。苦労人の郁雨は自分から啄木に「出来れば一日も早く家族を呼び寄せた方がいい。その位のカネは何とかするから」と言った。それは啄木が喉から手が出るほど何度、郁雨に言いかけようとした言葉だった。

七月七日、節子と京子、母カツと妹光子は八月、郁雨が用意してくれた同じ青柳町にある長屋に五人が顔を揃えた。味噌も米も魚も郁雨が揃えてくれていた。「ヘラがない、ああそうだった、というので今朝は杓子にて飯を盛り候」独身者の郁雨にはヘラまで準備することなど思いも付かなかった。六畳二間、台所、玄関と五人暮らしには狭かったが、家族とともに暮らせる喜びはこの狭さは気にならなかった。「沢田岩崎両兄と大森浜へまいり、生まれて初めて首まで海の水に這入つて見候に、体の具合急に軽く相成、未だ嘗て知らぬ『健康の心地』を感じ」（「八月十一日郁雨宛書簡」）という初めての海水浴を楽しむなど充実した日々を送った。『紅苜蓿』編集長啄木の自宅はごく自然に苜蓿社になっていた。啄木の家からは若い詩人たちの歓声と笑い声が絶えなかった。ある時、同人の一人岩崎白鯨が次の歌を披露した。

君を追ひ千里の遠に火燃ゆてふ風を抱きて帰り来しかな

すると啄木の傍らに笑顔を絶やさずに座っていた節子がすかさず「おや白鯨さん、折角千里も追っかけて行ったのに抱いたのはただの風だけだったんですか」と混ぜっ返した。すると白鯨は顔を真っ赤にし頭をかきながら「そうでシィ、僕の心が、心だけが後を追っていったんでシィ」と津軽訛りで答えて爆笑になった。

こころざし得《え》ぬ人人《ひとびと》の
あつまりて酒《さけ》のむ場所《ばしょ》が
我《わ》が家《いへ》なりしかな

この時代のことを阿部たつおは「苜蓿社のよき友人にかこまれ、ひさしぶりで一家団欒した函館時代こそ、啄木の短い一生のうちで、本当にポッカリと灯に点った時代であったろう」（『新編　啄木と郁雨』洋々社　一九七六年）と言い、沢地久枝が『函館へ来てしばらくの生活が、妻としての節子にとってはいちばん幸せであったかも知れない。同じ年頃の文学好きの青年と語り合い、笑って、そしてしんみりと感情を分け合う機会は、節子の心にある弾みをもたらしたであろう」（『石川節子』講談社　一九八四年）と指摘しているることは私も同感である。ただ、父一禎がまだ戻っていないということを除けばであるが。

郁雨について語るべき事は多いが、それはこの後も折に触れて述べることとしたい。ただ、啄木が如何に郁雨という人間を信頼し敬愛していたかということを立証する郁雨へ捧げた歌を挙げておくとしよう。

大川《おほかわ》の水《みづ》の面《おもて》を見るごとに
郁雨《いくう》よ
君《きみ》のなやみを思《おも》ふ

知恵《ちゑ》とその深《ふか》き慈悲《じひ》とを
もちあぐみ
為《な》すこともなく友《とも》は遊《あそ》べり

5「函館大火」

しかし、一家団欒はほんの一月も持たなかった。「今月は大に倹約させ居り候へど、十二円で親子五人は軽業の如く候、万朝の十円小説にでも一つ出して見ようかなど考居候」（「八月十一日郁雨宛書簡」明治四十一年）と言ってきたので、郁雨は「函館日々新聞」の斉藤哲郎主筆に啄木の採用を依頼した。月給十五円、遊軍記者という条件である。入社した八月十八日より早速「月曜文壇」「日々歌壇」「辻講釈」（評論）の企画を起こし筆を取っている。このままで行けば給料も上がり安定した生活が保証される筈だった。ところが入社して一週間も経たない二十五日午後十時東川町の民家から出火、折からの強風に煽られて火炎は瞬く間に市街地を嘗めつくし六時間燃えさかった劫火《ごう》は一万五千戸を焼失、弥生小学校、函館日々新聞社も類焼した。一般的に年代をつけずに函館大火といえば一九三四（昭和九）年に起きた火災を指す。この時は死者二、一六六人、市街地の三分の一が焼失という大惨事になった。函館はどういうわけか火事の多いマチで明治以降から昭和時代にかけて千戸以上を焼失した火事は十回以上にのぼる。

実は私にも大火を直接体験した覚えがある。風速五十メートルを超す台風が通過した際一軒の民家から出火、全町の八割が焼失、死者三十名を出した大火である。啄木はおびえる家族を鼓舞するため盆踊りを踊ったと友人に手紙を書いているが同居していた妹光子はそんなことはなかったと否定している。心理的に啄木は激しい動揺を覚えて前後不覚の行動をとったのかも知れない。目前に荒れ狂う猛火をみれば誰だって驚愕し動揺するだろう。私の場合、火の回りが早く身体一つ逃げるのが精一杯で家族全員文字通り裸同然だった。漸く入った保険は三日後に発効することになっていた。ついでにその後バラックに入ったがこれも二ヶ月後に隣棟から出火、ベニヤ板の家屋だったから数分で焼失、靴を履く暇すらなかった。この時に得た戒めは何があっても命さえあればなんとか生きてゆける、ということであった。

啄木の場合、借家の焼失はほんの数百メートル手前で食い止めた。しかし、函館日々新聞社に置いてあった小説『面影』（百四十枚）が焼失、印刷所に預けてあった編輯済みの『紅苜蓿』原稿も焼失した。焼け跡を見ながら啄木は「然し火事は面白い者、末広町の豪商も銀行の頭取も何もかも、寝間着に兵児帯《ヘコオビ》のままで逃げだせし事とて目下の所小生等と同等にて火事は財産よりも主として階級を焼きたる様に候、神は平等を好み給うなり歟《ヤ》」（「明治四十年八月二十九日付宮崎郁雨宛書簡」）と如何にも平静を装った感想を書いているが、この段階では啄木は事態の全容がまだ分かっていなかったごとくである。実際には啄木の人生の前に立ちはだかったこの突然の大火によって、ようやく辛うじて得た安定した生活、それが根底から消え去ってしまったのである。

悔やんでも仕方がないが、もしこの大火がなければ、と思うのは私だけではあるまい。この事件が啄木の生涯に与えた影響ははかり知れない。大火さえなければ平和で安定した生活。充実した創作活動。函館の社会と文化に貢献しつつ、時期を見て東京に出て旗揚げ、という日程は、ほぼ確実だったろう。安穏な生活に満足して函館に骨を埋めるような人間でないことははっきりしている。なにしろ渋民から追われた悔しさは啄木の行動力の源泉になっていた。

函館《はこだて》の青柳町《あをやぎちやう》こそかなしけれ
友《とも》の恋歌《こひうた》
矢《や》ぐるまの花《はな》

この句を失恋の悲しみだとする向きもあるが、それは余りにも字句にとらわれすぎた表層的読み方である。「青柳町という名は、なにかしら昔の恋人の名の如く胸に繰り返される」（「一月六日」『明治四十一年日誌』）というがごとく函館公園、谷地頭、青柳町一帯は今でも牧歌的、田園的雰囲気が残っており、いかにも若き詩人たちが彷徨し詩歌を吟ずるにふさわしい一隅である。この歌を私はむしろ函館というマチに対する啄木の内面から湧き起こった印象を詠み込んだ歌だと思っている。

ついでながら啄木は大森浜が気に入っていて当然、ここにまつわる歌が多い。

東海《とうかい》の小島《こじま》の磯《いそ》の白砂《しらすな》に
われ泣《な》きぬれて
蟹《かに》とたわむる

おそらく啄木の作品のなかで最も知られている歌の一つである。ところが「東海」がどこを指しているのか、とか「蟹」はどんな種類とか、重箱の隅に等しいことを鬼の首でも取ったかのように騒ぎ立てる向きがあるが、歌に込められている精神を置き忘れた貧しい姿勢というしかない。啄木の歌の奥深さはそのような視野狭窄的態度からは理解出来まい。

潮《しを》かをる北の浜辺《はまべ》の
砂山《すなやま》のかの浜茄子《はまなす》よ
今年《ことし》も咲《さ》けるや

これもまた場所詮索に余念がない自称〝詩人〟が数多く存在する歌である。私はこの句を見ると決まって北海道石狩の浜辺を思い出す。石狩は片思いの恋人橘智恵子が嫁いだ地である。浜辺はその地から離れてはいるが季節には浜茄子が咲き誇りその香りが浜辺を覆い尽くす。石狩灯台を見ながら、智恵子もきっと夫とともにこの浜辺に立っていたに違いないと思うと、余計にこの句が身近なものになってくる。尤も私はこの浜茄子の実をいっぱいに頂いて果実酒を楽しんだ俗物に過ぎなかったが。

頬《ほ》につたふ
なみだのごはず
一握《いちあく》の砂《すな》を示《しめ》し人《ひと》を忘《わす》れず

砂山《すなやま》の砂《すな》に腹這《はらば》ひ
初恋《はつこい》の
いたみを遠《とほ》くおもひ出《い》づる日《ひ》

大火後、途方にくれていた啄木に吉報が届いた。苜蓿社同人で札幌に移り北海道庁林務課勤務の向井夷希微が友人の「北門新報」政治担当記者小国善平（露堂）に働きかけ、校正係として採用が決まったという事であった。函館にいても展望が持てないから、この話は渡りに船、こういう時の啄木の決断は早い。しかし、短かったとはいえ、函館の生活は忘れがたい日々であった。人間にとって思い出の形成は時間の長短ではない。その実存の中身である。しかも、この時期は啄木の生涯のなかで最も活力に溢れ、家族友人と親しみ、淡い片思いの恋もし、幸せに満ちた時間であった。函館を去る前日、啄木の日記は満腔の想いを語っている。

この函館に来て百二十有余日、知る人一人もなかりし我は、新しき友を多く得ぬ。我友は予と殆んど骨肉の如く、又或友は予を恋ひせんとす。而して今予はこの紀年《ママ》多き函館の地を去らむとすなり。別離といふ云ひ難き哀感は予が胸の底に泉の如く湧き、今迄さほど心とめざりし事物は俄に新しき色彩を帯びて予を留めむとす。然れども予は将に去らむとする也、これ自然の力のみ、予は予自身を客観して一種の楽しみを覚ゆ。（「九月十二日」『明治四十丁未歳日誌』）

後に啄木は「函館は予の北海放浪の最初の記念の土地であった。さうしてまた最後の記念の土地であった。予は函館にゐる間、心ゆくばかり函館を愛し、また愛された」（「郁雨に与ふ」明治四十四年二月から函館日々新聞八回連載）とも述べ、「函館で死にたい」とも言っている。まさに函館は啄木の第二の故郷であった。

二　札幌・小樽時代

1　北門日報

本章は北海道の流浪時代の啄木を追うことになるが、取り敢えずその慌ただしいその全行程を整理しておきたい。この間の啄木の足取りは実にめまぐるしく転変する。それは恰《あたか》も啄木にとって今後の波瀾の幕開けを予感させるものだった。

◇一九〇七（明治四十）年
①五月五日………渋民から函館到着《函館滞在百三十一日》
②九月十四日……函館から札幌着《札幌滞在十四日》
③九月二十七日…札幌から小樽着《小樽滞在百十五日》
◇一九〇八（明治四十一）年
④一月十九日……小樽から釧路へ
⑤一月二十一日…旭川経由で釧路到着
⑥四月五日………釧路から海路、函館着《釧路滞在七十四日》
⑦四月二十四日…函館から海路、東京へ向かう《函館滞在十九日》
⑧四月二十八日…東京新橋着、千駄ヶ谷の新詩社に向かう

僅か十一ヶ月の間にこの移動は尋常ではない。正に流浪と彷徨の繰り返し、いかに啄木の生活が人生の荒波に翻弄されたかが伺われる。そして流浪の果てにたどり着いた東京でも住所定まらず文芸界においても身分定まることのない漂泊が続くことになる。

さて、啄木が札幌に着いたのは九月十四日、北門日報を斡旋してくれた函館の苜蓿社同人向井夷希微の下宿に旅装を解いた。実はこの年五月十日札幌の中心部の南三条西一丁目の缶工場共益館から出火、札幌警察署、北海道支庁、札幌郵便局、北海銀行など官庁商店街の殆どが焼失、焼死者五名を出す大火があり、このため貸家・下宿が殆どなく、啄木もやむなく友人の下宿に転がり込むしかなかったのである。俗語に〝人は一生の間三度の大火に遭う〟とある。

実際には人間は一生の間に三度の大きな転機に遭うという謂であるが、文字通り啄木は大火による二度目のしわ寄せを食ったことになる。その夕、向井等と豚汁で酒を酌み交わし祝杯を上げた。翌日の日記には札幌の印象が記されている。

札幌は大なる田舎なり、木立の都なり、秋風の郷なり、しめやかなる恋の多くありそうなる都なり、路幅広く人少なく、木は茂りて蔭をなし人は皆ゆるやかに歩めり。アカシヤの街樾《（ナミキ）》を騒がせ、ポプラの葉を裏返して吹く風の冷たさ、朝洗ふ水は身に沁みて寒く口に啣めば甘味なし、札幌は秋意漸く深きなり、／函館の如く市中を見下ろす所なければ市の広さなど解らず、程遠からぬ手稲山脈も木立に隠れて見えざれば、空を仰ぐに頭を圧する許り天広し、市の中央を流るゝ小川を創成川といふ、うれしき名なり、札幌は詩人の住むべき地なり、なつかしき地なり静かなる地なり（「九月十四日」『明治四十丁未歳日誌』）

少し誇張した言い方をすれば、この一文ほど札幌を見事に描いた文章はあまり見たことがない。札幌を訪れたことのない人でもこの表現を一目読めば札幌のマチが彷彿《ほうふつ》としてその情景が浮かんでくるに違いない。確かに今なお札幌には「しめやかなる恋の多くありそうな」雰囲気があり「詩人の住むべき」マチの面影を残している。

しんとして幅広《はばひろ》き街《まち》の
秋《あき》の夜《よ》の
玉蜀黍《たうもろこし》の焼《や》くるにほひよ

2　野口雨情の証言

ところで「北門新報」の入社をめぐっていくつかの疑問が残る。というのは時系列的にはこれまで述べた通りであるが、いくつかの矛盾があってこの解析ができない部分が生じているのだ。というのはこれらの系列に割り込んでくる野口雨情なる人物の証言が絡まってくると事態が混乱してその整理が出来なくなってしまうからなのだ。

野口と啄木の絡みは後に「小樽日報」のところで述べるとして、先ず雨情の啄木と初めてあった時の場面を引用しよう。雨情はこの時「北鳴新聞」にいた。（「札幌時代の石川啄木」昭和三十年七月二十四日稿『回想の石川啄木』から重引）

ある朝、夜が明けて間もない頃と思ふ。／『お客さんだ、お客さんだ』と女中が私を揺り起こす。／『知っているかい、きたない着物を着てる坊さんだよ』と名刺を枕元へ置いていってしまった。見ると古ぼけた名刺の紙へ毛筆で石川啄木と書いてある。啄木とは東京のゐるうちに会ったことはないが、与謝野氏の明星で知ってゐる。顔を洗って会はうと急いで夜具をたたんでゐると啄木は赤く日に焼けたカンカン帽を手に持って洗い晒しの浴衣に色のさめかかったよれよれの絹の黒っぽい夏羽織を着てはいって来た。時は十月に近い九月の末だから、内地でも朝夕は涼し過ぎて浴衣や夏羽織では見すぼらしくて仕方がない。殊に札幌となると内地よりも寒さが早く来る。頭の刈方は普通と違って一分の丸刈である。／女中がどこかの寺の坊さんと思ったのも無理はない。／『私は石川啄木です』と挨拶する。／『さうですか』／私は大急ぎに顔を洗って、戻ってくると、／『煙草を頂戴しました』と言って私の巻煙草を甘さうに吹かしてゐる。／『実は昨日の夕方から煙草がなくて困りました』／『煙草を売ってませんか』／『いや売ってはゐますが、買ふ金が無くて買はれなかったんです』と、大きな声で笑った。かうした場合に啄木は何時も大きな声で笑ふのだ。この笑ふのも啄木の特徴の一つであったろう。／そのうちに女中が朝食を持ってきた。／（中略）

御飯を食べながら、いろいろ二人で話した。札幌には自分の知人は一人もない、函館に今までゐたのも宮崎郁雨の好意であったが、宮崎も一年志願兵で旭川の連隊へ入営したし、右も左も好意を持ってくれる人はない全くの孤立である。自分はお母さんと、妻君の節子さんと、赤ん坊の京子さんと三人が、生活の助けにはならない。幸ひ新聞で君が札幌にゐると知ったから、君の新聞へでも校正で良いから斡旋して貰はうと札幌までの汽車賃を無理矢理工面して来たのである。何んとかなるまいかと言う身の振り方の相談であったが私の新聞社にも席がないし、北門新聞社に校正係が欲しいと聞いたから、幸ひに君と同県人の佐々木鉄窓氏と小国露堂氏がゐる。私が紹介するから、この二人に頼むのが一番近道であることを話した。啄木もよろこんで十時頃連れ立って下宿屋を出た。／これが啄木と会ったときの印象である。

雨情の証言の矛盾点は①啄木が小樽からやってきたこと②「北門新聞」（正しくは「北門新報」）に雨情が佐々木と小国を介して紹介したということ③九月十四日に札幌入りした啄木が「北門新報」に顔をだすのはこの二日後である、いくら雨情が実力者であってもこう短時日に話がすんなり進むわけがない、の三点である。①について、啄木が真っ直ぐ札幌入りしていることは啄木の日記や複数の証言があり、小樽から来たというのは無理がある。②啄木は函館から前もって直接小国に教員用と新聞社用の二通の履歴書を送って就職の斡旋を依頼している。小国の入社決定の報告を受けての出函だったから、雨情の証言は記憶違いか捏造ということになる。

　また、さらに話をややこしくしているのが啄木に二度目に会ったという時の次の記述である。

　啄木は佐々木氏か小国氏か二人を訪ねて北門新聞社へ行った。私は途中で別れて自分のゐる新聞社へ行った。その夕方電話で北門の校正にはいることが出来て社内の小使ひ部屋の三畳に寄寓すると報せて来た。月給は九円だが大に助かったとよろこんだ電話だ。／それから三日程経つと小国氏から、啄木の家族が突然札幌へ来て小使部屋に同居してゐるが、新聞社だから女や子供がゐては狭くて困る。東十六条に家を借りて夕方越すから今夜自分も行くが一緒に来て呉れとふ電話があった。私は承知して待ってゐた。その頃東十六条と言へば札幌農学校から十丁も東の藪の中で人家なぞのあるべき所とは思はれない。そのうちに小国氏は五合位はいった酒瓶を下げてやって来た。私は啄木の引越し祝いの心で豚肉を三十銭ばかり買って持って行った。日は暮れてゐる、薄寒い風も吹いてゐた。小国氏は歩きながら、／「君の紹介で彼（啄木のこと）を社長に周旋したが、函館から三人も後を追って家族が来るとは判らなかった。社長からは女や子供は連れて行けと叱られるし、僕も困って彼に話すと彼も行くところが無いと言ふし、やっと一月八十銭の割で荷馬車曳きの納屋を借りた。彼は諦めてゐるからいいやうなものの、三人の家族達は可哀想なもんだな」と南部弁で語った。／藪の中の細い道をあっちへ曲りこっちへ曲り小国氏の案内で漸く啄木の所へ着いた。行って見ると納屋でなく厩である。馬がゐないので厩の屋根裏へ板をならべた藁置き場であった。／隣が荷馬車曳の家でこの広い野ッ原の藪の中には他に家はない。啄木は私達を表へ出て道ッ端に立ってゐた。腰の曲ったお母さんも赤ん坊の京子ちゃんを抱いた妻君の節子さんも一緒に立ってゐた。厩《うまや》の屋根裏には野梯子《はしご》が掛ってゐる。薄暗い中を啄木は、「危険いから、危険いから」と言ひながら先に梯子を上ってゆく。皆んな後から続いて上った。屋根裏には小さい手ランプが一つ点いてゐるが、誰の顔も薄暗くてはっきり見えなかった。／これが二度目に啄木に会った印象である。」（「同」）

長々と引用したのは他でもない。雨情のこの証言に拠ると啄木は家族と一緒に札幌で生活したと言うことになる。しかし、啄木が例え数日であれ家族と札幌で過ごしたとする証拠は見あたらず、一人雨情のみがこれを証しているからである。啄木の日記や友人に宛てた書簡では節子を小樽から一度だけ呼ぼうとしてハガキを出したが小樽日報の話が急浮上して電報で来札を中止させている。

しかし、この部分だけ読めばかの有名な野口雨情の言葉ではあり、いい加減な話はしないだろうと受け止めることであろう。なぜならこの記述は詳細で具体的で説得力があるからだ。とりわけ「腰の曲がったお母さん」と言う表現は会わなければ出てこない言葉である。また厩《うまや》の屋根裏という情景もリアリティがあってなるほどと思わせるにちがいない。

しかし、この東十六条の厩から南一条の北門新報社までは健康な成人男性が徒歩で通うとすると直線距離にしても五キロはあり、この時代道路は市街以外はほとんど整備されておらず迂回を繰り返して行かなければならないから実質十キロ以上の行程となる。現在でも札幌近郊にはクマがでる。当時はクマはおろかイノシシやタヌキがのさばっていて日没後の歩行はほとんど不可能である。つまり地理的状況だけでこの間の通勤は現実的に不可能だと断じておかしくない。

しかも借りた厩は北門新報に決まった三日後ということだから啄木は十日間もここから徒歩で通ったことになる。事実であれば啄木のことだから必ず日記や書簡でこの奇妙で驚異的な〝体験〟を綴った筈である。それが全く見あたらないから、これも雨情の創作としか言いようがない。

野口雨情の篤い信奉者である長久保源蔵はこの一件を啄木が「雨情が近くにいるという情報を得て、雨情とはドンな奴か見物がてら、たばこと朝飯でも御馳走になろうとでかけたのかも知れない」（『野口雨情の生涯』暁印書館　一九八〇年）とあっさり述べているが、それにしては身なりのことはともかく煙草代や小樽からの汽車賃の話といい、少し厚作りに過ぎはしないか、という気になる。最も長久保は啄木のことを試験中カンニングをしたり金銭を続って警察の取り調べを受けたりした「図々しい男」と決めつけているので客観的な見方は期待できないところがある。

この問題については西脇巽の「雨情は小国（＊露堂）から聞いた話をもとにして晩年に『思い出』をまとめたのだと私は考えた。小国から直接聞いた部分のほとんどは、小国の体験にもとづく事実であるから表現も生々しく矛盾も少ないが、他の部分は、雨情の想像が入り込んでいるので数多くの誤りが生じたものであろう。」（『石川啄木の友人京助、雨情、郁雨』同時代社　二〇〇六年）という解釈が最も説得力を持っているように思う。

「証言」といい「回想」には常にこのような陥穽《かんせい》がつきまとう。雨情のケースはその典型であろう。証言や回想から如何に真実を読み取るか、という課題は評伝に携わる不可避の問題と言われる所以である。

3　初出勤

いよいよ、九月十六日、啄木は北門新報社に初出勤する。仕事は午後二時から八時までの校正の仕事である。実は啄木が北門新報に入る際に提出した履歴書を見ると（『全集第四巻』所収）函館日々新聞社入社の項目に「報酬月額四十五円の契約」と記入している。あわよくば、という啄木の戦術だったが、足下を見られて十五円だった。この辺り若い割には苦労のせいか〝悪知恵〟も身についてきたのかも知れない。

啄木は函館、小樽、釧路、東京で新聞人としてさまざまな職種で働くが、その際の俸給は次の通りである。

◇函館日々新聞（遊軍）→十五円
◇北門新報（校正）→十五円
◇小樽日報（遊軍）→二十円（後三面主任）→二十五円
◇釧路新聞（編集長格）→三十円
◇東京朝日新聞（校正）→二十五円

担当は右の通りだが実際にはどの新聞社でも啄木は歌壇や随筆、評論を担っており、ただの校正係や遊軍記者とは違っていたが、新聞社側はその分の働きについてはあまり考慮していない。ちなみにこの時代の巡査の初任給は十二円、小学校教員も十二円だったから、記者勤めの給与が特に低かったわけではない。中学中退で二十歳になったばかりということを考えればむしろ恵まれた方だといってよい。

当時の北海道は開拓者の第一世代が中心となってあらゆる分野で活躍していた。歴史のある本州と違って全てが一から始めなければならなかったから進取気鋭の精神に溢れ、苦難の道を切り開いていった。啄木が北海道に渡って来たのは宮崎郁雨などの第二世代が次第に社会に台頭し始めた時期に当たる。

新聞界も北海道ではいわば草創期で、明治三十年代から四十年代までの時期だけでおおよそ次の様な新聞が生まれては消え、また一方では合併による統廃合が続いた。

◇函館日々新聞

◇北門新報（第一次、明治二十四年、小樽、主筆中江兆民、啄木の入社は第四次）
◇北海道毎日新聞（札幌）
◇北海道新聞（札幌）
◇北辰日報（札幌）
◇北鳴新聞（札幌、野口雨情）
◇北海時事（札幌）
◇北海タイムス（明治三十四年「北門新報」「北海道毎日新聞」「北海時事」合併、電報主任大島経男）
◇北海旭新聞（旭川、野口雨情）
◇小樽日報（小樽、啄木、野口雨情）
◇釧路新聞　（釧路、編集長格啄木）
◇室蘭新聞（室蘭、野口雨情）
◇胆振新報（室蘭、編集長野口雨情）

「北海タイムス」や「北海道新聞」は発行部数が一万を超えていたが「北鳴新報」「胆振新報」など多くの新聞は数百部というのもあり、その生存は命がけ、まさに群雄割拠のすさまじい競争を繰り広げていた。北門新報主筆の中江兆民は新聞社名をいれた法被《はっぴ》姿で街に繰り出し、なりふり構わず部数拡大を図ったという有名なエピソードが残っている。

4　有島武郎とのスレ違い

啄木が札幌で向井栄太郎の世話になっていた下宿は北七条西四番地の田中サト方であるが、実はこの近くに「北七条郵便局」があった。この郵便局の近くの官舎に有島武郎が住んでいた。ハーバード大学留学を了えた有島武郎が札幌農学校（北海道大学）に招かれたのが一九〇七（明治四十）年四月だった。啄木が札幌にやってきたのがこの年の九月のことだから有島と啄木は至近距離にいたことになる。

啄木が下宿した後に同じ田中サト方に世話になった壇上勲に取材した好川之範によれば「有島武郎がよく原稿の発送に立ち寄ったといい、有島夫人の安子も二人の男児を伴って切手を買い求めに来局」する姿を見かけたという。

（『啄木の札幌放浪』前出）

とすれば啄木と有島がこの郵便局を介してすれ違ったことがあるかも知れない。啄木が札幌から友人達に送った手紙は分かっているだけで八通、これを新聞社からではなく七条郵便局から投函していたとすれば可能性はもっと高くなる。最も仮に二人が顔を合わせていたとしてもお互いに顔を知らなかっただろうから声を交わすことはなかっただろう。しかし、有島は帰国する際、社会主義に関心をもっていてイギリスでクロポトキンと会談している。啄木が札幌で向井や小国（露堂）らから社会主義に関する知識の影響を受けた時期とも重なっている。啄木は晩年クロポトキンから非常に強い影響を受けているからこの時に一度会って交際していれば後に東京に出た二人は必ずや再会し熱っぽい議論を交わしたに違いないし、作家としての道を歩もうとしていた啄木の強力な支援者になっていた可能性は否定できない。

函館時代、啄木が「神の如き友」と詠んだ大島経男（野百合）は札幌農学校を出たあと一高に入った秀才だったが神経衰弱で退学、父のいる函館に移り、苜蓿社を起こし、八歳年下の啄木とも深い付き合いが生まれる。啄木はこの大島には必ず敬語を使うほど大島の生き方や思想を畏敬していた。その大島が一旦故郷の日高から札幌に出て「北海タイムス」の電報主任として外電の翻訳に当たることになった。ふとした機縁で有島武郎と知り合い大島は有島の研究室や自宅を訪れて歓談する仲になる。

その交友は有島が東京に出てからも続いていた。この間、大島と啄木とつながりのある事を知った有島は、出来れば啄木の思想を知るてがかりになる手紙か原稿があれば見せて欲しいと言ってきたので大島は所蔵していた書簡のうち最も長い「大逆事件」について述べている一通を送った。すると「啄木は幾度読み返して見てもやはり生まれた天才で、吾々凡人の遠く及ぶ処でない」という趣旨の返信があったという。（吉田狐羊『啄木を繞る人々』改造社　一九二九年）

さて札幌時代の啄木だが、入社早々「北海タイムス」から誘いの話が持ち上がった。啄木は畏敬する大島経男のいる「北海タイムス」に心が傾いたが編集長山口喜一は啄木が向井や小国と付き合っていることを知って採用をためっていた。山口編集長は向井や小国が社会主義思想の共鳴者であることを聞きつけていたからである。後に大島が山口に「どうして優秀な啄木を取らなかったか」と糺すと「あんな連中と付き合っている啄木を入れたら、それこそ社内を混乱させるからだ」と答えたという。

5　小樽日報社

そんな時、小国が近々創刊される「小樽日報」の話を持ち込んで来た。小国は交友関係が広く、巷の情報にも敏感で「早耳露堂」と言われていた。「小樽日報」の件も友人たちと居酒屋で飲んでいる時に小耳に挟み、裏を取って確認した。なんでも十月には発刊にこぎ着けたいので社員を急いで求めている、と聞いて啄木に持ちかけたのである。

「石川啄木さん、札幌に来てまだ十日にならないのにこんな話は乱暴ですが、実は小樽で新しい新聞を出す話があるんです。ここにいても給与は上がりませんし、石川さんに校正係は相応しくありませんよ。むこうへ行けば記者として新しいポストを用意し、二十円出すそうです。それになんと言っても創業の仕事です、開拓者としてこれほどやりがいのある職場はありませんよ。それに今回は『北鳴新聞』の野口雨情という面白い人物も一緒に行く事になっています。どうです、三人で組んでみませんか。」

と言うのである。啄木はこの時、野口の名前は聞いたことがなかった。「誰だい、その野口というのは」すると小国は「きっと、気に入りますよ。詩も書いていますし、樺太やら各地を放浪して札幌にやってきました。近いうち場を設けるから考えておいてください」と言って帰っていった。三者会談は小国の下宿で九月二十三日に行われた。日記に曰く

夜小国君の宿にて野口雨情君と初めて遭へり。温厚にして丁寧、色青くして髭黒く、見るから内気なる人なり。共に大に鮪のサシミをつついて飲む。嘗て小国君より話ありたる小樽日報社に転ずるの件確定。月二十円にて遊軍たることと成れり。函館を去りて僅かに一旬、予は又茲に札幌を去らむとす。凡ては自然の力なり。小樽日報は北海事業家中の麒麟児山県勇三郎氏が新たに起こすものにして、初号は十月十五日発行すべく、来る一日に編輯会議を開くべしと。野口君も共にゆくべく、小国も数日の後北門を辞して来り合する約なり。

この時、野口二十五、啄木二十歳であった。写真で見る限り雨情は髭のせいかもっと年上に見えるが、その雨情を「君」づけで呼んでいるのが二人の力関係を示唆しているようで興味深い。啄木は初対面で人を見分ける傾向がある。しかもそれがまた的中するから、一種の才能というべきかも知れない。

九月二十七日、啄木は札幌から小樽に向かった。わずか十四日の滞在であった。余計なお節介かも知れないが札幌時代の啄木の足跡を丹念に調べ上げた好川之範が「札幌の滞在二週間は函館の智恵子に思いをめぐらす暇もなく慌ただしい日々が続いていた」(『啄木の札幌放浪』前出)と述べているが、それは甘い。それどころか恋しい彼女が育った札幌である。アカシアの花を見る度に、突き抜ける青空を

見る度に彼女の事を思い出していたとみるべきである。詩人啄木の片思いの恋はそんな浅いものではない。案の定しっかりと手紙まで書いているのである。「函館なる橘智恵子女史外弥生の女教員宛にて手紙かけり」(「九月十八日」『明治四十丁未歳日誌』) 智恵子個人ではなく「女教員」宛てにしたのはまだこの段階では智恵子個人にした場合拒絶される可能性があったから婉曲に智恵子に消息を伝えようとしたのである。

後先になったが啄木は函館に置いてきた家族を一足先に小樽駅長官舎にいる義兄の家に呼び寄せていた。「姉が家に入れば、母あり妻子あり妹あり、京子の顔を見て、札幌をも函館をも忘れはてて楽しく晩餐を認めたり。」(「九月二十七日」) しばらくぶりで味わう家族団欒であった。

小樽日報社は「新築の大家屋にて、万事整頓致居、編集局の立派なる事本道中一番なる由に候、活字の如きも新しきもの許り三十万本も有之、六号だけでも九千本と申候へば、資本の潤沢にして景気よき事御察し下され度候」(「十月二日」岩崎正宛書簡) 施設設備条件は申し分なかった。九月二十八日、事前に啄木は新社屋で岩泉江東主筆に挨拶に行っている。しかし日記には「午前小樽新報社にゆき主筆岩泉江東に逢ふ」とだけあって彼の印象には触れていない。啄木は初対面で何か気づくとその人柄について書き留める癖がある。しかし、この時は一言も触れていない。言い換えれば印象に残る人物でなかったか、逆に好感を持てなかったかのいずれかであろう。岩泉という人物について詳しい事は判らないが東京で雑誌の編集をやり大阪で新聞記者をしているときに商用で訪れた山県勇三郎と酒場で偶然会って意気投合、山県が「どうだ、北海道で一旗あげんか、近いうちにワシは北海道で新聞を出す。その時は力になってくれ」と言って引っ張ってきた、ということ位しか判っていない。

十月一日、小樽日報社の初の編集会議が開かれた。社主山県勇三郎、社長白石義郎の一通りの挨拶の後、主筆兼編集長の岩泉江東以下七名の布陣で、雨情と啄木は社会面の主任ということになった。岩泉主筆は記者経験は長かったが役付のポストに就いたことはなく主筆になったことで張り切っていた。得てしてこういう場合は自分を実力以上に見せようとして空威張りする事が多い。特に社員が困惑したのは指示が一貫せずころころ変わることだった。企画や構想も平凡で魅力的な紙面を作るに相応しい人間とは思えなかった。面白くも可笑しくもない話を会議中だらだらと話し、無駄な時間ばかり費やした。肝心の企画や編輯は部下に任せっぱなしだった。それでいて部下が一寸したミスをすると烈火の如く怒った。機嫌のいいのは二人の若い女給仕をからかっている時だけだった。だから岩泉は金子満寿という編集員以外の支持はうけていなかった。

気《き》の変《かは》る人《ひと》に仕《つか》へて

つくづくと

わが世《よ》がいやになりにけるかな

ある時などは「新聞は社会の木鐸《ぼくたく》というが啄木君はその逆だなあ」とか「野口君、原稿は有情無情に書いてくれないとね」というような神経を逆撫でするような言葉を吐いた。啄木や雨情のような詩人にはこういうセンスは許し難いものだった。二人は次第にこの主筆がいる限り社の将来の展望は望めないという思いを共有するようになり、その考えはますます強くなり、次第に主筆排斥の方向に傾いていった。

創刊号の企画はその殆どが啄木の構想になるものだった。有情は専ら原稿にかかりきった。十月十五日の創刊号は予定通り発行された。これは岩泉の発案だったが楽隊を先頭に社名の幟《のぼり》を印刷・文選・営業・編輯の社員がそれぞれ掲げて市中を練り歩いて宣伝した。こういう時の岩泉は水を得た魚の如く活き活きして太鼓を打ち鳴らして得意満面だった。

本来なら間髪を入れずに二号の編集に取りかかるところだが企画を繞って主筆と編集員との意見が合わず、とうとう二号の発行は一週間も遅れてしまった。岩泉の肩を持っていた社主の山県もこれには失望した。このような失態は読者の評判が良かろうはずがなく、発行部数は伸びなかった。啄木の目から見れば小樽日報に岩泉は無用だった。編集会議が終わって編集室に啄木と雨情二人が残った。

「石川君、どうも岩泉主筆では社員の士気も上がらないし、奴には新聞人の資格はゼロだ。このままでは折角のチャンスも活かせないな。なんとか手を打たねば」

「ふむ。僕もそう思うんだがしばらく様子を見るしかないね。でも、確かに岩泉の頭は女郎向きで編集者としてはまるでだめだね。」

「で、考えたんだが石川君、君が編集長になれば、みんな付いてくるし紙面刷新して部数拡大が出来ると思う。どうだろう、ここいらで一つ岩泉排斥運動でも起こさないか。」

「え？僕が編集長だって？そりゃ筋違いだよ。君の方が年上だし記者経験も長い。君こそ編集長に相応しい。僕は自由に筆が振るえればそれでいい。」

「よし、ともかく岩泉を追い出すことが先決だ。奴が居なくなれば二人で力を合わせてやっていこう。きっともっと面白い紙面を作れる。」

「うーむ、なんかおもしろくなってきたなぁ。盛岡や渋民でのストライキを思い出すよ。あの頃は無茶やったが、今度は慎重にやらんとな。」

「大事なことは戦術だ。思いつきや衝動では敵には勝てん。石川君戦術は君に任す。僕は社主と社長の説得にあたる。君は社員を立ち上がらせて岩泉を封じる手立てを考えてくれ。」

ストライキ思《おも》ひ出《い》でても
今《いま》は早《はや》我《わ》が血《ち》躍《をど》らず
ひそかに淋《さび》し

というのは晩年の回想だが、今は元気百倍、敵恐るるに足らず、の気概に満ちている。啄木は岩泉の子飼いの金子とその仲間を外して岩泉追放の画策に乗り出した。盛岡中のストライキで学んだことは出来るだけ相手の情報を集めること、そしてこちらの動向をさとられないこと、であった。岩泉と金子の情報は簡単に入手できた。相手方の弱点は岩泉の取材費の横領と女性関係、金子は伝票の水増し、その裏もちゃんと取った。問題はどこで仕掛けるかだった。ところが順調だった結束が乱れ始めた。カンのいい岩泉が追放の動きを知って巻き返しに出たのである。印刷・文選・営業といった連中に酒を振る舞い簡単に手馴けてしまった。しかし、編集員はほとんど反岩泉だったのでそうやすやすと岩泉の手に落ちない。

ある時、啄木が雨情に「君の担当の社主や社長の方はどうなっている?」と聞くと「うん、順調だ。手応えはいい。今度の日曜に最終的な話合いをすることになっている。」とやや投げやりな口調で答えた。こういう時の啄木のカンは鋭い、雨情の奴何か企んでいるなとピンときた。そこで啄木が信頼を置いている編集の佐田恒夫に社主と社長のスケジュールを調べるように頼んだ。すると社主はアメリカに三ヶ月の旅行中。社長は東京に滞在中でしばらく帰って来ないことが判明した。つまり雨情は社主や社長と接触すらしていなかったのである。日記にはこうある。


この日一大事を発見したり、そは予等本日に至る迄岩泉主筆に対し不快の感をなし、これが排斥運動を内密に試みつつありき、しかれどもこれ一に野口君の使嗾によれる者、彼「詩人」野口は予等を甘言を以て抱き込み、秘かに予等と主筆とを離間し、己れその中間に立ちて以て予らを売り、己れ一人うまき餌を貪らむとしたる形跡歴然たるに至りぬ。（「十月十六日」『明治四十丁未歳日誌』）

とあって十日ほど前には「野口君と予との交情は既に十年の友の如し。遠からず共に一雑誌を経営せんことを相談したり」（「十月三日」）という間柄だったのに「怒髪天を衝く」怒りから雨情を断罪する。最も前兆がなかったわけではない。「野口君の移転に行きて手伝ふ。／野口君の妻君の不躾と同君の不見識に一興を喫し、激然の情に不堪。」（「十月十三日」）とあるからそれまでの野口観を払拭した直後のことだった。

その後は「午後野口君他の諸君に伴はれて来り謝罪したり。其状 愍《アワレ》むに堪えたり、許すことにす。」（十月十八日）「野口君は悪しきに非ざりき、主筆の権謀のみ。」（十月三十日）「野口君遂に退社す。主筆に売られたるなり。」（十月三十一日）という終焉を迎える。失意の野口は室蘭に行き「室蘭新聞」や「胆振新聞」「北海旭新聞」を渡り歩き一九〇九（明治四十二）年東京に戻る。三年間の放浪は啄木を超えた歳月だった。

雨情と啄木の関係はかくして終わりを告げたが、考えてみれば「十五夜お月さん」「黄金虫」「七つの子」など日本人なら誰もが口ずさんだ心の歌を作り「船頭小唄」（「俺は河原の枯れススキ……」）等の歌で知られる雨情もまた啄木と勝るとも劣らない国民的人気を持っている。啄木の人生からすれば比肩できないが、波乱に満ちた雨情の生涯を思うと啄木との短い不幸な邂逅は雨情にとってはむしろ痛快な思い出になったのかも知れない。

雨情の追放に成功した主筆岩泉は機嫌がよかった。それに啄木まで辞められると新聞の発行に支障をきたすので給与を五円上げて懐柔した。完全に納得できる解決策ではなかったが、この辺が潮時とみて啄木は一旦鉾を収めることにした。

6　歌うたうことなく

小樽に出た啄木一家は義兄の鉄道官舎に十日ばかり世話になった後、花園町の西沢方の二階（六畳・四畳半）に居を構えた。この時、宮崎郁雨が旭川連隊の軍事訓練の休日に遊びに来た。そして母親と赤ん坊がいて二階暮らしは大変だろうと、郁雨の勧めで同じ花園町の秋野方の平屋長屋（八畳二間、玄関、土間、台所）を見つけてくれ、その費用を持ってくれた。

演習《えんしふ》のひまにわざわざ
汽車《きしや》に乗《の》りて

訪《と》ひ来《き》し友《とも》とのめる酒《さけ》かな

という句はこの時を歌ったものだ。この頃の啄木の家庭はようやく安定し始めたかのように見えた。月給二十五円というのは家賃が二間長屋で三円前後だからつましくやっていれば人並みの生活ができるだけの金額である。ただ、啄木という人間は入ってくる金はそのまま全部使い果たし、蓄えということを一切考えない感心しない癖がある。この頃は紙面をほとんど一人で埋めていたために時間的余裕がなく新しい本を買ったり読んだりすることも出来ず、この方面での出費はかからなかった。また啄木は賭け事は一切やらず、たしなみと言えば煙草くらい、一日に四、五箱空けるほどのヘビースモーカーだった。食べることにも淡泊で何を出されても文句を言うことはなかった。ただし「うまい」という言葉もあまりださなかった。だから、それほど暮らしに困ることはなかったはずだが、なにしろ金をみると何か使わないと済まない。懐にある金は帰宅するころにはほとんど残っていなかった。妻の節子も啄木の性格をわきまえていたから、口を挟まなかった。何かを言って「ああ、そうか」という人でないことは節子が一番知っている。

ある日、啄木が籠に入れた大きな花束を抱えて帰宅した。節子が「どうしたの？」と聞いて見た。多分、新聞社の企画で催した会合の残り物と思ったからである。ところが返ってきた返事は「駅前を通ったら花屋に気に入ったのがあったんでついでだから全部買った」とこともなげに言う。そして「ああ、花入れも買ったよ。あとで集金にくるから、頼んだよ」という調子で、毎月赤字になった。だから、入社早々から給与の前借りが始まっていた。ただ、宮崎郁雨の支援を時折受けてはいたが、この頃は他人に借金するまでにはなっていなかったから、取り立て催促の債鬼に苦しめられることはなく、家族の笑顔が絶えることない生活が続いていた。

北海道では初雪が降り本格的な冬将軍が迎える十一月が最も寒さが応える季節である。身体が冬の寒さに順応する前だからであろう。相変わらず凍えるようなある一日、啄木は一枚のハガキを自宅で受け取った。差出人は藤田武治、見知らぬ人物である。「突然書紙差上ルノ段、誠ニ不躾トハ存居候。小生某商店ニ奉公シ居候ガ、文学へノ思慕止マズ日々苦悩シ居候。被許事有、是非謦咳ニ有事接。」興味を持った啄木は直ぐに返事を出した。「御手紙拝見仕候お目にかゝり度候間一両日中に花園町十四、拙宅へ御来車被下度願上候、但し夜分／拙宅は公園通高橋ビーヤホールの少し向ふの北一炭店でお聞きになれば解ります。」（十一月二十二

日）

実はこの時期、新聞の紙面はほとんど啄木が一人で作っていて多忙を極めていた。それは啄木が日記をよほどの事でない限り殆ど毎日書き、友人・知人への手紙は多いときには一日に五、六人、それも長文であることが稀ではなかった。それが日記は十一月六日に「八畳二間の一家を借りて移る」のあとは十二月二十一日までが空白、手紙は十月十四日（岩崎正宛）から十月二十六日（宮崎大四郎）、そしてこれ以後十一月十一日（沢田信太郎）まで空白が続いている。

多忙を極めている時に会ったこともない見知らぬ若者に、しかも「一両日中」に都合をつけるというのは異例である。啄木という人物は基本的には「人間好き」である。恋も多いから「女性好き」と言われるが、啄木の若さで女性に関心をもたないはずがないだろう。啄木だけを恋の多い男と言うのは完全な的外れである。健康な若者は男女ともに恋をするのが自然なのである。それより啄木は人と語らい、人と論ずることがなにより好きなのだ。一時期人間不信に陥るがそれは僅かな期間である。

函館に来たときは既に仲間達が待ち構えていた。札幌では十四日しかいなかったので人と交わる機会もなかった。小樽に来たがここには詩を詠む仲間が一人もいなかった。

かなしきは小樽《をたる》の町《まち》よ
歌《うた》ふことなき人人《ひとびと》の
声《こゑ》の荒《あら》さよ

という心境はその思いを託したものであったろう。時間のなかった啄木が無名の青年のハガキに即座に反応したのはおそらく歌の仲間を求めていたからではなかっただろうか。「そのうち僕に半死半生の顔をした青年が来るから愛想良く通してくれ」と啄木はニコリと笑いながら節子に話した。翌日、夕食を家族と済ませ団欒していると蒼白な顔をした一人の青年がやって来た。確かに悲壮感漂わせていてよほど緊張しているようだった。節子は笑顔で「そんなに固くならないで下さいね。啄木さんは優しい人なんですよ。」と言って取り次いだ。

この日のことを藤田武治は生涯忘れなかった。啄木は刻み煙草をくゆらせながら文学から人生論まで諄々と説いて聞かせた。気がついたら夜中になっていた。玄関に送っていくと藤田は路地を振り返って何度も何度も頭をさげて帰って行った。その後ろ姿を見て啄木は安堵感と充実感を覚えた。目が回るほどの記者生活の中で枯渇していきつつある自分の人間性を自覚していたから、見知らぬ青年に励ましを与える自分がまだいるということ、そしてそれをなし得る力がまだ残っていることに安堵した。

あをじろき頰《ほほ》に涙《なみだ》を光《ひか》らせて
死《し》をば語《かた》りき
若《わか》き商人《あきびと》

後に藤田は友人の高田治作(紅果)を伴って啄木を訪ねたり、個人的に何度も会って教えを乞うている。啄木も時間の許す限り誠意をもって応じている。高田は啄木の印象を「啄木は情熱に燃えた然かも仲々の話上手で、巧みに対手の興味を惹きつける魅力を持っていた。盛岡訛りの混じった強度的なアクセントも、筆者にとってやはり一種の魅力であった。」(「啄木と逢った頃」『回想の石川啄木』より重引)啄木晩年に病魔をおして土岐哀果と出そうとした『樹木と果実』の出版費用の会員第一号に名乗り出たのはこの二人である。

7 退社

雨情が小樽日報を去った後、啄木は紙面をさらに充実させるため片腕として函館時代の友人沢田信太郎を呼ぼうと考えた。沢田は大火の後、札幌に出て北海道庁に入り役人生活をしていたが、啄木は沢田の文才と行動力を高く評価していた。偶々《たまたま》、沢田が出張で小樽にやってきて啄木の家に一泊していった。そのとき啄木は沢田に入社の意向を打診した。すると「役人生活はこりごりだ、と思っていた」というので双方意見が一致。啄木は早速、沢田の入社を岩泉主筆に話した。すると岩泉はいともあっさりと「ああ、いいとも君の好きにしたらいい」と言った。

排斥問題で野口雨情をたたき出した岩泉はこの騒ぎ以後は人が変わったようにおとなしくなった。一つには新聞の人気が上がらず売れ行きもさっぱりで山口社長から厳しく叱責され、このままでは社にいてもらう事は出来ない、と言われたせいもある。中年過ぎた働き蜂は一旦士気を喪失するとなかなか立ち直れない。すっかりやる気を失った岩泉は十一月十六日自ら辞表を出して新聞社を去っていった。このことについて啄木が社長とつるんで追い出しを図ったとする説が主流になっているが、私はそうは思わない。岩泉は確かに融通の利かない面白味のない人間だったとは思うがこの時代のこの世代には一本しっかり骨が通っている。世間知らずの〝若造〟にホイホイと追い出されるようなことは岩泉のような人間にとっては我慢のできない事である。「クビになるならオレが先にオン出てやる」十一月十六日、岩泉は社長の机の上に辞表を置いて新聞社を去った。彼の最後の言葉は「『卑怯な言をいふな』是れ日宗の明師新井日薩がその臨終に侍して、遺誡を求めたる子弟に対し与へられたる一喝にはあらずや」（「最後の一言」『小樽日報』明治四十年十一月十六日付）であった。

岩泉には餞《はなむけ》の花束も、社員の見送りもない寂しい訣別であった。その潔さを義に感じたからこそ啄木は十八日の日報に「我等親しく足下の恩義を享けたる者、身もとより不肖なりと雖も木石に非ず、長く肝に銘じて足下の徳を忘る、なけむ」と書かざるを得なかったのである。

この一連の動きを日報社の事務長をしていた小林寅吉はもともと岩泉にかわいがられていたから啄木や雨情に対しては反感を持っていた。だから岩泉の後釜に強引に沢田信太郎を連れてきた啄木にはより強い怒りを持っていた。

この頃、札幌の小国露堂から、札幌にまた新しい新聞が出来るから、こっちへこないかという連絡があり、その打ち合わせで席を抜け出し数回札幌に行った、というのがこれまでの定説になっている。しかし、実際には札幌の話は立ち消えになっているし、こういう話は人を迎える側つまり札幌から小樽の啄木へ挨拶にくるのが普通である。ところが「セッセセッセ」（岩城之徳『啄木評伝』前出）と自分から札幌に〝何度〟（実はこの回数ははっきり判っていない）も出かけている。札幌に出たことは啄木の日記で明らかだが、この目的はもう少し別のところにあったと言うのが私の考えだ。それは石狩の片思いの女性橘智恵子に会いたかったからだろうと思うのである。実際には会うことはかなわなかったが、それでなくとも苦しい家計の中から札幌への汽車賃を妻の節子から出して貰うには新しい新聞社との打ち合わせというもっともらしい口実を使わざるを得なかったからである。その前の札幌行きでは一泊している。打ち合わせだけであれば泊まる必要はない。啄木には少しでも長く札幌にいる時間が欲しかった、それは橘智恵子への所在を確認し出来ることなら石狩の農場に行ってみようと考えたのであろう。しかし、農場に行くためにはさらに岩見沢への汽車賃とそこから馬車を借り上げて往復しなければならない。その持ち合わせがないことを知った時には小樽行きの汽車はなくなっていた。この時は前の下宿先の田中家の女将に頼んで泊めてもらい翌朝一番の汽車でもどり、そのまま何食わぬ顔で出社した。だからこの時は誰にも札幌行きは知られていない。

まだ入社して間もないが矢張り岩泉排斥騒動で嫌気がさしていたし腹心というべき沢田が後任として収まったから、小樽日報に長居する理由もなくなった。

啄木としては自分が招いた編集長が沢田だからいちいち

許可を取らなくともいいだろうと平日に何度か欠勤した。ところがこれをチャンス到来と見た小林事務長が先ず新任の沢田編集長にクレームをつけた。

「沢田編集長、近頃石川君には無断欠勤が多すぎます。あなたは上司なんですからちゃんと監督してくれないと困ります。出勤簿に印を押すか、休暇届けを出さして下さい」

「私はつい先日来たばかりで詳しい事は判りませんが、新聞記者はサラリーマンとは違うんですから、小さな事に目くじら立てんといてくれませんか。」

「小さいこととは何ですか。規則を守ってこその記者じゃないですか。みんな石川君のように規則を破るようになったら、この新聞社は持ちませんよ。」

「そんな心配は君の仕事ではありません。記者には出来るだけ自由な時間を与えてこそいい記事が書けるんです。あなたのような規則一点張りの考えでは新聞は出来ません。余計な節介はいい加減にしてくれませんか。」

憤懣やるかたない態度で小林は編集室を出て行った。小林は正義感溢れる熱血漢だが、気に食わない事があると暴力を振るう欠点があった。どうにも腹の虫が治まらない。

沢田が帰宅すると同時に啄木が社に戻ってきた。先ほど沢田と摩擦を起こしたばかりだったから、小林は啄木に厳しく詰め寄った。以下は沢田の証言。

今小林に殴ぐられて来た、僕を突き飛ばして置いて足蹴にした、僕は断然退社する、アンナ畜生同然の奴とどうして同社など出来るものかと、血走った眼からボロボロ涙を零してる、見ると羽織のひもが結んだまゝ千切れてブラリと吊がり、綻びに袖口から痩せた腕を出して手の甲に擦過傷があり、平常から蒼白の顔を硬張らせて、突き出た額に二つばかり大瘤をこしらへ、ハアハア息を切って体がブルブル悸へて居た。私も之には驚いた（「啄木散華」『回想の石川啄木』より重引）

この時のことを啄木は日記に「十二日夕刻の汽車にて（＊小樽へ）帰り、社に立寄る。小林寅吉と争論し、腕力を揮はる。退社を決し、沢田君を訪ふて語る」翌日「社長に辞表を送る事前後二通、社中の者交々来りて留むれども応ぜず」と淡々と短く記しているだけである。

この暴力事件については啄木は反撃せずにやにやとしていたとか、負けじと相手をしたためエライ目にあったとする説が流れている。啄木は両親に溺愛され手を挙げられたことは一度もない。また学友たちとは諍いはあったが腕力沙汰は全くなかった。一度も暴力を経験しない人間は軽く手を挙げられただけでショックを受け、固まるか前後の判断を喪う。啄木の場合はこのケースだろう。そして、啄木は自尊心やプライドを傷つけられたため退社したという考えが主流になっているが、私の解釈は違う。退社の理由は〝恐怖〟である。自尊心やプライドはその後にやってきたと見るのが人間啄木の本姿である。

ところでこの小林（以後養子で中野となる）寅吉、ほどなく自分も退社し、様々な仕事を転々とし警視庁に入るが内部抗争に巻き込まれ解雇、しかしその芯の強さを見込まれ憲政会に推され郷里の福島県から立候補、衆議院議員に当選、議会では議長の腕をねじ上げたり、政敵には暴力を振るって「蛮寅」の〝名声〟を上げた。晩年は郷里会津美里町に戻り法用寺住職、というまさしく波瀾の一生を送った。中野は、啄木に関して様々な取材を受けたが尋ねられても一切口を開かず、伊東圭一郎が手をまわして漸く聞けた話は「啄木が、余計なことを言うなと言われカッとなって、続けざまに五、六回啄木の頭をゲンコで殴った。啄木はだまって、そのまま部屋を出て行ったきり、あとは社にでて来なかった」ということであった。（伊東圭一郎『人間啄木』前出）

現在、法用寺三重塔裏側に次の歌が刻まれた句碑が建っている。

敵《てき》として憎《にく》みし友《とも》と
やや長《なが》く手《て》をば握《にぎ》りき
わかれといふに

なお、余談ながら伊東圭一郎が人を介してこの句を見てもらったところ「インチキもはなはだしい。ことに啄木が小樽日報社をやめてから一回も会っていないのに、握手など出来るはずがない」と憤慨したということである。啄木の歌を理解する場合、事実と想像と創造が交錯し構成されているということを知っておくことが必要である。

おれが若《も》しこの新聞《しんぶん》の主筆《しゅひつ》ならば、
やらむ―と思《おも》ひし
いろいろの事《こと》！

しかし、啄木は糧道を自ら断った。この時の決断の背景には啄木には札幌に出来る新しい新聞社へ確実に入れるものという思い込みがあった事は否めないだろう。しかし、啄木の性格から言えば暴力を振るう職場には一分足りとも居られないということの方が大きな理由だったと見るのが自然である。

退社したあとしばらくは自適の生活を送った。毎日のように社友や友人達がやってきて啄木を励ましたり議論したり無沙汰していた東京の詩人たちへ手紙を書いたりして日々の生活を楽しんだ。「好漢大に語るべし。（中略）我らの理想は個人解放の時代なり、我等の天職は個人解放のために戦ふにあり。」（十二月二十三日）「世界の発達は其第一期の完璧を終るといふ観念によりて、史上一切の事物を評論したる世界史を著はさゞるべからず」（二十五日）「読淵明集。感多少。」（二十七日）と意気盛んであったが、年末を控えて現実は次第にその厳しさを募らせていった。「今日は京子が誕生日なり。新鮭を焼きまた煮て一家四人晩餐を共にす。」（二十九日）大晦日前日には「日報社は未だ予にこの月の給料を支払はざりき。この日終日待てども来らず、夜自ら社を訪へり。俸給日割二十日分十六円六十銭慰労金十円、内前借金十六円を引いて剰す所僅かに十円六十銭、帰途ハガキ百十枚を買ひ煙草を買ふ。巻煙草は今日より二銭高くなれり刻みも亦値上げとなれり。嚢中剰す所僅かに八円余。噫これだけで年を越せといふのかと云ひて予は哄笑せり。」

「哄笑せり」というのは明らかに虚勢である。啄木は時折りこのような逃避行動を取ることがある。それは彼の弱さを示すものではなく、むしろ窮状を自らの心の中から追い払うための一種の〝儀式〟と呼んでいいかも知らない。

後先を考えずに退社したものの入って来るカネは一円もない。札幌でも小樽でも新聞記者として打ち込んでいたため、小遣い稼ぎのための雑誌などへの投稿を一切しなかったから原稿料は入ってこない。それでなくてもあちこちへの借金は重なる一方だった。自尊心の人一倍強かった啄木のことである。未払いになっている給与を貰う権利があるとはいえ頭を下げて催促に出かけなければならなかった屈辱感はいかばかりであったろうか。木炭もない寒い北国の一部屋で家族四人はひたすら忍従してこの苦境に耐えぬかねばならなかった。そしてとうとう大晦日を迎える。

来らずてもよかるべき大晦日は遂に来れり。多事を極めたる丁未の年は茲に尽きむとす。然も惨憺たる苦心のうちに尽きむとす。此処北海の浜、雪深く風寒し。何が故に此処迄はさすらひ来し。（中略）／夜となれり。遂に大晦日の夜となれり。妻は唯一筋残れる帯を典じて一円五十銭を得来れり。母と予の衣二三点を以て三円を借る。之を少しづつ頒ちて掛取りを帰すなり。さながら犬の子を集めてパンをやるに似たり。／かくて十一時過ぎて漸く債鬼の足を絶つ。遠く夜鷹そばの売声をきく。多事を極めたる明治四十年は『そばえそば』の売声と共に尽きて、明治四十一年は刻一刻に迫り来れり。

啄木は盛岡中学時代に仲間と語らって出していた『爾伎多麻』の「趣味」欄に好物として「ソバ」と「カボチャ」を挙げている。そば好きの啄木が年越しソバ一杯も食べることも出来ず、債鬼に怯《おび》えた大晦日の夜は深々と更けていった。

三 釧路

1 流浪の果て

一九〇八(明治四十一)年の元旦は零下十三度という厳しい寒さの中で迎えた。救いは吹雪が昨夜じゅうに止んで快晴だったことである。「門松も立てなければ、注連縄《シメナワ》もしない。薩張《サッパリ》正月らしくないが、お雑煮だけは家内一緒に食べた。正月らしくないから、正月らしい顔をした者もない。」という湿っぽい元日の朝であった。

二十三歳の正月を、北海道の小樽の、花園町畑十四番地の借家で、然も職を失うて、屠蘇一合買ふ余裕も無いと云ふ、頗る正月らしくない有様で迎へようとは、抑々如何な唐変木の編んだ運命記に書かれてあつた事やら。此日は昨日に比して怎《ドウ》やら肩の重荷を下ろした様な、果敢ない乍らも安らかな心地のする中に、これといふ取り止もない、様々な事が混雑した、云ふに云はれない変な気持であつた。変な気持と云ふ外に、適当の辞がない。（「一月一日」『明治四十一年日誌』）

この日、啄木家には新年の挨拶に佐田康則・奥村繁俊・在原清次郎、白田柳次郎（以上日報関係）、藤田武治・吉野花峯・桜庭保などが入れ替わりやって来た。日記には「餅を食はした」とあるが、屠蘇も用意出来なかったくらいなのだからこの言葉を額面通りに受け取るには無理があるような気がする。

翌日は「起きて見ると頭がムヅ痒い。斬髪に行つて十九銭とられる。アト、石油と醤油を買へば一文もない」という状態で一家の生活の逼迫ぶりは限界に来ていた。啄木はこの日年賀にやってきた本田竜を誘い斉藤大硯の家に行き「豚汁で盛んに飲み喰つた。気焔大に昂り、舌戦仲々素晴しかつた。（中略）酔つて十一時眠る」とある。自宅では持てなしが叶わないので友人宅で宴を張ったのだろうが、この間、残された乳飲み子の京子や家族達はどのような思いで時を過ごしていたのであろうか。

ともかく、この窮状から逃れなければ餓死するしかない。札幌の新聞社の話が相手の事情でご破算になった後、啄木の窮状を見かねた沢田信太郎は小樽日報社長の白石義郎が釧路で発行している「釧路新聞」に啄木を入れてくれと談判した。白石は勿論、啄木についてはその働きぶりはよく知っていたから二つ返事で「よかろう。あの男はまだ若いが見所がある。」と言った。そして懐から十円札を出し、「これを当座の足しにするよう渡してくれ」と話はとんとん拍子に進んだ。

啄木は如何に新開地として注目されているとはいえ、最果ての釧路くんだりまで都落ちすることに躊躇したが、生きてゆくためだ、沢田の説得に啄木は頷くしかなかった。沢田によればこの話を伝えに啄木の家に出向くと母カツと節子が留守をしていて封筒に入っていた十円札を押し頂いて「二人共眼に一ぱい涙を湛へて心からの感謝を表してゐた」（「啄木散華」前出）

実はこの時、啄木は自分の生活を顧みず独身の沢田のために友人の妹桜庭睦子という女性と結婚させようと、涙ぐましい努力をして双方を説得していた。睦子は画才があったらしく小樽日報の紙面に埋草用のカットを描いていた。二十四歳のはきはき物を言う独身の彼女を啄木は気に入って、この際、沢田と一緒にさせようとしてさまざまな働きかけをした。自分の生活が危うくなっているというのにこの日もまた桜庭女史を口説くために出かけていた。啄木という人物はここぞと思ったときの節介は犬馬の労を厭わない健気さを持っていた。結局、この話は実を結ばなかったが、啄木は沢田に「あんな気立てのいい娘さんを貰わないとは君は多分以前に余程性悪な女に酷い目にあったに違いない。今回は大目に見てやるが、次に断ったら君とは縁を切るから覚悟し給え」と宣告した。

「釧路新聞」入りは順調に話が進み当初は三面主任だが、いずれは編集長格で紙面全体を取り仕切ってもらうことで白石社長と合意した。一月十七日の日記には次の様に記されている。「夕方、日報社の小使いが迎へに来たので白石社長を訪ふ。釧路行きは明後日の午前九時と決定した。話がはづんで種々と意見を戦はしたが、自分は此温厚なる紳士が案外にも若々しい考を持つて居るのに驚いた。」

　釧路には家族をおいて先ず啄木一人が行き、落ち着き次第呼び寄せることにした。小樽を発つ前日、白石は啄木に十円を渡した。このカネで釧路行きの準備を整えることが出来た。いよいよ明日釧路へ立たなければならないと思うと急に寂寥感が啄木を襲った。「明日は母と妻と愛児を此地に残して、自分一人雪に埋れたる北海道を横断するのだ！！！」そして出発当日「予は何となく小樽を去りたくない様な心地になった。小樽を去りたくないのではない、家庭を離れたくないのだ。」

　しかも、行く先は一度も足を踏み入れたことのない、最果ての地である。小樽には義兄がいて数度訪れていたが、釧路は全くの未開の僻地である。まだ二十歳の啄木にとって不安が先行するのは当然としても家族との別離が耐え難いものだったことは察してあまりある。

子《こ》を負《お》ひて
雪《ゆき》の吹《ふ》き入《い》る停車場《ていしやば》に
われ見送《みおく》りし妻《つま》の眉《まゆ》かな

別れの辛さと寂しさを感じていた啄木もさることながら、残される者たちの悲しみや不安はさらに大きかったであろうと思わずにはいられない。すなわち母カツ・妻節子そしてようやく這い出した京子の三人に待ち受けている運命は決して楽観出来るものではなかった。そのことを予感させるこの歌が読む人々の心にしみ渡るのは誰もが共通して体験する人生の一風景だからである。

2　さいはての地

　啄木の釧路入りの行程は

◇一月十九日

小樽駅発午前十一時四十分→岩見沢駅午後四時着、義兄山本千三郎宅（泊）
◇二十日
岩見沢駅発午前十時三十分発→旭川駅着午後三時十五分（駅前宮越屋泊）「北海道旭新聞」訪問。
◇二十一日
旭川駅発午前六時三十分→午後三時三十分頃帯広駅通過→釧路駅着午後九時三十分

いまでこそ小樽—釧路間は特急で四時間半で行けるが、この当時は乗り継ぎをしながら二日がかりの遠い旅路だった。通り過ぎて行く北の大地を眺めながら啄木は、はるばるとよくぞ最果ての地に辿りついたものだと感慨一入《ひとしお》だったことであろう。

さいはての駅《えき》に下《お》り立《た》ち
雪《ゆき》あかり
さびしき町《まち》にあゆみ入《い》りにき

一体に釧路は雪は多くはないが空気が乾燥していて、これがまた肌を刺すような冷たい寒さが特徴である。小樽というところは中田喜直の「雪の降る街を」に象徴されるように雪はゆっくりと地に舞い落ちてくる。しかし、釧路では横殴りの寒風が足下をそぐように襲う。そして啄木が入釧した一月と二月が厳寒となる。「起きて見ると、夜具の襟が息で真白に氷つて居る。華氏寒暖計零下二十度。顔を洗ふ時シャボン箱に手が喰付いた」（二十二日）「二階の八畳間、火鉢一つを抱いての寒さは、何とも云へぬ」（二十三日）「寒い事話にならぬ。」（二十四日）東北人の啄木でさえ釧路の寒さにはかなわなかった。

啄木の初出社は二十二日である。真砂町近くに新築された二階建て煉瓦造りの社屋は当時釧路の名物になった。一階は事務室二部屋、宿直室、印刷所、二階に応接室と編集室があった。理事の佐藤国司は三十三歳、韓国亡命者と提携した〝国士〟で「一見して自分の好きな男」主筆日景安太郎は三十九歳、釧路新聞草分けの存在で「好人物、創刊以来居る人なさうで度量の大きくないと頭の古いが欠点」編集員佐藤岩は東京で啄木と同じ下宿にいたという寄寓、料理屋の出前までやった苦労人。上杉儔は元物理の中学教師という変わり種。他二人がいた。気の合うメンバーがそろっていたし、白石社長、佐藤理事や日景主筆らから「任せるから好きなようにやってくれ」というお墨付きを得た啄木は張り切って仕事に取りかかった。

当時、釧路には「北東新報」というライバル社があって、これに負けないことも重要な仕事だった。釧路の寒さにはたじろいだが、啄木は早速手腕を発揮する。釧路入りするまではっきりしていなかった待遇は表向き三面主任ということだったが全紙面の編集を一任され実質的に編集長として遇された。給与も月二十五円となっていた。入社数日後、白石社長は啄木に「赴任早々で物入りだろう。少ないがこれを足しに使い給え」といって五円を渡した。啄木の懐はにわかに潤っていった。

もうひとつ気前のいい話を付け加えておく必要がある。一月二十六日の日記に「今日は日曜日。朝社長からの使いがあつて行くと、昨日あたりから新聞の体裁が別になったからと云つて大喜び。五円と銀側時計貰った。」とある。この五円はともかく銀側懐中時計のプレゼントは啄木にとって意外でもあり驚きでもあり大きな喜びだった。今でこそ時計は小学生までも持っているが当時はそれこそ貴重品でそれは社会的地位を示すシンボルでもあった。啄木は「二三日前社長が時計を買ってくれたので、珍しくて珍しくて毎日々々時計をいぢくつて居候」（藤田武治・高田治作宛「一月三十日」）「数日前社長が銀側時計買つてくれ候、大した事件でもなけれども、何しろ小生生れて以来初めて時計を持つたの故特に御知らせ致し候」（向井永太郎宛「二月四日」）こどものような喜びを正直に表現している。

実は、啄木は白石社長から直接にこの時計と五円を同時に貰ったと日記に明確に書いているのだが、一方で理事の佐藤国司が札幌へ出張した際にこの銀側の懐中時計を啄木のために買って貸し与えたとする説がある。沢田信太郎がこの疑問を直接佐藤に会って質している。

佐藤君の曰く、アレは僕からやったものだ、初めから呉れる心算でやったんだが、彼のことだから何時どんなことで失くするかも知れたものでないと考へたから、出来るだけ彼に長く使用して貰ふ為め、故意と之を君に貸して上げると云ったのだ、処が彼も其言葉を忘れなかったと見えて、釧路を無断で立って東京へ行ってから、借用の時計を其まゝ着服して誠に相済みませんと云ふ長文の詫状を寄越した、彼奴も案外正直者だよ、と笑っての説明を聴いて私も釈然とした。佐藤君は現に釧路市長として令名あり、健在である。」（『啄木散華』前出）

話としては枝葉末節なたぐいではあるが、この件は評伝を扱う際に避けて通れない事案の一例である。事実は一つだから啄木の言葉を信ずるか佐藤のそれを採るか、どちらの資料を選択するかということで展開ががらりと変わる。内容的には些事だが、執筆者にとっては大変悩ましい問題なのである。この件での私の選択は佐藤説を採りたい。なぜならこの懐中時計をそのまま譲らずに〝貸した〟としていることである。普通ならこんな手の込んだことはしないものだ。それと啄木からの詫び状の件、『全集第七巻　日記』には佐藤宛の書簡は明治四十二年の年賀状「何日かは御高恩にむくゐるの時あるべきを期しあつかましくも新年の御慶を申上候」一葉しか収録されておらず詫び状の書簡は見ることが叶わないが、佐藤はスケールの大きい人物で啄木を高く評価していたことなど勘案すると選択は自ずから佐藤説に落ち着く。当事者が書いたことをそのまま鵜呑みにすれば事は簡単だが、それだけでは事実の真相は手繰《たぐ》れない。

3　新編集長の手腕

釧路入りした当初は慣れない釧路の寒さや都落ちの心境から冴えない日々の連続だったが、それらの不満をぬぐうように啄木は新聞の紙面作りに専念した。小樽日報では主筆との折り合いが悪かったりスタッフとの関係もぎくしゃくしたり、おまけに野口雨情の陰謀に巻き込まれたりして落ち着いて仕事が出来ず、最後には事務長に五六発も殴られて退社という結末になってしまった。

ところが釧路では白石社長や佐藤理事ら日景主筆といった首脳陣と思惑が一致「編集長のつもりでやってくれ」という言葉通り啄木は思うが儘に企画を組み、好きなように筆を執る事が出来た。論説、評論、文芸はもとより一寸した事件では啄木自身がマチへ出て取材もした。

小さなマチだから啄木記者の存在はたちまち巷間の噂になった。

「えらく若いがハナの利く奴だってな」

「それよりいままで見たことのない、惚れてしまいそうないい男だわ」

「なんでもあの新聞は啄木という若い記者が一人で書いているらしい」

そんな噂が狭いマチを駆け巡り、好奇心を持った人々が新聞社に押しかけて来るようになり玄関先に警備員を配置する騒ぎになった。時折、若い女性が角巻で顔を隠しながら編集室の二階を眺めている姿もあった。日景主筆が啄木に「若いもんはいいなあ。わしなんぞ見向きもされん。石川君、君が振った彼女をわしに世話してくれんか。」と言った。すると啄木はすかさず「日景さん、僕にはちゃんと情報が入っているんですよ。あまりお盛んになっては困ります。」日景は「石川君にはかなわん」と退散した。

この時期、啄木は取材でも講演でも出かけると若い女性からはもてたが、それを直接欲望にまで結びつけることはまだなかった。なにしろ新聞づくりに時間を取られそれどころではなかったのである。恋い焦がれた憧れの女性橘智恵子をも思い出す暇がないほど記者生活に打ち込んでいた。新聞の売り上げも順調に伸びており、それが新編集長の功績であることを認めない人間はいなかった。それに啄木は編集員はもとより文選工であれ印刷工であれ、分け隔て無く社員全員と平等にしかも気軽に付き合っていたから評判がよかった。そうでなくとも啄木は人に自然に好かれる人徳を持っている。

岩城之徳編『写真作家伝叢書　第三巻　石川啄木』（明治書院　一九六五年）に掲載されている一九〇八（明治四十一）年三月十一日付社会面は全一面全てが啄木の筆によって埋め尽くされている。この日、道東は「空前の大風雪」に襲われ多大な被害が出た。紙面は各地からの被害の電信、電話情報を大文字を使い分けた見出しにして整理し同時に巧みな割付で被害状況が一目で把握出来る工夫がなされている。「風雪被害の記事一頁書いた。田舎の新聞には惜しい程の記事と思ふと、心地がよい。」（「三月十日」『明治四十一年日誌』）とあるが、これは誇張ではない。

また取材も、例えば三面記事でも「警察の池野警部を捕虜にして、各有力家の独占芸妓の事を詳しく聞き、（中略）女将を自家薬籠中のものにして更に其裡面の事を探った」（明治四十一年二月八日宮崎郁雨宛書簡）というように頭脳的かつ緻密な計画による独自の手法を使いスクープをものにしていた。同書簡で啄木は「釧路では新聞記者として成すべき事業も少なくはない、青年町民の強固なる団結を作る事や、教育機関の改善拡張や、図書館の設置や、其他まだまだ沢山ある」と述べて将来の展望を構想している。目先だけの事件ばかり追っていたわけではなかった。

ただ、函館や小樽とは違って多忙さは上回っていたが精神的、経済的に生活の見通しが立ち、ずいぶんと楽になったことは事実だった。二月一日、啄木は釧路へ来て初めて小樽の家族に仕送りをしている。「午前中に電為替で十八円小樽へ送り、別に一円せつ子へ。」と日記にある。節子へ一円別口にしたのは自分で好きなよう使いなさい、という啄木の愛情の表れである。また「朝起きて、せつ子からと小国からの手紙読む。せつ子は第二の恋という事を書いてよこした。何という事なく悲しくなった。そして此なつかしき忠実なる妻の許に、一日も早く行きたい、呼びたいと思った。京子の顔も見えた」（二月二十八日）おそらく「恋」という言葉に触れたのは久々のことであったろう。

しらしらと氷《こほり》かがやき
千鳥《ちどり》なく
釧路《くしろ》の海《うみ》の冬《ふゆ》の月《つき》かな

神《かみ》のごと
遠《とほ》く姿《すがた》をあらはせる
阿寒《あかん》の山《やま》の雪《ゆき》のあけぼの

これらの句はようやく精神的なゆとりを持てた啄木が初めて釧路の自然を謳ったものである。それまでは落ち着いて周囲の自然に目を向ける余裕などなかった。記者として充実した毎日を送る中で啄木は今後の身の振り方を考えるようになった。友人の金田一宛てに次の様な手紙を送っている。

「釧路は案外気持ちよく候、都合によつたら三月小樽に帰らずに二三年当地に居ることにし、家族をも三月頃呼寄せんかとも考へ候、これは社の方の要求にて候が、七分通りは小生も同意なり、（中略）若し長く居る様になれば、社で家を買つて小生を入れてくれる由に候、二三年居れば、屹度今までの借金をすまし、且つ自費出版やる位の金はたまるべしと存候」（一月三〇日付）

また宮崎郁雨には「二年や三年、五年十年無人嶋に居たとて時勢におくれる啄木ではないと信ずる、だから三月にもなつて、少し寒さが緩んだら家族を呼び寄せようかと考へる」（二月八日付書簡）と書き送っている。先にも述べたが職場によく溶け込んで、仕事も順調に進んでいたから、家族を呼んで、しばらく釧路に腰を落ち着けようか、と啄木が思ったことは決して間違いではなかった。いや、それどころか、この決心をそのまま守っていれば啄木のその後の人生は全く変わったものになっていただろう。

ところが実際にはこの目論見は啄木自身の浅はかな行動によっていとも簡単に破綻をきたした。それは若い時分には避けて通れないある〝関門〟で啄木は躓いてしまったからである。すなわち酒と女である。天才啄木も、ことごとくの凡人が躓《つまづ》くこの関門を前にして〝タダの人〟に変じてしまうのである。

4　飲酒溺色

それは啄木が釧路に入って間もなくから始まっていた。二月二日の日記にその兆しが現れる。

「愈々今日の日曜は我社新築落成式だ。早朝出社して、編輯局を装飾するやら、福引きの品物を整理するやら。／日景君から借りた羽織袴を着る。一時頃から来賓が来た。予は先発隊となつて宴会場なる喜望楼に行き、席を作つて準備して居ると、四時に開会。来会者七十余名に芸妓が十四名。福引きは大当たりで、大分土地の人を覚えた。九時散会、小新の室で飯を喰ふて帰れば十一時。」

日景主筆は啄木より十歳年長、然も上司、羽織袴を借りて「君」呼ばわりは、「編集長格」のなせる業なのだろうか。福引きは啄木の担当で得意の短歌をもじって景品を与えるという手の込んだもの、これが受けた。「喜望楼」は釧路で洋門のアーチを持つ瀟洒な料亭である。もう一件の料亭「鶤寅《しゃもとら》」と共に啄木が浮き名を流す根拠地となる。問題はこの日記に出てくる「小新」だ。彼女は姉御肌の売れッ子である。巷では白石社長のお手付きだと言う噂のある女性だ。実は啄木が小新と顔を合わせたのはこれが初めてではない。入社三日後即ち一月二十四日にやはり同じ喜望楼で編輯四人、白石社長、佐藤理事による啄木の歓迎会があり、この席に小新と小玉という芸妓が侍《はべ》った。機知に富み話題豊富な啄木を小新はすっかり気に入った。そのせいもあろう、宴会が終わった後、啄木一人を自室に招いて食事を供し、二時間近く共に過ごしている。このことについて言及している評伝をまだ見つけていないが、おそらく「飯を喰ふて」というのは「飯」ではなく「酒」であろう。二枚目啄木と小太り美人の二人が過ごした時間はこどもの時間ではなく、大人の時間だったと考えて不思議はない。ただ、帰りがけ小新は「社長さんには内緒よ」と囁いた。釧路新聞に「紅筆便り」という花柳界の内幕を連載したのも小新からの情報提供がきっかけとなった可能性は充分にある。

落成式にやってきた芸妓は総勢十四人。緑子・小静・春吉・すずめ・小玉・二三子・妙子・お佐勢・小静・ぽんた・小蝶・清子・市子・小奴等々、若くて芸達者な一団は宴を華やかなものにしたことは云う迄もない。なかでもこうした雰囲気に圧倒されたのが啄木であった。芸者という実際の世界を知らなかった啄木は得体の知れない魅力に取り憑《つ》かれてしまったのである。なかでも市子（十八歳）と小奴（十九歳）をいたく気に入り市子については「可愛い々眼をして無邪気な話をする女だ」といい小奴は「今迄見たうちで一番活潑な気持のよい女だ」と評し、なかでも小奴とは親しく付き合った、啄木が東京に出てからも小奴は下宿に訪れたり借金の申し入れに応えているほどである。

小奴《こやつこ》といひし女《をんな》の
やはらかき
耳朶《みみたぼ》など忘《わす》れがたかり

啄木が芸者通いを始めたのが社屋落成式以降であるが、先にも記したように節子へ二月一日に初めて送金している。ところが四日の日記には「野辺地の父から手紙来た。小樽から、四十日間一銭も送金せぬといふ手紙行つたとて大に心配して居る。誠に不埒な事を云つてやつたもので、一月中に十五円、再昨日の十八円で三十三円、外に建具を売った筈だから、一ヶ月に四十円以上も使つて居るではないか。後日のため厳重な手紙出す。」とある。一月中に十五円送ったとあるがこの日の前後の日記にはその記載はない。二月五日には「節子から金受取つたといふ手紙が来て居た」二月十一日には「野辺地の父から、前便を取消す手紙が来たので、小樽の母と、父へ手紙を書いた」とあるが節子の文字はない。数日の行き違いとはいえ、折角送金して一家の長としての責任を果たし終えた安堵感と喜びが吹き飛んで面目丸つぶれのような不愉快さを覚えたに違いない。自尊心の強い人間はこうした一時的な不快感は得てして尾をひくものだ。むしゃくしゃした啄木がそのはけ口を芸者通いに向けたという推測はあながち不当でないだろう。時期的に啄木の芸者通いはこの一件以来、顕著になる。その跡を二月だけに限定して辿ってみよう。

◇二月七日「喜望楼の五番の室は暖であつた。芸者小静よく笑ひ、よく弾き、よく歌ふ。陶然として酔ふて十二時半寄帰宿」

◇九日「（＊劇場宝来座で数人の社員と観劇）芸者小静が客と一緒に来て反対の側の座敷に居たが、客を帰して僕等の方へ来た。三幕許り見て失敬して、古川君と小静と三人で、梅月庵といふ小集の際の会場であつた蕎麦やでそばを喰ふ。酒二本。」

◇十一日「今日は紀元節だからと、連れだって鹿嶋屋に行つたのは三時頃。平常着の儘の歌妓市子は、釧路でも名の売れた愛嬌者で、年は花の蕾の十七だといふ。フラフラとした好い気持になつて、鳥鍋の飯も美味かつたが、門を出たのは既に黄昏時であつた。芝居にはまだ早しと○（＊喜望楼）へ時化込む。（中略）小静はお座敷といふので助六を呼んだが、一向面白くない。（中略）八時頃飛び出して釧路座の慈善演劇へ行つた。（中略）帰りは午前一時半」

◇十二日「二階の（＊喜望楼）五番の室を僕等は称して新

聞部屋と呼ぶ。小玉と小静、仲がよくないので座は余りひき立たなかったが、それでも小静は口三味線で興を添えた。煙草が尽きて帰る、帰りしなに小静は隠して居た煙草を袂に入れてくれた。」

◇十三日「夕方、日景君と共に鶤寅といふ料理店へ行つて、飲み乍ら晩餐を認めた。歌妓ぽんたの顔は飽くまで丸く、佐藤国司君の嬖《ヘイショウ》妾なる小蝶は一風情ある女であつた。八時頃隣室に来て居た豊嶋君讃井君及び福西とかいふ人々と一緒になり、座を新しくして飲み出した。（中略）寝たのが一時。」

◇十六日「芝居（＊釧路北東両社共催合同演劇）は一回の稽古だにしなかったのに不拘、上出来であつた。それから○（＊喜望楼）へ行つて大に飲むで、一時半帰る。」

◇二十日「夜、また林君来た。操業視察隊一行の出迎は失敬して、一緒に鹿嶋屋に飲む。市ちゃんは相不変お愛嬌者、二三子といふ芸者は、何となく陰気な女であつた。強いてハシャイデ居る女であつた。十一時出たが、余勢を駆つて、鶤寅へ進撃、ぽんたの顔を一寸見て一時半帰る。」

◇二十四日「九時頃、衣川子を誘い出して鶤寅亭へ飲みにゆく。小奴が来た。酒半ばにして林君が訪ねて来て新規蒔直しの座敷替。散々飲んだ末、衣川子と二人で小奴の家へ遊びに行つた。小奴はぽんたと二人で、老婆を雇つて居る。話は随分なまめかしかつた。二時半帰る。」

◇二十五日「鶤寅へ行つたが、室がないとの事で仕方なく、或る蕎麦屋へ行つた。小奴へ手紙やって面白い返事をとる。／一時頃まで喰って飲んで、出かけると途中で変な男に出会した。」

◇二十六日「昨日打電して置いたに対する宮崎郁雨君からの三十五円の電報為替を受取つた。友の厚意は何と謝する辞もない。／小南衣川泔水三子に誘はれて鹿嶋屋に行つた。今日はオゴラセられた。市ちゃんの踊。」

◇二十七日「電為替を受取つたので、気持がよい。夕刻鹿嶋屋へ寄って、佐藤南畝を訪ふ、快談一時間。帰りに衣川、小南、泔水三子に逢ひ、つれて帰つて一緒に牛鍋の夕飯。遠藤君が来て居た。三人が帰ると、工場の福嶋が来たから金を呉れて探訪にやる。遠藤君と鶤寅に行つた。中家正一（第三学校教員）といふ人が来て初対面、大に飲む。すずめに大に泣きつかれる。」

この月「自分の手に集散した金は総計八十七円八十銭」とカネの計算だけはしっかりしているが、生活の荒れ様はご覧の通り、完全な乱心ぶりであった。もともと啄木は浪費癖が抜けきれないから、入って来るカネは勿論、借金したカネもまたたく間に浪費してしまう。ともかくこれだけの生活をしていれば幾らカネがあっても足りるわけがない。
なお、この日記中に宮崎郁雨から三十五円（二十六日）と十五円（二十八日）計五十円の送金があり、それを湯水の如く使っている。実はこれは啄木の次の様な手紙による要請に基づいたものである。啄木という人物の一面を如実に示した一つの例といってよいものである。

兄よ、僕は今兄に対して誠に厚顔なる電報を打つて帰り来れり、兄は既にそれを落手せられたるならむ、而して僕の為めに此無理極る請を容れ玉ふならむ、／当地に二新聞あり、一は釧路新聞、一は北東新聞、北東を如何にもして総選挙迄に根本的なる打撃を与へ、之を倒さゞるべからざる必要あり、主筆は鉄道操業視察隊に加りて途に上れり、僕は其不在中編輯局の全権と対北東運動とを委ねられたり、而して兄よ、僕の運動功を奏して、北東の記者横山、高橋、羽鳥の三人は今回同社を退社するに至れり、懇意の如き、北東は午後四時に至りて漸く朝の新聞を出したり、痛快なり、次は工場の転覆なり、／サテ前記三人は前借其他の関係より断然社と関係を断つには五十金を要する也、大至急に要する也、僕は乃ち先刻の電報をうてり、主筆留守、事務長上京、外に途なき故なり、然れどもこの五十金は社長の帰釧（三月中旬遅くも下旬）と同時になんとかなる金也、予はこれをば必ず長くせずして兄に返済し得べしと信ず、／願くは我が顔を立てしめよ、／二月二十五日　夕

文章を仔細に検討する必要はあるまい。これは明らかに虚言であり作文であって、好人物の郁雨を騙して大金を巻き上げるための啄木の〝小説〟つまり嘘の創作だった。この位の虚言は啄木の十八番《おはこ》だから、驚くには当たらない。しかし実直さを画で描いたような性格の郁雨には啄木の裏をかいた意図はまったく分からない。果たして郁雨はどう工面したのか二回に分けて送金している。こうした郁雨の苦労も知らず、啄木は際限のない自堕落な生活にのめり込んでいった。

きしきしと寒《さむ》さに踏《ふ》めば板軋《いたきし》む
かへりの廊下《らうか》の
不意《ふい》のくちづけ

5　残された家族たち

ところで小樽に置きざりにされた老母や節子と京子は啄

木から一月と二月に二度合わせて三十余円を送金してもらっただけでなんとか生活をしていた。しかし三月には一銭も送られて来なかったために、その悲惨さは目を覆わんばかりの状態に陥っていた。

小樽に残した家族のことを啄木は沢田信太郎に頼んで出樽した。沢田は啄木に強引に口説かれて北海道庁から小樽日報に入り、主筆格で社務に精励し、啄木の期待に応える働きをしていた。その沢田に啄木は二つの約束をしていた。それは第一に出来るだけ早く家族を釧路に呼び寄せること、二つには生活費として月々十円以上を送るということであった。啄木はにこにこ笑いながら、「わかった。あとのことは何分よろしく頼む」といって車中の人となった。

二月下旬のある日曜日、沢田は久し振りに啄木の留守宅に向かった。この月初めに偶然街角で京子を連れた節子にばったり会ったが、そのときは二人共元気そうで、買い物帰りらしく京子の手には新しい人形が握られていた。節子から「暇な時は遊びにいらして下さい」と言われていたのを思い出して仕事が一段落したのを機会に訪ねたのである。その時の光景を沢田は次の様に記している。少し長いが沢田が見たありがままの留守宅の実情を知る上で重要な描写なので、そのまま引用しよう。

午後久し振りに花園町の留守宅を訪問すると、老母堂も節子夫人もお京ちゃんも皆健在であった。併し上がり框に建て丶あつた二枚の障子が取払はれて、表の風が吹き通しになつてゐた。驚いて見回はすと奥の六畳間との境に建て丶あつた四枚の襖も外づしてある。此のガランとした空屋同然の処に、行火と火鉢を擁して寒々と身を寄せ、厳冬の北風に吹き曝しになつて居る。一体是はどうした訳かと、挨拶も忘れて尋ねかけると、実は金がない為に今朝余儀なく道具屋に売払つて了ったと老母堂が答へる。夫人は下を向いて眼に一ぱい涙をためて居る。私は余りのことに咄嗟に慰めの言葉も出なかつた。尚よく聴くと、到底家賃も払へぬから明日近所の星川と云ふ家に室借りをすることに決め、畳も売つてあるのだが、今晩だけ道具屋から借りてるのだと云ふ。愈々驚いた。そこで色色と慰め励まして今後のことを相談して帰つたが、寒さに慄へる母子の哀れな姿と、何一つ目星しい家具のない窮乏の住居を眺め、他ごとならず陰惨の気に打たれた当時の記憶は、マザマザと残つて居る。／其翌日啄木の家族は、花園町十四番地の星川丑七と云ふ興行師（?）の室の一室に越して行つた。茲に落ちついてからも約一ヶ月間、釧路の啄木から一銭の送金もなく、家財売却の金も大方使ひ果たし、終に夫人はお京ちゃんをおんぶして、二日置き三日置きくらいに私の宅を訪問しては、私の母から米や木炭や漬物などを借りて行くやうになつた。其内に益々窮迫の度が劇しくなつて、母堂だけ姉婿の山本千三郎方（岩見沢駅長）へ身を寄せて行つて了つた。其後の夫人と愛児の二人きりの生活は、何とも云へぬ程無残なものであつた。寝るにも起きるにも着た切り雀は止むを得ないとして、未だ二十二の若い夫人が、幾日も櫛を入れない油気の脱けた髪を額から頬に垂れて、火鉢もない八畳間に七輪に僅かの炭火を起して京子ちゃんを膝に抱いたまゞ悄然としてゐた姿などは、蓋し啄木と雖も想像しなかつたであらうと思ふ。（「啄木散華」前出）

沢田はこのような窮状を啄木に手紙で何度も伝えたが、本人は芸者地獄にはまっている最中である。まるで聞く耳持たない。一家の窮状を直接訴えてやらなければと思ったが、当時は小樽から釧路まで私費で行くのは容易ではない。その金があればむしろ留守宅に渡した方が役に立つ。そうしたところへ沢田に耳寄りな情報が入ってきた。

当時、北海道開拓に大きな役割を果たしていたのが鉄道であった。経済的に重要な物資はほとんどこの鉄道に頼っていたし、道民の交易にも鉄道はなくてはならない存在になっていた。しかし、当時は函館―小樽―旭川―釧路といった幹線がようやく開通したばかり、とくに鉄道を悩ませたのが冬将軍で、一度これが暴れ出すと運休が続く。そうでなくとも広大な北海道では保線が一苦労でしばしば不通となり、利用者からの苦情が絶えなかった。

そこで北海道鉄道管理局ではその実情に対する利用者への理解を深めるために一大企画を立てた。それは「鉄道冬季操業使節団」を作り、鉄道側の苦心と努力ぶりを知ってもらおうというキャンペーンである。当時は役人や官吏が幅を利かせていたから、融通の利かないとされる役人たちによる、このような企画は画期的といってよかった。使節団の構成は道庁商工課、交通課、函館、小樽、札幌の商工会議所会員と三市の新聞記者総勢四十人である。鉄道側が一切の経費を持ち、十日間かけて実情視察と宴会（実はこれが目玉！）その情報を入手した沢田はそのスケジュールの中に釧路が入っているのを知り、主筆特権で自分が団員の一人になることに成功した。

沢田を含めた一行が釧路に入ったのは一九〇八（明治四十一）年二月二十日の夕方だった。沢田は予め啄木に到着予定を前もって知らせておいたが、駅に啄木の姿はなかった。やむなく沢田は初日の視察を終えるや啄木に会うために下宿に向かった。ところが下宿には啄木は居らず女中が、あなたを迎えに駅に先ほど出て行った、という。そこで沢田は啄木の部屋で待つことした。

　ところが夜中を過ぎても帰って来ない。この間、沢田は啄木の机を借りて視察の原稿を書き上げた。それでも啄木は戻って来ない。やむなく寒さにふるえながら啄木の布団を敷いて服を着たまま中に潜ると疲れがでたせいか眠ってしまった。啄木が帰ってきたのは午前八時であった。天晴れな朝帰りである。啄木は鹿嶋屋で市子と二三子と夜を徹して遊んでのご帰還だったのである。頭をかきながら「女は罪ですな。ちょっとのつもりで屋敷あがったら、こんなざまで、申し訳ない」と一応謝った。不快感を隠さず沢田は留守家族の窮状を伝え一日も早く釧路に呼び寄せることをしつこいほどに強調した。啄木は「一日も早く呼び寄せたいとは思っているんだが、なかなかこちらの条件も厳しくて」と気のない返事が返ってきただけだった。

　吉田狐羊の『啄木写真帳』（藤森書店　一九三六年）には、この翌日、釧路駅前で撮った一行の記念写真が掲載されている。よく見ると後列中央に中折帽子を被った啄木がいる。一番若く、文句のない美男子だ。これでは女性にもてないはずがないだろう。詳しくは触れないが啄木は芸者のみならず釧路の素人の複数の女性からも言い寄られており、留守家族のことなど思い出すヒマはなかった、と断じてもいい。いや、啄木のことだから留守家族のことは片時も頭からはなれたことがなかったかも知れない。呼び寄せたくても今は出来ない、だからこの問題を啄木は考えないで済む道、つまり放蕩という世界に逃げ込んだというべきであろう。

　この写真に沢田も写っているが啄木から離れた一番右端にいる。久々に会ったのだから手を取りあわずとも、記念に仲良く隣同士に写ろうというのが自然である。沢田は説得に失敗したゆえからか、啄木の堕落ぶりに失望した不愉快な気持のせいか、啄木の側にいたくなかったのかも知れない。ただし、この夜の宴会では沢田も芸者と戯れ、再び啄木の下宿に泊まっているから、再度の説得を試みたのか、色香に圧倒されたのか、定かなことは分からない。

　視察を終えて小樽に戻った沢田は、直ぐには留守家族のところへは行かなかった。啄木のふしだらな生活を正直に話すことが出来なかったからである。幸い、沢田は節子に釧路行きの話をしていなかったので母に日常生活の手助けを続けて呉れるように頼んでおいた。すっかり身を縮めて物乞いのようにやってくる親娘の姿を見たくなかった沢田は、二人を避けるようにして啄木の立ち直りを期待するしかなかった。ただ、沢田はこのような苦境に立たされても愚痴や涙一つ流さず、じっと耐えて生きている節子の芯の強さに驚嘆し、啄木の戻るまではこの二人を出来る限り見守る決意を新たにするのだった。

6　釧路離脱

しかし、相も変わらず啄木は新聞記事を書き殴り、社を終えると真っ直ぐ女のいる場所へ向かった。留守にした家族のこともさることながら東北の地から流れ流れて北海道での記者生活、その先の見えない世界へのあてどもない放浪の連続、そして鬱勃《うつぼつ》として湧き起こりつつあった東京での文学活動への野心、それは北海道へ渡ってきて一日たりとも忘れたことはなかった。酒と女に溺れれば溺れるほど逆に啄木の内面の精神は昂揚していった。ここが平凡と非凡の別れるところとなる。酒と女に逃避しそのまま溺死するのが平凡、その逆境をバネにするのが非凡、この両者の彼我《ひが》は限りなく遠い。

　小樽日報を暴力事件で辞職した啄木は門松も屠蘇もないわびしい新年を迎えるが一月七日の日記には無為な生活を送っている焦慮感が記されている。やはり心は東京に飛んでいたのである。

　夜、例の如く東京病が起こつた。新年の各雑誌を読んで、左程の作もないのに安心した自分は、何だか恡《〈コ〉》う一日でもジッとして居られない様な気がする。起て、起て、と心が喚く。東京に行きたい、無闇に東京に行きたい。怎《〈ドウ〉》せ貧乏するにも北海道まで来て貧乏してるよりは東京で貧乏した方がよい。東京だ、東京だ、東京に限ると滅茶苦茶に考へる。（「明治四十一年日誌」）

　こうした啄木の焦りに火をつけたのが〝恩師〟与謝野鉄幹の上京を促す手紙であった。鉄幹は啄木の才能が北海道の記者生活で失われるのを危惧し数度にわたって啄木に一日も早い上京を求めたのである。最初のそれは函館大火によって札幌に発つ直前「出立の一時間前東京なる与謝野氏より出京を促がす手紙来れり」（『明治四十丁未歳日誌』）であり、二度目は翌年三月八日に釧路新聞社宛てに「東上の御計画はいまだ御着き被遊不申や万事お察し致し同情に不堪候」とあり、この二度目の催促が啄木にはこたえた。愚図愚図は出来ない、いつまでも北海道で漂流していては自分が駄目になる。そのことの自覚は酒女俗界に溺れながらも次第に形成されつつあった。それは沢田信太郎から留守家族の悲惨な状況を知らされ、自堕落な生活を叱責されて以来、日増しに募っていた。沢田と別れた一週間後の日記には次の様な一節が残されている。

釧路へ来て茲に四十日。新聞の為には随分尽して居るものの、本を手にした事は一度もない。此月の雑誌など、来た儘でまだ手をも触れぬ。生まれて初めて、酒に親しむ事だけは覚えた。盃二つで赤くなつた自分が、僅か四十日間の間に一人前飲める程になった。芸者といふ者に近づいて見たのも生れて以来此釧路が初めてだ。之を思ふと、何といふ事はなく心に淋しい影がさす。（「二月二十九日」『明治四十一年日誌』）

啄木は決断の早い男である。いったん事を決めてしまえばがむしゃらに迅速に行動する。三月下旬、啄木は体調不良と称して新聞社を休み、今後の方策を練り上げる。社では「毎日酒と女では病気になるのも当たり前だ」と同情より蔑みの話で持ちきりである。日景主筆が医者を連れてやってきて「君がおらんと紙面が作れない」とお世辞を言う。啄木は腹のうちを明かさなかった。そのうちに札幌にいた白石社長の耳にもこの話が届いて啄木を叱責する電報を送った。「此電報に対しては大不平だ、人間を侮辱するにも程がある」これで啄木の決心は固まった。好きな本も雑誌も読まず、釧路新聞に献身してきたというのに慰労や激励の言葉もない冷たい仕打ちに啄木は吹っ切れた。もうこんな所にいる必要はない。もうこれからは本当に自分でやりたい事をやってゆこう。「自分の心は決した。啄木釧路を去るべし、正に去るべし。」（三月二十八日）

この日、啄木は友人らと酒をくみ交わし陶然とした心境になった。釧路での四十有余日の出来事が走馬燈の様に脳裏をよぎった。考えてみると釧路では数々の〝初体験〟をものにした。酒と女はいうに及ばず、駆け引き、取引、策謀といったような普通の人生では経験しない世界にも身を浸した。この時、酔った勢いで書き残した一文がある。

〝さらば〟

啄木、釧路に入りて僅かに七旬、誤りて壺中の趣味を解し、觴《サカヅキ》を挙げて白眼にして世を望む。陶として独り得たりとなし、弦歌を聴いて天上の薬となす。既にして酔さめて痩躯病を得。枕上を檀にして、人生茫たり、知る所なし。／啄木は林中鳥なり。風に随つて樹梢に移る。予はもと一個コスモポリタンの徒、乃ち風に乗じて天涯に去らむとす。白雲一片、自ら其行く所を知らず。噫。／予の釧路に入れる時、沍《ゴ》寒骨に徹して然も雪甚だ浅かりき。予の釧路を去らむとする、春温一派既に袂に入りて然も街上積雪深し。感慨又多少。これを訣別の辞となす。

『釧路新聞』に啄木退社の告示が出たのは明治四十一年四月二十五日のことである。啄木は函館から正式に退職届を出したのだった。

ここには函館を去らなければならなかった時の青年啄木の感傷的な気分は失せて一回りも二回りも大きくなった成人啄木の姿が見られるようで感慨深い。皮肉にも酒女俗界は温室育ちだった啄木を〝大人〟にしてくれたのである。

啄木は先ず函館へ戻って復興なった函館日々新聞に入り、そこで金を貯めて家族とともに東京へ出る、という戦略を立てた。しかし、この計画を実現させるためには、難関が立ちはだかっていた。一番頭を悩ましたのは女性問題だったが、そこはお得意の〝創作〟話をいくつも組み合わせて彼女たちが納得せざるを得ない舞台に押し込んだ。次は金策である。先ずはしらみつぶしに誰彼と無く当たることにした。小樽にいる家族に会うための旅費ということにして餞別も含め都合三十円の用意が出来た。

実際のところ啄木は小樽に行き、家族とともに函館に出て、函館日々新聞社に入り、しばらく様子を見るという予定であった。しかし、四月二日、起きて新聞を開くと「函館新潟行酒田丸、本日午後六時出帆」という広告が目に入ってきた。これを見た啄木は小樽はあとでいい、先ず函館だ、と決断し、乗船することにした。二等船室の釧路から函館までの船賃は三円七十五銭。天候やら燃料の関係で酒田丸が釧路港を出帆したのは四月五日午前七時半だった。

函館に着いたのは七日午後九時二十分。こんなに時間がかかったのは東北宮古に寄港して津軽海峡を渡る航路だったためである。陸地に育った啄木だったが船には酔わないらしい。今回の航海はひどく時化たりもしたが「自分は少しも船に酔はぬ。食慾が進んで食事の時間が待たるる。海上生活の面白さ。」(四月五日)とある。それにはきびしかった流浪の旅からようやくにして離脱できたという重い肩の荷が下りたこととも少しは関係していたに違いない。

7 最後の上京

再び函館に戻った啄木は苜蓿社の友人たちに温かく迎えられ、久々に寧日の日々を送った。なかでもなにかと世話になった宮崎郁雨に何が何でも真っ先に会うと考えるのが自然である。ところが啄木がわざわざ人力車を飛ばして真っ先に会いに行ったのは東川町の斉藤哲郎(大硯)であり、斉藤が留守だったため、またまた人力車を走らせて駆けつけたのが青柳町の岩崎正(白鯨)だった。結局、郁雨と啄木が会うのは翌八日、午前は岩崎と公園を散策、昼食を二人で取った後のことである。啄木のこの行動は如何にも作為的に感じられる。そしてようやく夕方になって「旭町に宮崎君を訪ふ。相見て暫し語なし。」という短く素っ気ないコメント、いかにもとってつけた感想だ。そして東川小学校教師吉野章三（白村）が宿直だったので吉野、岩崎、宮崎と四人で朝まで飲み明かしたことになっている。

これはどう見ても不自然である。啄木は斉藤が留守だったので郁雨の住む旭町の正反対の青柳町の岩崎を訪ねているのだ。こうした行動は冷静に見ると啄木は郁雨を無視しているか回避しているかのいずれかである。人のいい郁雨は、啄木が函館にあらわれたなら誰をさておいても自分の所にやってくる筈だと思っていたに違いないが、そんなことを顔をに現すほどの小人物ではない。啄木との再会を郁雨は素直に心から喜んだ。

ただ、啄木が意図的に最初に郁雨に会わなかった事実は安易に看過出来ない。それは啄木の生き方を反映した重要な問題だと考えなければならないからである。

話は少し遡るが、啄木が釧路を去るに当たって、留守を守る小樽の家族より先に函館にやって来たのは、たまたま見つけた船便の広告のせいばかりではない。啄木にはある考えが閃いて家族より先に函館の郁雨と会う必要があったのだ。というのは、函館にしばし腰を落ち着けるにしても小樽の家族を呼び寄せるには少しまとまった金が要る。だから小樽から呼び寄せる費用は郁雨に頼むしかない。啄木が釧路から真っ直ぐ小樽に行き、そこから手紙で用立てを依頼するより直接郁雨に懇願した方が実現性が高い、という考えである。釧路から偽話をでっち上げて五十円を借りたままになっているいい訳も直接理解を求める必要もある。もちろん、虚偽だったと言うつもりはないが〝誠意〟だけはみせなければ、なるまいと考えたのである。

大義は整ったが、さて実行となると様々な逡巡を覚え、心の整理がなかなかつかない。函館に着いたなら真っ先に郁雨に会うこと、いや会わなければならないことは誰よりも本人が分かっていた。分かっていたからこそ、郁雨に会うことへの躊躇いが顔を出してくる。郁雨に会うにはこの躊躇いを克服しなければならないが、そのふんぎりが出来ず例の〝逃避〟行動に出たと考えれば啄木の不可解な行動の説明はつく。

しかし、ともかく勇を鼓して会って見ると、そこは刎頸《ふんけい》の友、わだかまりは一瞬にして解け二人は心から再会を喜び合ったのだった。その証拠は素っ気ない感想をもらしたその夜の日記に「宮崎君と寝る。／ああ、友の情！」という言葉に如実に示されている。

そして翌朝、床を抜け出した啄木と郁雨は大森浜を散策し、近くの温泉につかって尽きない話に花を咲かせた。

「郁雨君、僕はようやく目が覚めたような心境なんだ。特に釧路では無茶な生活を送ってしまって反省してる。これからは心を入れ替えて真剣に文学をやるつもりだ。」

「石川さん、ずいぶん苦労したようですね。だいぶやせたみたいだ。ここでしばらく休んで元気をつけることですね。僕に出来ることは何でも協力しますから遠慮無く言ってくれませんか。」

「そう、しばらくは函館にいて生活を立て直すつもりだ。明日にでも函館日々新聞に行って雇って貰うつもりでいる。最低三十円は欲しい。君からも口添えをしてくれないか。」

「ああ、いいですとも。勿論そうさせてもらいますよ。今度の主筆は切れ者でなかなかのやり手だというから、あなたも働きがいがあると思いますよ。それより小樽の家族は一日も早く呼ぶべきだと思います。」

「うむ、それは分かっているのだが、いまはちょっとまだ……」

「なにを言ってるんですか。家族というものはどうあろうと離れてはいけない。必要な経費を言って下さい。そのぐらいは僕が何とかしますから。」

「そういってもらうと涙が出るほど嬉しいよ。しかし……」

「しかし、なんですか。水くさいなあ。はっきり言ってくださいよ。出来ないことははっきり出来ないといいますが、せめて僕を信用して心配事は無用です。」

「……。いや実を言うと今の僕には文学のことで頭が一杯なんだ。小樽の家族も大事だけど、東京に出るのが一日遅れれば数年も取り残される不安から脱けきれない。出来ればこのまま直ぐにでも東京に立ちたい程に焦っているんだ。」

「そうですか。だったら、いっそのこと思い切って東京へ行ったらどうですか。父とも相談しなきゃならないけれども、小樽の家族と一緒に君が東京へ出る経費も十分ではないが僕が見ましょう。」

「いくらなんでもそこまで世話になっては一生僕は君に頭が上がらなくなる。うん、そこでどうだろう。小樽の家族は函館に呼んで、しばらくここに置いていきたい。創作活動が軌道に乗ったら直ぐに呼ぶことにする。多分、二三ヶ月ほどで目鼻がつくだろう。」

四月八日の日記に「十時起床。湯に行つて来て、東京行きの話が纏まる。自分は、初め東京行をしようと思つて函館へ来た。そして云ひ出しかねて居た。今朝、それが却つて郁雨君の口から持出されたので、異義のあらう訳が無い。」とあるのは右の会話の通りである。つまり、啄木が釧路で描いた筋書き通りの結果になったのである。啄木が悪意をもって仕掛けたことではないが、郁雨の性格を知悉し組み立てた脚本であったことは間違いない。「宮崎君も善い人である。父上も善い人である。母上も善い人である。姉なる人も善い人である。何故なれば斯う善い人許り揃つてるであらう」（四月十日）ともかく郁雨という人間はただならぬ人物である。そのただならぬ人物を手玉に取る啄木はそれ以上の人間ということになる。郁雨と啄木については今後も随所で語らねばならない。

啄木の立てた計画は着々と進んだ。四月十三日、郁雨から預かった十五円を持って小樽へ（十七日に郁雨からさらに七円が届いている）。一週間ほどいて帰函は二十日、郁雨の世話で栄町二三二番地の鈴木方二階（八畳間）に入る。この時期は郁雨抜きで啄木物語は語れないほどである。啄木は「宮崎君の好意に対して、僕、全く云ふ語が無い。頼む、「米から味噌から、凡てこれ宮崎家の世話」という状態でこ願くは僕の居ない時、君から充分御礼をいふてくれ玉へ、自分から、口先で礼を云ふのは何だか返つて此厚意を侮辱する様な気がする」（四月十七日付　岩崎正、吉野章三宛）と深謝の意を表しているのである。

かくして東京行きは決まった。

二十三日。明後日出帆の横浜三河丸で上京と決す。夕刻吉野君も来る。郁兄と友に岩崎君を訪うて一日語る。四人でビールを抜いて大に酔ひ、大に語る。／これが最後の一夜。／二十四日。午前切符を買ひ、（3.50）大硯君を公友会本部に訪ふ。郁雨白村二君と友に豚汁をつついて晩餐。夜九時二君に送られて三河丸に乗込んだ。郁兄から十円。／舷窓よりなつかしき函館の燈火を眺めて涙おのづから下る。／老母と妻と子と函館に残つた！友の厚き情は謝するに辞もない。自分が新たに築くべき創作的生活には希望がある。否、これ以外に自分の前途何事も無い！そして唯涙が下る。噫、所詮自分、石川啄木は、如何に此世に処すべきかを知らぬのだ。／犬コロの如く丸くなつて三等室に寝た！

かくして啄木は人生の賭けの旅に出た。それは啄木最後の上京でもあった。啄木が最後に死にたいと語っていた函館へ再び戻るのはこれから僅か四年後、遺骨となってからであった。

Ⅳ

懊悩《おうのう》の章

新《あたら》しき明日《あす》の来《きた》るを信《しん》ずという
自分《じぶん》の言葉《ことば》に
嘘《うそ》はなけれど――

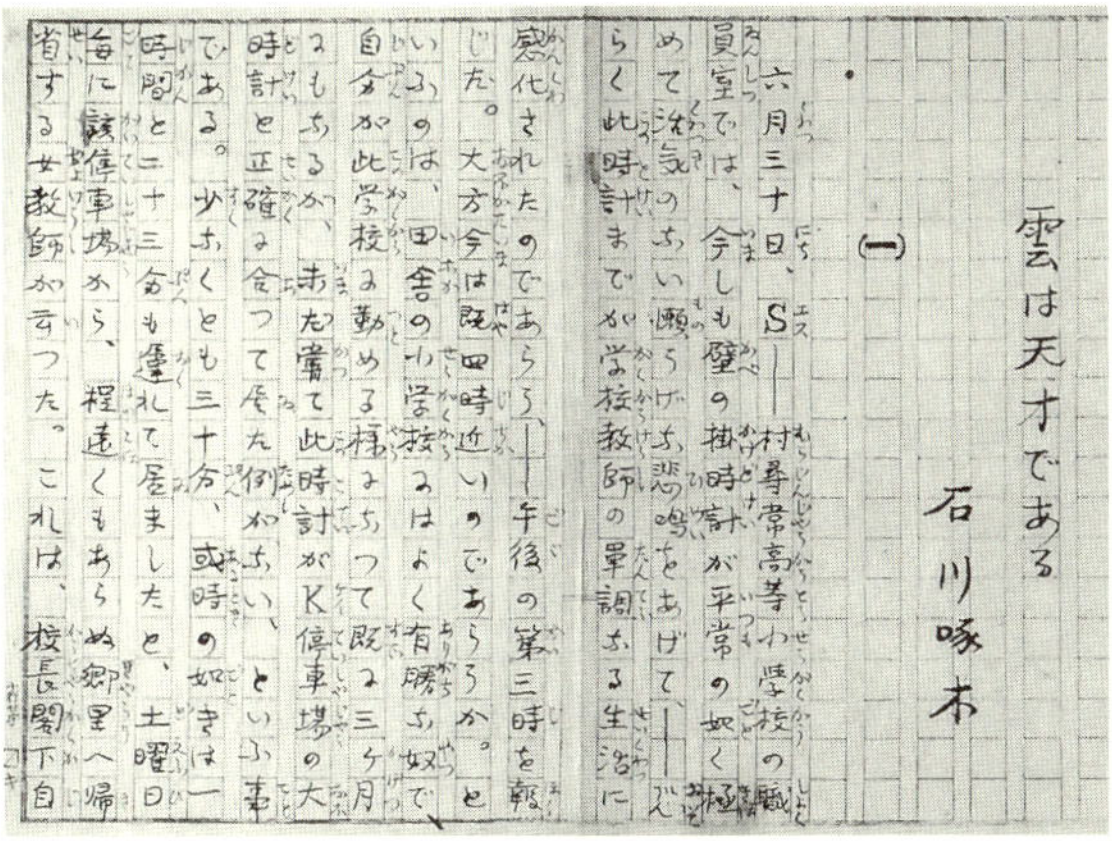
雲は天才である　石川啄木

（一）

六月三十日、S――村尋常高等小學校の職員室では、今しも壁の掛時計が平常の如く極めて活気のない懶うげな悲鳴をあげて、――らく此時計までが学校教師の単調なる生活に感化されたのであらう、――午後の第三時を報じた。大方今は既に四時近いのであらうか。といふのは、田舎の小学校にはよく有勝な奴で、自分が此学校に勤める様になつて既に三ケ月にもなるが、未だ嘗て此時計がK停車場の大時計と正確に合つて居た例がない、といふ事である。少なくとも三十分、或時の如きは一時間と二十三分も遅れて居ましたと、土曜日毎に該停車場から、程遠くもあらぬ郷里へ帰省する女教師が云つた。これは、校長閣下自

初の小説●1906（明治39）年、北海道の流浪に区切りをつけ上京した啄木は小説で身を立てる決心をし、相次いで作品を書くが森鴎外の支援も虚しく、出版界から背けられ苦難の道が続いた。最初に書いたこの小説は啄木生前とうとう陽の目を見ることはなかった。

一　再起

1　小説一筋

函館港を出発して四日後、四月二十八日午後三時、新橋に着いた。啄木の上京はこれで三度目である。これまでの啄木の状況を整理すると次のようになる。

◇第一次・・・一九〇二（明治三十五）年十一月一日～一九〇三（明治三十六）年二月二十六日
《盛岡中学を五年途中で退学後、文学で身を立てるべく、その模索の為の上京。与謝野鉄幹夫妻と新詩社のメンバーと会う。滞在費が底をつき、病を得て渋民村に戻り療養生活を送った。》
◇第二次・・・一九〇四（明治三十七）年十月三十一日～一九〇五（明治三十八）五月二十日
《詩集『あこがれ』出版と再度の文学界への進出の機会を狙う。『あこがれ』はようやく五月三日に出版される。この間に父一禎が宝徳寺住職を解任された。なお、一九〇六（明治三十九）年六月十日～二十日まで渋民での代用教員中に農繁休暇を利用して上京、文学界の動向をさぐっている。》
◇第三次・・・一九〇八（明治四十一）年四月二十八日から一九一二（明治四十五）年四月十三日
《北海道から、最後の執念を賭けて上京、奮闘努力もむなしく報われず貧窮の中、病を得て亡くなるまで。》

北海道の流浪生活に見切りをつけて東京に出る決心をした啄木は友人に「僕は此度の上京の前途を、どうしても悲観する事が出来ぬ、若し失敗したらといふ事も考へては居るが、僕はどうしたものか、失敗する前に必ず成功（?）する様な気がする、理屈もいらぬ、何派、彼派も要はない、只まつすぐらに創作だ」（四月十七日、岩崎正・吉野章三宛）と楽観的な見通しを述べている。基本的に啄木は楽観論者である。それは自分の才能に自信を持っているからであって、決してはったりではない。ただ、どんなに才能に恵まれても世間が認めてくれなければ、いかなる天才も如何ともすることが出来ない。啄木の場合、その才が正当に認められるようになるのは没後のことであって、その自信の程は歴史的に証明されることになるが、この時間差だけは個人の責任ではないにしても、生前の啄木には大いなる不満の一つであったことは否定できない。ただ、歴史の中には依然としてその業績と才能を未だに評価されない多くの人物がいたであろうことを思うと、啄木が死後とはいえ、評価されるに至ったことは、せめてもの救いである。

ところで、上京を果たした啄木は与謝野夫妻宅に五日ほど世話になり、同郷の金田一京助の下宿先である本郷の赤心館に置いてもらうことになる。そして初心通り、創作活動に邁進する。その一ヶ月の成果は「菊池君」(六十一枚)「病院の窓」(九十一枚)「母」(三十一枚)「天鵞絨《ビロード》」(九十四枚)「二筋の血」(三十二枚)「刑余の叔父」(二十五枚)等の小説は合計三百枚余りにのぼる。

「〝病院の窓〟を十枚ばかり書いた。思ふ存分に書ける。少し筆をひかへなくちやならん位、自由に筆が動く。〝菊池君〟の方を読み返して見たが、駄目だ、駄目だ、これは全部書き改めなくちやならん。」(五月二十日)「〝病院の窓〟小気味よく筆が進む。四十四枚目まで書く。」という具合で、次々と執筆意欲にかき立てられて筆を持つ手に力が入っていった。当然、啄木は自信満々である。なにしろ夏目漱石と比肩しての鼻息の荒さである。「才にまかせてズンズン書くのなら僕はチットも困らぬが、努めて簡潔な文を書きたいと心がけて居る。それが(迸《ホトバシ》る才を殺す事が)仲々辛いものだ。漱石の虞美人草のゆき方ならアレ位のものを二週間で書けるけれども、川の彼岸から彼岸まで、スツカリ一直線に流を横ぎる事は、余程疲れる事だ。七十枚位になるかと思つてる。」(宮崎郁雨宛「五月十一日」)

これらの作品をどこに発表しようか、余裕綽々の啄木は煙草を気持ちよさそうに吸いながら思いを馳せる。もう既に文壇デビューを果たしたような浮かれた気持だった。それまでの苦難の生活を思うと、これからが本当の文人としての道が始まる、と胸がわくわくして小躍りしたい気持にかられた。

先ず「病院の窓」の原稿は金田一京助が『中央公論』の編集者滝田樗蔭《ちょいん》に渡した。「天鵞絨」は森鷗外を訪ねその斡旋を依頼しようとしたが留守のため原稿を書生に預けて帰った。「二筋の血」は『太陽』の長谷川天渓に、「母」は新詩社を通じて知った文芸批評家生田長江に渡して結果を待った。その他の原稿もいずれかの発表メディアに届くべくぬかりなく案配した。

上京して以来、ようやく本格的な執筆をほぼ期待した出来で仕上げた満足感と充実感で友人へ宛てた書簡もその喜びを率直に書きあらわしている。

生田君へ頼んでおいた『母』はまだ便りなし。森先生より先刻手紙まゐり、あの原稿は二つとも春陽堂へやつたが後藤宙外の出京次第何とかきまるべく何れ後便にと云つてまゐり候。十五日までに決つてくれれば可いと存居候。そしたら先月分の下宿料も払へるし、少しは余計に原稿紙も買えへる事と存候。うまい物も少し食つてみたく相成候。（宮崎郁雨宛　六月八日）

郁雨に対して啄木はこのように楽観的な事を書き送っているが、実はその四日前、森鴎外に宛てた手紙ではまるで逆のことを言っている。「病院の窓」を中央公論に頼んだ経緯を記した後、

あまり長くて駄目なそうです。先生、もし（お暇のない所失礼ですけれど）御覧になつて雑誌位には出せるやうでしたら、誠に恐れ入りますけれども、新小説なり何なりの人へ御紹介でも下さるわけにはまゐりませんでせうか。先月の下宿料も払ひかねてゐる体《てい》たらくでございます。今日で原稿紙も尽きましたから腹案は五つも六つもありますけれども、明日からは何も書くわけにはいきません。先刻帰りに高等学校のわきの砂利置場の木柵によりかかつた時、つくづくと東京がイヤになりました。情けなくなりました。友人は鎌倉の寺へ行つて泊つていると一日二十銭位で暮されると教へてくれました。そして本を二三冊と原稿紙と煙草を買つて、鎌倉に二三ヶ月逃げやうかと、只今考へたのです。（六月四日）

郁雨への手紙とはまるで逆である。「開業医」「伯父の家」「八月の村」「喀血」「盲目の少年」「寺の下足番」等々小説の構想はいくらでも湧いて来るというのに原稿用紙も買えない窮状を告白している。この話を読むとシューベルトやモーツアルトが曲想が次々と生まれるにも関わらず五線紙がないために名曲が残されなかったという話を思い出す。

さらに啄木は鴎外への手紙の追伸に次の言葉を付け加えている。「書いてゐて飯が食へるものなら、私はいくらでも書きます。書き初めさへすれば一日に二十枚は屹度書けます。私は私の書くものが修作だといふ事を知つてゐますから、決して自惚《うぬぼ》れませんが、正直に申上げればこれより拙いのが矢張活字になつてゐるやうです。」若さ故の真情の吐露というべきであろうが、実際、啄木の目からみれば他の愚にも付かない作品が大手を振っている現実に無念の思いを募らせたのは無理もない。

であるから、六月八日付けの郁雨への手紙は啄木の切ない願望と新たな借金への布石であった。しかもこの時期には函館に残してきた京子が発熱し生死の境をさ迷うという問題が持ち上がっていた。五月下旬、節子より京子がジフテリアにかかり症状は重いと言ってきた。その驚きと不安を金田一京助に話すと京助は黙って二円を啄木に渡した。啄木は涙ながらに金田一の手を堅く握って感謝の気持を現わし、電信為替で節子に送った。幸い節子と郁雨の徹夜の看病のお陰で京子は回復したが、東京にいてどうすることも出来ないもどかしさと、小説の売り込みが難航するいらだちとで啄木の心と身体は次第に疲弊しつつあった。

2 金田一京助の支援

ところで、既に本書の諸処に名の出てくる金田一京助についてここで改めて述べて置く必要がある。金田一は盛岡生まれ、盛岡中学、第二高等学校、東京帝国大学を経て言語学を学び、アイヌ語研究による功績で文化勲章を受けている。啄木は二十六才で逝ったが、金田一京助は啄木の分まで生き、八十九才でみまかった。

三才年下の啄木とは盛岡中学時代、文芸サークルを通じて知り合い、金田一が『明星』の愛読者であったことから親しくなった。啄木の第三次上京に際して最も世話になったというか、世話をしたというか主語の選択で言い方は変わるが、どちらかというと金田一を採るべきだろうと思う。だから啄木が世話になったのではなく、金田一が世話をしたのだ、ということになる。最も、これまでは啄木と金田一京助の関係は啄木が一方的に世話になったとする説が主流である。

確かに、金田一の啄木への献身的な支援ぶりは並大抵のものではない。具体的には諸書に譲るが、ここでは第三次上京後に限定して金田一と啄木の動きを見て置くことにしよう。それを見れば金田一が世話をした実情が明白に浮き出てくるからだ。

四月二十八日から五日ほど与謝野夫妻の家に世話になったあと、金田一に会う。当時、金田一は大学を卒業した後、海城中学で教鞭を取っていた。八畳の広い部屋を見た啄木は「しばらく居てもいいかな」と言った。久し振りで会った同郷人、しかも双方文学愛好同士、しかも昼は金田一は勤務があるから、その時間啄木が部屋を自由に使えばいい、喜んで啄木の申し込みを受け入れた。そして食事代も金田一が払った。ここまでは明らかに啄木が金田一の世話になったのである。啄木は昼は金田一の机を借りて筆を取り、金田一が勤務を終えて帰宅すると二人は夜の更けるまで語り合った。時に明け方まで話して近隣の同宿者から苦情がでる始末だった。そのうちに二階の一部屋が空いたので啄木はそこに移ることになった。金田一は引越し祝いだといって、自分の机とテーブルを贈った。

ここまでは明らかに啄木が金田一の世話になっている。同部屋だった時は部屋代も食事代も金田一が払ったが、啄木が別室を独立して持ったのだから当然その支払いは啄木個人にかかってくる。六月になると大家の使いの女中が毎日のように支払いの催促に来る。ところが啄木は払おうにも払えない。毎日の催促で啄木は神経質になり、一生懸命書いている小説にも影響が出ないはずがない。みるに見かねた金田一は下宿代を立て替えてやった。はっきり言うが啄木が金田一に頼んだ訳ではない。金田一が進んで払ったのである。つまり、ここでは金田一が率先して世話をしたのであり、実質上啄木は世話になったのである。独身で教師であった金田一は経済的にそれほど余裕はなかったにしても啄木ほどの状態ではなかった。かてて加えて性格の優しい金田一は啄木の才能を信じていたせいもあって、この友人の援軍となることを厭わず、むしろ進んでその役割を果たしたのである。

函館にいる京子がジフテリアに罹った話を聞いた金田一が黙って二円を啄木の手に握らせたのも啄木が何とかしてくれとせがんだからではない。金田一が自ら判断して咄嗟に見舞金として差し出したものだった。七月になってまた下宿代の催促が来る。さしもの金田一はそう簡単に毎月の下宿代を立て替えることはできないから、これも啄木から頼まれもしないのに下宿の女将に直談判する。

「石川さんは百年に一度あらわれるかどうかという天才です。十代で詩集を出して文壇から高い評価を与えられて将来を嘱望されている逸材ですよ。いまは辛抱の時代ですから、窮屈してますが、そのうち偉くなったら女将さんのことも小説に出てくるかもしれませんよ。いや、石川さんはきっと書くでしょう。そのとき意地悪い催促の鬼女なんて書かれたら末代まで恥をかくことになりかねませんよ。ですから、少し辛抱して長い目で見てやっていただけませんか。」

この説得が功を奏して女将はすっかりおとなしくなってくれた。啄木に対してそれまで笑顔一つ見せなかったのに、顔を合わすと「今晩はおかず一つつけましたから」と愛想も言うようになった。ただ、まかないを直接担当する女中からは啄木が夜更かしで午前中に起きてこないというような不規則な生活に不満を持っていて、邪険にされる待遇の改善は望めなかった。

この時期、啄木は一本の小説も売れず、新たに次作を書こうとしても原稿用紙すら買えないという境遇に陥って気の滅入る日々が続いた。日ごとに憔悴《しょうすい》していく啄木を見て京助は出来るだけの支援を惜しまなかった。あるときは万朝報に新聞小説募集の記事を見つけた京助が飛ぶように下宿に戻りその新聞を啄木に見せる。


「え！五十回連載で賞金三百五十円だって！そりゃ、すごいな。締め切りが今月末か。ちょうどいま構想中の作品が一つある。〝八月の村〟というんだ。渋民みたいな田舎を舞台にして、錯綜する男女の糸をほぐしていきながら、それらの恋が皆失望に変わるという展開にする。万朝報の新聞小説といえば国木田独歩もこれで成功したんだそうな。これがうまく行けば僕も一気に作家の仲間入りが出来るから、頑張ってみるよ」


万朝報では外にも「十円小説」といわれる企画があり、啄木も渋民時代に応募したが当選に至らなかった苦い経験がある。しかし、今回はケタが違っている。六月十日のことである。啄木は昂奮してその夜はなかなか寝付かれなかった。うまく入選して三百五十円を手にすることが出来れば、今抱えている啄木の悩みは全て解決する。そして間違いなく作家として確固たる地位を占め、藤村、漱石、鴎外と同列に歩めることになるだろう。

満を持して啄木は書き出した。寧ろ筆が滑りすぎてそれを抑えることができなくなるほどであった。十日ほどで書き上げた。金田一に見せると「いい出来栄えですよ。期待できますよ、これは！」早速投稿した。自信はあったが不安もよぎった。これに失敗したら、これからどうすればいいか。そう考え出すと虚脱感に襲われた。

その不安をかき消すように、家に連日訪ねてくる複数の友人等と長時間話し込み、日に三度も四度も無意味な外出を繰り返す。十五日には「今日は遂々何も書かず了ひ。」「夜になっても筆とる気がしない。古い歌七十許りを清書して〝工藤甫〟といふ名で佐々木信綱君に送つた。」（十六日）「無聊な一日。寝てから古雑誌など読んで、一時の時計をきいた。」（十八日）そしてあせる気持から題材だけは思い浮かべるものの、一つとして作品にならない。そしてヒマをもてあまして夕方からマチに出かけて「すき歩き」と称して美人の後をつけて歩きまわるという悪趣味を楽しみ始める。

そういう啄木を横目で見ながらも京助は自分の衣服を質

に入れて十二円、翌日には給料がでたといって五円を借しみなく啄木に渡している。そしてその啄木はというとこの金で下宿代十円を払い、単衣・床屋・足袋・櫛・切手等日用品そして山ほどの百合の花、青磁の花瓶で啄木、京助の部屋一杯に飾った。花屋にあった百合を全部買い上げたのである。折角の京助の寄金はかくして一夜のうちになくなった。「金のある時は何も書けぬ。自分は矢張貧乏な方がよい様だ。」（十四日）どこまでもひとりよがりなのである。

こうした金田一の〝奉仕〟の極めつきは、少し時間を飛ばすことになるが、この年の九月のことである。彼がこれまで高校時代から大学卒業までに蒐集したかなりの文学、歴史、美術などの書籍を専門の言語学以外すべて古書店に売り払い、その金で新しい下宿に引っ越そうとしたのである。真面目な性格の金田一は啄木が次第に腐敗堕落への道にのめり込みつつあるのを知って初心に戻っていい作品を生み出して貰おうと心機一転を図る秘策に出たのである。

この話も啄木から出た話ではない。金田一の独断である。この時の金田一はまだ文学に未練を持っており、専門の言語学で食べて行ける見通しはなかった。だから〝二足の草鞋〟を履いている必要があった。ところが金田一は啄木の為に自らは文学を捨て、啄木にその希望を託そうと決心したのである。自分を犠牲にしてでも友人のことを思い、その友人の為に出来るだけの友情を惜しまない人物はそうざらにはいない。金田一京助の人徳がそうさせたのである。

九月五日、啄木が森鴎外主宰の歌会に外出したのを機に、古本屋を呼んで売却、滞っていた啄木の下宿代を払い、その足で新たな下宿探しの為に一人で歩いた。いろいろ見回って森川町にある蓋平館に決めた。当時としては珍しい三階建てで金田一は一階の六畳、啄木は三階の四畳半、眼下に江戸幕府家老だった阿部屋敷庭園が見下ろせ、九段の森も見え、はるか地平線には富士山が眺望出来る申し分のない環境だった。啄木は昨夜は遅く帰ってきてそのまま自室で寝ていた。そしてクライマックスの引越の場面、九月六日。ここは当人の金田一の話をきくべきだろう。

「石川君、さあ、引越だ、引越だ！」／と言ったら、／「ワァー。」／と言って、起き上がって、／「私もいっしょに連れていって！」／というから、／「ウン、あなたの部屋も決めてきたんだ。」／と言い、そうして私は、昨日のいきさつ、／「すっかり本棚をからっぽにして、下宿はふたり分みな払っちゃった。少しも借りはない。だから、新しい下宿に引っ越すんだ。」／そう言って、私の部屋に連れていったら、事実、金ピカしていた本箱がからっぽになっていたわけです。石川君、その時

に、／「アッ、どうも済みません。私のためだ。」（『新訂版　石川啄木』前出）

おまけに金田一は引っ越し先の蓋平館の大家に「啄木は天才でいずれ世に出る大作家だから、下宿代を毎月毎月催促などしないで出世払いということにして欲しい」と赤心館での二の手を使い、大家を説き伏せることに成功した。取り敢えず啄木は下宿代を気にせず執筆に専念出来る環境を保証されることになった。ただし、実際に大家は女中を使って毎月催促しに来た。

こうして金田一は啄木の新境地を用意したが、果たしてその成果は如何なるものだったか。引っ越した翌日七日の日記には「金田一君は学校へ行つた。予は、昨夜同君から貰つた五円で、袷と羽織の質をうけて来た。綿入れを着て引越して来たつたのだ。女郎花をかつて来て床に活けた。茶やら下駄やら草履やらも買つた。」とあり、さらにマチに繰り出して散財である。いままで入った金の一部でも留守家族の為にとは全く考えていない。それどころか、この日たまたま会った同郷の金矢光一と会い浅草まで足を伸ばして、紅巷の光景を観察する。浅草「塔下苑」の名がこの日の日記に初めて出てくる。それはまた啄木にとって別の新しい人生をもたらすものとなる。

金田一が啄木のかけがいのない重要な支援者の一人であったことは論を待たない。しかし、人間の幅（人格に非ず！）は啄木が一枚も二枚も上であった。ということは金田一が望む方向に導こうという善意は啄木には通じない。むしろ啄木の指向する方向に逆に巻き込まれ利用されるという現象を引き起こす結果になった。

3　死への誘惑

時間を六月に戻そう。いくら書いても小説は世に出ない。いくら努力しても結果が出ない、ということで失望し、精神的にも追い詰められていた。そういう時に衝撃的な事件が起こった。作家の川上眉山が六月十五日、喉を掻き切って自殺したのである。十七日の啄木の日記には「昨日の新聞にあつた、一昨剃刀自殺した川上眉山氏の事について考へた。近来の最も深酷な悲劇である。知らず知らず時代に取残されてゆく創作家の末路、それを自覚した幻滅の悲痛！ああ、その悲痛と生活の迫害と、その二つが此詩人的であつた小説家眉山をコロしたのだ。自ら剃刀をとつて喉をきる。何という痛ましいことであらう。創作の事にたづさわつてゐる人には、よそ事とは思へない。」と作家の死を悼んでいる。眉山享年三十九歳だった。

この事件は啄木の心の棘となって残るが、さらに追い打ちをかけるように国木田独歩が病死する。六月二十三日、病名は肺結核、享年三十七歳。同時代の作家の中で啄木が最も高く評価したのがこの独歩だった。「独歩氏と聞いてすぐ思出すのは〝独歩集〟である。ああ、この薄倖なる真の詩人は、十年の間人に認められなかつた。認められて僅かに三年、そして死んだ。明治の創作家中の真の作家―あらゆる意味に於て真の作家であつた独歩氏は遂に死んだのか！」

眉山の死といい、独歩の死は啄木に深い傷跡となったことは疑いない。啄木が小説の筆を取らなくなった時期と二人の死は合致していることでそのことは容易に理解出来る。問題は啄木がこの二人の死を自分に重ね合わせて捉えたということである。報われない作家が辿る運命としての死―それはまるで自分の人生そのものではないか。

これまで啄木は死という問題を考えないではなかった。例えば友人の阿部修一郎の姉の葬儀（明治三十五年一月八日）や秋田の嫁ぎ先で亡くなった長姉サダ（明治三十九年二月二十五日）の際には深刻にその死を受け止めたが、それはあくまで〝他者〟としてのものであった。しかし、眉山や独歩は同業者としてより真剣に受け止めざるを得なかった。そしていつしか啄木は死を自分の問題として認識するようになっていく。

最初のその徴候の現れるのが六月二十七日のことである。アテにしていた小説の原稿料を払えないというある編集者からの手紙を受け取った時の日記である。

噫、死なうか、田舎にかくれようか、はたまたモット苦闘をつづけようか、？この夜の思ひはこれであつた。何日になつたら自分は、心安く其日一日を送ることが出来るであらう。安き一日!?／死んだ独歩氏は幸福である。自ら殺した眉山氏も、死せむとして死しえざる者よりは幸福である。／作物と飢餓、その二つの一つ！／誰か知らぬ間に殺してくれぬであらうか！寝てる間に！

こうして啄木は次第に死を自分自身の問題として現実的にとらえるようになる。この二日後の日記には家族も巻き込んだより深刻な状況に自分を追い込んで、事態を複雑なものにしている。こういう精神状態は死に対する認識が悪化の方向に深まりつつあることを意味しており危機的水位に入っていることを示すものである。

目をさますと、凄まじい雨、うつらうつらと枕の上で考へて、死にたくなつた。死といふ外に安けさを求める工夫はない様に思へる。生活の苦痛！それも自分一人ならまだしも、老いたる父は野辺地の居候、老いたる母と妻と子と妹は函館で友人の厄介！ああ、自分は何をすればいいのか。今月もまた下宿料が払へぬではないか？／To be, or not to be? ／死にたい、けれども自ら死のうとはしない！悲しい事だ、自分で自分を自由にしえないとは！／起きたが、煙草がなかつた。一時間許り耐へたが、兎ても耐へきれなくなつて、下宿から傘をかりて古本屋に行つた。三十五銭えて煙草を買つてきた。

自分では死にきれず誰かに殺して貰った方が気が楽だ、という感覚は自殺という感覚から一歩退却して危険水位から少し抜け出した事を意味する。尤も死を深刻に考えた僅か二日後のことであるから、まだ油断は出来ない。しかし、この後、啄木はしばらく死の問題に触れていない。それは僅かではあるが『明星』の歌の批評による稿料がはいったこと、および金田一の兄弟や北原白秋、吉井勇、並木武雄などの交友で気が紛れたことなどの理由による。特に吉井、北原とは「好きあるき」を連日続けるという他愛のない遊びで現実逃避の世界に浸っていたし、またこの間、鴎外の観潮楼会あり正宗白鳥との面談あり結構多忙だったから、滅入る気分は幾分薄らいでいた。白鳥については雑誌『趣味』に掲載された随想「世間並み」を「うまい」と感心し、即座に逢いたいと手紙を出した。啄木は興味を持った人物には躊躇することなく面会しようとする好奇心をもっていた。大隈重信、原敬、尾崎行雄などはその一例だ。白鳥との面談は啄木にとって殊の外楽しかったようで、金田一をはじめいろんな友人たちにその場面を吹聴している。

七月五日／十二時ですと謂つて、女中に起された。曇つた日。／一時、森川町一番地櫻館に正宗白鳥君を訪問した。背のひくい、髯のない人。四年前に一度読売社の応接室で逢つた事があつたが、そのまま些とも老けてゐない。／随分ブッキラ棒であると人からも聞いてゐた。入つて行つても、ロクに辞儀もせぬ。茶を汲んでも黙つて出したきり、……それが頗る我が意を得た。何処までもブッキラ棒な話と話。二時半帰る時は、然し、額を畳に推しつける様にして宛然バッタの如く叩頭をした。玄関まで送つて来た。

この話を少し敷衍《ふえん》する好材料がある。それは『文芸』の臨時増刊『石川啄木読本』（河出書房　一九五五年六月）の座談会「啄木とその時代」（出席者「正宗白鳥」「野村胡堂」「金田一京助」「窪川鶴次郎」）である。このなかにこの日記を裏付ける会話が登場している。要約して紹介する。

窪川「啄木が正宗さんをお訪ねして、何んにも話をしないで、黙って対座したまんまで帰ってきたということを啄木が自分で書いておりますね。」

正宗「顔はよく覚えてますよ。まるまるとした、子供っぽい顔だった。原稿でも出してもらえれば、と思ったんでしょう。確かに大して話もしなかった。ぼくが話をしなかったのは、それは普通で、啄木だけじゃない。多くの人にそうで、啄木だけをそういうふうにしたわけじゃないんです。それにぼくは啄木のことを知らない。彼の作品はちっとも読んでいません。」

金田一「私の聞いておりますのは、あなたが『何だ、啄木って君か、もっと年を食っていると思っていた』と言ったというんです。」

正宗「それは変だな。啄木とは以前、読売本社で会っているから、そんなことを言う筈がない。それに啄木という人間にも関心がなかった。あとで朝日に入って、おれのような者を校正につかうのは不都合だとか言ったという話を聞いたことがあって、思い上がった男だなと思ったことは覚えているけれど……」

金田一「それで名刺を渡したら何にも言わずにビリビリと目の前で破ってしまった、そうしたら啄木は、なるほどなあ、この名刺は本人が直接渡したんだから、破って尤もだと思った、というんです。(笑い)」

正宗「それもおかしいな。黙って口を利かなかったことは確かだと思うが……」

金田一「どっちがしゃべるか我慢比べだ、と思ったけれど、いつまで経っても口を開かず互いに睨めっこ状態、ついに根負けして、啄木が『それじゃ、さよなら』と言ったら、あなたが『さよなら』と言った。(笑)そしてそのまま部屋を出て帰った。こんな痛快な人物もいるものだ、と啄木は言ってました。」

野村「正宗先生なら、そういうことはやったかもしれないな。」

正宗「しょっちゅうやってたよ。いまでこそ、この通り社交的な人間になっているがね(笑)。」

このエピソードは語られる三者つまり啄木、正宗、金田一のそれぞれの話の矛盾や受け取り方が如実にでていて興味深い。言い換えれば当事者の証言というものはかなり恣意的なものであり、何れを選択するかで結果はかなり異なったものとなるという一例である。

こうして一時は気を紛らせることはできたものの、一人きりになると、忍び寄る死の誘惑は再び覚醒し始める。その誘因になったのは親友金田一の妹よし子の入水自殺であった。啄木はよし子と直接接したことはなかったが金田一から姉との葛藤や嫁ぎ先ともうまく行かず一年ほどで盛岡の実家に戻って肩身の狭い思いをしているという話は聞いていた。その日七月八日もいつもと変わらぬ様子で一人で外出したが、それが家族との最後の別れになった。見前村（一九五五年合併により都南村、九十二年盛岡市に編入）を流れる北上川に「膝を堅く縛つて、髪を結ひ、歯を研いて」身を投じた自殺だった。翌日、金田一は啄木に涙ながらに妹の薄倖な生涯を語った。

啄木が心から愛した原風景北上川への金田一の妹の投身、それは身内にも勝る悲しみと憐憫の想いを引き起こした。この日以後、啄木は再び死への誘惑に取り憑かれるようになる。言葉として「死」を口にした日の様子を整理すると

―

◇金田一君の室で十時頃過した。独歩の事を話した。何だか心細くなつて、自分の心の底の底の、死にたいといふ考まで話した。（七月十五日）

◇いかなる言葉を以ても、この自分の心の深いところをば言ひ表す事が出来ぬ。だから死んだ方がよいと云ふ事を半醒半眠のうちに念を押して二三度考へた。死ぬと考へながら、些とも其手段をとらぬ事を自分でも疑つてもみた。老いたる母の顔が目に浮かんだ。若し自分が死んだら！と思ふと、涙が流れた。（十六―十七日）

◇この数日は、女といふものが自分の心から遠ざかつた様だ。其代りに、生命その者に対する倦怠―死を欲する心が時々起つて来る。（十八日）

◇死場所を見つけねばならぬといふ考が、親孝行をしたいといふ哀しい希望と共に、今の自分の頭を石の如く重く圧してゐる。（十九日）

◇〝死〟といふ問題を余り心で弄びすぎる様な気がするので、強いてその囁きを聞くまいとするが、何時かしらその優しい囁きが耳の後から聞える。敢て自殺の手段に着手しようとはせぬが、その死の囁きを聞いてゐる時だけ、何となく心が一番安らかな様な気がする。（七月二十日）

人は「死」を口にしているときは自殺などしないという。死に至るのは「死」を本人が心の中に封印してしまう場合

だと言われている。十九日を境に啄木の「死」は外界に一応封印される。しかし、啄木の「死」からの囁きはこれで完全に封印されたわけではない。

4 二つの恋

啄木が自身の自殺衝動の危機を切り抜けることが出来たのは、もう一つの要因があったからだと考えられる。それは啄木の人生から切っても切れない重要な素因すなわち〝恋〟である。死と恋は互いに対極に位置する。死の誘惑から逃れる最良の薬は恋だ。幸いなことに啄木は常に〝恋〟への情熱を喪わなかった。もし、この時期、精神的にも肉体的にも枯れていたなら、まちがいなく死出の道を決行したことであろう。

啄木の場合の〝恋〟は比較的に明快で「肉」と「心」の二つの要因から成り立っている。つまり肉体と精神である。一般的にはこの両者が統合されて恋愛感情を形作るのであろうが、啄木の場合はこれが截然《さいぜん》と二つに分かれているのだ。言い換えれば啄木にとっても恋は「肉」か「心」かのいずれかでも成り立ち得るものなのである。具体的に言えば、啄木が死への囁きに苦悩していた時期に二人の女性が現れる。一人は植木貞子、もう一人が菅原芳子である。

（1）植木貞子の場合

啄木が植木貞子と初めて会ったのは一九〇五（明治三十八）年四月、啄木が『あこがれ』出版のため上京した時に新詩社同人による観劇会が催された時のことである。啄木は舞台裏で笛を吹くちょい役を担ったが、この時、急場の女優として駆り出されたのが京橋の舞踊の師匠の娘貞子だった。この出会いは双方満更でもなかったらしく、渋民に戻った啄木とは以後、年賀状を交わし、貞子からは釧路まで「長い手紙が来た。」（明治四十一年三月二十二日の日記）とあり、北海道から上京を果たした啄木は五月七日、貞子に早速住所を教えている。

すると貞子は早々五月九日、啄木の下宿赤心館にやってきた。ただ、この時は啄木は外出中で簡単なメモが残されていた。「四年目の今、どんなに変つて居る事かと、留守にしたのが残念な様な心地。あの時はまだ十六の、心に塵一つ翳のない、よく笑ふ人であつたつけが。」（五月九日）

翌日午前また貞子からハガキが来た。若い女性から相次いでの来信、啄木の心が何かに惹かれる様な心境になっていったとしても不思議ではない。夕刻になって二階の窓からボウッとして外を眺めていると見覚えのある人影が目に飛び込んできた。何とハガキの差出人貞子である。この時代の女性にしては珍しい積極的な行動である。

五時頃、窓の下をうつむいて通る人がある。あの人だなと思つたら矢張その人であつた。てい子さんが来た。あの時は十六であつたが今はモウ十九、肥つて、背が高くなつて、話のやうすも怎《ドウ》やら老けて居るが、それでも昔の面影が裕に残つて居る。話は唯昔の事許りであつたが、金田一君も来合せて、いろいろとアノ芝居の時の人々の噂が初る。少し暗くなつて洋燈をつけたが、七時四十分頃に帰る。三丁目の電車の所まで送つた。（十日）

貞子を送って戻ると「室が何だか物足らず、淋しく感ぜられた」（同日）というのは慕情の初期的感傷に他ならない。かくして貞子は以後ほとんど日を置かずにハガキ、書簡、直接の来訪が続く。

◇五月十三日「今日もてい子さんから葉書」

◇十四日「七時頃、てい子さんが訪ねて来た。スヰトピーの花を持つて来て呉れた。昔の話、今の話、爽やかな語は、純粋の江戸言葉なので、滑かに、軽く、縷々として糸と続く。予は此弁を知りたいと思ふので、幾度か腹の中で真似をして見るが、怎《ドウ》しても恁《ソ》う軽く出来ぬ。十時十分になつて帰る。電車まで送つて来る。／〝今を昔に返したいと口で云つて、昔の心持ちで今居たいと思つてるのがてい子さんだ〞テナ事を考へる。」

◇十五日「九時半漸く目をさました。／ト、てい子さんが来た。（中略）一緒に昼食をとつて、三時近く帰つて行く。」

◇十六日「てい子さんから長い長い手紙」（＊中身の言及なし、ただこの日の日記の中に金田一に貞子の手紙を読ませると「慰めてやるべしと友は云つた」という意味深な記述がある。）

◇十七日「（＊招かれて中橋大鋸町の貞子の母に会いに出かけた）お母さんな人が飛び立つ程喜んで迎へてくれた。快活な、切下髪の、四十二三の人で、晴れ渡つた面に云ふ許りない男優りの健気さが現れて居る。話は主に四年前の落花の春、江東の花に催した芝居の追憶で、それからそれと尽きぬ。椽《タルキ》に雨が這入つて、二坪の庭は植木鉢に足の踏場もない位。小ヂンマリした趣きに何かしら下町式の匂ひがある。／すしを御馳走になつて三時十分前に辞す。小路を出ると後から我名を呼ぶ声、それは贈物を包んだ風呂敷を持つて、追かけてきた貞子さんであつた。」（＊この日から呼称が「てい子」から「貞子」になっている。）

◇十八日「二時、金田一君来て話してると並木君が来た。

間もなく貞子さんが窓の下から兄さん兄さんと呼んだので、二人は下の室に行つた。貞子さんは、今日は浅草の観音様へお詣りに行くのだと云ふ。話してるうちに夕飯。穏やかな夕べが都の賑ひの音を伝へて、煙草の味がうまい。八時頃三丁目まで送つて帰つて来て、すぐ又金田一君と弥生亭へ行つて洋食。」

四年ぶりの再会ということもあって二人の仲は急速に進行する。そして明らかに貞子の方が積極的である。会いに来た初日こそ二三時間で帰るが、以降は終電近くになったり、半日以上の長居である。これでは啄木は筆を持つ時間もろくに取れまい。そして五月二十日あたりから様子が変わってくる。

◇二十日「三時に貞子さんが来た。来た時は非常に元気がよかつたが、段々と沈んで来た。昨夜決心したと云つて居たが、其決心が、逢つて話してるうちに鈍りだしたのだ。温かな夕。／八時頃に帰つて行く。（中略）／十時頃、貞子さんが机の洩出に入れて行つた分厚い状袋を見つけて、読む。半分は鉛筆の走書。罫紙十六枚に書かれた小説であった。噫、小説であつた。彼女自身が彼女自身の事を書いた小説であつた。清く思切ると云ふ決心を書いた小説であつた。（中略）」

ここに言う貞子が「昨夜決心した」とあるのは啄木と肉体関係に入ることを貞子が決心したということであろう。貞子が早くから啄木に気があったこと、また啄木への接し方からみてそう決心したのは〝男女〟の自然の流れであった。また、貞子が書いてきた「小説」というのはその決意を表した〝手紙〟のことなのだと考えて間違いない。「半分は鉛筆の走書」を「小説」とするのは作家の啄木がいう言葉ではない。「噫、小説であつた」というのは、これが貞子の〝告白〟であったことへの感慨だろう。その言葉は「清く思切ると云ふ決心」に結びついている。啄木は貞子の告白をそのまま記述せず婉曲法を以て表現したわけである。啄木は日記でもなかなか本音を書かないし、まして重要な事実の多くは語りたがらない。膨大な量の日記の存在にも関わらずなお残る啄木の生涯の陰翳《いんえい》を日記そのものから知るには限界がある。

◇二十三日「四時半頃貞子さん来る。予は今此人について東京の風俗と言葉を習つてる。この数回でよほど、所謂東京語の調子を覚えた。いろいろな珍しい語をもきいた。会話が怎やら日一日とスラスラ書ける様な気がする。金田一君も来て話す。貞子さんは七時頃に帰つた。今日は百合の花の蕾を三本もつて来てくれた。」
◇二十四日「六時半何やら夢を見て居て、何の訳ともなしに目が覚めると、枕元に白いきものを着た人が立つて居る。それは貞子さんであつた。食前の散歩の序、起してやらうと思つて来たとの事。」
◇二十五日「この日貞子さんから長い長い手紙。その手紙の事が枕の上で考へられて、……いつしか夢。」
◇二十七日「六時四十分頃であつたらうか。目を覚ますと枕辺に座れる白衣の人、散歩の序といつて貞子さんが来てゐたのだ。」
◇三十日「貞子さんからも（＊ハガキ）」
◇六月一日「貞子からの葉書にも返事出した。」
◇三日「三時頃貞子さんが来て日暮帰る。」
◇六日「十一時に起床。間もなく貞子さんが来た。いろいろな衣服の地や色の事を聞いた。二時半に帰つてゆく。」
◇十二日「夕刻貞子さん来る。生活といふことを談つた。」
◇十五日「貞子さんから手紙。」
◇十七日「四時近くに貞子さんが来て、七時少し前帰つた。」
◇十八日「朝八時頃、貞子さんが風の如く来て風の如く去つた。燕なら可いのに……」
◇二十日「九時頃貞子さんが来た。かへりに送つてゆかぬかと云つたが、予は行かなかつた。窓の下を泣いてゆく声をきいた。／我を欺くには冷酷が必要だ！／貞子さんに最後の手紙をかいて寝る。」

二十日付の日記には「最後の手紙」云々とある。さらにこの後も「宿に帰ると、留守中に貞子さんが来て入って行つたとのことで、机の中には手紙！／小説の一断片は、悲しき結末に急いだのだ！」（二十一日）「貞子さんから今夜是非来てくれといふ葉書が来たが、行かなかつた。／恋をするなら、仄かな恋に限る。」（二十三日）「貞子さんが来た。来て先ず泣いた。」（二十四日）

もう事態は明白である。啄木は宮崎郁雨に宛てた六月十七日には貞子に見切りをつけた内容の書簡を送っている。これもそのまま額面通りに受けとめることはできないが、ともかく貞子と手を切ろうとしたことだけは確かである。

此方へ来てから、頻りに僕をたづねてくる江戸生れの女があつた。それが、初め僕の身の上をすつかり知つてゐながら頗るロマンチックなラブをしたので、僕は妙な気持がしてゐた。すると其女が少し熱情が多すぎて来たからうるさくなつてゐた。と。十日許り以前の事、其女が小さいおできを四つか五つ顔に出して来て、／女「貴方は豆がお好きでござんすか?」／「きらひです。」／「羨ましいわ。私は好きで好きで、此頃《コナイダ》も毎日の様に蚕豆をたべたもんですから、こんなに顔におできができちゃつて。」／「……」／「疱瘡より少し軽いやうなもんですつてね。」／僕は此ソラマメ以来、女は浅間しいもんだと思つた。そしてたまらなくイヤになつた。此頃はサッパリ来なくなつた。この事は金田一君と並木君が逐一知つてるよ。ソラマメを喰う女は恋に失敗するね。

この話を知る啄木の女性ファンは失望して減ってしまうかもしれないが、事実だから仕方ない。また、金田一と並木に逐一話してあるとも書いている。その一人金田一は啄木に巧みに丸め込まれて、貞子が現れると女中たちに悟られないように見張りをさせられたり、訪問者を居留守を使って帰す役目をさせられていたから、被害者は貞子ばかりではなかったのである。

もう少しこの話を続ける必要がある。それは啄木の作品に関わる大事な話だからである。というのは別れ話が解決したと啄木が安堵していた八月のことである。啄木が外出している間に貞子が部屋に入ってきて無断で日記・小説・歌稿の一部を持ち帰ってしまった。折悪しく机の中には貞子の悪口を書いたメモが入っていてそれを読んだ貞子が憤怒の余り〝戦利品〟として持ち出したのである。烈火のごとく怒った啄木は強い口調でその行為を叱責した手紙を送り、それらの返還を求めた。結局、貞子は謝罪して返還した。ところが日記の七月二十九日の終わりより三十一日に至る頁は破り捨てられていた。当然、貞子について触れた部分であった。かくして貴重な文化財の一頁は恋に破れた女のしっぺ返しを受けることになった。

貞子との仲はこれで断ち切れたが、この後、一回だけ会っている。啄木と浅草については稿を新たにして語らなければならないが、浅草で芸者となった貞子こと米松と偶然会い、最後の契りを交わしたのだった。

(2) 菅原芳子の場合

植木貞子と対照的な存在がこれから登場する菅原芳子である。啄木とは三歳年下で一八八八(明治二十一)年、大分県臼杵に生まれ、女学校進学を希望するも家業の米穀商を手伝うため断念。好きな詩歌を趣味として『明星』の読者で作る地元の「みひかり会」で歌を詠んでいた。『明星』には地方読者のために短歌添削指導をする「金星会」があり、偶々、啄木が顔はおろか名も知らない菅原芳子の担当になった。だから下心あっての選択ではなく、まったく偶然の出会いである。

菅原との最初の交信は一九〇八（明治四十一）年六月二十九日である。ご承知の様にこの頃は啄木が書いた小説は全く売れず、逼迫した生活に疲れ果て死を考える日々が続き、植木貞子との肉に溺れた生活に辟易していた時期である。

そのような荒れた時ではあったが一瞬だけ頭が冴えて光輝が脳のなかを通り抜けるような感覚に陥った二夜があった。それは先ず六月二十四日から翌日のことである。「昨夜枕についてから歌を作り初めたが、興が刻一刻に熾（サカ）んになつてきて、遂々徹夜。夜が明けて、本妙寺の墓地を散歩してきた。たとへるものもなく心地がすがすがしい。興はまだつづいて、午前十一時頃まで作つたもの、昨夜百二十首の余。」とあり、また翌二十五日には「頭がすつかり歌になつてゐる。この日夜の二時までに百四十一首作つた。父母のことを歌ふ歌約四十首、泣きながら。」この時の歌が

たはむれに母《はは》を背負《せお》ひて
そのあまり軽《かろ》きに泣《な》きて
三歩《さんぽ》あゆまず

燈影《ほかげ》なき室《しつ》に我《われ》あり
父《ちち》と母《はは》
壁《かべ》のなかより杖《つゑ》つきて出づ

等の名作として詠み継がれている。失意の日々ではあったが、啄木のこの二夜の歌作の経験は改めて自分の才能を確認することになり、詩人として生きてゆく決意を新たにする契機になった。そして植木貞子と手を切ってさばさばした心境になりつつあったその時に菅原芳子が現れたのだ。

『明星』の「金星会」は一九〇四（明治三十七）年十二月号から始まっている。会費二十銭で一回の投稿二十首以内で当初は与謝野鉄幹が担当していた。一九〇八（明治四十一）年七月号に社告として以後は「東京市本郷区菊坂町二十八赤心館石川啄木」宛送付するよう指定している。これは窮迫している啄木への鉄幹の配慮に拠るものであった。

六月十六日の日記に「金星会の歌が二つ来た。」とあり、これは一倉はまじ子と菅原芳子の作品であったと思われる。なぜなら十八日には「菅原よし子へ手紙出した。」また二十日に「金星会の歌をなほし、一倉はまじ子へ手紙かく。」とあって符合する。ただ、この時に啄木がどのような事を書いたのか把握できない。また「一倉はまじ子」なる人物については全く分からない。

ともかく啄木がこの前後に菅原芳子と接触したことだけは、はっきりしている。おそらく十八日の啄木からの手紙

はごく簡単なもの、つまり儀礼的なものだったと思われる。そして六月二十五日に菅原芳子から絵葉書で礼状が届く。この葉書もどのような内容だったのか、分かっていないが啄木が指導してくれる喜びを記したものであっただろう。『明星』の熱心な読者だった芳子にも啄木の令名は届いていた筈だからである。だから〝今後のご指導よろしく〟という程度の簡単なものだったとみて間違いない。

そして最初の〝指導〟の始まるのは六月二十九日からである。この日の日記では死にたいということばかり書き連ねた最悪の一日だったはずだが芳子に宛てた〝指導書〟は千四百字余りの長いものになっている。同じ指導でも投稿常連の丹波茂太郎などには、あっさり三百字程度しかも「多作するよりも一首の完作を得る方針にて折角御奮励の程祈上候。」と如何にも素っ気ない。ところが相手が女性となると啄木の力の入れ方は全く異なる。

いとどしく雨降りそそぐ日に候。風にゆらゆる竹の葉のしぶき窓をぬらし、昨日まで誇りかなりし瓶の白百合、けさは二つまで痛ましくも打しをれ候。かかる日、かかる時、かかるしめらへる心をもて、はるかにまだ見ぬ君を忍び候ふ心根御許し下されたく候、つゆ晴れの山々に日のかぎろへる、入江添ひの御里羨みあげ候。昨日千駄ヶ谷の与謝野氏を訪ひ、来合せたる人々と共に半日詩文の話に興じ候ひしが、主人が昨夏の西国廻りの旅がたりをせられ候ふに、北国育ちの私、そぞろに西の空の美しさに心あくがれ候ひし、おん歌の優しさなども話題に上り候ひし事に候。／いかなる清境にゐたまへば、かかる優しき御歌よませ給ふ事ぞと、ひそかにいろいろの事想像まかりあり候。〝風〟の歌五首、なめげながら左の如くなほして与謝野氏に送りおき候。

俗に歯の浮くような云々という表現があるが、この一文はまさにその典型といってよいであろう。しかも、「死」に終日つきまとわれたというに関わらず、この心機一転ぶりは鮮やかというか異常というか、相応しい言葉が見あたらない。しかも、この冒頭の装飾以下、微に入り細に入りの〝指導〟が展開する。一句一句の作詩に関する指摘ばかりではない。歌人としての道、文芸界への所見、既にして子弟なりしと定めた芳子への助言、啄木先生の張り切りぶりは遺憾なく発揮される。

晶子女史は「舞姫」「夢の華」の二集にして全盛を示して目下既に老境に向ひて生気なく、薄倖なる女詩人山川女史は其たぐひなき悲しみと病とのために詩作に全力をそそぐ能はず、惜しき事に御座候。雅子女史、故玉野花子女史、いまだ独創の人にあらず、明星歌壇の閨秀《ケイシュウ》作家誠に寥々たるものに候、一つ御入社あそばれてはいかがに候や、また同社の附属なる金星会は目下小生が主幹し居候。今の世に於て、詩人といはず小説家といはず、創作の日ばかりいたましきはなかるべしと存候、作物と飢餓と、二つに一つを選ばざるべからざるは小生一人のみには候はず、与謝野氏の如きも随分苦闘せられ居候。眉山氏殺したるは、知らず知らず時勢に取残されてゆく創作家の絶頂と生活の圧迫との二者に候。独歩氏の永眠の如きは寧《ム》ろ《シ》幸福なるものと存候。幾度か自ら死せむとして、然も擲《ナゲウ》ち難き芸術的自負と繋累《ケイルイ》とのために死し得ざる創作家の苦痛ほど痛ましき生涯はなかるべしと存候

自分の才能を認めてくれたのは嬉しいが、いきなり新詩社に入らないかという勧誘には芳子は身を一歩引いたに相違ない。しかし、地方にいて一度も陽の目を見ることなく埋もれてゆく詩人の多い中にあって、啄木からのこのような評価は、たとえお世辞が混じっていたとしても力強い励みになったであろうことは容易に推測できる。

この長文の手紙に対して啄木は芳子からの返事を七月七日に読んだ。「三日付の、美しき水茎の跡こまごまとお認め遊ばされ候ふ御文、今日目をさまして枕辺にある幾通の消息な中より」見つけたのが七日である。その日の日記には「筑紫なる菅原芳子からの長いたより。いろいろとその身の上の事から書いてある。兄弟もなき商家の一人娘、詩歌は幼き時から好きであつたと。若し兄弟のあらば早速東京へ出て門弟になりたいと。そして、潮風黒かみを吹く朝夕、おばしまに腰うちかけて沖の白帆をかぞへてると。」そして七首の歌が添えられていた。

その日のうちに啄木は早速返事を書くが、これがまた中途半端な長さではない。悠に五千字を超えている。啄木の手紙好きはつとに有名だし、親しい友人へは一万字を超すものも稀ではない。しかし、交信を始めて二度目にこのような長文の手紙は明らかに異例である。

そのうち啄木自身の詩界における悲壮と苦悩の自己紹介が前半を占め、文芸論が中心で芳子の歌については「さて、此度の御歌七首、いく度となく吟誦して玉の如き響に心すがすがしく相成候。いちじるしき御心境に全く驚き入り候。」と極く簡潔に済まして、話題はさっさと鴎外の歌会に移り「有望なる作者、女詩人なりと招待すべき人なきものにやと博士（*鴎外）の言出でられ候ふに、それかこれかと指を り数へ候いしも、これぞと言ふ人なく、晶子女史を除きては、現在東京の女流作家には一人としてこれぞと思ふ人も

なかりし次第に候。若し御身でも東京に居るならと、その時小生心の中にて残念に存じ候ひし事に候」と芳子に最大のお世辞を呈している。これなどは一種の口説きとも誘惑とも思えるような真情の吐露である。

同日友人の岩崎正に宛てた手紙では、「どんな人か見た事はないけれど、字も優しく、歌もやさしい。この手紙にかいてよこした歌が急に数段の進歩を示してゐる。（僕のお弟子のうちでは。）（中略）人は、殊に女は、恋をすると急に歌がうまくなるね。まだ見ぬ人の温かい消息ほど、罪のない仄かな楽しみを与へるものはない。」と述べ、あたかも自分の恋人であるかのような書き方をしており、また死にたいと思いながら実行できないが「誰か一緒に死なうという見も知らぬ人—たとへば筑紫の芳子の様な—が来たら、屹度死んだに違ひない。」というような心中の道連れにしようという、とんでもない事まで書いている。

七月十三日は葉書で今月は「少なくとも六七十首御歌見せ下され度候。」という催促だけだが、「なつかしき芳子の君」から始まる二十一日の手紙になると八千字という長文となる。このような調子では本命の小説にかかる時間を作るのは不可能だろう。つまり啄木は本気で芳子に恋をしてしまったのだ。恋は小説より強いのだ。冒頭の敬称抜きの呼びかけはその証拠である。そしてその告白もまた啄木ならではの名文句で続く。

今朝、まだ覚めやらぬ夢の中にて寝がへりをうち候ひしは八時半にや候ひけむ。ふと枕辺のお文見出候ふのうれしさ御察し下され度候。手にとりて、とみかう見、暫くは封もおしきらず、開くべからざる玉手匣にても広ひ候様に、ものの十分間許りも夢現の中にうれしき思ひ致し候。力ある柔かき腕に抱かれたる心地にもたぐふべきや。心暗くのみ打過ごし候ふ今日此頃、かかる喜びと安けさを味ひ得候を先づ謝し奉候。

このあとは延々と文芸や芸術論が続き、そのあまりの長さに折角の恋文の枕詞が役に立たぬのではないかと心配になったが、そこは啄木、ぬかりない。「実は、嚢《さ》きに御身の投稿の歌を二度ほど見て、この人ならばと堅く心に信じたる期待が、此度のお作にて着々実現し来り候事とて、欣喜候措く能はざる次第に候。」と、賞讃して相手を持ち上げ自信をつけさせている。

さらに啄木は前回は東京に才ある女流詩人がなく、新たな新人が現れるのを待っている、として芳子の上京を暗に仄めかしていたが、今回の手紙では明確にしかも具体的に上京を強く勧める。

御身の如き才を抱かれ候ふ人が、長く田舎にのみ居らせ候ふは、十日立つても一ヶ月経つても変る事なき平和の為に却つてその才を滅ぼすに至る所以なるべしと存候。たとひ一ヶ月又は半月なりと東京にお出なされ候はば、それだけにても多大なる利益をえらるべき事と信じ候。明星と限らず方々の雑誌などにて随分と才のありさうな人の作を見る事（歌と限らず）も有之候へど、それらの人が何時しか姿をかくしゆき候ふは、要するに刺激性に富みたる、火の如き中央の空気を吸はぬ為なるべく候。若し出来る事なら、一寸なりとも上京なされ候様切に御勧め申上候。立入つた話に候へど、旅費の外は一ヶ月十二三円にても間に合ふ事と存じ候。この夏にてもお出なされては如何に候ふや。

啄木の真意は奈辺にあったかと言えば、いろいろと御託《ごたく》を並べているけれども、とにかく一度芳子に会ってみたかったという一言に尽きる。すなわち〝実物〟つまり本人の顔を見たかったのである。それで一ヶ月でも半月でもと本音を表しながら勧誘しているのだ。だから先手をとって、本文の後に「とは申しながら、矢張御身は東京にお出遊ばさぬなるべしなど考へ候。そして心の底には、何といふ事もなく、御身とは一生の間相見る事なくして死んだ方がよい様な気もいたし候。かかる妖しき心地の致し候ふは何故に候ふべきか？君。なつかしき君。小生は今率直にこの心を申上ぐる方小生自身の為に安心な様存じ候。」正直と言えば正直な告白である。啄木もせっかちで身勝手な言い分と自覚しているから芳子にこれで見限られるとも考えたのであろう。一度も顔を見ずに終わることを考えた啄木は「まだ見し事なき君、若し御身のお写真一枚お恵み下され候はば如何許りうれしき事に候ふべき！」と長文を結んでいる。

ところでこの烈々たる告白を受けた芳子はどうしたであろうか。啄木ほどの人物からこれほど評価され、また一人の女性としてこれまで聞いたことのないような美辞麗句を並べ立てられたなら、どんな女性でも嬉しいだろうし感動するだろう。だから啄木の上京の誘いに出来れば乗りたかったに違いない。しかし、芳子には三つの関門が待っていた。一つは家業を継がねばならない身であり家の許可は不可能だった。二つ目は例え半月なり一ヶ月くらいは家でも許してもらえるかも知れないが田舎に慣れた若い女性がたった一人で上京して歌人として成功する自信がなかった事であり、三つ目は勧誘相手が激しい片思いの情をぶつけて来ていることであった。上京すれば啄木は男として迫ってくるに違いない。初心な芳子でもそういうことは感じていた。だから、最善の道はこのままの状態で〝指導〟を受けることであり、迷いながらもこの道を選択することにしたものと思われるのである。

　ただ、啄木の恋の交錯状態はそのまま続いた。八月二十日の手紙では啄木は自分が結婚し、子供もおり、函館に家族を残し、日々苦衷の中にあることを告白しながらも、そのゆえにこそ「海紫なる浜辺にありて沖の白帆を教へ給ふ黒髪の《〈ママ〉》、を想像し、そにあくがれ、そを思ひ候事、私にとりては如何許りの慰めに候ふべき。これをしも恋といふべくば、かばかり美しく清き恋はまたと世にあらざるべきか。／私をして自由に思ふことだけは何卒お許し下されたく候。その外に私の願ふところは御座なく候。」と「清き恋」を強調した。

　この手紙に対して芳子はすぐ返事を出し、自分の故郷の山河の美しさを語り、啄木を兄として慕い、詩人として尊敬し続けたいと書いた。ただ、啄木はその文章の端々に芳子に女性としての迷いがあることを見逃さなかった。その迷いを吹き飛ばすように啄木はより激しい想いの丈を書き送る。

> 君、わが恋しき君、我ら何故相見ること叶はざるか、これ私がこの頃夜毎々の枕に常に繰返す疑問に候、君、何故に君と相逢ふことに能はざるか、かくも恋して、何故に親しく君の手、あたゝかき手をとり、その黒髪の香を吸い、その燃ゆる唇に口づけする能はざるか！更に、我かくも身も心も火の如く燃えつつ、何故にお身の柔かき玉の肌を抱き、その波うつ胸に頭を埋めて覚むる期もなからむ夢に酔うこと能はざるか！接近を欲するは遂に恋の最大の要求なり、別れたる人誰か相逢ふを願はざらむ。既に相逢ひて、君よ、誰か相抱き相擁せむとはせざる。（八月二十四日）

　これだけでも立派な艶文芸の見本だが、さらに啄木は一日も早く写真を送って欲しいと言い「逢ひたさにたへぬ夜、君と相抱きて一夜なりとも深き深き眠りに入らむとする夜、我その写真を抱きて一人寝ましものを」で結んでいる。ここまで言い寄られて芳子の心の裡は激しい葛藤で苦しんだことであろう。そして九月十五日啄木から「おん写真今日か今日かとそれのみ待上候。」という葉書の催促がくる。芳子は仕方なく長い手紙を添えて臼杵の風景絵葉書を送った。さらに九月二十三日また「お写真待上候」の再三の督促葉書。こんどはやむなく自分の写真を送った。

　ようやく手に入れた芳子の写真をみた啄木の日記には「筑紫から手紙と写真。目のつり上がつた、口の大きめな、美しくはない人だ。」（十月二日）という実に素っ気ないものだった。期待と違った実像を見て啄木はいたく失望したのであろう。芳子との仲もこれで終焉かと思ったが、さにあらずまだ続く。それも以前と同様、激しい恋慕の情は一向に収まっていないのである。顔立ちには失望したが、手紙の往復で啄木は芳子の心の〝美しさ〟や〝優しさ〟への恋慕は変わらなかったというべきだったのかも知れない。その温かい心情は石狩の橘智恵子に通じるものがあったのであろう。

十二月に入って啄木は二通の手紙を芳子に出している。この時期は啄木の初の新聞小説掲載が決まったり、『明星』の終刊の事後処理、はたまた釧路での〝恋人〟小奴がやってきたり身辺多忙であったから芳子への二通の便りは不誠実どころか精一杯の誠意だったと見るべきである。その手紙でも「恋しき御文昨日冷やかなる雨の音をききつつ繰り返し繰り返し拝見致候。」と記し短歌の添削を丁寧に施して末尾には「恋しき芳子さま　御胸深くまゐる」（十二月一日）とあり、不変の愛を伝えている。

また日付けははっきりしないがやはり十二月に出した手紙には

物思ふ暇だになき貧しさの我の恋こそ悲しかりけれ

という句を添えて「芳子さん！貴女のことを思ふと、私の心は乱れます。（中略）いとしき人のみ胸深くまゐらす」と書いている。文面を見る限り、この時期には芳子の方も啄木に心を開いて啄木の事を好きになっているような雰囲気が漂っているが、残念ながらそのことを示す芳子の手紙は読むことが出来ない。

芳子への最後の手紙は明けて一九〇九（明治四十二）年一月七日のものである。「新しき年よ、我とわが芳子の上に幸ひをもたらせかし。限りなくいとしく恋しき君、げに限りなくいとしきわが妹よ」

夜おそき電車の中、疲れたる心の中にて「恋しき芳子！」と呼びつ。その時は乗り合わせたる眼つめたき都人の視線も怖ろしからず候ひき。かゝる事幾度か候ひけむ。／その後三度許り夢に見候ひき。一度は君わが膝の上にていとしく泣きたまひぬ。一度は我臼杵の宿屋らしき家にゐて、君の来るを待ちつつありき、さて一度は、恰も元日の日の暁の夢、あはれわが芳子よ、我は御身の真白き肌のいと温かきを覚えて不図目さまし候ひき。／新しき年はわれらの上に幸ひせむ。御身も恐らくは一生の間全く我を忘れたまふことはあらじ！

思うに、啄木にとって芳子との激しい情熱の〝交際〟は啄木から「死」を引き離すエネルギーの源になった。その意味で芳子の存在は大きかったのである。啄木研究のなかで芳子の評価はツマミ程度でしかなされていないが、私はそうは思わない。芳子がいてくれたから啄木は「死」を越えることが出来たのである。芳子がいたからこそ萎《な》えかけた啄木の創作意欲が燃えさかることができたのである。啄木の内面のエネルギーを作品に転化させる役割をはたした人物の一人であったと断言して憚らない。再評価されるべき人物の一人である。

芳子は一九一〇（明治四十三）年、婿を迎えて家業を継ぎ、男子五人を産み、心臓疾患のため三十七歳で亡くなった。啄木との短いプラトニック・ラブ、若き情熱による〝火遊び〟の充実した思い出を忘れることはなかったであろう。

二　放　蕩

1　新聞連載実現

東京に再起の誓いを立てた啄木であったが、本気で取り組んだ小説はいくら書いても一つも発表の機会を与えられず、一時は「死」を思い詰める日々が続いた。生活も行き詰まり苦悩の日々が続く。この間、真剣に「自殺」を考えるが、臼杵の菅原芳子に熱烈な恋心を抱き、その湧き上がるエネルギーで生きる力を取り戻せたことは前節に記した通りである。

九月に入ってから金田一京助の助力で蓋平館に金田一とともに下宿を移してもらって心機一転を期したが、作家としての展望は一向に変わらなかった。たまに入って来る原稿料といえば『明星』金星会から煙草代程度、あとは金田一と宮崎郁雨からの借金生活である。大いに期待した「万潮報」の募集小説は落選、国民新聞の徳富蘆花へ入社依頼の履歴書を送ったがナシのつぶて。

そうした暗い日々を送っている啄木に冷水を浴びせるような手紙が届いた。函館に置いてきた節子からである。「せつ子から長い手紙。家族会議の結果、先づ、一人京子をつれて上京しようかと思つたが、郁雨君にとめられたといふ。冷汗が流れた。三畳半に来られてどうなるものか。噫」（九月二十三日）家族のことは忘れたことはなかったが、実際には思い出すと苦痛で出来るだけ頭の中から追い出すようにしていた。郁雨がいる限り家族のことは考えずに済んできたが、そうばかり言ってはいられない状況が迫っていることを改めて知らされて、啄木の困惑に拍車をかけた。しかし、十月に入ると老母が義兄のいる岩見沢に口減らしのため一人で函館を発ったという知らせも来た。健気に節子は京子と妹、歯を食いしばってしばらく頑張るからあなたも元気にやってくれという手紙を涙なしでは読めなかった。

そんな中、東京に出てきて初めて吉報が飛び込んできた。新詩社同人で毎日新聞に勤める栗原古城の力で同新聞に連載で啄木の原稿を掲載することになったのである。再起を賭け裸一貫で飛び込んでがむしゃらに書き続けて一向に報われなかった日々、漸くこれで作家としての第一歩を踏み出すことが出来る！正に夢のようであった。「本朝の御紙にて予告文を見、聊《いささ》か若き心ののをののくを覚え候」と栗原宛に喜びの胸の内を伝えている。その小説が「鳥影」である。これは元々八月に大阪新報から依頼されて「静子の悲」という題で書き始められたものだが、どういう訳か途中で啄木は筆を折っている。栗原から掲載の一報を聞いてこの原稿を活かそうと考えたのだから構想に自信はあったのだろう。啄木はこの原稿を元に大幅に手直しすることにした。晴れてこの原稿は毎日新聞第一面に十一月一日から十二月三十日まで六十回に渡って連載された。

漸くにして勝ち得た啄木の夢の実現である。どれほどこの日を待ちわびた事であろうか。しかし、掲載が決まった時、啄木はこの話を宮崎郁雨、岩崎正、新渡戸仙岳に葉書で簡単に知らせた程度で、つとに冷静さを装っている。十一月一日、「鳥影」第一回掲載の朝刊が届く。その時の光景を啄木の日記は次の様に記している。

予の生活は今日から多少の新しい色を帯びた。それは外でもない。予の小説〝鳥影〟が東京毎日新聞へ今日から掲載された。朝、女中が新聞を室へ入れて行つた音がすると、予はハッと目がさめた。そして不取敢手《トリアエズ》にとつて、眠い目をこすり乍ら、自分の書いたのを読んでみた。題は初号活字を使つて、そして、挿画がある。―静子が二人の小妹をつれて、兄の信吾を好摩のステーションへ迎へに出た所。／一葉は切抜いて貼つておく事にし、一葉は節子へ、一葉はせつ子の母及び妹共に送ることにした。／起きて、また新聞を見乍ら飯を食つた。そして、昨夜与謝野氏から貰つて来た五円を持つて出かけて、足袋や紙やと共に、大形の厚い座布団を二枚買つてきた。

啄木の生涯に於ける最大の成果を成し遂げたという割にはこの醒めた雰囲気は意外な気がする。しかし、この記述には芝居がかった〝演出〟がなされていて、如何にも自分が冷静で落ち着いていたか、という場面に仕上げていることが見え見えだ。ノドから手がでるほど欲しい原稿料は既に前借り出来るように仲介の栗原元吉にちゃっかり頼み込んでもいる。もっと素直に喜んでいい筈である。この記述のすぐ後に続いている日記の箇所。「夜、なんといふことなく心がさびしくて、人の多勢ゐる所へ行きたくなつた。そして八時頃にふらりと出かけて四丁目から電車で浅草に行つた。電車の中に、目と鼻が、節子に似た女がゐた。」

実はここに出てくる「浅草」はこれが初めてではない。実は啄木と浅草の縁はかなり深い。友人に「昨夜金田一君と二人で、それはそれは面白い所へ行つた、十時過ぎまで驚異の眼をみはつて歩いて来た、これは何れ並木君が来たら案内して見せるよ、―君らの想像する様な平凡な処ぢやない、早速塔下苑と名付けた」（明治四十一年八月二十二日、岩崎正宛書簡）と意味深の手紙を送っている。

「塔下苑」が啄木に与える影響については後に詳しく述べなければならないが、ともかく初めての小説が掲載された記念すべき日に「心がさびしく」なってわざわざ浅草くんだりに出かけなければならなかったのか。しかもこの日の浅草ではスリにあってなけなしの小遣いと印鑑が入った財布を盗られる失態をしでかしている。やけ気味になった啄木は人力車に乗って下宿に戻り、その車賃を宿に払わせている。いつもは顔色をうかがっている啄木がこのような強気の態度を見せたのは新聞小説の成功の為せる業であった。

それにしてもめでたい初日に、どうして喜びより鬱々とした心情が先に立ったのか。それを明快に解き明かす資料がなかなか見つからない。考えられるとすれば連載執筆への責任と不安、ということかも知れないが、漱石の「虞美人草」ほどなら自分は二週間もあれば書けると豪語するのだから文章には自信がある。六十回くらいの新聞小説などわけがないから、この説は成り立たない。次の歌にある如く文才に関して疑問を差し挟む余地は全くない。

人間《にんげん》のつかはぬ言葉《ことば》

ひよつとして
われのみ知《し》れるごとく思《おも》ふ日《ひ》

　啄木文学に関心を持つドナルド・キーンが「天才であったには違いないと私も思っています。ところがそれは、小説家としてではなく、即興詩人としての天才でした。」（「ローマ字でしか書けなかった啄木の真実」『新文芸読本』河出書房一九九一年）という意見に私も賛成である。

　やや余談に属するが「鳥影」の執筆では「並木君に起された。話をしながら（三）の一を書いて送つた」（十一月八日）とか「今日は大掃除、そこそこに（四）の十を書いて了つて、午後久振りに千駄ヶ谷に行つた」（十一月二十一日）「吉井君に起された。（中略）話をし乍ら（九）の一を書いて送つた。」（十二月八日）というようになんと来客と話をしながら書いているのだ。並の才覚で出来ることではない。また「鳥影」以外の別の原稿でも「午前六時半平野君が原稿催促に来たがまだ出来てゐない。すぐ起きて寒さにふるへながら〝赤痢〟の稿をついだ。午後一時まで一行隔四十枚煙草も忘れて執筆、脱稿。すぐ車夫に持たして平出宅まで届けた」（十二月四日）という具合である。中身はともかく（失礼?!）執筆に関しては全く問題は存在しない。

　また、成功を喜んだ函館の家族が押しかけてくる不安、も一応考えられるが現在の「三畳間」を楯にすれば当面は回避出来る、いざとなれば郁雨に頼み込めばなんとかなる、ということでこの問題でもない。

　となると啄木自身が「心がさびしく」なって、その解決策というか、そのはけ口を求めて出かけた「塔下苑」にこの謎を解く鍵が潜んでいるにちがいない、と考えるのはあながち不自然ではないだろう。

2　「塔下苑」紅燈

待ちに待った「鳥影」の稿料が出たのは十一月三十日だった。この日の日記は新聞に連載が始まった日の感懐よりはるかに元気そのものである。「スラスラと鳥影（七）の二をかき、それを以て俥で午後三時毎日社へ行つた。そして三十円―最初の原稿料、上京以来初めての収入―を受取り、編集長に逢ひ、また俥で牛込に北原君をとひ、かりた二円五十銭のうち一円五十銭払ひ、快談して帰つた。宿へ二十円、女中共へ二円。」

何故《なぜ》かうとなさけなくなり、
弱《よわ》い心《こころ》を何度《なんど》も叱《しか》り、
金《かね》かりに行く。

そういう辛い思いを繰り返してきたにも関わらず、金が入ると少しでも貯えようとしないのが啄木である。この日だけでも俥代に五円もかけている。「小天地」時代は図に乗ってあまりに俥に乗りすぎて痔疾にかかっているが、そんなことで懲りる啄木ではない。女中にやった二円も、これまでの彼女の冷たい仕打ちへの腹癒《い》せと見栄からなのであろうが、この分だけでも爪の火を灯しながら過酷な日々を送っている函館の家族に送ってやればどれだけ喜びと精神的な安らぎを与えたことであろうか。啄木の消費の物指しはまた凡人には理解出来ない固定した座標軸のない自由奔放な〝規格〟なのである。

帰宅して来た金田一に稿料の話を報告し、下宿代を半分とはいいながら初めて自分の手で払った。啄木は金田一に「借金というのは払えるものなんですね。借金を払うって、いい気持のものだな。」と言った。ただ、当の金田一からの度重なる膨大な借金については近くの「天宗へ行つてテンプラで飲んだ。大に喋つた。十二時酔うてかへつて寝た。」という事でいとも簡単に帳消しにされてしまった。

ところで啄木と浅草とのつながりを繙《ひもと》いてみると、「塔下苑」を抜きにして語ることは出来ない。なにしろ新聞小説掲載という快挙をなし遂げながら欣喜するどころか「心さびしく」てならず浅草に足を向けるのだから、それだけの意味と価値を浅草は持っていることになる。

啄木の日記に初めて浅草の地が出てくるのは上京三ヶ月後の七月五日である。この日、啄木は金田一の弟の次郎を上野駅まで見送った帰途に二人で浅草に寄った。金田一は何度か既に足を運んでいたがそれは単なる遊山であり、啄木はこれが初めてである。浅草は当時既に歓楽街として知られていたが、なかでも一八九〇(明治二十三)年に開業した十二階建ての凌雲閣は有名であった。関東大震災で焼失するまで、上京してきた「お上りさん」は必ず訪れたものである。上野駅を出た二人が浅草に足を向けたのは他意あってのことではなく自然の行動だった。金田一は「あの十二階のてっぺんに展望室がある。日本で初めてのエレベーターがあっていちいち階段を登る必要がないんだ。一銭払えばだれでも行ける。ぼくは何度か来たことがあるが、今度一緒に行って見ようや。関東の展望もいいけど、下を見おろすと周辺で淫売が男の袖を引く面白い光景の方も楽しいもんだぜ。」と言う話を書き留めている。しかし、この日は展望室はやめて蕎麦屋で天麩羅を食べて帰った。

そして二人が凌雲閣にやってくるのが八月二十一日、日記は浅草の事で埋め尽くされている。余程印象にのこったのであろう。

夜、金田一君と共に浅草に遊ぶ。蓋し同君嘗て凌雲閣に登り、閣下の伏魔殿の在る所を知りしを以てなり、／キネオラマなるものを見る。ナイヤガラの大瀑布、水勢鞺鞳《トウトウ》として涼気起る。既にして雷雨あり、晴れて夕となり、殷紅《インコウ》の雲瀑上に懸る。月出でて河上の層楼窓毎に燈火を点ず。児戯に似て然も猶快を覚ゆ。／凌雲閣の北、細路紛糾、広大なる迷宮あり、此処に住むものは皆女なり、若き女なり、家々御神燈を掲げ、行人を見て、頻に挑む。或は簾の中より鼠泣するあり、声をかくるあり、最も甚だしきに至つては、路上に客を擁して無理無体に屋内に拉し去る。歩一歩、〝チョイト〟〝様子の好い方〟〝チョイト、チョイト、学生さん〟〝寄つてらつしゃいな〟／塔下苑と名づく。蓋しくはこれ地上の仙境なり。／十時過ぐるまで艶声の間に杖をひきて帰る。

　この日以来、啄木はすっかり活動画ファンになるのだが、それはさておくとして地上の〝仙境〟を目の当たりにして次第にこの世界にのめり込んでゆくようになる。考えてみれば啄木はこの時二十二歳である。妻と離れ、釧路の芸妓以来、女性から遠ざかっている。若い女性をみて後を追ってみたり、いい女を電車で見つけて観察するという他愛ない遊びで性欲が満たされるわけはない。「どうしたのか芳子の事のみ胸に往来する。小説の稿もつぎたくない。本を読んでも五六行で妄想になる。」（七月七日）とか、或いはまた「九時並木君に起された。話題は凡て女に関した事許り。何故此頃は恁う女のことばかり云ふ様になつたかと怪しまれる位である。」（七月八日）

　この前後、啄木は友人に宛てた一万三千字にのぼる長文の手紙（岩崎正宛）の中に次の様なサディスチックな爛れた話を書き送っている。

　吉野君と二人で、さんざん酒をのんで、そして公爵婦人か何か、素的な、スマした美人をトッかまへて来て、広い広い霧の懸かかつた曠野か深い林の奥へ担《カツ》いで行つて、仆れた木に縛つて、二人でさんざん弄んだ末、その女を嬲《ナブ》り殺して了つたら、二人は初めて莞爾《にっ》と得意な微笑を浮べる事が出来るだらうといふ様な気がする。

確かにこの頃の啄木とその周辺は肉欲に餓えたオオカミの状況を呈していた。若い肉体をもてあましているということもあるから当然と言えば当然の話であって、これを人生の汚点とか紙魚《しみ》と受け止める必要はあるまい。たとえば「ゴンドラの歌」（「命短し恋せよ乙女……」）で知られる吉井勇は新詩社同人で啄木と親しく付き合いがあった人物であるが、女性関係が派手でとかくの噂の絶えない男であった。その吉井が啄木の女性関係について次の様に語っている。

　その時代に私は屡々啄木と二人で酒を飲んだが、さう云ふ時にはいつも大抵、本郷三丁目の藪蕎麦の傍らにある何とかという天麩羅屋で、寄席に出ている義太夫語りの娘のゐる家に往った。私よりも啄木の方がこの家へは頻々と出懸けて往ってゐて、娘の消息も屡々彼の口から伝へられた。（「棕櫚の蔭」『回想の石川啄木』より重引）

　この彼女というのが、かの植木貞子であることはご推察の通りである。ただし、濃厚な〝艶書〟の中身は啄木は日記でも書簡でも明らかにしていない。最も艶書の内容というものは基本的には決まり切ったものだから、プロの作家の啄木にしてみれば改めて公開する必要性を感じなかったのかも知れない。

　その吉井が啄木の家にやってきて女人制覇の〝武勲〟話、その前置きがまた激しい。「昨夜それは大きい女の生殖器を夢にみたと語つた。あまり大きいので何となく崇厳に見えたさうで、その中に這入つてゆくと、ずつと中に男のがあつたので、驚いて覚めた」という。そして吉井の語りが続く。

　友は月に二三度肉の渇望を充すと云つてゐる。嘗て、浜町とかにゐる淫売の三十三人組、それを一人残さず征服しようと思つて、十三人目に麻病を得て入院したさうである。その後は病気が恐いので、芸者や白首は危険だから遊女か半玉に限ると言ふ。岩野泡鳴君が嘗て京都の一青楼に遊んだ時の話もきいた。それは恁《こ》うだ、いくらだと聞くと一円、八十銭に値切つて登つたが、対方が仲々来ない。茶を持つて来た女中に五十銭くれて望をとげて、明日停車場に行く俥代がないからと二十五銭のツリをとり、次に来た女中へそれを呉れて二度目、一時頃になつて対方が来て三度目。此費用一円三十銭也。ヒドイ男だ。武田春子といふ歌劇俳優志望者——吉井君も思召しがあつた——が此頃から岩野の宅に寄食してゐるさうだ。妻君とは別居してゐるのだから、岩野が屹度犯してるに違ひないと吉井君は奮慨した。（七月七日）

　なんとも他愛ない話だが、啄木が一時、吉井のこうした傍若無人な性格に興味を覚えていたことは事実で「誠に誠に小生の好きな男にて、其性格既に群小詩人輩を挺《ぬき》んず、此人の前途ほど面白きものはなかるべく」（六月八日　宮崎郁雨宛書簡）と伝えている。しかし、少し付き合ってみると吉井の思想や文学観に違和感を持つようになり、「兎に角吉井君の心境がイヤだ、可哀想だ」（十一月十三日）と言って疎遠になってゆく。吉井を見ていると自分をみているような気分に襲われることがあったのかもしれない。啄木はしばしばこのように交友関係を自ら断ちきる行動に出る事がある。しかし、この場合はまだそのほんの序の口で、啄木の骨頂を示す絶交や義絶にともなう話はもう少し後のことになる。

　ところで、ここまでは〝女性論〟も啄木とその友人たちとの他愛ない会話で済んできたが、この時期の若さではただ話に終始する訳がない。それに啄木は植木貞子と手を切って以来、菅原芳子とのプラトニックな愛だけで肉欲を絶っている。

　浅草《あさくさ》の夜《よ》のにぎはひに
　まぎれ入《い》り
　まぎれ出《い》で来《き》しさびしき心《こころ》

　そこへ「塔下苑」が現れるのだから、勢いそのエネルギーは自然とそこへ向かう、これを止める方法はもうない。啄木の塔下苑通いは新聞に小説が掲載された十一月から次第に増えてゆく。「七時頃に並木君と二人、活動写真を見てゐた。そこから出て散歩（＊？）した。一人帰つたのは十二時過る五分」（十一月八日）は間違いなく塔下苑であり、当時の活動写真の上映時間は十分前後だから、後の時間は〝散歩〟という名の淫売屋であった可能性は限りなく高い。そして一週間後の十五日にまた出かけている。

　八時半に遂々出かけた。寒さに肌が粟立つ夜であつた。浅草にも遊び人が少なかつた。苑中は不景気、従つて随分乱暴に袖をひく。／Kiyoko は金の入歯をした、笑くぼのある女であつた。Masako は風邪気だと言つて、速効紙を額にはつてゐた。──／妙に肌寒い心地で十二時に帰つた。／モウ行かぬ。

「モウ行かぬ。」というのは、この夜の体験がひどくむなしく感じたからであろう。この頃の啄木は菅原芳子のことばかり想い続けて、その代償に塔下苑に通ったとも思われるから、やはり単に〝肉〟だけの関係はむしろ啄木の心に「肌寒い」寂寥感を募らせるだけだったろう。また、この頃は釧路時代に一寸した関係になった梅川操が別の男と上京していて神田で偶然バッタリ顔を合わせてお茶を飲んだり、十二月には小奴が下宿に逢いにきて二日二人きりで楽しんだりして塔下苑の灯りからは遠ざかっていた。ただ、啄木の日記に名前だけとはいえ、ローマ字が登場するのはこの十五日が初めてである。そして再び啄木が塔下苑に出没するようになるのがこのローマ字と切っても切れない関係がある。

しかし「モウ行かぬ」という決心は直ぐに打ち砕かれてしまう。一度知った蜜の味は幾千の修行を積んだ僧侶とてそう易々と克服できるものではない。いや、啄木の塔下苑通いは以前にも増して頻繁になるのである。

浅草《あさくさ》の凌雲閣《りょううんかく》のいただきに
腕組《うでく》みし日の
長《なが》き日記《にき》かな

啄木の歌の特長は一読して直感的に解るものだが、この句ばかりは啄木の頭の中を開いてみないとその真意を理解するのは無理である。無論、いろいろと解釈の工夫はできるけれども「腕組」の複雑な内実は他者には推定不能である。

3 朝日新聞校正係

塔下苑通いのすさんだ生活は相変わらずだったが、一方で小説の執筆意欲は衰えていなかった。「鳥影」の執筆は掲載終了の十二月下旬までかかった。その一ヶ月ほど前に啄木は別の原稿「赤痢」を書き出しているのである。これは『明星』の廃刊の後継誌として創刊される『スバル』に掲載するつもりで書き出したものだ。

『スバル』は啄木、平野万里、吉井勇らが交替で編集に当たることにし啄木は二号を担当した。このため十二月はこの編集で忙しく、多少は浅草から遠のいた形跡がある。また、『スバル』をめぐって他のメンバーの意見が合わず三号以後は手を引いている。ただ、同人で出資者の平出修（露花）とはその後も親交を続けた。平出は大逆事件の被告の一人の主任弁護士を務めた熱血漢であり、歌人でもあった。

続いて啄木は「足跡」の原稿に着手し、その第一回の原稿を『スバル』二号に載せた。本人は意欲満々で自信作のつもりだったが、他の文芸誌などから手厳しい批評を寄せられて書く気がしなくなったらしい。そのまま筆を折ってしまった。

何時知らずあたふたと一九〇九（明治四十二）年の元旦

を迎えた。「予は一人室に籠つて北海の母に長い手紙を認めた。予は其手紙に、今年が予の一生にとつて最も大事な年――一生の生活の基礎を作るべき年であるとかいた。そして正月の小遣二円だけ封じた。」母カツは昨年秋、家族の食扶持減らしのため道央岩見沢の義兄宅に居候していることは既に述べたが、函館の節子、京子と妹も連日厳しい生活を余儀なくされていた。節子は市内の小学校の代用教員をして乏しい生活費を稼いでいた。それでも啄木への手紙では健気に励ましの言葉を連ねて家族を支えていた。

釧路でもそうだったが、啄木は家族の苦労を顧みることなく芸者と酒に溺れる日々を重ねた。東京では酒はそれほどではなかったが、今度は芸者どころか淫売相手にうつつをぬかす日々である。そして一日も早く一緒に暮らしたいという母にはもう少し辛抱してくれというのだから、どう考えても〝善い人〟ではない。

啄木といえば「たはむれに母を背負いて……」のイメージが定着している。私も啄木は悪人とは全く思わないけれど、少なくとも〝善い息子〟〝善き夫〟とは言いにくい。

新聞小説の連載が終わって啄木の収入はまたゼロに戻ってしまった。もっと正確に言えば借金だけは着実に増えていった。「困った、困った。なぜぼくにだけ仕事がないのだろうな。道行くあんな小僧でも、何か風呂敷包みを背負って、いそいそと行くところを見ると、あの小僧にだって仕事があるのにな。」と啄木は傍らの金田一に話しかけた。

そして下宿賃催促が近づいたある日、啄木は金田一に「朝日新聞社編集局佐藤北江先生親展」という封筒を見せ「これからこれを出してくる」と言う。あまりに突然の話に驚いて金田一は、ちょっと中身を見せてくれと言った。というのも昨年の夏、「読売で三面記者五人を募集しているから応募しておいたよ。希望俸給は四十五円か五十円とふっかけてね。それと釧路新聞では編集長で大活躍したとも書いてやったよ。どうせ駄目なんだから大きく出なくちゃ」ということがあったので金田一がまた何かしでかすつもりなのかと心配になったからである。すると「小生は別紙履歴書のごとき者であります。御社では小生ごとき者を使っては下さいますまいか。ただし、小生は生活のために月三十円を必要とする者に有之候也。」という至極まともな内容であった。それでもこちらが俸給額を決めてしまうのはどうだろう、と言うと啄木は「駄目でもともと、ちょっとくらい言い分書いておかないとあとで後悔する」と押し切った。いきさつはいろいろあったが結果は校正係に採用、俸給は残業代込みで三十円と決まった。ようやく啄木の定期的収入が確保されたわけである。

これで安心したのか気が楽になったのか、例の如く遊び癖が再発。朝日へ内定した夜は金田一のコートなどを質に入れて金をつくりまた塔下苑である。二月七日の日記には「今年初めて天宗へ行つて十二時まで天プラで呑み、大笑ひをして帰つて寝る」とあるが大の男が天プラを一晩中食べていたわけではあるまい。また翌日には北原白秋を巻き込んで塔下苑に繰り出し、かねて噂に聞いていた芸者を指名した。ひとりは「米松」、もうひとりは「けい」である。啄木は米松、白秋はけいと別室に別れた。翌朝、白秋が一足先に廊下に出ると、啄木も起きてきた。「やあやあ、どうも」と二人は照れくさそうに笑った。米松の正体は実は植木貞子、浅草に堕ちて来ていたのである。後に米松は良客に見初められ身請けされて幸せに暮らしたという。余談ながら、この日の〝経費〟は啄木の主張で割り勘になった。

朝日新聞への初出社は三月一日。実は小奴は啄木から新しい背広で出社したいのでカネを都合してくれと頼まれ五円を送ったが、啄木の服装は金田一から借りた袴姿だった。小奴の真心は塔下苑と天プラ代に変わったのである。結局、啄木は背広姿になることなく生涯を終えることになる。

啄木にとって校正の仕事はこどもの遊びより楽なものだった。勤務も昼に出勤、午後五時には退社。その余った時間を創作活動に向けるかというと、とんでもない。ほとんど紅燈の巷の中に吸い込まれていってしまうのだ。一方で、定職についたことを喜んだ留守家族一行は明日にでも東京へ行けると思い込み、最大の理解者宮崎郁雨までもが後押しをして上京の準備を始めだした。岩見沢に居る母は直ぐにでも東京に行けると思い込んで小さな風呂敷を抱えて義兄の家を今にも出てゆこうとしていた。節子からの手紙も頻繁にくる。郁雨からは東京に行く家族の旅費は心配要らない、自分が持つから一日も早く呼んでくれと言ってきた。

慌てたのは啄木である。つましく過ごしていれば家族を呼び寄せることは何のことはなかった。ところが本人は朝日新聞社からは前借り、金田一ら友人からは相次いでの寸借の日々である。とても三畳の下宿を出て家族と暮らすための新居を見つけるどころではない。

とは言っても、こうした状況に追い込んだのは啄木自身の故であることは明らかである。例えば当時の小学校教員と巡査の初任給が十二円、大卒の銀行員が二十円、都内の3DK長屋家賃が三円だから三十円あれば家賃を払って家族五人はなんとか養ってゆける時代であった。啄木より少し年配の作家島崎藤村なども平均月収二十円そこそこで何とかやっていた。後に刎頸の友となる土岐善磨も読売新聞社の社員だったが二十五円の月給であった。であるから、この時期の啄木の生活に同情して一方的に肩を持つ風潮は間違っている。啄木の真の困窮と懊悩は彼が病を得て床に伏してからの話である。

4　ローマ字日記

仮に様々な悪条件を克服して解決策を講じたとしても、啄木が家族を呼び寄せるには、しかし、まだ解決しなければならない一つの関門があった。基本的に経済的な問題は一時的に借金をすればなんとか切り抜けられる。しかし、もう一つの問題つまり啄木が抱えた放蕩の傷跡、これは家族には知られたくはなかった。特にまだ自分を信じ切っている両親に堕落した姿を知られたくなかったし、苦労をかけた妻節子にもその痕跡をみせたくなかったのである。なにしろ「鳥影」の新聞掲載と朝日入社以来、啄木の塔下苑通いは常軌を超えている。留守家族から上京督促の悲願の声が強まりつつある四月に入っても「四時頃から浅草へ行つて活動写真を見帰りに上野へ寄った」（四日）「社で今月の給料のうちから十八円だけ前借りした。そして帰りに浅草へ行つて活動写真を見、塔下苑を犬のごとくうろつき廻った」（六日）という調子である。作家としての自覚ゼロ、親としての資格もゼロである。

しかし、内面では相当の葛藤があったであろうことは想像に難くない。むしろそういうあせりが逆に家族の上京に対する戸惑いとなって、啄木は一種の強迫観念の呪縛にかかってしまう。その板挟みから生まれたのが、世に言う「ローマ字日記」である。つまり自分の心の内面を覆い隠そうとして外部からの侵入を防ごうとする自己防衛として言葉を武器とする啄木が採った方法がローマ字だった。

それはこの日記が一九〇九（明治四十二）年四月七日より書き始められ六月一日で終わっていること、つまりこの期間は啄木が〝塔下苑生活〟と訣別するための最後のあがきを試み、遂に家族を呼び寄せる決断をした一種の〝空白〟の時間の記録だということである。（＊以下「ローマ字日記」日本語置換は筆者、現代表記とした。）

書き初めの四月七日には「なぜこの日記をローマ字で書くことにしたか？なぜだ？予は妻を愛してるからこそこの日記を読ませたくないのだ、―しかしこれは嘘だ！愛してるのも事実、読ませたくないのも事実だが、この二つは必ずしも関係していない。／そんなら予は弱者か？つまりこれは夫婦関係という間違った制度があるために起こるのだ。夫婦！なんという馬鹿な制度だろう！」とある。初めて読む者にとって唐突な感じがするであろう。

しかし、明らかなことは、このローマ字によって記録されることの内容を啄木自身が予知していたということである。つまり読ませたくない記述がかしこに生ずることを予め示唆しているのである。それがこの唐突な表現になっているのだ。基本的に日記というのはその日在ったことを書き留めるものだ。ところがこのローマ字によって書かれる内容は啄木の頭の中ではもう既にほぼ見当がついているのである。だから例え妻であっても（妻だからこそ！）読ませたくない、そういう心理がこの前置きの意味するところなのだ。最も啄木研究家の中には節子がローマ字を読めないと言うことを前提にしたものがある。節子が生きていれば苦笑で応えただろう。ただ両親に対してはローマ字日記は確かに有効だった。

勿論全てが読ませたくないものになっている訳ではない。従前の日記に見られる通り相変わらず鋭い風刺と皮肉がない混ざった啄木独特の人生観の記述も存在する。しかし、このローマ字日記を読んだ限りでは巷間どこにでもあるどうでもいいような内容の羅列である。後でもう一度この日記の持つ意味とこれまでの評価を簡単に論じてみることにするが、多くの啄木研究者たちが残している様な異様に高い評価には疑問が残る。

本日記の主要な目的は妻や両親に読ませたくない、ということにあった。この日記はこのことを頭に置いて読めば納得できるのである。例えば四月十五日には節子に関する記述がでてくる。前置き抜きでいきなり本論に入っている。

否！予における節子の必要は単に性欲のためばかりか？否！否！／恋は醒め覚めた。それは事実だ—悲しむべき、しかしやむを得ぬ事実だ！／しかし恋は人生の全てではない。その一部分だ、しかも極く僅かな一部分だ。恋は遊戯だ。歌の様なものだ。人は誰でも歌いたくなる時がある。そして歌ってる時は楽しい。が、人は決して一生歌ってばかりはおられぬ。同じ歌ばかり歌ってるといくら楽しい歌でも飽きる。またいくら歌いたくっても歌えぬ時がある。／恋は覚めた。予は楽しかった歌を歌わなくなった。しかしその歌そのものは楽しい。いつまでたっても楽しいに違いない。／予はその歌ばかりを歌ってることに飽きたことはある。しかし、その歌を厭になったのではない。節子は誠に善良な女だ。世界のどこにあんな善良な、優しい、そしてしっかりした女があるか？予は妻として節子より良き女を持ち得るとはどうしても考えることが出来ぬ。予は節子以外の女を恋しいと思ったことはある。他の女と寝てみたいと思ったこともある。現に節子と寝ていながらそう思ったこともある。そして予は寝た—他の女と寝た。しかしそれは節子と何の関係がある？予は節子に不満足だったのではない。人の欲望が単一でないだけだ。／予の節子を愛してる事は昔も今も何の変わりがない。節子だけを愛したのではないが、最も愛したのはやはり節子だ。今も―殊にこの頃予はしきりに節子を思う事が多い。／人の妻として世に節子可哀想な境遇にいる者があろうか⁈／現在の夫婦制度―全ての社会制度は間違いだらけだ。予はなぜ親や妻や子のために束縛されねばならぬか？しかしそれは予が親や節子や京子を愛してる事実とは自ずから別問題だ。

若し節子がこの箇所を読んだとしたら、信じていた夫に裏切られたと感じ嫉妬で怒り狂うか、無視するか、いずれにしてもいい感情を持たないことははっきりしている。まして食うや食わずの生活を余儀なくされ続けた節子にこの背信は許し難いこととして受け止められても仕方がない。この限りで妻に読ませたくないという啄木の姿勢は明快である。

釧路でも相当の放蕩を尽くした啄木だったが、ローマ字日記時代（といっても二ヶ月に満たないが）はそれどころではなかった。恰もそれは留守家族のやってくるまでにやりたいことをすべてし尽くすというような激しさであった。もっと言えばそれらの想いの丈を啄木は塔下苑にぶちまけたのである。

その実態を赤裸々に記した次の文章は既に公開されているから、以下に引用するが、もしこれまで発表されていなかったなら私も公表を控えるか部分的な引用に留めたであろう。初めてこの文章を目にする多くの啄木ファンとりわけ女性ファンの方々に失望を与えることを懸念するが、これもまた青年啄木の一面である事実を隠蔽するわけには行かない。敢えて一石を投ずる次第である。

いくらかの金のある時、予は何のためらうことなく、かの淫らな声に満ちた、狭い、汚いマチに行った。予は去年の秋から今までに、およそ十三―四回も行った、そして十人許りの淫売婦を買った。ミツ、マサ、キヨ、ミネ、ツユ、ハナ、アキ……名を忘れたのもある。予の求めたのは温かい、柔らかい、真っ白な身体だ。身体も心もとろけるような楽しみだ。しかしそれらの女は、やや年のいったのも、まだ十六ぐらいのほんの子供なのも、どれだって何百人、何千人の男と寝たのばかりだ。顔に艶がなく、肌は冷たく荒れて、男というものには慣れきっている、何の刺激も感じない。僅かの金をとってその陰部を一寸男に貸すだけだ。それ以外に何の意味もない。帯を解くでもなく、「サア、」と言って、そのまま寝る。何の恥ずかし気もなく股を広げる。隣の部屋に人がいようといまいと少しもかもうところがない。（ここが、しかし、面白い彼等のアイロニイだ！）何千人に掻き回されたその陰部には、もう筋肉の収縮作用が無くなっている。ここにはただ排泄作用の行われるばかりだ。身体も心もとろけるような楽しみは薬にしたくもない。／強き刺激を求むるイライラした心は、その刺激を受けつつある時でも予の心を去らなかった。予は三度《たび》か四度《たび》泊まったことがある。十八のマサの肌は貧乏な年増女のそれかと許り荒れてガサガサしていた。たった一坪の狭い部屋の中に灯りもなく、異様な肉の臭いがムウッとするほど籠もっていた。女は間もなく眠った。予の心はたまらなくイライラして、どうしても眠れない。予は女の股に手を入れて、手荒くその陰部を掻き回した。しまいには五本の指を入れて出来るだけ強く押した。女はそれでも目を覚まさぬ。恐らくもう陰部については何の感覚もないくらい、男に慣れてしまっているのだ。何千人の男と寝た女！予はますますイライラしてきた。そしていっそう強く手を入れた。遂に手は手首まで入った。「ウーウ、」と言って女はその時目を覚ました。そしていきなり予に抱きついた。「アーアーア、うれしい！もっと、もっとーもっと、アーアー！」十八にして既に普通の刺激では何の面白味も感じなくなっている女！予はその手を女の顔にぬたくってやった。そして、両手なり、足なりを入れてその陰部を裂いてやりたく思った。裂いて、そして女の死骸の血だらけになって闇の中に横たわっているところ幻になり《ママ》と見たいと思った！ああ、男には最も残酷な仕方によって女を殺す権利がある！何という恐ろしい、厭なことだろう！

正直といえば正直、不真面目といえば不真面目極まる告白ではある。啄木の生涯の中でこの時期は最も性欲旺盛でその抑制が利かなくなり、やや暴走気味になっている。これより後の十四日には「創作の興と性欲とはよほど近いように思われる。なんだか読んでみたくなった。そして借りてしまった」とあり、江戸の艶本を三冊借りて読んでいる。内容は知るべくもないが、相当な際物だったようだ。それはいいとして啄木は読後、この三冊をご丁寧にローマ字でノートに書き写し、節子を抱きたいと漏らしている。どうも〝創作意欲〟が増すどころか〝性作意欲〟の脱線という気がしてならない。

　そんな中、母カツから手紙が来た。「しがつ九か。」の日付けである。「このあいだみやざきさまにおくられしおてがみでは、なんともよろこびおり、こんにちかこんにちかとまちおり、はやしがつになりました。」という上京を心待ちにして、待ちきれずに短いエンピツを嘗めながらようよう書いた手紙である。この新年に啄木はカツに今が自分にとって大事な年だからもう少し辛抱してくれといって二円送ったから、そう急《せ》かされないだろうと思っていたが「おまえのつごうはなんにちごろよびくださるか？ぜひしらせてくれよ。へんじなきときはこちらしまい、みなまいりますからそのしたくなされませ。」啄木は飛び上がって驚いた。返事がなくても揃って押しかけるというのである。啄木の一番恐れていた家族の〝反乱〟が始まった。

予の心は母の手紙を読んだ時から、もう、爽やかではなかった。いろいろの考えが浮かんだ。頭は何かこう、春の圧迫というようなものを感じて、自分の考えそのものまでがただもうまだるっこしい。「どうせ予にはこの重い責任を果たす当てがない。……むしろ早く絶望してしまいたい。」こんな事が考えられた。／そうだ！三十回くらいの新聞小説を書こう。それなら或いは案外早く金になるかも知れない！（四月十三日）

東京毎日新聞に連載した「鳥影」は単行本にするという栗原元吉の奔走もむなしく最後の版元大学館からも戻され当てにしていた印税は入って来なかった。絶望した啄木は本気で自殺を考え「面当てに死んでくれようか！そんな自暴な考を起して出ると、すぐ前で電車線に人だかりがしてゐる。犬が轢かれて生々しい血！血まぶれの頭！あゝ助かつた！」（三月三十日）という際どい体験をした。以来、一文なし、朝日の前借りはもう出来ず、金田一の懐頼みの日々。そして函館の母からの〝脅迫〟

一方で、折角ありつけた朝日新聞校正係だったというのに啄木は社をサボり出す。欠勤は四月十七日から始まり最初のうちは一日限りだったが、五月に入ると二日は無断欠勤、三日からは〝病休〟届けを出し、とうとうそのまま欠勤を続けてしまう。北海道で療養中の憧れの心の恋人、橘智恵子からの久々の手紙にも返事を出さず、無気力のうちに五月に入るとまったく出社しなくなる。そして友人を社に使いに出しての前借りを繰り返す。あれだけマメに書いていた手紙類も判明しているだけでも三月二十二日（尾崎久弥宛）から四月十六日（宮崎大四郎宛）までの間は空白状態である。この頃は創作意欲も完全に消失し、焦慮と自己嫌悪の日々の連続だった。「予は今予の心に何の自信なく、何の目的もなく、朝から晩まで動揺と不安に追っ立てられていることを知っている。何の決まったところがない。この先どうなるのか？」（五月八日―十三日）

とうとう行き着くところまで行き着いて、啄木は偽装自殺を試みるまでになる。

限りなき絶望の闇が時々予の目を暗くした。死のうという考えだけはなるべく寄せ付けぬようにした。ある晩、どうすればいいのか、急に目の前が真っ暗になった。社に出たところで仕様が無く、社を休んでいたところでどうもならぬ。予は金田一君から借りてきてる剃刀で胸に傷をつけ、それを口実に社を一ヶ月も休んで、そして自分の一切をよく考えようと思った。そして左の乳の下を切ろうと思ったが、痛くて切れぬ。かすかな傷が二つか三つ付いた。金田一君は驚いて剃刀を取り上げ、無理矢理に手を引っ張って、インバネスを質に入れ、例の天麩羅屋に行った。呑んだ。笑った。そして十二時前に帰って来たが、頭は重かった。灯りを消しさえすれば目の前に恐ろしいものが居るような気がした。(同)

「前門の虎、後門の狼」というのは正に啄木のこの時置かれている状態を指すのであろう。自殺もままならずこのままでは打開の展望は見えない。となると目前の問題から逃避するしかない。その唯一の逃げ道は女の肉体という事になる。五月に入って朝日から前借り二十五円を手にした啄木はそのまま〝逃避現場〟に直行する。こういう時の啄木の〝逃避行動〟は迅速なのだ。そこで小奴に似た十七歳の「花子」を部屋に呼ぶ。

予は今まで幾たびか女と寝た。しかしながら予の心はいつも何ものかに追っ立てられているようで、イライラしていた、自分で自分を嘲笑っていた。今夜のように目も細くなるようなうっとりした、縹渺《ヒョウビョウ》とした気持のしたことはない。予は何事をも考えなかった。ただ、うっとりとして、女の肌の温かさに自分の身体まで温まってくるように覚えた。そしてまた、近頃はいたずらに不愉快の感を残すに過ぎぬ交接が、この晩は二度とも快くのみ過ぎた。そして予は後までも何の厭な気持を残さなかった。

そして啄木の塔下苑に於ける最後の遊蕩は六月一日、また朝日から二十五円前借りし、浅草に向かう。そして「花子」を呼んで寝た。啄木はこの〝遊び〟を最後のものにしようと決心していた。花子は啄木の激しい求めに応じて何度も歓びの声を挙げた。ことを終えて花子の笑顔に送られて紅燈の家を立ち去る時、啄木の目から何時知らず幾筋の涙が流れた。その涙が哀しさからの故なのか憐れさからの故なのか、啄木自身にもよく解らなかった。はっきりしていることは二度とこの灯りに戻ってくることはないという事だった。
啄木のこの決意は愈々函館から家族が出て来る秒読み段階に入ったということもあるが、もう一つの証明になるハガキがある。それは花子と訣別した翌日二日の橘智恵子に宛てたそれである。智恵子からは四月二十四日に未だ療養の身ながら少し外に散歩に出られるようになったとあり「函館にてお目にかかりしは僅かの間に候ひしがお忘れもなくお手紙……お嬉しく……昔偲ばれ候……お暇あらば葉書なりとも――」という懐かしい便りが来ていた。いつもの啄木であれば即座に長い長い手紙を返したであろうが、その時は啄木はすっかり落ち込んでいて人にもあまり会わず手紙もほとんど書かなかった。

紅燈の灯りに別れを告げた今、心の恋人智恵子にやましさを感じず胸を張って手紙を書くことができたのである。ただし、次の様な簡潔なものであった。まだ長い手紙をかけるほど精神的な立ち直りが出来ていなかったからである。

退院のお知らせの御葉書についでの何日ぞやのお手紙、お喜びも申し上げずの日夕を過し候うちに胃腸を害して恰度四週間の病院生活を致し、一昨日退院致候、東京は最早スツカリ夏、退院した晩ウツカリして寝冷えをして昨日今日風邪の気味、心身の衰弱にボーツとした頭は、しきりに過ぎし日など思浮べ候、御身は最早全く健康を恢復せられ候や（六月二日）

賢明な読者は「胃腸」が「塔下苑」、「退院」が「脱紅燈」であることにすぐ気づかれたことであろう。〝作家〟啄木は恋している女性を傷つけるような言葉使いはしないのである。やがてまた智恵子から当時は庶民にはなかなか口にすることの出来ない自家製のバターが送られてくる。

石狩《いしかり》の空知郡《そらちごほり》の
牧場《ぼくじやう》のお嫁《よめ》さんより送《おく》り来《き》し
バタかな

バターはもともと滋味豊かな食品であるが、智恵子からのそれは啄木への豊かな愛情の籠もった格別な贈り物だったろう。そのバターを手にしながら啄木は、なおこれからも続くであろう苦難の日々に立ち向かう力が少しずつ湧き上がってくるような気がしていた。

5 ローマ字日記の再評価

啄木のローマ字日記が啄木文学の一角を担うという評価

はどうやら定着したものとなっているらしい。らしい、というのは私が文学界に無関心ということもあるが、しかし、これは不慣れのせいもあるが、どう読んでも疲れるだけだし、内容も一部に人間への洞察も出て来るが何もローマ字である必要を感じさせない性格のものだ。むしろ素直に読めば啄木の肉欲をあけすけに書き殴った程度のものとしか思えない。桑原武夫や小田切秀雄などといった〝大先生〟たちが虚に吠え、その門弟たちや啄木信奉者たちが続々と実を伝えだしただけのことである。

明治時代にローマ字書きやエスペラント運動が起こり、これが何か革新的な新しい提案と勘違いする考え方は現在でも続いている。英語を公用語にしようという動きは相変わらずだ。

私のいた職場でも留学生には英語で授業すべきだと主張する輩が結構いて、何のための留学かその勘違いに驚いたものである。しかし、言語は文化である。言語を無くするということは文化が消えるという簡単な理屈が分からないのはどうしてであろうか。

日本を国際社会の一員として外国と肩をならべる必要があるというのがその考え方の底流にあるのだろうが、国連の分担金の多くを支払っても常任理事国になれずにいる（なる必要性を感じてはいないが）のにローマ字などという無味乾燥な言語をとりいれたなら日本の文芸はどうなるのだろうか。北村透谷、北原白秋、平野万里らがローマ字推進の旗振り役だし、啄木は国会でローマ字採用の決議をさせたいと日記に（日本語で）書いている。また土岐哀果もまた熱心なローマ字推進論者で〝NAKIWARAI〟にその実践を顕している。

また、志賀直哉が戦後、日本語を廃止してフランス語を国語にしようといったり柳田国男がエスペラント論者であったことも事実だ。しかし、柳田国男は途中でその主張を取りやめた。やはり日本語は日本の文化にとって欠かせないことを自覚したからだ。志賀直哉の作品にフランス語のものは一つもない。金田一京助はそれらの運動にたいして厳しい批判をしたが啄木とは論争した形跡がない。おそらく啄木のローマ字観を本物と考えていなかったからだろう。

我が国の文芸、とりわけ詩歌なかでも俳句と短歌は短い言語に多くの世界と叙情を歌い込む。これほど優れた文芸を持っている国は他に存在するだろうか。日本語なればこそ表現できる文芸なのである。そのことの意味を最もよく知っている筈の啄木がローマ字に取り憑かれたのは文芸の一環としてではなく別な言語への興味関心からであったろう。そうでなければつぎのような啄木の歌をローマ字で詠んだだろうか。詠めただろうか。

Akinoyono
Haganenoironoozorani
Hiwofukuyamamo
arenadoomou

秋《あき》の夜《よ》の
鋼鉄《はがね》の色《いろ》の大空《おほぞら》に
火《ひ》を噴《ふ》く山《やま》も
あれなど思《おも》ふ

朝朝《あさあさ》の
うがひの料《しろ》の水薬《すゐやく》の
罎《びん》がつめたき
秋《あき》となりにけり

Asaasano
Ugainosironosuiyakuno
Bingatumetaki
akitonarinikeri

英語の原本を日本語に翻訳する場合でも、時として学術論文でも困難な場合がある。まして芸術、文芸は翻訳不可能な部分が必ずといっていいほど出て来るものである。逆に「結構」が〝イエス〟であったり〝要りません〟であったりするのである。

繊細な表現に適している日本語をないがしろにする姿勢は日本の文化や文芸、芸術を滅ぼすものだ。啄木の一時的な遊び心に過ぎなかったローマ字を過大に評価して日本語を危うくする態度はきっぱり否定されなければならない。もとよりローマ字問題は本書の主題ではないから、これで筆を収めるが機会があれば改めて論ずるにやぶさかではない。

6　家族の上京

啄木の「ローマ字日記」の終焉と共に、漸くに一家が顔を揃えて新しい東京での生活が始まるのは一九〇九（明治四十二）年六月十六日の事である。今回の家族の上京もまた宮崎郁雨の尽力によるものであった。この宮崎という人物がいなかったら啄木の生涯はどうなっていたかと考えると傍観者の私でもゾッとするほどである。枚挙に暇がないが今回でも宮崎がいたからこそ留守家族の上京が果たせたのであって、もし宮崎の存在がなければ啄木は釧路か浅草塔下苑で朽ち果てたといって決して過言ではない。

函館では四月に入って啄木から一向に呼び戻す話がないのにしびれを切らした母カツが「わし一人でもゆくんじゃ」と言い出したのを節子と郁雨が説得して一旦は収めたが五月になっても音沙汰がない。函館側としては一流新聞に小説が連載になりその終了後は本になるとか、また『明星』から変わった『スバル』の編集長を務めたり、他の小説を次々書き出している、という啄木からの便りをそのまま信じて、近いうちに呼び寄せてもらえるものと期待していたが、どうやらこのままではいつまで経っても上京は出来ないようだと感じ始めた。それに若い啄木がいつまでも一人でいると〝身体〟に良くないと節子は心配だった。特に郁雨は啄木の〝浮気論〟を知っていたから、何時までも東京で〝独身〟にしていたら家庭崩壊になりかねないと危惧していた。

君、実際現在の僕の、底の底の思想程明白な赤裸々な思想はないだらう、人の前では云はれぬが、僕は無政府主義者だ、うまい物は喰ふべく、うまい酒は飲むべし、流石にまだ実行した事はないが、本然の要求に基づく際に肉慾の如きも決して罪悪でも何でもあるまいと理屈から考へて居る、婦人の貞操といふが如きはマルデ根拠のない事だ、君にだから斯んな事まで云ふが、夫婦といふものも必至にして堅固なる結合では決してない（明治四十一年二月八日郁雨宛書簡）

それに啄木は郁雨へ〝浮気〟を仄めかす内容の手紙を何度も送っている。節子には話さなかったが郁雨にはそのことが気がかりだった。五月のある日、郁雨は節子に家族会議を開いて意向をはっきりして欲しいと言い、若し上京ということなら費用の心配は無用だとも伝えた。会議の結果はもう決まったようなものだ。一同異存なく上京！であった。

あまり自分から積極的に主導しない郁雨だがこの時は節子と細かなことまで打ち合わせをした。このままでは啄木から「来い」という返事が何時になるか解らないし、また啄木の性格から言って、何時がいいかと聞けば迎えに行くまで待てということになりかねない、したがって既成事実を作って、先ず盛岡の実家に行き、そこから東京行きの手がかりを伺うことにした方がいい、と郁雨は節子に入れ知恵した。そして郁雨も東京に出るまで行動を共にすると約束した。

節子一行は七日函館を発ち八日に盛岡に着いた。この際、節子は実家の堀合妹ふき子、孝子二人宛に葉書で「この夏も北海の地にさすらはねばならぬかと思ひ居り候処、今度多分十日前にここを立去り上京の途につく事となり申候。ひさしぶりにてあたたかき心に接し、しばらくお世話になる心組にて候。」（堀合了輔『啄木の妻　節子』洋々社　一九七四年より重引）と書き送っている。これによれば盛岡にはしばらく逗留する覚悟でいたことが分かる。ある程度の〝長期戦〟を覚悟していたのであろう。函館の出立十日前後の予定が七日に早くなったのは帰心矢の如し、久々の実家への想いと啄木のいる東京へ一センチでも近くに居たかったのであろう。

郁雨は堀合家で節子と打ち合わせの後、八日手紙に十五円を入れて啄木へ送る。勿論このカネは郁雨が東京の新しい下宿を見つける為の資金だ。そして啄木がこの手紙を見るのは十日のことである。布団の中で開封した啄木は「ついに！」と驚きの声を上げた。それは恰も敵が不意打ちをかけて夜襲してきて慌てふためき敗走する武将の体であった。布団から飛び起きて葉書を取り出すや、冷や汗を掻きながらの返書。

> 君、済まぬ、先月の初めから胃腸を害しそれに不眠症で社を休んでゐた、昨今漸く良くなつたが、まだ社にでないでゐた処へ今朝のお手紙、／不取敢応急準備を整へる。五日間だけ猶予してくれ玉へ、そして来る十五日、盛岡出発、君も是非御一緒に上京してくれ、／万事は面談、話は山程、君の盛岡観も聞かう。／何しろ今夜は小生の頭に他の事を書くだけの余裕がない、御察しを乞ふ

翌朝、朝飯もそこそこに啄木は虎の子の十五円を懐に入れて下宿探しにマチに飛び出した。現在の下宿蓋平館は近くに東大があるせいか一間の下宿が多く、家族五人が住む適当な貸家はあまりなかった。本郷の周辺を一、二時間ぶらぶら探し回り弓町で「喜之床」という床屋の玄関に「貸間有」の札が下がっているのを見つけた。

床屋には主人は留守で二ヶ月ばかり前に新潟県長岡から年季奉公にやってきた十五歳の大原新吉少年がいた。啄木は「朝日新聞記者石川一」の名刺を渡し、部屋を見せてくれと言った。主人が居ないから駄目と断ると啄木は見るだけだといったので大原少年は二階の八畳二間続きの部屋に案内した。便所と台所は一階の大家と共同、「喜之床」の横側についた急な階段が少し気になったが、ともかく急いで決める必要がある。主人はいつ帰ると聞くと数日後になるという。啄木は少年に「急いでいるし、貸すという札を表に出していたのだから、それを断ると商法にひっかかり厄介なことになる」などという訳のわからない事を言って「私が借りることにしたのだから玄関の貸札は引っ込めておきたまえ」といって強引に決めてしまった。主人の新井弁治が帰宅して顛末を伝えると自分がいない間に決めてしまうなんて困った事をしてと叱ったが、相手が新聞記者なら仕方あるまいとしぶしぶ事後承認した。

啄木が蓋平館の三畳と金田一に別れを告げて喜之床に引っ越してきたのは十五日である。ただ、これもすんなりと円滑にコトが進んだ訳ではない。なにしろ蓋平館には下宿代百十九円をも滞納しており、そう簡単に〝解放〟されなかったのである。結局、金田一が中に入り自ら保証人とな

って啄木が毎月十円ずつ返済するということで話がついた。三十円の給料の内、毎月十円！それに五人家族！見通しは既にして暗雲が立ちこめていた。しかし、今は目先の問題一つ一つを乗り越えて行くしかなかった。

盛岡を十五日に発った節子一行は十六日早朝上野駅に着いた。およそ一年二ヶ月ぶりで家族が揃った。とは言っても父一禎はまだ青森野辺地に居候のままである。喜之床に落ち着いた様子に安心して郁雨は二日ほど居て盛岡に向かった。節子の妹ふき子との縁談が急速に進行していたのである。啄木も節子もこの話には乗り気だった。まもなく二人は結婚する。

ただ、この結婚をめぐって啄木は郁雨ととんでもない〝大喧嘩〟となり、節子を巻き込んで平和だった啄木の家庭に暗い影を落とすことになる。

V

閉塞《へいそく》の章

いつか、是非《ぜひ》、出《だ》さんと思《おも》ふ本《ほん》のこと、
表紙《へうし》のことなど、
妻《つま》に語《かた》れる。

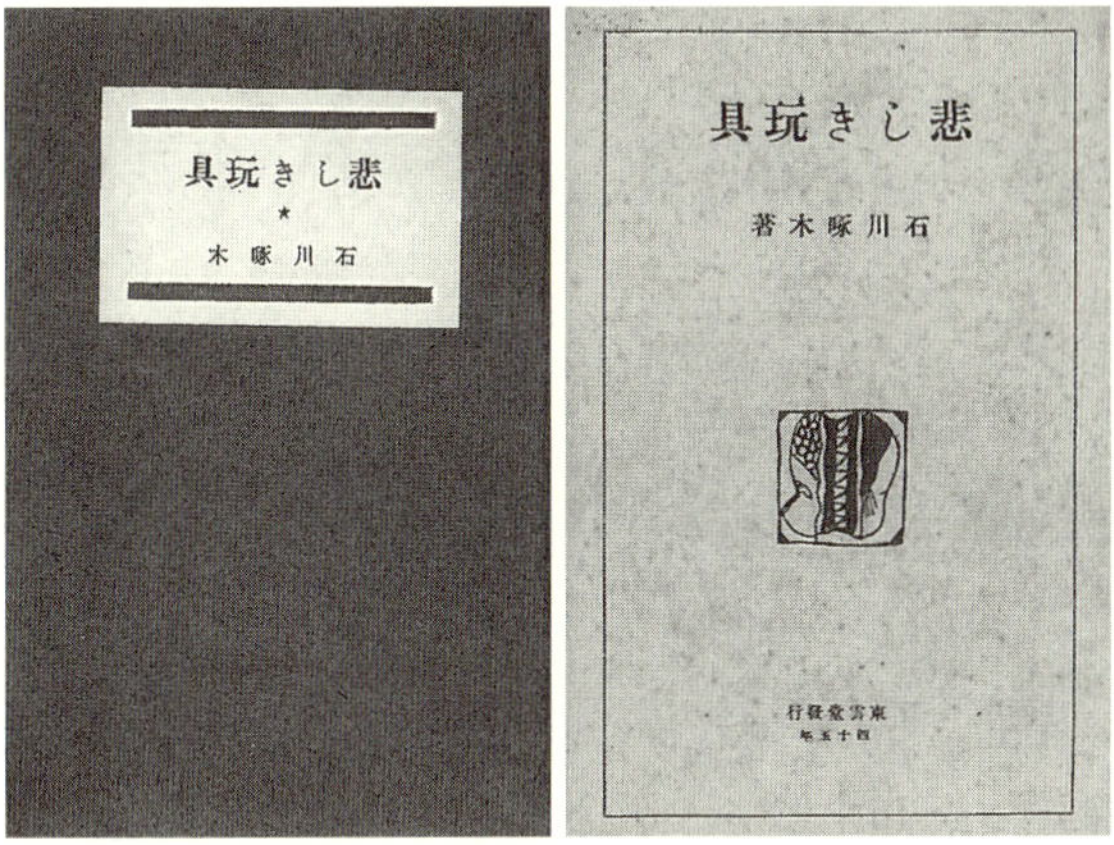

遺作『悲しき玩具』●最初の詩集『一握の砂』（明治43）年刊行後、病に倒れた啄木は土岐哀果らに最後の詩集の刊行を託して亡くなった。

一　葛藤

1　確執

東京に戻ってきた家族とともに啄木は久々に団欒を楽しんだ。二歳半になる京子は父の啄木を初めのうちは怖がってなつかなかったが一週間もすると手を取って離れなくなり、啄木は父としての実感を味わった。節子と寝るのは久し振りだったが、紅燈の女たちと違って新鮮さが身体に沁みた。最も襖一枚向こうの母に気を使わなければならなかったが、二人手を取り合って布団の中で過ごす幸せは何ものにも勝る価値があった。六十三歳になる母は息子と一緒に暮らせる夢が実現して毎日機嫌がよかった。ただ腰が曲がった母は急な階段だけは苦手にした。

休日には家族で東大構内を散歩したり上野公園まで足をのばし動物園にも入った。綿飴を買ってもらった京子は嬉しくて大きな声で笑った。母もラムネを飲んで楽しそうだった。帰りがけ上野駅近くの洋食店に入り食事をした。笑顔の絶えない日々が続いた。

平凡な幸福とはこんなものかと充実した毎日を楽しく過ごしていたが現実はそう甘くはなかった。東京まで一緒にきてくれた郁雨は二日ほどいたが、盛岡に寄るため早々と引き上げた。実は節子の妹ふき子に想いをを寄せていて、啄木も節子もこの縁を祝福していた。郁雨は結婚を考えていてふき子の意志を確かめたかったのである。

啄木が郁雨に喜之床から初めて出した手紙は七月九日である。これは郁雨がふき子との結婚を決めた手紙に対する返信として認められたもので「手紙を書かう書かうが遂今日まで宿題になつてゐると、君の方からまた先鞭をつけられた。弱つちやつた。」家族を連れてきて貰った礼をまだ出していなかったことがこれで解る。相手が寛容な郁雨だから許されるが、こうした啄木の態度には矢張り問題がある。普通の人間なら絶交となってもおかしくない。しかも「先月の晦日は一文なし。一日から出社。二十五円前借り」という状態、「そしてそれ、御存知の通り感情の融和のちつとも無い家庭なんだからね。」と愚痴を言った後、家賃（六円）を前払いしてくれと言われて困り果てているから「今二十円あると今月はそれで済む。来月からはその月の月給でどうやらゴマカシテ行けるのだ。かう面の皮が厚くなつては誠に自分で自分に恥かしいが、これを最後のお頼みに叶へて貰へまいか。何しろ何から何まで現金買ひなんだから始末が悪い。」といって郁雨にまた借金の申し込みである。「現金買い」が始末悪いのではなく、始末悪いのは啄木の方だということが解っていないのである。

啄木が自分の家庭のことを「感情の融和のない」と言っているが、それは主として母と節子の関係を示している。考えて見ると結婚以来、母カツと節子は啄木以上に共に過ごした時間が長い。一九〇五（明治三十八）年六月四日には盛岡の新居に妹光子を加えた五人家族で過ごし、次第に生活が行き詰まり父一禎が窮状に見かねて青森野辺地常光寺に寄宿、妹を盛岡に残してカツ、節子と三人で渋民へ。六畳一間で暮らす。代用教員八円ではとうていやって行けず遂に啄木は単身五月函館へ、節子は実家に、カツは地元に残り、光子は小樽の義兄、一家離散！となる。七月になって妻子を函館へ呼び、カツは八月に呼ぶが、函館大火で啄木は単身札幌へ、家族は九月下旬小樽へ。三ヶ月ほどで再び単身釧路へ。仕送りの滞る冬を節子、カツ、京子三人で肩を寄せ合って乗り越えた。このままでは一生を埋もれて過ごすことになると危惧した啄木は東京へ出て文学で生きる決心をする。そのため小樽の家族を郁雨の庇護下におくため函館に移動。啄木は単身上京。ということになると嫁と姑という難しい関係で付き合わなければならない時間が多く、それだけ無用な軋轢が生ずることにもなる。

おまけに二人の過ごす居住範囲つまりその空間が広ければ摩擦の度合いも低くなるが、なにしろ盛岡での新婚時代以後は《渋民》六畳一間（三人）、《函館》六・八畳（四人）《小樽》六畳（四人）という狭さである。これではよほど気の合う仲良し同士でも息の詰まることがあろう。まして節子とカツは生活も性格も異なり俗に言う〝ウマが合わない〟同士である。カツは神経質で節子はおっとり気質、カツの短気に節子ののんびり、やることなすこと食い違う。節子には文学の才媛ありカツは庭の菜園に了《おわ》る。

ここに節子が郁雨に宛てた手紙がある。函館からの投函だから郁雨が旭川へ軍事訓練に出掛けていた折りに書いたものと思われる。手紙の前半は啄木の才能を信じてどこまでもついて行くつもりだという決心が書かれていて以下はカツに関する記述の部分である。

阿ゝ覚悟をし得ぬ他人……あゝ私はこの為めに今迄もこれからもどのくらゐ苦しむか知れません。私は啄木の母ですけれども大きらひです。ほんにきかぬ気のゑぢ《(ママ)》の悪ひばあさんですから夫もみつちゃんもこまつてますよ。こんな事は私両親にも夫にも云はれませんからね―／あゝほんとうに私の不平をきいて下さるのはお兄さん一人ですわ、はしたない女と思し召すでせうが可愛相と思ふて下さいませ、思へば一昨年の十一月で私お産する為めに里へ帰つたのが三月まで盛岡にくらし五日宅が渡道する時より私この地に参るまで母の世話になりしが九月に入りて札幌の二週間日報社時代はとかくしてすごしましたが今年になつてより又々東西に別れて私はこの北海の秋に親しむ身となつてるのでは御ざいます。無理にでもくつついて行きたいのですが私が先きへ行くと母がまたなげられた捨てられたといひます去年も色々事情があつての事ですけれど私一人を悪ひ悪ひと云ふのですよ、だれだつてかまわぬ気ならあんなむ理してまでもよろこびませんわね―ほんとうに誤解といつたら酷いんですよ私ばかりくるしいんですよ、私一人忍んで居ればいいと思つて何にも云ひませんがね……あゝ夫の愛一つが命のつなですよ、愛のない家庭だつたら一日も生きては居ません、私は世のそしりやさまたげやらにうち勝つた愛の成功者ですけれど今はいかく泣かねばなりません……しかし啄木は私の心を知つてるだらうと思ひます。もしも誤解でもする様だとこれ位悲しい事はありません、盛岡へ行く事も私はゆかぬと云てやりましたからキットめんどうだと思ふてあゝ云てよこしたのでせう、なんだかあまりにグチになりますかえ〈ママ〉之でよしませう。（「明治四十一年八月二十七日付」堀合了輔『啄木の妻　節子』より重引）

よくある嫁と姑の関係といえばそうかもしれない。しかし、それだけで済ますにはいかない。ことは啄木の人生に直接関わる問題である。それにしても「愛の成功者」！という堅固な精神あればこその糟糠《そうこう》の妻たらんと頑張れたのであろう。心に響く言葉である。

節子のカツへの不満は、ここに見られるように啄木への信頼と愛情があればこそ忍耐できた。しかし、せっかく愛する啄木と再び共に暮らすようになっても期待したような生活環境ではなかった。上京した三日目には妹の堀合ふき子に「東京はいやだ」と書き、さらにその半月後には次の様に不満だらけの生活状況を述べている。その上、健康状態まで悪化しており、前途の厳しいことを思わせる内容である。

すまないすまないとは思つて居るけれども、どうも筆を取る気にはなれない、と云ふのは上京以来頭の痛まない日はない。（盛岡でもたいてい痛かつたけれどもまぎれて居たのだ）今はまぎれるものはない。夜になれば浅草とか銀座通とかに行かうと云ふけれども、決してこんなことにだまされてよくなる頭ではない。其れに盛岡でも御ぜんたべられないと云ふたが今だに一ぜんか少しもまして食べるだけだ。きつとお前たちが見たなら驚くだらうと思ふ。元気はないし、ひどくやせ、かぎりなく眠かつたり、かぎりなく目がさめて、ねむられなかつたりする。多分神経衰弱だらう。これぱかりならまだいいが、右の胸が肩からあばらの処まで痛い。これはもう一週間にもならう。一日まして強くなる。呼吸するにもいたい。初めは夜寝ると痛かつた。少しだから気にもしなかつたが、今はよほどくるしい、なんでも一ね寝て起きると何とも云へない程である。さあそうなると、どうしてもねむられない。し方なく夜具につつぷして寝る事もある。ああこう云ふふうでいこうものなら、私の命も長くあるまひと思ふよ。病気はこんなもんだ、或は気にしなくてもよいかも知れない。京子、お前たちは可愛いとばかり思ふて居るだらう、それは有りがたいが、手も足もつけられないきかんぼうです。あばれるので何も書かれないと云ふてにがい顔ばかりするし、おつ母さんはお二人にお渡し申すつもりで来たからと云ふて少しも見てはくれないし、し方なしに外をつれてだまして居ます。私には少しもひまがない、ほんとうにかみ結ふひまさへ得る事の出来ないあはれな女だ。宮崎の兄さんはよく知つて居る。不幸な女だと云ふて深身の同情をよせてくれる。内のお母さんくらいえじのある人はおそらく天下に二人とあるまいと思ふ。こんな事あまりかくまい、ただ皆さんに心配させるばかりだ。ふき子さんとたか子さんとべつべつにかくが、ここ迄は二人で見ておつかさんのも知らしてくれ、ほんとうに盛岡からこなければよかつたと思ふよ。東京はまつたくいやだ……おつかさんにあまり心配させない様に云ふてくれ。（同前）

啄木は節子が体調を崩していることに気づかなかったわけがない。だから気分転換させようと浅草や銀座に出掛けようと誘っている。しかし、外出もままならないほどだし、自分の身一つでも大変だというのに京子の面倒やカツの世話もしなければならない。実際、カツはひどい腰痛持ちでトイレに行くのも一階まで急な階段の昇降すらままならない状態で、台所も一階だから御飯を炊く鉄釜はとても持ち運べず、いきおい食事の支度はどんなに具合が悪くても節子がしなければならなかった。また京子が元気者で少しもじっとしていない。啄木も京子が傍にいると仕事にならないとこぼすほどの暴れん坊で、あまり言うことを聞かないために人に手を挙げたことのない啄木が幼い京子の頬を思い切り殴るというようなこともあった。

かくして家の中は次第にとげとげした雰囲気に包まれていった。こういう時に啄木はごくありきたりな投げやりな態度をとったため、そのはけ口は嫁の節子に向けられた。そうでなくとも健康な状態でないのに、節子には愚痴や不満を言える友人一人居らず悶々として日々を過ごさなければならなかった。その様子がこの手紙の端々から伺う事が出来る。

ある日、節子は頭痛が激しく起き上がることが出来ず家族の朝食の支度ができなかった。ようやく起き上がって昨夜の残し物でお膳を作った。起きてきた啄木が「こんなもの食えるか！」と激怒し、卓袱台《ちゃぶだい》をひっくり返した。京子にまで冷たい味噌汁が顔にかかり泣き叫ぶ、カツはおろおろしながらも「なんてことを！節子さんがしっかりしないからこうなるんだよ」と責めた。節子は「すみません。」と謝りながら散らばった冷や飯を一粒一粒を拾った。米粒より節子の目から溢れる涙の数の方が多かったろう。

2 「里帰り」事件

翌日、節子と京子の姿は啄木の家にはなかった。昨日、ひっくり返された卓袱台にメモが置いてあった。「盛岡に帰ります。御健康にて。節子」という短い言葉が記されていた。

啄木は最初、この書き置きの意味を理解できなかった。ややあって息を飲み込んだ啄木はその場に崩れ落ちた。足がワナワナと震え顔は真っ青になりながら汗がしたたり落ちる。啄木の生涯のなかで最も大きな衝撃を受けた瞬間だった。以下はこの時、相談を受けた金田一の証言である。

「かかあに逃げられあんした」と頭を掻《か》いて、坐ったなり、惘然《ぼうぜん》として、すぐには、あとの口を利《き》かなかったので、私も、本当やら冗談やら、「え？」と言ったまま、開いた口が塞《ふさ》がらなかった。やがて君が重い口調で、しみじみとはじめて母堂とのいきさつを詳しく話し、「あれ無しには、私はとても生きられない」と自白し、焦燥《しょうそう》と悲歎と懊悩を搗《つ》き交ぜて「どうしてよいかわからない。私には、この際やっぱり、どうか戻ってくれと、逃げたかかあへ、言ってやれないし、戻ってくれなければ、私は生きておれないし、頼《たよ》るのは、あなた一人です。どうか、こんなお願いをしては、済まないが、戻るように手紙を出して下さいませんか。私が可哀そうだと、意気地無く泣いてるように書いてもよいし、また私はばかだと書いてもよいし、私を何と書いてもよい。全幅の信任をあなたへささげます。ただ戻ってくれさえすればいいから、そのためには私をば、阿呆《あほう》と書いても腑《ふ》抜けと書いてもかまいません。お願いします。」と言った。私自身はじめて夫婦というものの片方の、それほど大きな価値の天にも地にも替えられない、欠ければ一日も生きておれないほどのものだったかと驚かされたことだった。私はもちろん承諾した。「では、すぐ書く」と言ったら、「それでは直ぐお願いします。自由に書いて下さるように、私は帰りますから」と言って、帰って行ったそのあとで、私は長い長い手紙を、しまいには、自分の妻でも逃げたように、自分でぼろぼろ涙を落としながら書いて出した。文句はわすれたけれども、これなら帰らずにはおれまいと思うような名文を書いたつもりだった。／四、五日して、返事は来ませんか、とやって来て、とうとう自分も、堪え切れ無くなって不見識も不面目も打棄《うっちゃ》って、哀願した手紙を出しましたと私へあやまり、つぶさに味わわされる心中の苦しみをば、まるで、あえぐように私へ物語った。なんでも、食べ物も咽《のど》を通らず、食べなくっても腹も空かず、むろん、社にも出ず、夜具をかぶって、床の中で懊悩し、夜中になって、とてもやりきれなくなっては、「お母さん、酒だ、酒がないか」と呶鳴《どな》ると、おどおどして腰の曲がったおっ母さんが、起きて、危い真暗な急な梯子《はしご》を降りて、下の人々の寝てる間を通り、店を手さぐりで出て、通りの酒屋を、どんどん叩くけれど起きないので、幾軒も幾軒も腰を屈《かが》めて叩き起こして、いずれ、泣くようにして頼んで、貧乏徳利を下げて帰ると、石川君はそれを冷《ひや》のままで、飲めもしないのに、がぶがぶあおって、酔いの上で「おっ母さんが追ん出したも同じだから、おっ母さんが連れておいで」などと、だだをこねて泣かせ、おっ母さんの鳴き声を聞いて吾《われ》に返ってはまたがぶがぶあおる。／そんなような生活を話しながら、石川君自身も痛々しく涙を流し、とても、ひとりでやりきれないから、内へ来てください、というので、私は気の毒になって石川君の家へ行くと、石川君は、毎日の苦悩を、日記へ、まるで純文学のような、立派《りっぱ》な表現で、行き詰まるような自己解剖と痛烈な自責を泣きながら記録していた。そしてみずから開いて私の方へ向け、ここを読んでください、それからここを、と自分で指で行々を伝って私に読ました。私は読みながらぽたぽたと涙を落として感動したものだった。創作以上の創作だと感嘆すると、石川君は少しにっこりしてうなずいた。（金田一京助『新訂版　石川啄木』前出）

ここに出て来る啄木はどこにもいる、不甲斐なく醜態《しゅうたい》を晒す亭主そのものだ。ただ、後半にでてくる「自己解剖」や「痛烈な自責」にその彼我が垣間見ることができるといえようか。しかし、それはよく言えばの話であって、本当の改悛だったのかという疑問も残る。前半の啄木の悶絶状態で「純文学」に仕上げるよりも、妻に家出などされない「立派」さの方が重要なのではないか、と思ってしまうのである。

ただ、ここで金田一が記録している啄木の自己解剖に関する部分の日記は存在していない。一九〇九（明治四十二）年の日記は「明治四十二年当用日記」（一月一日―四月六日）「ローマ字日記」（四月七日―六月一日）のみであり、引き続いて存在する日記は「明治四十三年四月より」（四月一日―四月二十六日）である。金田一の記憶の誤りでなければ、まだどこかに存在するかも知れない。現在その所在は不明である。

ただ、啄木没後、節子が日記を保管しており、中には節子自身が破棄した部分もあったとされるから、この部分の欠落に節子が関与した可能性は否定できない。しかし、仮に節子が自分の手でこの部分を破棄したとしても非難される筋合いではなかろう。その位の行為はむしろ節子の権利なのだから。

それはともかく、金田一と啄木の熱意と真意が伝わったのか九日夕方、節子から二人へ「病気が恢復次第帰る」旨の葉書が届いている。ということは金田一の慰留、啄木の謝罪の手紙が来た段階で節子はいともあっさりと翻意したことになる。つまりこの家出は離婚も辞さないという背水の陣を敷いた堅固なものではなかったという証拠である。

また、十日に啄木は小学校時代の恩師新渡戸仙岳に長文の仲介依頼を送っているが、何の事はない。それ以前に節子は金田一・啄木の説得を受け入れていたわけである。ということはこの〝家出〟事件は唯の「家出」ではなく、一時的な「里帰り」だったというべきであろう。

それでは啄木に常に従順だった節子がどうして無断で実家に帰ったのか。実はこの二十六日は妹ふき子が郁雨と函館で結婚式を挙げる大事な日だった。節子は本当ならこの式に参列したかった筈である。しかし、どういうわけか啄木は堀合家や宮崎家の人々と会うことをずうっと避け続けている。この〝無断里帰り〟の陰にはとりわけ堀合家との因縁がからんでいるように思われる。

数週間前、啄木に節子が妹の結婚式に出たいと言った時、啄木は言下に「いかん、絶対に許さぬ。」と突き放した。或いはこの時に怒った啄木はさらに「函館へ行くなら離婚する覚悟で行け。二度とこの敷居を跨いではならん。」とまで厳しく言ったかも知れない。それでも節子は「それでは、結婚のお祝いを直接言ってお別れしたいからふき子に一度だけ会いたい、盛岡へ京子と一緒に行かせて欲しい」と懇願したが、「それもいかん。とにかく家に居れ！」というやりとりがあったのだろう。確かにカツとは折り合いが悪かったが、それは結婚前から覚悟していたことである。通説ではこの「家出」はカツとの葛藤が主因とされている。しかし、この姑と実際に暮らしてみると想像以上の意地悪さを見せつけられたものの、好きな啄木を捨ててまで別れるつもりはなかった。

しかし、節子は自分の身内にまで会わせまいとする啄木の言動には我慢ならなかったのだ。行っては「いかん！」と強く言われたことが逆に節子の怒りに火をつけた。だから私は通説になっているカツとの葛藤説は的外れと言わざるを得ない。よもや節子は自分を裏切らないという啄木の過信を節子の思いも寄らない逆襲でものの見事に打ち砕かれ茫然自失と化すのである。

妹は二十五日、両親とともに函館へ向かった。「ふき子さん、式に出られなくてごめんね。郁雨兄さんとなら絶対幸せになれるわ。だから私も安心して東京へ戻るから、あなたも頑張って幸せになるのよ。」姉として語るべきこの一言の為に節子は盛岡に〝出奔〟したのである。葛藤問題は二の次だったと考えるのが自然である。

啄木研究については、私もその緻密な実証的手法に拠る岩城之徳には敬服するしかない。その岩城がこの件に関して次の様な見解を述べている。

妻の節子が三週間の実家での生活のあと帰宅したのは、いうまでもなく堀合忠操の説得によったものであろう。母のトキも夫と共に帰宅を奨めたにちがいない。典型的な士族気質の節子の父は、娘の側にたとえいかなる言い分があり、啄木に非があろうとも、いったん石川家に嫁いだ節子を何時までも実家に置いておくということはしなかった。（岩城之徳『石川啄木伝』筑摩書房　一九八五年）

岩城の〝啄木論〟はこの世界では不動盤石の評価を受けているようだから、それに異議を申し立てるのはどうかと思うが、この部分はいただけない。節子が〝帰宅〟を決めたのは忠操の説得ではなく、自らの意志によるものだと考えるのが自然である。その理由を説明する背景はいくつかあるが、要約して言えば

（1）節子の翻意は数日でなされている。金田一と啄木の手紙を読んで節子自身が決めたと考えるのが自然だ。

（2）節子の翻意を願うのなら啄木は何故直接忠操に手紙を

書かなかったのか。先ずは実父に許しを乞い、謝罪のうえ理解を求めるのが筋というものだろう。それをせずに金田一や小学校の恩師に仲裁を頼むというのは理にかなわない。岩城にはこの視点が欠落している。

（3）忠操を岩城は典型的な「士族気質」という先入観でとらえている。そうであれば自分の結婚式にも顔を出さなかった啄木を許す筈がない。我が子可愛さから結婚を認め受け入れている。また、疾病を抱えてやってきた愛娘を追い返す薄情な両親ではない。

（4）また忠操は啄木を信用していなかったし、むしろ嫌っていたから、娘の里帰りを歓迎はしても追い返すようなことは全く頭になかった筈である。むしろ初孫可愛さに出来るだけ長い〝療養〟を望んだに違いない。

以上の如く、この件は巷間言われるような「家出」ではなく、一時の「里帰り」というべきものであり、大げさに騒ぎ立てるほどのものではない。一体に岩城は堅実な文献実証派で、その資料の探求と分析は余人を寄せ付けないが、このように根拠となる資料がない場合の認識や判断には脆さが露呈することがある、という事は頭の隅に入れておく必要がある。

無論、当事者になった啄木の精神的衝撃と動揺の傷の深さは、確かに深刻だったが、それが以後の創作活動に大きな影響を与えたとする通説にも疑問がある。この事は今回の主眼ではないから触れないが、この後に提起される「節子不貞」問題でもう少し検討するとしよう。ただ、この件が実際に啄木の創作活動に与えた影響を論ずるならば、なぜ「私小説」として素材にしなかったのという問題をこそ論ずるべきだろう。金田一が感動した自己解剖の鋭さが作品に活かされなかった理由はなんだったのか。その検討なしにこの件を針小棒大にとり上げるのはほとんど意味がないのではあるまいか。

3　化石

「里帰り」事件の後、啄木家に平安な日々が訪れた、と言いたいところだが、現実は厳しかった。以前よりましてカツと節子の関係が悪化したのである。カツにしてみれば節子の「家出」のために啄木からは責められる、夜中に酒を買い出しに出される、曲がった腰を庇いながら重い鉄釜を抱えて急な階段を上り下りしての飯炊き、ロクなことはなかった。その恨み辛みが鬱積していたから、節子が戻るやその反動がでたのである。啄木が家にいるときはさほどでもなかったが京子と三人切りになると黒雲に囲まれるような陰湿な雰囲気が部屋に充満した。以前はあまりなかった京子へもあたるようになり、いたたまれず雨の日でも外に〝避難〟しなければならないような最悪の日々が続くようになった。状況的には「里帰り」事件より節子とカツの仲はさらに悪化して、何時本当の家出が起きても不思議でないところまでになっていた。それでも節子が耐えたのは、里帰りした時に両親が温かく迎え励ましてくれたからであった。両親にこれ以上心配をかけてはならない、という心境が節子の〝暴走〟に歯止めをかけてくれたのである。

そういう節子にさらに追い打ちをかけるような場面が現れた。これまで節子はカツの仕打ちを二人の妹と郁雨以外には話さなかった。実の両親、愛する啄木にもその愚痴を話さなかった。自分の胸の内にしまっていたのである。ましてどちらに非があるにしても他人に話すなど節子の矜持《きょうじ》が許さなかったのである。ところが事もあろうにカツは平気で他人にその〝恥〟を晒したのだった。

それは啄木が留守の時に金田一が偶々同宅を訪れた時の事である。

君は不在だった。帰ろうとすると、母堂がたって引き留められるので、上がって坐《すわ》ると、節子さんが、先般来の挨拶《あいさつ》をされてお茶を入れられた。母堂は差し向かいに長火鉢にあたりながら、この間じゅう、石川君がつらくあたったことを私へ訴え、だんだん自分で昂奮して涙を出して震いながら「もうもう私は、どんなことがあったからって、どんなことだって我慢します。私はほんとうにこの年になって、あんなつらい、死ぬような、しぬよりもつらい目に逢わされました。気狂《きちが》いになって死んでしまうか、いじめ殺されてしまうかと思いましたもの。死ぬまで我慢します。死んだ気になって我慢します。」段々語勢が強くなって、そこに嫁さんを置きながら、つけつけとそのかどかどを指弾されるに至って、私が困ってしまうと、母堂は、「だって私は、お国訛《なま》りで、どこへ向いてもお話しができないんですもの、誰に向かって胸の霽《は》らしようもないんですもの。悔しいやら、苦しいやら、情けないやら。この年になって旅の空へ出て、あなたなればこそ、お話しができます。堪えて堪えて、今まで胸にたたんでいたことを今言うのですから、どうか聞いてくださいまし。一《はじめ》に言えば一言に叱られます。この人のためにです。この人のために本当に本当にひどい目にあいました。一はこの人さえあれば、母などはしんでもいいのでしょう……」と、おいおい泣かれる。さもさも憎そうに、間々へ痛烈な当てこすりが、刺すようにとげとげしく出るのに、私ははらはらして、節子さんはと気づかって、そっと目をやると、これはまた、大理石の像のよう。病気上がりの蒼白《そうはく》な顔がぴんと緊《し》まって、眉毛一本動かさず、頬に昇る血の色ひとつ無く、全く無表情に、何の反応も、しのびやかさにさえ、顔へあらわれない。我慢づよさ、その真剣さは、かえってゾットするほど深刻に、雰囲気《ふんいき》が緊張する一方だった。(「同前」)

こういう場面での節子の沈黙を押し通す忍従の力は並のものではない。普通であれば姑を罵倒するか、身をよじって悔し涙を流すところである。本来ならカツの数々の所行を並べ立て逆襲したいところであろう。しかし、化石のように黙して語らず、喚《わめ》くでもなく、動ずることのない節子の姿に啄木への愛の形が見えてくる。それだけに「恋の勝利者」たる節子の偉大さを見せつけられる思いがする。

いったん、節子のこの時の姿を胸に焼き付けることができれば後に述べる「節子不貞」問題などいとも簡単に結論を導くことができよう。そしてこの問題で大騒ぎする人々がいかに愛というものの重みを知らない軽薄な人種であるということも理解できるであろう。たいていなら修羅場さながらのこのことで家庭崩壊となって不思議はないところであるが、忍の一字を押し通した節子の粘り腰で持ちこたえることが出来た。

それに、ある日、節子は啄木に父一禎の話を持ちかけた。生活の苦しさは相変わらずだが、一人位増えても状態はあまり変わらないし、いつまでも青森に置いておくのは可哀想だと告げたのである。啄木もこのことは気にかかっていたが自分の口から言えずにいた。当然ながらカツは諸手をあげての賛成である。

実のところカツの節子への意地悪な仕打ちは一向に変わらなかったから一禎を呼び戻せば少しはカツのイライラした神経をなだめることが出来るだろうという節子の思惑もあったが、それは啄木には話さなかった。喜んだ啄木は早速一禎に手紙を書いた。厳しい修行を経て僧侶になった一禎だが家族と別れての生活の侘びしさに参っているところだった。喜びと感謝の返事が届いた。

一九〇九(明治四十二)年十二月二十日に父一禎が小さな風呂敷包み一つを持ってニコニコ顔で上京してきた。一九〇七(明治四十)年三月以来およそ三年ぶりの〝帰宅〟であった。初めて会う孫の京子には愛好をすっかりくずして頬ずりした。考えて見れば、一禎はこの初孫の顔を見ることなくひっそりと家を出たのだった。しかも節子が実家から長女京子を抱いて啄木の家に戻るという明け方であった。この一禎の家出を初孫の顔も見ようとしないでの冷たい行動とする説が多いが、それは浅はかな考えというべきだろう。初孫はどの〝じいちゃん〟にとっても可愛いものだ。一禎とてそれは同じこと。一旦顔を合わせれば口減らしのために家出をする決心が鈍る。そこで心を鬼にしての覚悟の家出だった。

一禎という人物はカツとは対照的な性格だったようで特に宝徳寺を追われて以来、万事控えめで必要以外の話はしなくなっていた。若い時分には短歌を作っていたが今はもう諦めたようだった。それに初孫と遊ぶのが楽しくてならず二人は夢中になって遊んでいた。節子はそのお陰で少し息抜きが出来るようになった。

久々に家族が顔を揃えたからであろう、以前ほどのギシギシとした雰囲気は少し減った。一禎が戻って安心したのかカツはとみに気力が萎えて床に伏しがちになっていた。この頃、啄木は少しは両親に気遣いを示したのであろう。「夜、父と妻子と四人で遊びに出た。電車で行つて浅草の観音堂を見、池に映つた活動写真のイルミネーションを見、それから電気館の二階から活動写真を見た。帰るともう十一時だった。（中略）父が野辺地から出てきて百日になる。今迄に一度若竹へ義太夫を聞きに連れて行つたきりだ。」（明治四十三年四月一日）「夜、上野の花をみるつもりで、母と妻と子と四人づれで出かけたが、母が動悸がして歩けないと言ひだしたので、三丁目から戻った」（四月十一日）「父と共に残つてゐた一本のビールを抜いた」（明治四十四年一月九日）啄木がよき息子たらんと努力をしたことはきちんと認めなければなるまい。考えてみれば浅草の放蕩以外、啄木は京都はおろか鎌倉にすら出かけるまもなく人生を了えてしまった。

4 言論統制

家族が揃ってようやく人並みの暮らしに戻ったものの、前借りや借金のせいで台所は相変わらず火の車だった。しかし、啄木は気を取り直して真面目に仕事に取り組むようになっていた。朝日の校正係の仕事も無事こなしていたし、主筆の池辺三山から『二葉亭四迷全集』の校正を任せられたり、社会部長の渋川柳次郎から「朝日歌壇」選者に指名されたり、以前から見れば充実した日々を送るようになっていた。

また執筆活動にも力を入れ始めている。一九〇九（明治四十二）年、秋以降に書いて発表された原稿は次の通りである。

◇「一日中の楽しき時刻」『東京毎日新聞』九月二十四日付

◇「葉書」『スバル』第十号

◇「百回通信」『岩手日報』十月五日―十一月二十一日（二十八回連載）
◇「正直に言へば」『トクサ』第一号
◇「弓町より」『東京毎日新聞』七回連載
◇「きれぎれに心に浮かんだ感じと回想」『スバル』第十二号
◇「文学と政治」『東京毎日新聞』十二月十九日、二十一日（二回連載）
◇「心の姿の研究」『東京毎日新聞』十二月十二日―十二月二十日（四回連載）

この他に未発表原稿として「文学の値下」「暗い穴の中へ」などがあり、啄木が本格的な執筆活動に取り組みだしたことがわかる。それも詩歌・小説の創作というより評論に比重がかかるようになっている点に注目したい。

それには小説より評論・随想の方が手っ取り早く稿料が手に入るということもあったろうが、それよりも啄木にとっては最近の行き詰まるような社会の動きが気になりだしていたということとも無縁ではなかった。

このことを実感させるような出来事が啄木の身に起きていたのである。啄木が「道」という小説を書き上げたのは一九〇九（明治四十二）年の十二月上旬で、それが『新小説』（第十五巻第四号）に掲載されたのが翌年一月のことであった。それを手にした啄木は思わず「?・?・?」と首をかしげてしまった。文章の所々が「・・・・・・」というように〝伏せ字〟状態になっていたからである。小説は世代が異なる五人の教師のある一日をめぐる動向を書いたもので、いってみれば〝他愛のない〟作品（失礼！）である。伏せ字になっている問題の一節を上げてみると、例えば次のような記述の所である。

『校長さん、校長さん。』雀部は靴を拭いて了つて歩き出した。『矢沢さんは一人で、あとは皆男ですよ。これは何うします?』／『さうですな。』／『・・・・・・・・・・・・・・・・・・』／『これだけは別問題です。さうして置きませう。』／雀部は燥《はしや》ぎだした。『私が女に生れて、矢沢さんと手をとつて歩けば可かつたなあ。ねえ、矢沢さん。さうしたら―』／『貴方が女だつたら・・・・・・・・・・・・・・・』四五間先にゐた目賀田が振回《ふりかへ》つた。『・・・・・・・・飲酒家《さけのみ》の背高の赤髯へ、・・・・・・・・・・・』／言ひ方が如何にも憎さ気であつたので、校長は腹を抱へて了つた。松子もしまひには赧《あか》くなる程笑つた。

どうということのない場面だ。前後の文章から推定すると、男女の関係をやや艶っぽく表現しただけのことであろう。この伏せ字をしたのは『新小説』の編集者であった。当時は既に出版条例、新聞紙条例など言論統制が始まっていたが、さらに出版法、新聞紙法として公布され言論統制がより強化されていた。中には発行禁止をくらう雑誌などもあったので、編集者が自己規制をして伏せ字にしてしまったのである。啄木は怒って抗議したが、出版界には既に国家権力の介入が始まろうとしていたのである。

また生前中には陽の目を見なかった「暗い穴の中へ」（明治四十二年）は啄木が忍び寄る暗い社会の到来とその変革の意義を示唆する一文である。前後の背景は解らないが、おそらくどこの新聞、雑誌から自己規制による掲載拒否をされたものであろうことは想像に難くない。

何の変化の無い、縛られた、暗い穴の中に割膝をしてぎつしりと坐つてゐるやうな現実の生活に、もうもう耐へきれなくなつて、体を弾丸《たま》にして何処ぞへ突き抜けて了はうとする空しい努力―その時の私の気持は、詰り此空しい努力だつたのだ。自分で自分の世界を滅茶々々に打壊《ぶつこは》して、鼻をつままれても知れぬやうな真暗な路を監獄へ伴れて行かれる途中、突然《いきなり》巡査の手を払ひのけて遁二無二人生の外へ逃げ出さうとした『スリイ・オブ・ゼム』のイリヤ―あの悲しい男の面付《つらつき》が、よく私の心にちらついてゐた。仮令私の行先には、矢張厚い石の壁が暗の中に待つてゐやうとも、兎も角も此儘ではゐられない、駆出さねばならぬ。さう思はれた。一人位は、何百人あるか何千人あるか知れぬ東京の電車の運転手の中《うち》に、全く無目的に全速力を出して、前の車を二台も三台も轢潰《ひきつぶ》し、終《しま》ひに自分も車台と共に粉微塵になつて死ぬ男が、あつてもよいやうに思はれた。（『全集第四巻』所収）

これは啄木個人の意志であるばかりでなく、当時の民衆の中に渦巻く不平と不満を巧みに先んじて論じたものだったから、新聞雑誌が掲載を認めなかったのは〝当然〟だったろう。啄木は宮崎郁雨に「僕はどうしても僕の思想が時代より一歩進んでゐるといふ自惚を此頃捨てる事が出来ない」（明治四十三年十二月二十一日付書簡）と述べているが、こうした自覚がいわゆる社会主義思想に結びついてゆくのは蓋し当然の帰結だったといえよう。

啄木が社会主義という考え方について初めてふれたのは北海道時代である。しかし、この時は、理論的な存在は認めたが自ら積極的な接近はしなかった。「余は、社会主義者となるには、余りに個人の権威を重じて居る。さればといつて、専制的な利己主義者となるには余りに同情と涙に富んで居る。所詮余は余一人の特別なる意味に於ける個人主義者である。」（明治三十九年三月二十日「渋民日記」）というように一線を画していた。またこの頃の啄木の思想的位相については次の日記に明確に示されている。

誘ひに来し児等と打連れて、学校の門松をくぐる。四方拝の式なり。生徒と共に『君が代』の歌をうたふ。何かは知らず崇厳なる声なり。あはれ此朝、日本中の学校にて、恁く幾百万の「成人の父」共が此唱歌を歌ふなるべし、と思ふに、胸にはかに拡りて、却りて涙を催す許りの心地しき。聖徳の大なるは、彼蒼の、善きをも悪しきをもおしなべて覆へるに似たり。申すもかしこけれども、　聖上睦仁陛下は誠に実に古今大帝者中の大帝者におはせり。　陛下の御名は、常に予をして襟を正さしむ。予は、　陛下統臨の御代に生れ、　陛下の赤子の一人たるを無上の光栄とす。浜のさざれ石の巌となりて、苔むさむまでも、千代に八千代に君が代の永からむことは、我も亦心の底より、涙を伴ふ誠の心を以て祈るところ也。
（一月一日」『明治四十丁未歳日誌』）

ご丁寧に当時の不文律となっていた皇室への敬意を評する一字空け表記を使っている。また中身を見ても、正真正銘の天皇崇拝論者の典型的な一例であって、この段階の啄木の思想状況を示している。この後、啄木は次第に社会主義的方向に歩み出すが、最終的には距離を置く。

　基本的に啄木は中学時代から社会的関心が強く友人等と八甲田で遭難した青森歩兵連隊雪中行軍遭難事件（一九〇二年一月二十九日士官兵士一九九人凍死）新聞の号外を一紙一銭で捌《さば》きその売上金二十円を足尾鉱山事件支援金として送った。また一九〇五（明治三十八）年九月五日に起きた日露戦争講話条約をめぐって、これに反対する決起集会のあと大臣公邸、新聞社、交番を襲う事態になり初の戒厳令が発動された。啄木はこの時、盛岡に新婚生活を楽しんでいたが金田一に手紙で「小生若し在京中ならば、果敢なる放火隊の先頭に、白鉢巻してかけ声勇ましく交番の一つや二つは一人でも焼いてみせたものをと、これは都門の人々うらやましく候」（九月二十三日付）と言い、新詩社同人の川上賢三には「凡そ世に、理の有無は兎も角く、謀反と云ふこと程花々しく痛快なるは無かるべく候」（九月十三日付）と書いている。啄木の社会的関心の高さと行動心理が伺える。

　このちょうど一年後、小樽日報を辞めて餅も屠蘇代もない新年を迎えた啄木は、生活費にも困り果て貧窮を厭というほど体験する。この時に、そもそも自分のこの困窮の源は社会制度にあるとして「此驚くべき不条理は何処から来るか。云ふまでもない社会組織の悪いからだ。悪社会は怎《ドウ》すればよいか。外に仕方がない。破壊して了はなければならぬ。破壊だ、破壊だ。破壊の外になにがある。」（「一月一日」）と述べている。ここには無政府主義者や社会主義者が辿る初期の理屈であり、この言葉を以て啄木が社会主義に近接したと考えるのは早計である。ただ、天皇崇拝から一定の距離を置くようになった事だけは確かだ。

　ところで啄木は労働者、農民、貧民といった社会の下層に生きる人々の歌を多く作った。しかし、それは社会主義思想と直結したものではなく、あくまでも人間社会の一つの場面として歌ったのであって、無理矢理、一つの主義に閉じ込めて読む必要はないし、むしろ邪道である。啄木の文芸の世界は主義を超えているからこそ、万人の支持と共感を勝ち得ているのであって、その逆ではない。

わが抱《いだ》く思想《しさう》はすべて
金《かね》なきに因《いん》するごとし
秋《あき》の風《かぜ》吹《ふ》く

はたらけど
はたらけど猶《なほ》わが生活《くらし》楽《らく》にならざり
ぢつと手《て》を見《み》る

百姓《ひやくしやう》の多《おほ》くは酒《さけ》をやめしといふ。
もつと困《こま》らば、
何《なに》をやめらむ。

5　幸徳事件

　啄木がはっきり社会主義者を宣言するのは、いわゆる「幸徳事件」後のことである。これは今でも「大逆事件」と誤称されているが、正しくは「幸徳事件」である。「大逆事件」は正式には「幸徳事件を」含む「虎ノ門事件」（一九二三年）「朴烈事件」（一九二三年）「桜田門事件」の総称であり、本来は「幸徳事件」とするべきなのである。今となってはこの事件は国家権力によるでっち上げ（フレームアップ）と断じられているが、天皇暗殺を図ったという容疑をかけられ検挙された幸徳秋水以下十二名が死刑となった。

　秋水らが検挙されたのは六月一日であったが、啄木はその記事を三日の校正中に発見した。しかし、この頃は警察の発表をそのまま記事にしていて、この事件の本質は国民には伏されていた。ただ、啄木が毎日のように社会運動に関係する人物の検挙原稿がデスクに届くので奇異に感じていた。

　啄木の小説『我等の一団と彼』はこのほぼ同じ時期に書かれている。岩崎正兖に出した手紙にはこの小説に触れ「もう六十何枚書いたが、まだ三十枚位はかけさうだ。書いて了つて金にかへるまでに、若し僕にも一度これを書き直す時間が有るとすれば、これは僕が今迄に於て最も自信ある作だ。」（六月十三日付）発表は没後の一九一二（大正元）年八月二十九日より二十八回連載で「読売新聞」に掲載された。節子ら遺族の為に土岐哀果の尽力に拠るものである。

　舞台は新聞社、主人公は「私」と三十代の「高橋」で、その二人の問答を通して物語が展開する。その一節―

（＊本箇所に限り改行ママとした）


（＊連載十四回目途中から）

『君は社会主義者ぢやないか？』

『何故？』

『剣持が此間《こなひだ》さう言つとつた』

高橋は昵《じつ》と私を見つめた。『社会主義？』

『でなければ無政府主義か。』

　世にも不思議な事を聞くものだと言ひさうな、眼を大きくして呆れてゐる顔を私は見た。其処には少しも疑ひを起させるやうなところは無かつた。

　やがて高橋は、

『剣持が言つた？』

『ぢや無からうかといふだけの話さ。』

『僕は社会主義者では無い。』と高橋は言ひ渋るやうに言ひ出した。『―然し社会主義者で無いといふのは、必ずしも社会主義に全然反対だといふことでは無い。誰でも仔細に調べて見ると多少は社会主義的な分子を有つてるものだよ。彼《あ》のビスマアクでさへ社会主義の要求の幾分を内政の面では採用してるからね。―と言ふのは、社会主義のセオリイがそれだけ普遍的な真理を含んでゐるといふことよりも、寧ろ、社会的動物たる人間が、何れだけ其の共同生活に由つて下らない心配をせねばならんかと証拠立ててるんだ。』

『よし。そんなら君の主義は何主義だ？』

『僕には主義なんて言ふべきものは無い。』

『無い筈は無い。―』

（＊以下連載十五回に続く）

『困るなあ、世の中といふものは。』高橋はまた寝転んだ。『―言へば言つたで誤つて伝へるし、言はなければ言はんで勝手に人を忖度《そんたく》する。―君等にまで誤解されちや詰らんから、それぢや言ふよ。』さう言つて起きて、

『僕には実際主義なんて名づくべきものは無い。昔は有つたかも知れないが今は無い。これは事実だよ。尤も僕だつて或考へは有つてるさ。僕はそれを先刻《さつき》結論といつたが、仮に君の言ひ方に従つて野心と言つても可い。然し其の僕の野心といふに足らん野心なんだ。そんなに金も欲しくないしね。地位や名誉だつてさうだ。そんな者は有つても無くても同じ者だよ。』

『世の中を救ふとでも言ふのか?』

『救ふ?僕は誇大妄想狂ぢや無いよ。―僕の野心は、僕等が死んで、僕等の子供が死んで、僕等の孫の時代になつて、それも大分年を取つた頃に初めて実現される奴なんだよ。いくら僕等が焦心《あせ》つたつてそれより早くはなりやしない。可いかね?そして仮令《たとひ》それが実現されたところで、僕一個人に取つて何の増減も無いんだ。何の増減も無い!僕はよく夫《それ》を知つてる。だから僕は、僕の野心を実現する為に何等の手段も方法も採つたことはないんだ。今の話の体操教師のやうに、自力で機会を作り出して、其の機会を極力利用するなんてことは、僕には兎ても出来ない。出来るか、出来ないかは別として、従頭《てんで》そんな気の起つて来ない。起らなくても亦可いんだね。時代の推移といふ者は君、存外急速なもんだよ。色んな事件が毎日、毎日発生するね。其の色んな事件が、人間の社会では何《ど》んな事件だつて単独に発生するといふことは無い。皆何等かの意味で関聯してる。さうして其の色んな事件が、また、何等かの意味で僕の野心の実現される時代の日一日近づいてる事を証拠立てゐるよ。僕は幸ひにして其等の事件を人より一日早く聞くことの出来る新聞記者だ。さうして毎日、自分の結論の間違ひで無い証拠を得ては、独りで安心してるさ。』

『君は時代、時代といふが、君の思想には時代の力ばかり認めて、人間の力―個人の力といふものを軽く見過ぎる弊が有りはしないか?僕は仏蘭西の革命を考へる時に、ルツソオの名を忘れることは出来ない。』

ここに見られるように啄木は社会主義というのは「普遍的真理」を持つものであり、その実現には個人を超えた時間がかかるが、記者として耳に入ってくる事件を積み上げてみると、時間はかかるが社会主義社会の実現を確信していたことが分かる。ただ、啄木自身がその隊列に直接加わるかといえば、それよりも自分は「フランス革命のルソー」つまり理論的・思弁的役割を担えればいいと考えている。ただ、この段階では幸徳事件をどこまで関連づけて見ていたかということは明確にできない。しかし、日ごとに増えていく事件関係者の検挙原稿を校正しながらそれを積み重ねて行くと暗い時代が近づきつつあることはもはや疑いなく、そういう状況のなかで啄木は「野心といふに足らん野心」をどう実現するべきなのか、その模索こそが日本の「ルソー」の役割だと考えた。この小説はその為の〝意志表明〟ではなかったか。そして幸徳事件の本質をもっと深く理解しようとするのは死刑判決が出された以降である。

6　閉塞の時代

日本の社会が政治的暗黒のとばりに覆われるのは治安維持法が濫用される一九三〇年代であるが、その嚆矢《こうし》はこの幸徳事件である。一九三〇年代から敗戦の一九四五年までは軍国制ファシズム下、まさに真っ暗闇でマッチ一本の光明を見つけることのできない社会だった。しかし、啄木のこの時代にはまだ薄明《はくめい》が残っていて人々はこの薄明かりに救いを求めることが出来た。社会主義もその明かりの一つだった。しかし昭和時代に入ると明かりは閉ざされ暗闇が社会を支配し、そのはけ口は侵略戦争へと流れて行き、当然の如く国土は荒廃した。失われたのは人命ばかりでなかった。人間の心も同時に失われてしまったのである。

そういう暗い時代を見据えつつ、今日なお色褪せることのない名論文が啄木の「時代閉塞の現状」だ。これは一九一〇（明治四十三）年八月に書いて朝日新聞に寄せたが内容が〝過激〟ということでボツにされ、土岐哀果が啄木没後『啄木遺稿』（東雲堂　大正二年五月）に収めて初めて公表されたものである。

啄木はこの論文のなかで日本の国家と国民の関係について「国家てふ問題が我々の脳裡に入つて来るのは、たゞそれが我々の個人的利害に関係する時だけである」とし、一方、国家による「強権の勢力は普《あまね》く国内に行亘《ゆきわた》つてゐる。現代社会組織は其隅々まで発達している。—さうして其発達が最早完成に近い程度まで進んでゐる事は、其制度の有する欠陥の日一日明白になつてゐる事によつて知ることが出来る。」国家による社会組織の整備が進むにつれて国民がその桎梏《しっこく》の虜になり「斯くの如き時代閉塞の現状に於て、我々の中最も急進的な人達が、如何なる方面に其「自己」を主張してゐるかは既に読者の知る如くである。実に彼等は、抑へても抑へても抑へきれぬ自己其者の圧迫に堪へかねて、彼等の入れられてゐる箱の最も板の薄い処、若くは空隙（現代社会組織の欠陥）に向つて全く盲目的に突進してゐる。」「斯くて今や我々青年は、此自滅の状態から脱出する為に、遂に其「敵」の存在を意識しなければならぬ時期に到達してゐるのである。それは我々の希望や乃至其他の理由によるのではない、実に必至である。我々は一斉《せい》に起つて先づ此時代閉塞の現状に宣戦しなければならぬ。」そのために全ての青年は「明日の考察—我々自身の時代に対する祖師的考察に傾注しなければならぬのである。」

啄木のこの論文は国家権力の腐敗と堕落への警鐘であり、全青年へ蜂起を促す狼煙でもあった。小説『我等の一団と彼』の中で示した「ルソー」を啄木はこの論文で果たそうとしたと言ってもよいであろう。いや、ルソーどころか啄木の社会主義理論の基礎となったクロポトキンの役割を果たした論文というべきだろう。

ところでこの「時代閉塞の現状」とほぼ同じ頃書かれたと見られる朝日新聞社の原稿用紙に毛筆で書かれた〝無題〟は余り注目されない原稿（生前未発表『全集第四巻』所収）であるが、これもまたこの延長上にあり、「此の事件に関聯して予の竊《ひそか》に憂ふること二三あり。」

其の一は政府が今夏幸徳等の事件の発覚以来俄《にわか》に驚くべき熱心を表して其警察力を文芸界、思想界に活用したることなり。其措置一時は政府の意が殆ど／△一切の思想を根絶せしめむとするにあるやを疑はしめたりき。或は事実に於ては僅々十指に満たざる書籍の発売を禁止されたるに過ぎざるやも知れざれども、一般文学者等学者等凡て思想的著述家の蒙りたる不安の程度より言へば正に爾《し》か言ふを得べし。

こうした啄木の予感は正に的中し、日本が暗黒の坂道を転げ落ちてゆくのである。勿論、この原稿もまた既に日本の社会では発表出来なくなっていた。柳行李の底で黙しているしかなかったのである。

秋の風我等明治の青年《せいねん》の危機《きき》をかなしむ顔撫《な》でゝ吹く

時代閉塞《じだいへいそく》の現状《げんじやう》を奈何《いか》にせむ秋《あき》に入りてことに斯《か》く思ふかな

明治四十三年《ねん》の秋わが心ことに真面目《まじめ》になりて悲しも

啄木とクロポトキンの結びつきは小樽時代の小国露堂あたりから〝耳学問〟として入っていたかも知れないが文献上でその名が出て来るのは「明治四十二年創作ノート（『全集題三巻』）に「クロポトキン翁」著の『麺麭の略取』に於ける議会制に関して「代議政体の維持」というメモである。

また、あまり知られていないが次の歌もある。

耳掻《みゝか》けばいと心地《こゝち》よし耳《みゝ》を掻《か》くクロポトキンの書《ふみ》を読《よ》み

つ、

この「書」が何れであるかはわからないが、啄木が読んだクロポトキンの著書は『青年に訴ふ』『ある革命家の思い出』『ロシアの恐怖』『ロシア文学』などで、友人に「僕はクロポトキンの著書をよんでビックリしたが、これほど大きい、深い、そして確実にして且つ必要な哲学は外にはない」（瀬川深宛　明治四十四年一月九日）

余談ごとで恐縮だが、かつて宮本常一という民俗学者の学問について学んだ際に、青年時代の宮本もまたクロポトキンに傾倒したことがあることを知った。宮本がクロポトキンを読んだ時は既に日本は暗黒の社会のまっただ中であった。戦時中、小学校教師をやっていた宮本が教え子たちに「この戦争は必ず負ける、負けたあとの日本は君たちの出番だ」と説いた。それは極めて危険で大胆な行動だった。

赤紙《あかがみ》の表紙《へうし》手擦《てず》れし
国禁《こくきん》の
書《ふみ》を行李《かうり》の底《そこ》にさがす日《ひ》

啄木の行李に入っていた「国禁の書」はクロポトキンの外、幸徳秋水『平民主義』『社会主義神髄』『二十世紀の怪物帝国主義』久津見蕨村『無政府主義』千山萬水楼主人（河上肇）『社会主義評論』堺利彦『社会主義綱領』等であり、既にこの段階でこれらの書物を持っているだけで危険分子とされていたから啄木は官憲の目を逃れるために薄汚れた柳行李の底に入れていた。啄木が節子に「若し家宅捜索でもある時にはこの本だけは隠してくれ、と言った。それは赤い表紙の分厚いものであった。」（『兄・啄木の思い出』前出）ここに言う「赤い表紙の分厚いもの」とは赤いラシャ表紙の『社会主義研究』で啄木はこれを大事に数冊合本して保存していた。

幸徳事件の公判は一九一〇（明治四十三）年十二月十日に始まり翌一月十八日判決という〝慌ただしさ〟だった。この茶番劇を見て啄木は次第に社会変革の必要性を自覚し友人に社会主義者となることを明言している。

僕は必ず現在の社会組織経済組織を破壊しなければならぬと信じてゐる。これ僕の空論ではなくて、過去数年間の実生活から得た結論である、僕は他日僕の所信の上にたつ多少の活動をしたいと思ふ、僕は長い間自分を社会主義者と呼ぶことを躊躇してゐたが、今ではもう躊躇しない、無論社会主義は最後の理想ではない、人類の社会的理想の結局は無政府主義の外にはない（瀬川深宛　四

十四年一月九日付）

啄木の社会認識がこのように幸徳裁判の経過のなかで変化していくが、それにはこの裁判の弁護士の一人が平出修だったことにも帰因している。というのは平出は新詩社同人で『スバル』の出資者であり、啄木とは浅からぬ縁があった。啄木は時間があれば平出に会い、この事件について議論している。それも半端な姿勢ではない。真剣そのものである。

平出君と与謝野氏のところへ年始に廻つて、それから社に行つた。平出君の処で無政府主義者の特別裁判に関する内容を聞いた。若し自分が裁判長だつたら、菅野すが、宮下太吉、新村忠雄、古河力作の四人を死刑に、幸徳（＊死刑）大石（＊死刑）の二人を無期に、内山愚童（＊死刑）を不敬罪で五年位に、そしてあとは無罪にすると平出君が言つた。またこの事件に関する自分の感想録を書いておくと言つた。幸徳が獄中から弁護士に送つた陳情書なるものを借りて来た。（「一月三日」『明治四十四年当用日記』）（＊は実判決）

判決の十八日、啄木は冷静にこれを受け止めることが出来なかった。平出弁護士の予想を遙かに超えた重罪判決だったからである。死刑二十四名（内十二名は恩赦により無期に減刑）、有期刑二名。「今日程予の頭の昂奮してゐた日はなかった。さうして今日ほど昂奮の後の疲労を感じた日はなかつた。（中略）夕刊の一新聞には幸徳が法廷で微笑した顔を『悪魔の顔』とかいてあつた。」とあり、翌日には「朝に枕の上で国民新聞を読んでいたら俄かに涙が出た。『畜生！駄目だ！』さういふ言葉も我知らず口に出た。」

そして死刑の執行が一月二十四日、「あゝ、何といふ早いことだろう。」と記した後「夜、幸徳事件の経過を記すために十二時まで働いた。／これは後々への記念のためである。」として『日本無政府主義者陰謀事件経過及び附帯現象』を編んだ。これはその一部が『全集第四巻』に収められている。一九一〇（明治四十三）年六月二日から十一月十日迄の幸徳事件に関する朝日新聞の切り抜きや外国から非公開裁判と批判されることを避けるために内務省が外国新聞社へ配布した資料（邦訳）等で構成されている。啄木がもう少し長生きしていれば恐らく何等かの形で公刊したことであろう。

またこの裁判の資料の多くに目を通し、感情に溺れず冷静にこの事件を分析している。後に啄木はこの裁判を振り返って札幌時代の長兄の友人大島経男宛に自分の見解を書き送っている。

私は或方法によつて今回の事件の一件書類（紙数七千枚、二寸五分位の厚さのもの十七冊）も主要なところはずつと読みましたし、公判廷の事も秘密に聞きましたし、また幸徳が獄中から弁護士に宛てた陳弁の大論文の写しもとりました、あの事件は少なくとも二つの事件を一しよにしてあります、宮下太吉を首領とする菅野、新村忠雄、古河力作の四人だけは明白に七十三条の罪に当つてゐますが、自余の者の企ては、その性質に於て騒擾罪であり、然もそれが意志の発動だけで予備行為に入つてゐないから、まだ犯罪を構成してゐないのです、さうしてこの両事件の間には何等正確なる連絡の証拠がないのです。／併しこれも恐らく仕方がないことでせう、私自身も、理想的民主政治の国でなければ決して裁判が独立しうるものでないと信じてゐますから／書きたい事は沢山ありますが、いづれこれは言ふ機会もあらうと思ひますから今はやめます（「二月六日付」）

それにしても幸徳事件が啄木に与えた衝撃は強かった。判決の話を聞いた直後に弁護士の平出に宛てた手紙で「僕は決して宮下やすがの企てを賛成するものではありません。然し『次の時代』というものについての一切の思想を禁じやうとする帯剣政治家の圧政には、何と思ひかへしても此儘に置くことはできないやうに思ひました」（二十二日）という言葉には、何かをしなければならないという切迫した決意のほどが示されている。

二　病臥《びょうが》

1　『一握の砂』

時間を少し戻さなければならない。啄木が朝日新聞に新設された「朝日歌壇」に当時の社会部長渋川柳次郎の推薦で選者に選ばれたのは一九一〇（明治四十三）年九月十五日であった。渋川部長は早くから啄木の短歌の才能を高く評価していた。この年、四月二日の日記には「渋川氏が、先月朝日に出した私の歌を大層讃めてくれた。そして出来るだけの便宜を与へるから、自己発展をやる手段を考へて来てくれと言つた。」とある。それでなくとも借金生活の連続で困っていたところだったから、渡りに船と、四日にはもう「歌集の編輯」にかかっている。

そして十一日までにこれまでの作品の中から二百五十五首を選んで『仕事の後』という題にして、これを日本橋の春陽堂の後藤宙外に持って行った。啄木は以前、ここから小説「道」や評論「硝子窓」の仕事をしていたし、鴎外の助力で「病院の窓」原稿を買い取ってもらったことがあるから、気安かったのである。

ところが後藤宙外はこれを断った。一つには頭から出版するのが当然という思い上がった態度が癪に触ったのと、「稿料十五円、それと即金。これは譲れない。」と高飛車に言われたので、余計に不愉快になり「今回は別の所でやってくれ」と突き放したのである。この時、啄木は妹の光子が名古屋の聖使女学院入学のための費用が必要で、その上、喜之床の家賃催促も急を告げて、四苦八苦しており、そのあせりから勢い強い態度にでたのであろう。それが裏目に出てしまったのである。やむを得ず光子の旅費は金田一から借り、家賃の方は宮崎郁雨に電報で依頼し事なきを得た。

この時、啄木がこの企画を勧めてくれた渋川柳次郎に相談した形跡がない。同じ社内だからしょっちゅう顔を合わせていただろうから一言渋沢に「どうもうまく相手が見つからなくて」と一声かければ話はどうにか進めることができたであろう。なぜ相談しなかったのか疑問が残る。

考えられることは金田一と郁雨のお陰でピンチを切り抜けられたこともあり、急いでとりまとめた為の不満足に感じていた所を修正し、もう少し時間をかけてもっとよい作品に仕上げようというふうに考え直したのではないか、ということである。どうせやるなら満足できる作品にしなければならない。一旦腹を決めれば、仕事で手抜きと妥協はしない、啄木の真骨頂はこういう時に存分に発揮される。

そうしているうちに秋に入った。節子のお腹の中には既に第二子が宿っており、出産が間近でその費用を捻出しなければならなくなったこともあり、温めてほぼ自分で納得できるまでに編むことが出来た作品を、今度は春陽堂ではなく京橋の東雲堂書店の西村陽吉（辰五郎）に持ち込んだ。西村は自ら短歌も作り、啄木のファンだったから一も二もなく出版が決まった。

この前後は節子が出産のため入院して慌ただしかった事とその費用捻出のため歌集の稿料を急いでもらうために原稿を一日も早く渡して出版契約を結ぶ必要があったので、編集者の西村には最終的にもう少し手を加えるという約束をして稿料二十円の調達に成功した。

十月四日に長男眞一誕生。「せつ子今暁二時大学病院の産婦人科分室で男の児を生んだ」（十月四日　郁雨宛書簡）と喜び、命名の由来は「考へたけれど恰好な名がなかつたから、社の編集長の名を無断で盗んだ」（十月十日　郁雨宛書簡）編集長は佐藤眞一で校正係に雇ってくれた恩人ではあるが、「恰好な名がなかった」からというのは啄木らしくない〝手抜き〟である。かつて『あこがれ』の献辞に尾崎行雄の名を掲げて男の子が生まれたら「行雄」にすると言っていた頃があったが、今は窮状を救ってくれた〝上司〟に軍配を上げた形になった。しかし、次の歌を詠んで祝意はしっかり残しているから、啄木のこのいい訳は一種の照れ隠しだったかも知れない。

十月の産病院のしめりたる長き廊下のゆきかへりかな
十月の朝の空気に新しく息ひそめし赤坊《アカンボ》のあり
真白なる大根《ダイコン》の根のこゝろよく肥ゆる頃なり男生れぬ

さらに久々に出す新しい歌集もまた啄木にとっては眞一誕生とともに充実感を与えた。人間は充実感を味わうと頭の転回が増すらしい。言い換えれば創作意欲が迸《ほとばし》るのである。啄木が最初の原稿を東雲堂に渡した数日後には歌集の名を『仕事の後』から『一握の砂』に変更、元の原稿から四十首ほどを削り新たに八十首を追加し、一行表記を三行表記にし、漢字に全てふりがなを付した。もともと啄木の仕事ぶりは定評がある。北大路魯山人は「芸術は一瞬にしてなるものだ」と名言を吐いたが、この時の啄木の仕事ぶりも〝一瞬〟に等しいものだった。

また啄木はさまざまな編集の仕事の経験が豊富だから、

出版社への注文も半端ではない。

体裁は四六版背角にて表紙の色及び紙質は土岐氏の“Nakiwarai”と同じにしたしと存候、そして表紙に赤及び黒二枚の画（署名入）を一枚貼りつけたく候が、それは名取君にたのみたく、それに対し多少のお礼出して頂けるや否や、至急御返事被下度候、中の紙はやはり「泣き笑ひ」と同じにしたけれど、これは君の方の都合もあらん、製本は二十部頂きたし、それから原稿引きかへに頂くはずの残りの金、明日産婦病院よりかへる筈にて入用につき、恐れ入り候へども、今日午後四時半までに社へ小僧さんにお届け被下間敷や、この件、情状酌量何卒お聞届け被下度願上候、以上（十月九日）

万事、順調に事は進んでいるように思われた。啄木もここ数日の煙草のうまさを味わっていた。この次はどの仕事にかかろうか、今居る喜之床は急な階段があって赤ん坊を育てるには一軒家に引っ越す必要があるなどと考える精神的余裕も出てきていた。カツの機嫌もよくなったし、滅多に笑わない一禎が京子と遊びながら笑い声を出すようになった。なにより眞一を抱いた節子が元気なことが啄木には嬉しかった。ただ、眞一が中旬になって体調を崩し医者に診せたところ脚気かもしれないと言われ薬を貰って飲ませた。これが利いて恢復し元気な泣き声を披露して周囲をほっとさせた。

十月二十八日、啄木は夜勤明けで帰宅したのが午前零時二十八分、家の中に経験したことのない不気味な緊張感が漂っていた。部屋に入ると節子が目を見開いたまま啄木を見上げた。横に白衣の医師が注射器を持ったまま座っていた。「残念です。二分前にご臨終と……」と医師が告げた。家を出るときに心なしか笑顔で送ってくれたと思うほど元気だったのにまったく急な容体の変化だった。啄木が眞一！眞一！と呼びながら抱き起こすとまだ体は温かく亡くなったという実感は湧かなかったが懐に抱かれた我が子の体が急速に冷たくなっていくのが肌に突き刺さってくるのを身を以て感じないわけにはゆかなかった。

葬儀の前日、啄木は金田一に「恐れ入り候へども、今夜か明朝参上可仕候に付、羽織と袴一日だけ拝借願上度此段御願申上候」と頼んでいる。二十五歳の父親には葬儀の着物の用意はあまりにも早すぎた。葬儀は翌二十九日浅草永住町了源寺でひっそりと行われた。啄木は郁雨に「僅か二十四日の間この世の光を見た丈にて永久に閉じたる眼のたとへがたくいとしく存候」（書簡　十月二十八日）とその哀しみを綴っている。

眞一が「死んだ晩は父と僕とでお通夜した、明くる二十八日は急がしかつた、寺もなければ、習慣も違つてゐる、随分まごついた、それでも夕方までには準備が出来て、夕飯がすむと間もなく家人だけで入棺した」（宮崎大四郎宛書簡　十一月一日）

この手紙で意外だったのは、一禎が僧侶だったのに、「まごついた」というのはどういうわけか。ともかくこういう大事な時に一禎がそれらしい役割を果たしていないのである。一禎は宝徳寺住職を罷免されてはいても修行を積んだれっきとした僧侶である。こういうときに役立たないで、ただおろおろしているというのはなんとも情け無い話としか言いようがない。

それはさておくとして、この宮崎郁雨にあてた同日の手紙には、この日の葬儀の様子が記されている。

入棺したばかりのところへ丸谷君が来てくれた、丸谷君が帰ると原稿貰ひの雑誌記者が二人、それとも知らずやつて来た、そこへ社からも人が来てくれた、並木君が来た、社と並木丸谷二君の外には誰へも知らせなかつた。／並木君を葬儀委員長に頼んだ、翌二十九日は朝から小雨が降つてゐた、土曜日だつた、十二時半頃に並木君と丸谷君が来てくれた、老父が棺を抱き、京子が位牌を持つて並木君に抱かれ、四台の俥がでようとするところへ、一台の俥が大急ぎで来た。前夜来た雑誌記者から聞いて喫驚して来たといふ与謝野氏だつた、俥は五台になつて雨の中を浅草の寺に向つた。／与謝野氏は寺から帰つて行つた、遺骸は並木君と老父とが守つて一里半許りある火葬場へ向つた、丸谷君が京子を抱いて、僕と二台の俥がまた雨の中を家まで帰つた、／やがて火葬場からも帰つてきた、その晩は二友と十時頃まで話した

こういう表現は適切でないかも知れないが、淡々とあたかも他人事のように客観的にしかも冷静に状況の描写は、さすが啄木というべきであろう。皮肉なことにこの日、東雲堂から『一握の砂』の組見本が届いた。その火葬の間に哀しみを追い払うかのように啄木はこれに目を通した。同じ日に眞一が逝って、歌集が生まれる、なんという偶然であろうか。そしてなんという悲劇であろうか。

『一握の砂』は十二月一日に出た。その歌集の終わりに眞一への哀悼の歌が収められている。

夜《よる》おそく
つとめ先《さき》よりかへり来《き》て
今《いま》死《し》にしてふ児《こ》を抱《だ》けるかな

かなしくも
夜明《よあ》くるまでは残《のこ》りゐぬ
息《いき》きれし児《こ》の肌《はだ》のぬくもり

出版された『一握の砂』は「函館なる郁雨宮崎大四郎君／同国の友文学士花明金田一京助君」と扉に大きめの活字を使い、以下三号下の活字で「この集を両君に捧ぐ。予はすでに予のすべてを両君の前に示しつくしたるものの如し。従つて両君はここに歌はれたる歌の一一につきて最も多く知るの人なるを信ずればなり。／また一本をとりて亡児眞一に手向く。この集の稿本を書肆《しょし》の手に渡したるは汝の生れたる朝なりき。この集の稿料は汝の薬餌となりたり。而してこの集の見本刷を予の閲したるは汝の火葬の夜なりき。」

久々に出した『一握の砂』は眞一の死と入れ替わる形で出版された。当時の文芸界の評判はそれほど高くはなかったが、北原白秋や若山牧水、土岐哀果などは非常に高く評価した。白秋と牧水は〝塔下苑〟同期生で身内みたいなものだから、あまり当てにならないところがあるが、しかし、二人はこの歌集が我が国の文芸界で不動の位置を占めるであろうと確信した。

しかし、石川啄木という人物を永遠の歌人と高い評価を与えたのは文芸界や詩人や評論家ではない。彼等の多くはむしろその批判に当たるか、そうでなければ無責任で勝手な解釈をしただけだった。この傾向は今も相変わらず続いている。しかし、啄木の遺した歌に最も正確に的確な評価を与えたのは国民―労働者、女性、こどもたちであった。小学生までもが啄木の歌を下校時に口ずさみ、額に汗して働く若者から老人にいたるあらゆる階層の人々が啄木の歌に励まされ愛唱した。このような詩人は後にも先にも啄木一人しかいない。その出発点がこの『一握の砂』なのである。最も厳密には、この一年後啄木の死後に出る『悲しき玩具』も共に含めるべきだと思うが、この歌集については稿を改めよう。

2　土岐哀果

啄木が幸徳事件から帯剣政治の圧政、思想統制の危機を感じ、その時代閉塞の現状からの打破の必要性を考えて思いついた企画があった。それは新しい時代を担うための雑誌である。それは『一握の砂』出版直後に構を練っていたようだ。単なる文芸誌ではなく社会と思想をも論ずる幅の広いもの、下手をすればすぐ発禁処分を食う危険性があるから、慎重にことを進める必要がある。
そんな事を考えているうちに年が明けた。一月十二日、朝日に出社していつもの通り仕事をこなしていると向かいに坐っていた社会部の名倉聞一が「石川君、電話だよ、読売の土岐君からだ」と言って受話器を啄木に渡した。この時の光景を吉田狐羊は次の様に〝描いて〟いる。

「僕石川です。」／「あ、石川君ですか。僕土岐です。電話で失敬ですが、この間は僕の書いたつまらないものわざわざ批評してくれてありがたう。」／「いやなに………」／「近いうちにお目にかゝりたいと思ふのですがね。御都合はどうでせう。」／「やあ結構ですね。何なら僕の家へ来ませんか、むさ苦しい処ですがね。」／「お宅はどつちですか。」／「本郷ですが、いや、僕明日の晩、社のかへりそちらへ出かけますよ。それからご一緒に行かうぢやありませんか。」／「さう願へると結構ですね。どうも失敬しました。さよなら」／「さよなら。」（『啄木を繞る人々』前出）

この〝会話〟を当の土岐《とき》哀果《あいか》は「本人の僕は忘れてゐるが、いかにも、こんなだつたかも知れない。すくなくも、それほど簡単で、僕があくる日啄木を訪問する約束になつたのだが、この会話のうちに僕が、『今迄お目にかからなかつたのが不思議だ』と言つたらしい。そして啄木は、『僕もさう思ふ』と言つたらしい。そのことは啄木が、二人初めて遭つた翌日、函館の宮崎郁雨君に送つた手紙の中に書いてゐる。」（『啄木追懐』前出）
実は先の会話に出て来る「僕の書いたつまらないもの」というのはかいつまんで言うと次のような顛末である。
コトの始まりは土岐哀果の出した歌集〝NAKIWARAI〟の批評を啄木が「東京朝日新聞」に書いたことである。そこで啄木は「日常生活の中から一寸々々《ちよいちよい》摘《つま》みだして、それを寧《むし》ろ不真面目ぢやないかと思はれる程の正直を以て其の儘歌つたといふ風の歌が大部分を占めてゐる。無理に近代人がつて態々《わざわざ》金と時間とを費して熟練した官能の鋭敏を利かせた歌もない。此作家の野心は寧ろさうした方面には向かはずして、歌といふものに就いての既成の概念を破壊する事、乃ち歌と日常の行往とを接近せしめるといふ方面に向つてゐる。さうして多少の成功を示してゐる。」（「〝NAKIWARAI〟を読む」明治四十三年八月三日）という好意的な評を書いた。
ところがこの書評の署名が「大木頭」だったため、まさか啄木とは知らず「朝日には結構、的確に書ける人材もいるものだ」程度の認識しか持っていなかった。土岐は朝日新聞編集局長安藤正純と親戚の関係にあり、軽い気持で贈ったのである。受け取った安藤は啄木を呼んで「一つ批評してくれまいか。」と歌集を渡した。その結果がこの評になるわけだ。

　これ以前、土岐は既に啄木の令名を耳にしていたが、後で安藤から大木頭の〝本名〟を聞いて驚いた。早速会って礼を言おうとしたが、土岐には啄木の初印象が悪く残っており、直ぐには連絡しなかった。数年前、新詩社恒例の文士劇、といっても与謝野鉄幹、石井柏亭、高村光太郎などが出演するから会場の両国伊勢平楼は立ち見も出る盛況だった。例の植木貞子が駆り出されて舞台に上がったのもこの時だ。新人の啄木の役は舞台の袖で鳥の声の笛吹きだった。偶々目の前に新詩社のメンバーが居て話をしていたが、中に一人、笛を手に持ち、ふてくされているように立っている青年が「なにしろ僕の役は一羽の鳥の声だけですからねー」と言った。その態度を見て土岐は不愉快に感じた。「生意気な奴だ」それが啄木だったのである。

　しかし、新たな機縁が二人を近づける。「NAKIWARAI」の批評の後、啄木は朝日新聞に五回連載で評論「歌のいろいろ」を書く。歌壇時評である。この中で啄木はまた土岐哀果を取り上げ論評した。それは土岐が『創作』誌に発表した三十余首のうち次の作品であった。

焼あとの煉瓦の上に
syobenをすればしみじみ
秋の気がする

啄木はまずこの句を「好《い》い歌だと私は思った。」と評価しsyobenをローマ字にしたことについては「小便といふ言葉だけを態々《わざわざ》羅馬《ローマ》で書いたのは、作者の意味では多分この言葉を在来の漢字で書いた時に伴つて来る悪い連想を拒む為であらうが、私はそんな事をする必要はあるまいと思ふ」と擁護しつつ、この歌が文芸界で悪評を受けている事に憤慨し、それは歌というものを既成概念に縛り付けて自分だけは進歩していると自惚れる多くの詩人・評論家の常套《じょうとう》手段だと批判し、土岐哀果のみならず自分も同じような目に遭っていると述べている。

　私の「やとばかり桂《かつら》首相に手取られし夢みて覚めぬ秋の夜の二時」といふ歌も或雑誌で土岐君の歌と同じ運命に会つた。尤もこの歌は、同じく実感の基礎を有しながらも、桂首相を夢に見るといふ極稀《ごくまれ》なる事実を内容に取入れてあるだけに、言ひ換えれば万人の同感を引くべく余りに限定された内容を歌つてあるだけに、小便の歌ほど歌としての存在の権利を有つていない事は自分でも知つてゐる。

啄木が自分の歌にコメントをするのは珍しいからこの一文自体貴重だと思うが、ついでに自分が使ったローマ字についての言及が欲しかった。というのも、この問題も後に述べるが有名な彼の「ローマ字日記」についてはその是非と可否が論じられているから、ここで啄木がもう一押し講じてくれれば事態は変わった形になった可能性があるからである。

ともあれ、啄木によるこのような援護射撃は土岐にとって、万人の味方を得たような心境になったであろうことは容易に推察できる。さらに時をほぼ同じくして読売新聞の一月十日号に「K生」の匿名記事「新年の雑誌」が載った。「K生」とは楠山正雄である。演劇論や童話の分野で活躍したが詩歌にはずぶの素人といっていい。しかし、チェーホフの『櫻の園』は楠山の翻訳である。彼の広範にわたる言動は日本美術界で一目置かれる存在だった。その楠山が土岐と啄木を持ち上げる賛辞を呈したのである。若山牧水、前田夕暮、吉井勇の歌風を讃えた後で、次の様に啄木と哀果を評したのだ。

　年の暮ちかくになつて土岐哀果石川啄木といふ名が何の因縁か並べて呼ばれることになつた。（二氏とも僧家の出身で共に新聞記者を職業にしてゐるといふことの外別に共通の点はないと思ふに）今のところ吾人の和歌に対する興味はこの二氏の作によつて最も多く支配せられてゐる。その癖考へて見ると、お二人とも歌では随分古くから苦労してゐる人達である。それが今頃になつて強《アナガ》ち批評家といふ人達が自分の仕事に都合の好いやうに勝手に組合わせて分類の棚にのせたばかりでなく、御当人同士も意識して同じ傾向を追つて行つてゐるらしいのは、申し合わせたやうに、自分達の歌に新式の印刷法を用い始めたのでも分る。しかし新式印刷法の元祖はやはり土岐君のローマ字の歌集であらう。「創作」の新年号の歌には余りいゝものがなかつた。事にお正月の歌を暮から作つて出すなんといふ氏にも似合はぬ月並をやつたものだ。たゞ

人がみな
同じ方角に向いて行く。
それを横より見てゐる心。

といふ一首が心を惹いた。

美術界の重鎮から、これだけ言われただけでも〝過分〟な評価であるにも関わらず、さらに啄木と哀果の歌を数句

づつ取り上げて二人の作品には「腹を引掻き廻はされるやうに感じた」とまで言わしめたのだから、まだ若かった二人は飛び上がるほど嬉しかったであろう。

それが冒頭の電話の場面になるのである。

ところで啄木の歌は本書のここかしこで触れる機会があるが、土岐についてはまず紹介する機会はない。ここで土岐の歌の幾つかを紹介しておこう。感性が啄木と共通しているところにもお気づきになるはずである。

『今まで語りしことは、
みな嘘なり、アハ、』とわらひて
おこられしかな。

口端に、涎をためて、ものをいふ
四十男の、ごとき
冬かな。

ストオブの
夜の股火の、ものおもひ、
かたき椅子にも、二年あまりか。

わがうてば、「うまい、うまい」と、
甥たちが、ひよつとこを踊る、——
太鼓のおとかな。

閑話休題——さていよいよ啄木と土岐の対面である。一九一一（明治四十四）年一月十三日、午後六時、約束通り啄木が読売新聞社にやって来た。受付の電話で土岐は階段を下り玄関で啄木と会った。吉田狐羊ほどの活写は無理だが、一応そのシーンを再現すると

「やあ、どうも。土岐哀果です。ご足労かけてしまって」

「とんでもありませんよ。電話を頂いて嬉しかったです。思ったよりも若く見えますね。やはり背広のせいかな。」

「啄木さんはいつも和服ですか。お似合いですよ」

「いや、これしか持っていないんですよ。すみません煙草を持っていますか。あいにく忘れて来て」

「ああ、どうぞ、これでよければ。で、どうしましょうか。なんなら近くの酒屋でも」

「ええ、せっかくですからわたしの家に行きましょう。何にもお構いできませんが、家内にも紹介したいし、落ち着いてお話ができますから」

「では、迷惑でなければそういうことでお願いします。私も酒は嫌いではありませんが強くありませんから」

本郷三丁目で電車を降りるまで二人の会話は途絶えることなく続いた。どちらかというとこの日は啄木の方が饒舌だった。白秋や牧水とも最近は会っていないから、まっとうな詩人と向き合って話すのが久し振りだったということもある。土岐から返って来る短い簡潔な言葉に啄木は心から相槌を打つことが出来た。こんな人間と話すのは最近はとみに減っていた。電車を降りてから春日町を少し歩いて左に曲がった四間道路の左側に喜之床がある。煌《こう》々と明るい電気の灯った店の主人に啄木が軽い会釈をして二階に案内する。ここからは土岐にまかせよう。

二階の住居は二室つづきか、六畳と四畳半ぐらゐだつたかと思ふ。六畳が啄木の書斎、四畳半の方に家族がゐた。老母、節子さん、京ちやん。この二室の前に通じてゐるせまい廊下を隔てて、裏屋根に面する窓、その一尺ほど高くなつてゐる敷居の邊に、土鍋や小皿など簡単な食器が散在してゐた印象が今も眼に浮ぶ。東京生れでダダ廣い寺院に育つた僕には間借生活の窮屈さがわびしいやうに思へた。／啄木の書斎は、書生じみた机に、竹細工か何かの小さな書棚、床の間にも雑誌や書物がつめ込んであつた。書物も、背革とか金文字とかいふいかめしいものはなくて、暇綴《かりとじ》の古本が多かつた。當時段々と古本屋をあさつて、すこしづつ集めた社会主義の文献らしい。／二人ともまだ夕飯をとつてゐなかつた。節子さんが早速註文したらしい、間もなく酒がでた。それから蕎麦のカケが二つ宛運ばれた。（『啄木追懐』前出）

この時の光景を土岐は

夜はじめて訪ねてゆきし
わが友の二階ずまひの
冬の九時かな

と詠んでいる。一方、啄木から見たこの夜の光景―

二人は一合五勺許りの酒で陶然と酔つた。読売には「両氏共僧家の出で新聞記者を職業にしてる外に何の類似もないが―」といふやうな事が書いてあつたが、二人は酒に弱い事も痩せてゐることも、何処やら平凡ぎらひなところも似てゐた。尤も僕の直ぐに感じたところでは、土岐は僕より慾が少ない、従つて単純である。土岐は僕より感ずることなくして人を諷刺したり皮肉たつりする事の出来る人だ。さうしてその頭は明るくて挙動が重くない。土岐は僕よりもまだまだ歌を楽んでゐる。—とかういふのは、つまり、土岐の方が僕よりもずつと可愛い男だといふ事になる（宮崎大四郎宛「一月十四日」）

3　雑誌『樹木と果実』

肝胆相照らし、意気投合して、すっかり話に夢中になっているうちに啄木の口から思いがけない話が飛び出した。「その時二人で雑誌を出さうぢやないかといふ相談が起つた」というのである。啄木は興に乗ると雑誌作りの話を誰彼となく持ち出すことがあったから、この時も酒も入っていて一寸した思いつきから出た話だったろう、と以前まで私は考えていた。しかし、幸徳事件以来、言論の自由が奪われ、時代閉塞の状況を憂いていた啄木は、何とかこの現状を打開する手立てはないものかと模索し続けていた。それは幸徳事件の平出修に宛てた手紙にも記されている。

土岐哀果と会っているうちに啄木はこの人物なら信頼できる、この人物となら一緒にやって行けるという確信を得て、それまで温め続けていた構想を思い切って土岐に話したのであろう。「二人で雑誌を出さうぢやないかといふ相談が起つた」という表現は、いかにも二人の中に自然に湧き起こったかのような形になっているが、主導したのは啄木である。なにしろ当の土岐が「「すくなくも、僕がいひだしたにしても、それは極かるい意味の、いはば冗談に近いものだつたと思ふ。初めて逢つた晩に、そんな相談の具体化するに至つたのは、啄木に、早くから雑誌の計画があつたから」（〈啄木追懐〉前出）だろうと言っているのだから啄木がこの話を切り出したことは確かだろう。床の間につんであった「平民新聞」の綴じ込みを土岐に見せながらその編集の方向や雑誌の形まで啄木は既に構想を固めていた事は間違いない。

土岐が帰った後、啄木は気が高ぶってなかなか寝付かれなかった。土岐と腹を割って話せたこともあったが、何より念願の雑誌を作ることができそうだと思うと少しも眠くならない。起き上がって、さらに具体的な計画を練り始めた。自分の雑誌を持つことが夢だっただけに、なんとしてもこの計画は成功させなければならなかった。そして閉塞状況を乗り越える次の世代を育てるという理念を誌面に盛り込むという大事業を思うと次々と構想が膨らんで殆ど一睡もせずに朝を迎えた。社に出る前に啄木は土岐に葉書を出した。

前略　考へたところが発表前にまだ御相談せねばならぬ事が三つも四つもあります、僕はやるからにはホントにやりたいと思ひます、ホントの雑誌を出してそしてそれを永続させたいと思ひます、明日先に社に行つた方が電話をかけることにして、時間を打合して会はうぢやありませんか、そしても少し研究しやうぢやありませんか、／創作やスバルが千部うれる以上ぼくらの雑誌だつてさう馬鹿にしたものでも、今夜僕は四百刷つて三百五十売る計画を立てたが、何とかなりさうですよ—金の事も、

この葉書を書く前、つまり〝眠られぬ夜〟に啄木は宮崎郁雨に新雑誌の計画構想を長い手紙にしたためた。この手紙ではこの話の言い出しっぺは土岐ということになっている。「土岐の計画のいさゝかおつちよこちよいなのを否認して、極めて真面目に相談した」とあるが、これは啄木がいきなり具体的な構想を持ち出してきたので土岐が驚いて一瞬躊躇って「僕等が雑誌を出す事を世間に発表して、そして本当には出さなかったら、なほおもしろからう」（『啄木追懐』前出）と混ぜ返したことを指したものだ。

　現実に啄木と土岐は歌壇の新旗手として注目されつつあった事は確かで先の楠山正雄のような評価はさらに勢いを増しつつあると言って過言ではなかった。だから二人で力を合わせれば〝何かが出来る〟という思惑はあながち的外れではなかった。特に啄木にはその気概が強かった。郁雨に宛てた同じ手紙にも次の様に書いている。

　今や歌壇に二人の時代の来てゐること（二人といふのは少し謙遜だが然し土岐の歌は僕には他の何人のよりも面白く思はれるのは事実だ。）或は来らんとしつゝあること、或は又二人が来させようと思へば来るやうな機運になつてゐることは、どうも余程事実らしい。僕は歌を以て本領とする者ではないが、しかし、この機運だけは空しく逃してやりたくない。

普通の人間がこのようなことを言えば傲慢に聞こえるが啄木が言うと自然に聞こえてしまうから不思議である。しかも、啄木には『小天地』で見せた抜群の編集の能力がある。結果的に失敗したがそれは経営的問題に拠るものであって、編集に拠るものではなかった。これを教訓にして慎重に進めれば前者の轍を踏まずに済むという自信はあった。しかし「おっちょこちょい」と言われた土岐は不安だった。駆け出しに近い社会部記者は多忙だし時間的に不規則で、雑誌発行の企画、編集、発送、宣伝、販売をたった二人でやる自信がなかった。しかし、燃えるに燃えている啄木は「なあに、たいていのことは僕がやるから、君は編集に力を

入れてくれればいい」と言って半ば強引に計画を進めた。
　啄木が一番慎重に考えたのが経済的な問題、つまり刊行資金をどう作るかということ、そして販売の方策である。『小天地』はこれで失敗した。そこで啄木が考えたのが次の案である。

◇資金調達　①啄木・土岐毎月各五円②定期購読費③賛同人
◇雑誌形式　月刊・菊版　四十八頁
◇定価　一部十八銭
◇発行部数　四百部（内五十部は寄贈用）
◇広告宣伝　①新聞（「朝日」）②文芸誌（「スバル」「創作」）③ハガキ三百枚（朝日歌壇投稿者ら）
◇販売　函館・小樽・釧路及び盛岡、東京、大阪を重点

骨子は右の次第であるが、その基礎となるデータ算出がまた詳細かつ緻密である。啄木の並々ならぬ決意が漲っているかのようだ。一例を挙げよう。

　僕が数年前田舎で出した「小天地」ですら三百売れたといふので、三百五十部の読者だけは確実なものとした。それで初号は菊版四十八頁（恰度紙三枚）で四百部印刷しようといふのだ。尤もあまり薄いから一聯五円位のあついのを使ふ。四十八頁で四百部だとこの用紙千二百枚乃ち二聯と二百枚で価格は次の如くである。

　　円
一二、〇〇〇　紙代
一六、〇〇〇　組代（一頁三十五銭にて四十八頁）
六、〇〇　表紙及び製本費（一部一銭五厘）
計三四、八〇

これが実費である。五十円といふのはこれに朝日歌壇の投書家などへやる直接ハガキ広告及び新聞広告の費用を加へた概算である。さいして二人は五円づゝ出してそれは最初から損とすることにきめた。
　かくてこの出来上つた雑誌のうち五十部を寄贈用とし、三百五十部だけ売る。定価は二十銭では高いし十五銭では算盤に合はないから十八銭（郵税二銭）とする。直接購読者へは定価通り売るのだけれど仮りにすべてを発売元への卸値段にすると、七掛けで一部十二銭六厘三百五十部で
　四十四円十銭
といふことになる。即ち予算総額五十円から初号に於て五円九十銭の欠損、二人の出資十円を前述の如く勘定

に入れないとすれば四円十銭の利益、更にまたハガキ広告だけで新聞広告をやめ、そしてそのハガキ代及びその印刷代だけを二人の負担とすれば、九円三十銭の利益となる。この最後の計算に従へば四百部中二百七十七部売れると収支償ふ訳である。この金は二号の印刷代を払ふまでには発売元から回収出来る事であり、且つまた一号が出てから一ヶ月のうちには多少前金申込者があるに違ひない。(「一月十四日　宮崎大四郎宛」)

これを見る限り出来るだけしっかりとした経営を意図していたことが分かる。しかし、ここで一つ付け加えておく事がある。それは赤字が出た場合、宮崎郁雨が補填する約束になっているとしていることである。(「一月二十四日、平出修宛書簡」)ただ、郁雨とのやりとりの手紙ではこういう申し合わせは出てこないから、啄木が予め郁雨を巻き込んでしまおうという意図を持っていた可能性は否定出来ない。(＊郁雨がこのことを了承するのはもっと後のことである。)

この平井にも啄木は手紙で広告を出す許可を求めている。おそらく出来るだけの友人・知人の伝手《つて》を使い尽くす努力をしたであろうことは想像に難くない。盛岡、北海道はもとより「スバル」「創作」の友人・知人、多くの〝恋人〟たちへも、時間の許す限り、勧誘のハガキと手紙を書きまくった。啄木がなにより力づけられたのは石狩の橘智恵子が真っ先に半年分の誌代を送り定期購読の予約をしてくれた事であった。

ところでこれから出す雑誌の題目を『樹木と果実』と決めたのは二人の名を一字ずつ取り入れ、さらに思想統制に目を光らせている官憲の風当たりを防ぐため意図的に〝穏健〟なものとしたからであった。雑誌の性格について啄木はいろいろな友人にその趣意を書き送っている。なかでも宮崎郁雨と平出修にはかなり詳細な説明をしている。そしてその説明にはある一つの違いが見られる。というのは先に紹介した郁雨へのそれは経済的な話が中心で、平出には反対に金銭面には殆ど触れず専ら編集方針に重点を置いているという点である。「僕は長い間、一院主義、普通選挙主義、国際平和主義の雑誌を出したいと空想してゐました。然しそれは僕の現在の学力、財力では遂に空想に過ぎないのです。(言ふ迄もなく)且つ又金があつて出せたにした所で、今のあなたの所謂軍政政治の下では始終発売を禁ぜられる外ないでせう。」と前置きをしてその性格と目的を次の様に説いている。

「時代進展の思想を今後我々が或は又他の人かゞ唱へる時、それをすぐ受け入れることの出来るやうな青年を、百人でも二百人でも養つて置く」これこの雑誌の目的です。我々は発売を禁ぜられない程度に於て、極めて緩慢な方法を以て、現時の青年の境遇と国民生活の内部的活動とに関する意識を明かにする事を、読者に要求しようと思つてます。さうして若し出来得ることならば、我々のこの雑誌を、一年なり二年なりの後には、文壇に表れたる社会運動の曙光といふやうな意味に見て貰ふやうにしたいと思つてます。(「一月二十二日　付書簡」)

そして表向きは「短歌革新を目的とする雑誌」を隠れ蓑にした一種の偽装工作を施しながら「社会運動」に結びつけて行く、というのだ。啄木がこの手紙を書いたのは一人でも多くの支援者を求めていたからに外ならないが、私には啄木独特の狙いが平出修にあったと思っている。何か事あるときは〝顧問弁護士〟的な強力な支援者としての役割を求めようとしたのであろう。

ともかく雑誌の話が持ち上がって以来、啄木の生活は一新した。朝日新聞社には一日も休まず真面目に出勤し、帰宅するや必ず勧誘のハガキを十数枚書き、ボツボツ入ってくる誌代については節子に任せず自分で管理した。節子を信用しなかったわけではない、かつての『新天地』の失敗を繰り返さないためだった。また、外出も極力減らして編集企画の構想に時間を当てた。現在のところ、どのような執筆陣だったのかその中身を知りうる資料は発見されていない。啄木のことだから相当具体的且つ斬新で魅力的な計画と構想が練られていたことであろう。

ともあれ、啄木は本当に久々に充実した日々を送る事が出来た。土岐へのハガキには雑誌の相談の後「明二十八日午後六時から例の小さい談話会を僕んところでやりませう、どうぞ来て下さい、お菓子か果物十銭代持寄りの事」とあり、二十八日の日記には笑いに包まれて楽しかった光景が残されている。

社では急がしい日であつた。木村さん(＊校正係の同僚)から一円五十銭借りて帰ると、まだ誰も来てゐなかつた。茶話会の晩である。やがて花田君が来、丸谷君が来、土岐君が来、並木、又木、高田(初対面)が来た。予を併せて七人。話は雑誌の事が主で、土岐君がよく皆を笑はせた。十銭づゝ持寄りの菓果には、蜜柑、バナ、、パン、南京豆、豆糖、最も量の多かつたのは並木君のカキ餅、十時頃に芝方面の人がかへり、それから婦人問題について丸谷君と舌を闘し、十一時頃に皆かへつた。気のおけない楽しい一夜だつた。皆が雨の中を帰つて行くと予は頭痛を感じた。さうして疲れた馬のやうになつて寝た。

　啄木という人間は基本的に人間が好きだ。人と談笑するのが好きだ。そして話が上手で聞き上手でもある。そして、この夜のような楽しい時間を送ったのは久し振りだった。啄木の生涯のなかでみせた数少ない笑顔の一日だった。

　ところで啄木が苦労したひとつが印刷所探しである。出来るだけ安く確実に仕事を任せられることが条件だが、なかなか思うような所が見つからない。二人とも新聞社勤務だからその事くらい朝飯前と思うかも知れないが紺屋の白袴ともいうように、そうは問屋が卸してくれない。啄木が草履の底をすり減らしてようやく三件ほどの印刷屋を見つけだし見積書を出させた。そのうちの一つがこれである。

御　積　書

樹木と果實　　五　百　部

一金五拾參圓四拾銭也

内譯　　表紙四、本文六十四、廣告四、〆七十二

金貳拾壹圓六拾銭	組　代	一頁	三十銭
金拾圓八拾銭	刷　代	同	三毛
金壹圓	表紙刷	四頁ニテ	二厘
金拾六圓	紙　代	一枚	一厘
金貳五拾銭	表　紙	一部	五厘
金壹圓五拾銭	製本代	一部	三厘

右之通リ代價ヲ以テ四月六日上納可仕候也

明治四十四年三月二十七日　　三　正　舎（印）

　この「三正舎」が一番安く、しかも納期が「四月三日」とはっきりしていたので二人は皇居外苑の外堀を背にした電車通りのこの小さな印刷屋に決めた。土岐の回想では「間口は二間、そのガラス戸をあけると、低い板の間に小さな印刷機械が二臺ほど据ゑてあり、活字も豊富には竝んでゐなかつた。然し、百頁に足りない雑誌だし、經費も手頃なので、そこへ一任することになつた」（『啄木追懐』前出）

　取り敢えず手元にある原稿の一部を三正舎に預けてほっと一安心した矢先、啄木の体に異変が起こったのである。

4　病臥

　それは突然のことだった。土岐ら気の置けない友人たちと楽しい〝談話会〟を終えた翌朝、起き上がろうとすると腹部の辺りが心持ち膨らんでいて少し痛みがあって苦しい感じがした。吐き気もあって朝食をとる気になれない。少

し横になっていると、むしろ痛みが強くなってきているのが分かる。それで電報を打って社を休むことにした。一日寝ていれば直るだろうくらいに考えていたのである。昨年の十月には宮崎郁雨に「秋になつて皆健康になつた。僕も・・耳鳴りがしなくなつた」（「十月四日」）というほどに健康状態だったから、啄木自身もそのうち良くなるだろうと楽観していた。

　翌日、相変わらず腹部に違和感があったが出社した。思ったよりも状態がよくなく「大分苦しかつた」（「三十日」）しかし、健康な人間が時折、身体に異常を感じたとき、常に考えるように〝これは大したことではない、じきよくなるだろう〟という楽観的な態度を啄木も倣っていた。とにかく今は病気などに罹《かか》ってはいられないのだ。新しく生まれる『樹木と果実』の成否は自分の手に懸《か》かっている。なんとしても刊行までは頑張らなければならない。

　二月一日、心配した友人たちが啄木を強引に東大内科に連れて行った。診察した医師は慢性腹膜炎、かなり悪化しているから直ちに入院するようにと言った。驚いたのは当の本人だった。しかも入院とは！　「医者は少なくとも三ヶ月かゝると言つたが、予はそれ程とは信じなかつた。然しそれにしても自分の生活が急に変るといふことだけは確からしかつた。予はすぐに入院の決心をした。」

入院は二月四日「病院の第一夜は淋しいものだつた。何だかもう世の中から遠く離れて了つたやうで、今迄うるさかつたあの床屋の二階の生活が急に恋しいものになつた。長い廊下に足音が起つては消えた。本をよむには電燈が暗すぎた。そのうちにいつしか寝入つた。」三人部屋の病室、他に空きがなかったのか「結核室」だった。入院中の日記は赤インクで書くことにした。啄木にとって入院は緊急事態だ、赤インクが相応しいと考えてのことだった。

病院《びやういん》に入りて初《はじ》めての夜《よ》といふに
すぐ寝入《ねい》りしが、
物足《ものた》らぬかな。

朝日の編集長佐藤紅録がさっそく見舞いにやってきて啄木の膨らんだ腹部を見て「物言わぬは腹ふくるるわざ、とは兼好法師の言葉だ。君のは物言い過ぎての膨れ腹というやつだな。忙しすぎたから、ちょうどいい。休憩時間のつもりで過ごし給え。社のことは心配せんでいい。」と言いたいことを話して帰っていった。

ドア推《お》してひと足出《あしで》れば、
病人《びやうにん》の目《め》にはてもなき

長廊下《ながらうか》かな。

手術は二月七日、腹部に穴を開けて貯まった腹水を採取するという案外簡単なものだった。「護謨の管を伝つて堕つるウヰスキイ色の液体が一升五合」「昨日の手術の結果大さうラクになつたが、その代り何となく力がなくなつた。」入院して一番変わったこと、それは「どうも此処へ来てから非常なまけ者になつた。一つには薬や牛乳の時間に追はれるためでもあるが、よんでも書いてもすぐ止めたくなつて来る。さうして初めは無暗と恋しかつた浮世の事が、どうやら日一日と自分から離れ去つてゆくやうに感ずる。」(「二月十一日」)ことだった。

入院した経験のある人間なら患者の一日というものが想像以上に〝多忙〟であることを知っている。診察、検査、服薬等の医療や入浴、洗濯、三度の食事これに不意の見舞客が加わると居眠りする時間もなくなるほどなのである。この合間に家族のこと、仕事のことなどが紛れ込んでくるから、入院患者は思いの外自分の時間を持てない。啄木が本を読んでも、ものを書いても集中出来なくなった、というのはそういうことだ。

ただ、夕食が終わり、見舞客が来なくなりベッドに一人きりになると急に寂しさが襲ってくる。特に消灯時間が来て病室が暗くなるとその孤独感は入院の経験ある人間でなければわからない。

話《はな》しかけて返事《へんじ》のなきに
よく見《み》れば
泣《な》いてゐたりき、隣《となり》りの患者《くわんぢや》

また、入院患者には絶対に入りたくない病室がある。それは重篤状態で恢復が望めなくなる際に入れられる病室である。勿論恢復して戻れることもあるが、そうでない場合の方が多い。いわば「三途の川岸」と言われる病室である。

夜《よる》おそく何処《どこ》やらの室《へや》の騒《さわ》がしきは
人《ひと》や死《し》にたらむと、
息《いき》をひそむる。

よく、一度入院をすると価値観が変わると言われる。特に生死を分けた病因の場合は人生観が変わるのは当然であろう。啄木の場合は医師から重病と言われながら、自分では左程の病気ではないと軽視していたから、前後にあまり心境の変化を感じなかったように思われる。しかし、死と向き合うような恐ろしい病魔はまもなく啄木に襲いかかることになる。

しかし、啄木はこんな中で『樹木と果実』の仕事をベッドの上でこなしているし、土岐にも面会やハガキで指示を伝えている。また、入院中に啄木は毎日のように誰彼なくハガキや手紙を書いている。四十日間の入院中に二つの原稿「第十八号室より」（二七〇〇字）「郁雨に与ふ」（八五〇〇字）という二本の原稿を書き上げている。

だから患者といっても筆だけは普通の作家以上に多忙な日々を送ったというべきだろう。

容体は少しずつ快方に向かっているかのように思えたが二月下旬から三月に入って熱が上がる日々が続いた。

「夜発熱終夜ほとんど眠らず」（二月二十五日）「終日四十度を降らず」（二十六日）「どうも気分悪し寝たまゝ動かず」（二十七日）「夜は氷嚢をあて、わづかに眠るを例とす」（三月一日）「つくづく病気がイヤになつた」（四日）「つくづく病気がいやになつて、窓をこはして逃げ出さうかとまで思つた」（五日）という具合である。「郁雨に与ふ」の最終章は熱が下がらず丸谷嘉市に口述筆記してもらっている。

目《め》さませば、からだ痛《いた》くて
動《うご》かれず。
泣《な》きたくなりて夜明《よあ》くるを待《ま》つ。

全快した訳ではないが、入院費用もばかにならず、なにより陰湿で不自由な病院暮らしが厭になって、通院治療扱いにしてもらって啄木は三月十五日に退院した。しかし、退院後はすっかり体調を崩し、毎日のように発熱して「不快」な日々の繰り返しが続いた。

『樹木と果実』の方は入院以来、殆ど土岐が進めていたが、退院後も体調不良で土岐に任せるしかなかった。ところが三正舎は内金三十円を手にしたまま、倒産してしまった。辛うじて渡してあった原稿だけは取り戻したものの、この損失は致命傷になった。それでなくてもようやくかき集めた資金を再び集めるのは至難の業だ。土岐はすっかり打ちのめされて戦意喪失、やる気を失ってしまった。それに啄木の健康状態からいって今後この計画を軌道に乗せるのは到底無理と判断した土岐は啄木の説得に当たった。

「石川さん、もう駄目ですよ。せめて創刊号だけでもと、いろいろ頑張ったんですが。」

「ようやくここまで来たんだ。ここで諦めては期待をかけてくれた購読予定者にも申し訳ない。もう少し踏ん張れないだろうか。僕がこんな身体でなければどうにかできるんだけど……」

「気持はよく分かります。しかしもう衆寡敵《しゅうかてき》せず、というやつです。ここは進む勇気より戻る勇気の決断をするべき時です。」

「……。でも、いまここで直ぐ止めようという気持にはとてもなれない。悪いけど、少し時間をくれないか。一寸考えてみたいんだ。いいだろ?」

「分かりました、あなたの気持ちは分かりすぎるほどよく分かりますから。自分で納得できるまで考えて下さい。」

四月十八日、土岐が啄木の自宅を訪れると

「よく来てくれたね。実は昨日、君へハガキを出したばかりなんだ。決心したよ。止めよう、この話、そう考えてその旨返事したばかりなんだ」

「そうですか、よく決心してくれましたね。せめて一号雑誌でも創刊号ばかりは出したかったのに、残念です。」

「そうだね。しかし、口幅ったいが、我々二人の時代はもう目の先だ。身体が直ったら、また二人で出直そうや。もっと磨きをかけた雑誌にしよう。」

「ええ。今はあなたの身体を直すことが先です。元気で生きていられれば再起の道はきっと開けますからね。」

かくして『樹木と果実』という〝麦〟は地に落ちずにその種子は蒔かれることなく終わった。

Ⅵ

蓋《がい》閉《へい》の章

わが抱《いだ》く思想《しさう》はすべて
金《かね》なきに因《いん》するごとし
秋《あき》の風《かぜ》吹《ふ》く

最後の写真●刎頸の友、金田一京助（左）と一緒に撮った啄木が亡くなる一年前の最後の写真。1908（明治41）年10月の撮影。

一　暗雲

1　苦悩

退院はしたものの啄木の容体は一進一退、時には入院していたときよりも高熱と頭痛がひどくなることもあった。『樹木と果実』の頓挫で、一時は精神的な打撃も重なり、それが余計に啄木の症状を悪化させたとも言える。

「今日は割合に熱が低かったけれども三十七度五分まで上つた。退院以後もう四十日になるのにまだ全快しないとはどうしたことだらう。さうして予の前にはもう飢餓の恐怖が迫りつゝある！」（四月二十五日）

　考えてみればまだ朝日の首はつながっていたが前借りに次ぐ前借りの生活、佐藤編集長は「ゆっくり休み給え」とは言ってくれたがそれもいつまで続くか分からない。また少しでも原稿を書くことが出来れば家計の足しにもなるが、それも叶わない。正に「飢餓の恐怖」が迫りつつあった。

　そんななかで、ある日、節子が「夜にチユリツプとフレヂヤの花を買つて来た」（四月二十七日）とあり、貧しさにめげず少しでも家庭を明るくしようと心がけている健気な節子の姿が見える。

友《とも》がみなわれよりえらく見《み》ゆる日《ひ》よ
花《はな》を買《か》ひ来《き》て
妻《つま》としたしむ

　そんななかでも啄木は四月二十四日から五月二日にかけて『平民新聞』に掲載されたトルストイの「日露戦争論」（訳文）をノートに書き写している。八十頁にのぼる書写は病人にとって相当体力を奪うものとなった筈だが啄木の社会思想にかける情熱が未だ衰えていなかった。「これが予の病気になつて以来初めて完成した仕事」（五月二日）

　さらに五月に入って一年前に書き写した幸徳秋水の「陳弁書」に関する書写と啄木の見解をまとめた〝A LETTER FROM PRISON〟と〝EDITOR. S NOTES〟を編んでいる。いずれも啄木の個人所蔵で筑摩の『全集』に収められているが、啄木生前は柳行李の奥深くしまわれていたものである。

五月十日、退院後初めて病院で診察を受けた。「肋膜炎のあとはまだ癒らぬが肺は安全だ、神経衰弱にか丶つてゐるといふことであつた。さうして新しい水薬の処方と更に一ヶ月を要すとの診断書をかいてくれた」私は医学には全く無知の人間だが、この診断には疑問がある。「肺は安全」というがエックス線による診断ではなく触診だけによる診断で（＊當時の写真撮影は現像に時間がかかり即日に見ることは不可能）こう無責任に「安全」と判断されては患者は救われない。当時の医療の限界といえばそれまでだが。また「神経衰弱」は問診で「眠られますか」と言われれば発熱を繰り返しているのだから安眠出来る筈がない。まして不誠実な印刷所のために雑誌の計画は頓挫され、虎の子の内金まで詐取されたばかりである。そうでなくとも人並み外れた繊細な神経を持っている啄木である。健康状態であっても神経衰弱と診断されておかしくない繊細な神経の持ち主なのだからこの時の診察は何の役にも立たなかった。ただ、一つ役にたったのは「一ヶ月静養」という〝お墨付き〟である。これで朝日は病休扱いになるからだ。

内憂外患というのは啄木の生活そのものであるが、さらに追い打ちをかける強烈な「内憂」が発生する。それは盛岡の堀合忠操から節子へ来た手紙であった。手紙は、函館の会社で働くことになった、ついては一家で函館に移住することにした、盛岡の家は売り払うという趣旨だった。この五月三十日付の手紙を啄木は勿論読んでいる。

故郷を想うのは節子とて同じことである、まして啄木と共に新婚時代を過ごした日々、あの頃は啄木と一緒に歌も詠んだものだ。

初夏の瑠璃の戸出でて暗をてらす蛍火長う天をくだりぬ
眞洞《まほら》出る流に沿ひし白樺《しらかば》の木立をつつむ夏大日《なつおほひ》かな
秋山や太古の人の足跡に風の音して銀杏ちりぬ

愛する夫啄木と共に編んだ『小天地』に載せたこの歌は忘れようにも忘れられない充実した日々の産物だった。父や母が盛岡を引き上げて函館に行ってしまえば、もうあの故郷の景色を見ることはないかもしれない、何とかしてもう一度、この目に故郷を焼き付けて来たい、出来れば啄木と一緒に行きたいがお金もないし夫の症状からみて無理だろう、それならせめて京子と私と二人だけでも帰ってこよう、と内心考えたのである。

なにしろ一年半前の節子の無断実家帰りで啄木は懲りている。啄木の気性をよく知っている節子は、この話はよほど慎重に進めないとうまく行かないと分かっているから心ならずも一計を案じることにした。

以下の経過は啄木の日記と書簡に基づいている。それ以外の資料がないせいもあるが、したがって啄木の視線に偏るきらいの生ずることを予めお断りしておかねばならない。

(「」内が啄木の日記、＊は筆者。)

◇五月三十日「家を売払つて函館にゆく由」

＊堀合家から手紙届く。宛名が啄木か節子か不明。素っ気ない無感情を装った表現である。

◇六月一日　「せつ子を社にやり、月給前借す。(かへりにおしげさんと電車にて一しよになり一寸寄つて来たさうだ。後にてきけばこの時五円かりる約束をして来たといふ)」

＊「おしげ」というのは節子より六、七歳年長で盛岡時代筋向かいに住んで仲良しだったが結婚して夫と共に上京して以来、住居が近かったためしばしば往来する仲であった。節子は予めおしげに会って借金の依頼をしたのである。考えてみれば節子は実家はもとより他人から借金をするのは後にも先にもこれ一回だ。(　)内は、啄木が後日追記したもの。

◇六月三日「せつ子が質屋の利子を払ふといつて出て行つてすぐ帰り来り、今出がけにたか(＊子)より手紙来り帰れといつて来たがいかにすべきかといふ。封入して来たといふ五円紙幣は持つて来たがその手紙はなくしたといふ。／予はその手紙を疑はざるを得なかつた。帰るなら京子をつれずに一人かへれといつた。」

＊啄木はいくつもの歌に見られるように嘘つきの名人である。だから、啄木にはいかなる嘘も通用しない。節子の幼稚な嘘は直ちに見抜かれ、前回の「家出」を再び繰り返させないため京子を〝人質〟にする術を出される結果となった。

◇六月四日「朝にまたせつ子が『私を信じてやつてくれ』といつた。／京をつれてゆくといふ、つれていくなといふ。遂に予はそんなら京の母たる権利を捨て、一生帰らぬつもりで行けといつた。するとせつ子は、実は昨夜手紙が来たといつたのはウソで、金はおしげさんから借りたのだ、行つて家を売つた金のうちから少し借りて来、さうして引越をしようと思つたのだといつた。／予は予の妻が予を計略を以て欺かんとした事を許すことが出来なかつた。離縁を申渡した。然し出てゆかなかつた。かくて二人の関係は今や全く互ひの生活の方法たるに過ぎなくなつた。／五円の金は夜にかへして来させた。」

＊ここで節子はまた心にもないことを言って啄木を説得しようと試みる。つまり引越の金の捻出である。喜之床の二階住まいは病人の啄木は無論のこと母カツの腰痛や

節子の体調不良が顕著になって一階の部屋に引っ越さなければならないとかねて二人で話し合っていたのである。しかし激高している啄木には逆効果だった。実家の世話を受けるくらいならここにいたほうがまだましだ、と開き直られる結果になった。ただ、離縁は啄木の真意でなかったことは明らかである。強がりで言っているだけで、我《が》を遮二無二通そうとするただの駄々っ子でしかない。社会主義を理想として標榜していても家庭の中では暴君そのもの、理念的社会主義者の典型的なケースというべきで、まともな人間の取る言動ではない。

◇六月五日「夕方にせつ子にたか発の電報が来た『アイタシスグコイヘンマツ』争論がまた二人の間に起つた。予はたか子にあてて手紙をかいた。せつ子には今後直接の文通を禁じもう二人を同等の権利に置くことが出来なひと言ひ渡した。」

＊啄木は「圧政」を憎み、言論の自由を求めていた筈ではなかったか。これでは啄木が最も忌み嫌った「帯剣政治」の再現でなくて何であろうか。啄木の思想問題を論ずる場合は、こうした啄木の思想性をも含めて考察しなければ皮相的次元の貧しい議論にしかならないというべきである。いくら高邁な理念を説こうとしても個人の幸福とか絆を断ち切るが如き言動を平気で為す人間の思想は信頼できない。

◇六月六日「午前十一時頃にたか子からせつ子宛『〇ヤツタスグコイヘンマツ』といふ電報が来、一時間許り経て電報為替五円届いた。予はせつ子に返電を禁じ、その為替は真砂町局へせつ子をやつて直ぐ小為替に組換へさした。それ前郵便局へ行く時、財布を出せといつたら、一寸こゝに置いた筈なのが見えぬといふ、それまた『見えぬ』か、それではまた何か隠して置くことがあるかも知れぬから是非探せと言つたら、せつ子は気狂ひになるやうだといつて泣きわめいた。／予は手紙をかいてそれに小為替五円を封入してたか子に送つた。それに電報の件を問責し、若しそつちで自分の妻に親権を行はうとするならそれは自分の家庭組織の観念と氷炭容れぬものだから離婚するとまで書いた。」

＊この時啄木が堀合家に出した手紙が、いわゆる堀合家との「絶縁」となる。節子の懸命な〝工作〟にも関わらず事態は最悪の結末となった。節子の心情を完全に無視しエゴむき出しの醜悪な啄木の一面が如実に示されている。

　この結果、節子は泣く泣く啄木の元に収まり、〝一件落着〟となるが、双方とも後味の悪い思いを引きずりながら生活を続けることになる。いきおい家庭は息苦しく陰鬱な雰囲気に包まれる。

猫《ねこ》を飼《か》はば、
その猫《ねこ》がまた争《あらそ》ひの種《たね》となるらむ。
かなしきわが家《いへ》。

この間にも、啄木は六月十五日から十七日にかけて発熱に苦しみながら長詩「はてしなき議論の後」九編を生み出し、さらに下旬にかけて書いた「家」「飛行機」をまとめて詩集『呼子と口笛』を編んだ。これ以後は「歌十七首を作つて夜『詩歌』の前田夕暮に送る。」(「八月二十一日」)

七月に入ると今度は節子の身体に異変が起こった。初めのうちは微熱が続いて、夫の看病による疲労と栄養不足からだろうと決め込んでいたが中旬になると三十八度の熱となり激しく咳き込むようになり、しぶしぶ病院へ行くと「肺尖カタル」と診断され安静を命じられた。そのため炊事家事子守など万般が年老いた老母カツにしわ寄せされることになった。喜之床の二階の急な階段を炊事洗濯の度に上り下りするのは老母には最も過酷な労働だった。その上、悪いことに大家に節子の病気が知られてしまい、商売の床屋の評判に差し障りが生ずるから一日も早く立ち退いて欲しいと迫られてしまった。思いあまった啄木は急いで引っ越すことを考え、函館の郁雨にその旨を伝えると電信為替で四十円を送ってくれた。

息切れを起こしながら炎天下、節子は貸家を探し歩き、本郷の隣の小石川区久堅町に恰好の一軒を見つけることができた。引越は八月七日だった。そこは「場所も静かだつたし、あたりに樹木も多かつた。庭も少しあつた。その庭の向こうに、塀越しの隣家に椎がこんもりと茂つて、引越したその晩、その上にさし昇つた月の光を仰ぎながら、彼は絶えて久しく味つたことのない情趣にひたつたのだ。」(『啄木追懐』)

家賃九円は安くはなかったが、生け垣に囲まれて門があり、三畳の玄関、右に四畳、奥八畳、左に六畳、縁側がついており、ここから庭に降りることが出来る。これまでと違って台所と便所は独立している。共同で使う勝手と便所の経験のない人間には理解しがたいかも知れないが、特に病気を抱えている家族にこれらの独立する自由な使用ほど便利でありがたいものはない。

この頃になると啄木と節子の間にあったわだかまりは消え失せ、いつもの夫婦に戻っていた。二人の体調が良好な時は近くを散歩したり、庭に降りて京子と遊んだりすることも出来た。これで都合よく快方に向かってくれれば、と二人は願わずにはいられなかった。

いつしかに夏《なつ》となれりけり。
やみあがりの目《め》にこころよき
雨《あめ》の明《あか》るさ！

縁先《えんさき》にまくら出《だ》させて、
ひさしぶりに、
ゆふべの空《そら》にしたしめるかな。

これで取り敢えず一安心とおもっていたある日、カツが喀血した。これで京子と一禎を除く三人が病人となってしまった。絶縁を宣告した手前、堀合家に救援を頼めないので急遽、旭川で協会の布教活動に携わっていた妹光子を呼び戻し一家の世話にあたってもらうことになった。取るものも取り敢えず、光子が東京へ出てきたのは八月十日のことである。

2 一禎の家出

まだそれほど普及していなかった電灯を思い切って入れた。数年前、鉄幹が電灯を引いた時に皮肉った啄木だったが暗いランプ暮らしより電球の明かりは家庭をも明るくするようにも思えたからである。その明かりが希望の明かりにつながることを啄木は願っていたのかも知れない。

かなしきは我《わ》が父《ちち》！
今日《けふ》も新聞《しんぶん》を読《よ》ミあきて
庭《には》に小蟻《こあり》と遊《あそ》べり。

父の一禎は無口で必要以上の無駄話をする人間ではなかった。そのうえ真面目で木訥を画に描いたような人間だった。だから逆に言うと複雑な家庭環境の下では影の薄い存在だった。いつぞやの家出の時は夕方になって父がいないことを家族が気づくというほど、存在感はなかった。京子とはいちばんいい遊び相手だったが、少し遊ぶと「やはり、おじいちゃん、面白くない」と言って一人遊びの方を選ぶことが多かった。いわば孫にもあまり好かれていなかった節がある。

九月に入って間もない日のこと、京子が隣近所で何かの悪さをしたらしい。隣家の女房が目の色を変えて怒鳴り込んできた。「京のいたづらの尻を持ち来るなり」京子はよく言えば活発な、悪く言えば悪戯《いたずら》盛りの性格で啄木に叱られることが絶えなかった。

児《こ》を叱《しか》れば、
泣《な》いて、寝入《ねい》りぬ。
口《くち》すこしあけし寝顔《ねがほ》にさはりてみるかな。

この時も啄木は京子を思い切り叱り飛ばし、「罰として夕飯はみんなが食べ終わるまでお預けにする！」と言い放った。すると一禎が京子を手で招き寄せ自分の膳を食べさせようとした。それを見た啄木はお膳をひっくり返して「おじいちゃんまでわしの言うことが聞けんのけ！」といって席を立ち自室に籠もった。その場は一瞬凍りついた。後味の悪い思いを振り払うように啄木は外にでて「蕎麦を食ひ麦酒をのみて来る」と布団を被って寝た。

翌日、土岐哀果がやって来て昼まで話して帰った。気がつくと父一禎がいない！

十時頃土岐君が来て十二時少し前に帰つた。その時父はもうゐなかつた。待つても待つても帰らなかつた。調べると単衣二枚袷二枚の外に帽子、煙草入、光子の金一円五十銭、家計方の金五十銭だけ不足してゐた。その外にいくらか持つてゐたかも知れない。／父は今迄のも何度もそのそぶりのあつた家出をとうとう決行した。何処へといふあてのあろう筈はないが、たぶん小坂の田村へ行つたものかと家の者は想像した。／眠られない夜であつた。体温三十七度八分」（「九月三日」）

これで一禎の家出は三度目になる。最初は一九〇六（明治三十九）年一月三日、家を出た一禎は以前世話になった青森野辺地定光寺の葛原対月を目指したのだった。新婚間もない啄木が『小天地』を出したあと生活に行き詰まり、見るに見かねた一禎が〝口減らし〟の為に姿を消したのである。二度目は一九〇七（明治四〇）年三月一日、渋民宝徳寺住職復帰問題がこじれ初孫を連れて節子が戻って来る日の朝だった。

九月三日の日記には一禎が「小坂の田村」に行ったのではないか、とあるが、これは啄木の長姉の嫁ぎ先秋田県鹿角郡小坂田村さだのことである。しかし、一禎が向かったのは北海道室蘭で、次女の夫の仕事先だった。一禎が再び戻って来るのは啄木の重篤を聞いてからのことで、その一ヶ月前、女房のカツが亡くなっても腰を上げなかった一禎が飄然として病床の啄木の前に現れ臨終に立ち会った。

啄木の薄倖な生涯もさることながら、一禎の生き様もまた、啄木に勝るとも劣らない薄倖の生涯だったと言わざるを得ない。神童と呼ばれる自慢の息子を持ちながら、それが故に翻弄され続け、遂には自分の家出によってでなければ何一つ為す術がなかった己の生涯！一禎が亡くなるのは一九二七（昭和二）年、次女の夫山本千三郎の任地高知市、享年七十八歳であった。啄木の分まで長生きした一禎は啄木の栄華名声に殆ど関心を見せようとせず印税の受け取りも一切応じなかった。しかし、死後、一禎の唯一の所有物である柳行李にはコツコツと一人で集めた啄木に関する新聞のスクラップが何冊も残されていた。

3「不貞」騒動

ところで啄木の生涯について必ず蒸し返される問題の一つに、いわゆる節子の「不貞」問題がある。没後百年過ぎて依然としてこの問題が取り上げられており、この件が未だに結論が出ておらず相も変わらずくすぶり続けている。

しかしながら、残されているいくつかの資料・文献・証言を読めば結果は明らかであり、未だに決着がついていないというのは他意を含む作為的な結果に思えて仕方がない。

問題の発端は啄木没後三十五年を記念して香川県丸亀市で開催された「啄木を語る座談会」（一九四九年四月十三日）に光子の夫三浦清一牧師が出席して「節子は啄木の妻でありながら、実は愛人があり、しかもただならぬ関係になっている。その相手はまだ現存するので氏名の公表は控えるが、啄木の友人の一人で北方の詩人だ」という趣旨の発言をした。ところがこの話を参加者の誰かが知人の毎日新聞記者に話した。四月十九日の『毎日新聞』は「妻に愛人がいた／悩みつつ死んだ啄木」という三段抜きのスクープが出た。当時国民的人気を博していた啄木は一躍さらに多くの〝同情的人気〟を勝ち得る結果になった。

ところが「節子不貞説」はこれが嚆矢ではない。実はもっと以前、二三十年も前から光子自身が騒ぎ立てていたのである。熱心な啄木研究家は数多いが医師の阿部たつをもその一人で地味ながら堅実な手法による啄木論は卓越している。その阿部によると光子が啄木に関して書いた原稿は次の五本あると言う。

「兄啄木のことども」『九州日日新聞』一九二四（大正十三）年四月
「兄啄木の思出」『九州日報』一九二七（昭和二）年四月
「兄啄木の思ひ出」『因伯書報』一九二九（昭和四）年三月
「兄啄木の思ひ出」『呼子と口笛』一九三〇（昭和五）年～一九三一（昭和六）年三月
「悲しき兄啄木」『初音書房』一九四八（昭和二十三）年

一月

（「晩節問題私解補遺」『新編　啄木と郁雨』洋洋社　一九七六年）

この原稿のうち最初のものを阿部は吉田狐羊に確認できないかと頼み込むと狐羊は早速阿部にそのコピーを送ってくれた。啄木研究家のこうした爽やかな連携は他の研究家にはあまり見られない。啄木の人徳のなせる業の一つである。少し長いがその全文をここで重引させていただこう。これは後に光子が繰り返し発言する原型ともなっており、その資料的価値も存しているからである。

十三年の長い間、私は沈黙してゐました。けれ共之は余りに苦しい沈黙でした。私はもう沈黙できません。大いなる悲しみと大いなる憤りが込みあげて参ります。―啄木の愛する妻は、渋民以来共にちぎりし美しい恋を、夫啄木がいまはの日にかなしくもふみにじって仕舞つたのです。／或時啄木は一通の手紙を手にしました。夫は彼の妻へ宛てたX―地のさる親友の手紙です。／私は仮に其の名をXとして置きませう。Xから妻へ宛てた書面です。啄木は一寸イヤな気がして、妻が留守であつたために封を切つてみたのです。／中から出て来たのは若干円の小為替証書と巻紙にしたためた手紙でありました。―嗚呼啄木はその手紙を読まねばよかつた。若しも彼が其手紙に眼を触れなかつたならば、彼は愛妻の手厚い看護に守られつつ苦しいけれども、併し、平安な死の眠りに就いたであらうものを！思へばその一枚の書信こそ彼が生命を賭した恋の仮面を引きむしるものであつた。／すべての事がわかつたのです。妻は他に愛人を有してゐました。何たる呪はしいことでせう。啄木が最後の運命を賭して、東京へ出る時くれぐれも後事を托して来たひとりの友は既に、彼の愛妻を傷つけてゐたのです。／万事休す矣／啄木は沈痛な声で「光子」と呼びました。彼は痩せた手を夜着の間から出して「これを見イ」と、申しました。「お前だけに之れをあかすのだ―どうぞ憶へてゐてくれろ、俺はもう死ぬ……生きて居たくない……俺は最後に傷つけられたのだ……」啄木の声は地に沈み行くやうになりました。「光子ッ」と彼は更に続けました。「もう一度言つて置く……此の事実をお前はどうぞ忘れずに　ゐてくれ、そして何時か……何時か……」―兄の凹んだ眼からはポロポロと熱い涙がシーツの上にこぼれました。もう兄は言葉を出すことが出来ませんでした。暫くしてから「節子を呼べ」と言いました。／手紙を前にして節子さんは紫色に変つた唇を噛みしめて居ましたが、軈〈ヤガ〉て声も得立てず、拳を握りしめて、黙つて凹んだ眼を光らせて天井を見詰めて居る兄、髪をふるはせ身体をふるはせ乍ら泣き入る嫂―秋近い風が破れた格子から吹き込んで来る病室。／庭には褪せたコスモスの花が倒れた侭に咲いて居ました。／「腐つた金、汚れた為替―」罵り乍ら手紙とかわせを嫂に投げつくる啄木。／死ねよとばかり泣いて居る嫂。／黙つて居る私。―実際啄木の病はそれから急に悪くなりました。其時兄はしきりに私に「どうかもう神学校へ帰らずに私の家に居て呉れ私は寂しい、お前は私を助けてくれないか―私は病気がよくなれば、私は必度お前を立派な作家に仕立ててあげる。どうぞ此侭とどまつてくれ……」と言ひましたけれ共、私は遂に此の悲痛なる兄の許を辞して再び学校の方へ帰つてしまひましたが……思へば夫れは永い別れとなる事でした。

先入観を持って言いたくないが、初めに節子に「不貞」ありき、と断じているこの文章自体が先入観そのものを既に与えているので、私もいまから忌憚なく意見を述べることにする。ただ、この種の話は基本的に個人的レベルの問題で文芸界を揺るがすほどのものではない枝葉末節の事案なのだから、出来るだけ簡潔に述べることにしたい。

この手記にはいわゆる「不貞」問題と関係なく興味を引く部分がある。それは啄木が光子を「必度お前を立派な作家に仕立てて」やると言ったという部分である。どこまで本気で言ったのか、光子が勝手にそう書いたのか。基本的に啄木と光子の仲はよくない。啄木のローマ字日記には「日本一仲の悪い兄妹」と自認しているし、郁雨が光子を嫁さんに貰いたいと二度も申し込んだが〝止めた方がいい、あれは君には向かない〟と言って相手にしなかった。啄木が光子に送った最後の手紙には「くれぐれも言ひつけるが俺へ手紙をよこす時用のないべらべらした文句を書くな、お前の手紙をみる度に俺は癇癪がおこる」（明治四十五年三月二十一日）と言っている。光子に作家になる才能があると見込んでいたなら神学校にやるより作家の道を進めていただろう。その形跡が一つもない。

さらに恐れ多いが、この田舎芝居を見るような、いかにも厚化粧の装飾だらけの文章を読んだだけで〝文才〟の有無は誰の目にも明らかであろう。つまり、ここは光子の〝創作〟である。〝捏造〟と言ってもいい。啄木の名誉に関わる大事な証言にこのような作為を差し挟む事自体、光子の証言の信憑《しんぴょう》性が疑われても仕方がない。最も、作家云々というのはこの文章だけで、これ以後に書かれる光子の原稿にはこの部分は削除されているから、少し良心が咎めたのかも知れない。

光子がこうした「不貞」を声高に叫んでも、当初はあまり注目されなかった。ところが『毎日新聞』のスクープでこの問題が俄にクローズアップされる結果になったのである。光子がこの問題を何度持ち出しても誰からも相手にされなかったのに、ようやく衆目の目を引き寄せることが出来た光子は溜飲の下がるのを覚えたことであろう。

そして光子はさらに『悲しき兄啄木』（初音書房）を半年後に出版して「節子不貞説」を改めて強調する。当時者の一人と実質的に氏名も暴露されたも同然だった宮崎郁雨はマスコミの追及にものらりくらり、よく言えば泰然自若、悪く言えば優柔不断の体でかわしきった。従って光子の証言だけが一人歩きして啄木研究家たちの姿勢も二分されるかたちになった。

こうした時に金田一京助が「啄木末期の苦杯」（『中央公論』一九四七年七月号）で「この世の苦汁を、滓の滓まで、余すところなく綴った啄木の晩年に、この不祥事を指摘して最後の苦杯を味わした令妹光子さんの度重なる冷徹なさいなみを悲しむとともに、熱湯を飲まされて、だまって飲み下して居られる郁雨氏の心境に感嘆の情を新たにするばかりである。」と金田一にしては珍しく私情をむき出しにした一文を発表した。

これを読んだ光子は「私がすっかり兄嫁いじめの小姑にされているのを知り、それについても私の立場から、啄木の妻節子のいわゆる晩節について、はっきりしていることだけは書いておかなければならないと思った。」として、さらに自説に固執し『兄啄木の思い出』（一九六四年　理論社）を出したわけである。新しい資料や証言はなく、初音書房の本が絶版となったため、「不貞説」の消失を憂えた光子が最後に放った一矢となった。

沢地久枝が『石川節子』（前出）のなかで「不貞説」に関して「この夫婦の短い波乱にまみれた暦を辿ってみれば、とりあげることすら意味の無いような問題」と断じているのは一陣の爽風である。特に宮崎郁雨が永い沈黙を破って「この際はっきり申し上げておきますが、節子さんには不貞の所為は絶対にありません」（『函館の雨』前出）と言っているにも関わらず、尻馬に乗って相変わらず「不貞説」にしがみつく面々が今なお存在するが、ここでは一切無視しよう。啄木の軽率な態度はともかくも節子と郁雨の人柄を知ればこの問題でいちいち騒ぐことすらおかしいのである。俗に「蟹は己の甲羅に合わせて穴を掘る」という。この問題はその類に過ぎない。そういう人間が、したり顔で啄木論を語る資格はない。

なお、さらにこの問題の詳細な顛末を知りたいという読者の方には西脇巽の『啄木と郁雨　友情は不滅』（青森文学会　二〇〇五年）をお薦めしたい。資料に基づいた氏独特の視点と歯に衣着せずに語る率直な論旨の展開は他の啄木研究家を寄せ付けない迫力がある。

4　義絶

「美瑛の野より」という差出人のない為替入りの手紙を見たとき、啄木は一目で宮崎郁雨だと分かった筈である。啄木は時折筆跡をみて人物を論ずることがあった。盛岡中学時代、金田一に「こういう字を書く人は神経質な人間だよ」とか「ぼくが色んな人の筆跡を真似るのがうまいのはぼくが色んな人格を中に持って居る証拠だ」と威張っている。ましてや生前最も多くの書簡を交わした相手であり、郁雨もまたこの事を重々承知で節子宛に出したのである。匿名で出したことが問題という発想自体が間違っている。そして郁雨自身は京子が重態に陥ったとき、節子と二人で不眠の看病をした同志だ。夫以上の間柄という自負があってもおかしくない。郁雨と節子二人の関係はありきたりな関係ではなく、いわば夫婦以上親子以下に譬《たと》えられるだろう。

しかし、そういう感情は北の地で修羅場を共にくぐり抜けた〝戦友同志〟だけのものであって、この感情を啄木は共有することが出来なかったから、『美瑛の野より』という匿名に一瞬ついて行く事が出来なかった。そこで数日〝すねて〟見せたのである。ただ、啄木は節子と郁雨が自分より強い〝戦友同志〟という強い絆で結ばれていることを知り、それが許せなかったのであろう。夫婦で共有すべき世界に自分が存在していない！郁雨は悪人ではないし、善人であることは云う迄もない、しかし自分が座るべきところに郁雨が坐りかけている、これは啄木の矜持が許せない事だった。悪人ではないが郁雨にそこに居られると自分の居場所がなくなる、どうすればよいか。選択できる道は一つ。郁雨にその場から出て行ってもらうこと、これである。

啄木は「泣いて馬謖を斬る、か。まさか自分がこういうことをするなんて！」心に叫びながら、郁雨への訣別の手紙を書いた。遺書のつもりで書いた。今日、その〝遺書〟は発見されていない。受け取った郁雨は啄木の心中を察し、無言で読み終えた。もっとやれることをしたかった、この意地悪い、そして楽しい天才ともっと戯れの桃源郷を楽しみたかった。悔いは微塵もなかったが、こうも早く啄木から〝離縁状〟を貰うとは思ってもいなかったであろう。ただ、不思議に悲しみや怒りの感情はなく、暗く深い穴に引きずりこまれるような寂寥感と取り残された孤独感が身を包んだ。

斯くして啄木は堀合家と宮崎郁雨に義絶の書状を送り背水の陣を敷いた。それは余りにも無謀な決断だった。辛うじて残っていた啄木への水路を自ら断ったのだから、その結果がどうなるか、啄木には分かっていた筈である。病床の母カツと妻節子、そして幼子の京子、家族の将来を考えたなら恥を忍んでも耐えてこの窮状を脱すべく努力すべきであって、啄木の取った行動は家長として許されない無責任きわまりないものだ。

この後、啄木が取った行動は節子へ「金銭出納簿」をつけるように命じたことである。収入の道が絶たれつつあるというのに出納簿をつけて何の意味があろうか。かつて啄木は「借金メモ」をつけたことがある。これを函館図書館の『啄木文庫』から発見した宮崎郁雨が自著『函館の砂』(東峰書院　一九六〇年)に公表している。「標記も日付もない」このメモは宮崎の推定によれば一九〇九(明治四十二)年六月十五日に書かれたのではないか、という。渋民時代から第三次の東京滞在にいたる期間の借金総額一三七二円五十銭が記録されている。結局この借金はほとんど返済されることなく終わってしまうのだが、節子に命じた出納簿もまた同じ運命を辿る事になる。

退路を自ら断つ「義絶」は、しかし、今に始まった事ではない。盛岡中学時代に啄木を含む級友五人で結成した「ユニオン会」は語学の学習を中心に時事問題などの談論を交わすサークルで、卒業後も親交は続いた。ところが啄木が上京して生活に困り、辺り構わず借金して迷惑をかけているという噂が広まり、ユニオン会として黙視できず忠告すると怒った啄木は逆にメンバーに「絶交状」を送ったことがある。しかし、この場合は実害はなかった。ただ、啄木にはどんなに親しい関係になっても、ある状況が生ずると異常な反応を示すことがあり、それは啄木の人生観とどこかで交錯しているように思われる。

5　和解

暗い話が続いた。実際の所、明るい話題を求めようとしても啄木の置かれた状況下ではそれは無理難題というものだ。この頃の歌もまたその心境を反映したものが多い。

みすぼらしき郷里《くに》の新聞《しんぶん》ひろげつつ、
誤植《ごしょく》ひろへり。
今朝《けさ》のかなしみ。

人《ひと》とともに事《こと》をはかるに
適《てき》せざる

わが性格《せいかく》を思ふ寝覚《ねざ》めかな。

待《ま》てど、待《ま》てど、
来《く》る筈《はづ》の人《ひと》の来《こ》ぬ日《ひ》なりき、
机《つくえ》の位置《ゐち》を此処《ここ》に変《か》へしは。

文字通り八方ふさがりの生活。そういうなかでも、希望という灯りだけは消したくなかった。たとえ自分の心の中だけにしか灯らない小さなものであっても、それが自分が人間であったことの証として消してはならない灯りだった。

新《あたら》しき明日《あす》の来《きた》るを信《しん》ずといふ
自分《じぶん》の言葉《ことば》に
嘘はなけれど——

何《なん》となく、
今朝《けさ》は少《すこ》しくわが心明《こころあか》るきごとし。
手《て》の爪《つめ》を切《き》る。

父一禎が北海道室蘭に去って以来、一家はいつもの通り、京子をのぞいて病人ばかりとなって、またカツと節子の確執は一向に改まらず厳しく暗い日々が続いていた。まして啄木が節子の実家と義絶して以来、家庭の会話がほとんどなくなっていた。薬を飲む水音ばかりが室内に小さく響くような生活だった。

解《と》けがたき
不和《ふわ》のあひだに身《み》を処《しよ》して、
ひとりかなしく今日《けふ》も怒《いか》れり

一九一一（明治四十四）年十月二十八日の朝、啄木と節子は先ず眞一の位牌に手を合わせて短かった眞一の冥福を祈った。母カツもその後ろで小さく手を合わせていた。その日もギスギスとした雰囲気が漲っていて啄木の体調も良くなく不快な一日になろうとしていた。夕方になってカツが花束と少しばかりのお菓子を買ってきて小さな仏壇に供えた。啄木と節子は既に夕食の膳にむかって茶碗を手にしようとしていた、その時だった。

カツが線香を手向けながら、眞一の位牌に向かって
「なあ、眞坊や、これからは、お父さんやお母さんの病気が早く良く治るように守ってあげるんだよ。」
と言い深々と合掌した。この言葉を聞いた啄木と節子は思わず大粒の涙が次々と湧き出てくるのを止めることが出来なかった。カツは二人の様子に気づくでもなく、ややあっ

ていつものように申し訳なさそうにおずおずとお膳の前に坐った。一瞬、短い空白が生じた。ややあって、節子が
「お母さん、ごめんなさい、ほんとうにごめんなさい。すこしもお母さんの気持ちを分からずにいて……。これからは心を入れ換えて、お母さんを大事にします。いままでの私のことをどうか許してください……」
といって、母カツの両手を握った。カツも涙を流しながら節子の手を強く握り返して応えた。それは二人の激しかった確執が氷解した瞬間だった。啄木も泣きながらカツと節子の肩を強く抱いた。啄木が半ば諦めていた家庭の平和！それが母の一言で実現したのである。それは啄木が初めて味わう歓喜を伴った感動であった。啄木はこの時の光景を友人に「僕は僕の眼に涙のあつた事を嬉しいと思ふ」と書き送っている。（岡山義儀一宛「平信」『全集第四巻』）
そう言えば、母思いの啄木にはこれに関する有名な歌を多く遺しているが、私には次の歌に強く惹かれる。

茶《ちゃ》まで断《た》ちて、
わが平復《へいふく》を祈《いの》りたまふ
母《はは》の今日《けふ》また何《なに》か怒《いか》れる。

茶断ち——「母—君も知つてゐる筈の、あの腰のすつかり曲つてしまつた僕の母は、僕の為に茶断ちをして平復を祈つてゐてくれる。君、六十歳の今日《こんにち》まで何一つ娯楽といふものを有たなかつた僕の母にとつては、喫茶《きっちゃ》といふ事はその殆ど唯一の日常の慰めでもあり、贅沢《ぜいたく》でもあつた。僕はまだ幼かつた頃から、母が如何に満足気な様子をして、朝々の食事の後の一杯の茶を啜《すす》つたかを見知つてゐた。人が白湯《さゆ》を割らずに飲まないやうな濃いのを、母は殊に好んで美味《うま》さうにして啜《すす》るのであつた。その好きな茶をふつりと断つてしまつた母の心は、僕にもよく解る、さうして十分感謝してゐる。」（同前）
考えてみればこの世に二十五日しかいなかった眞一は二つの大きなお土産を遺してくれた。一つは『一握の砂』を、二つは家族の和解である。それはとてつもなく尊いあの世からの贈り物であった。以後、節子とカツはいがみ合うこともなく、落ち着いた平和な生活を送るようになった。一禎こそいなかったものの結婚して以来、初めて訪れた平穏の一時であった。驚いたのは啄木である。あまりの嬉しい変わりようにその感動を歌にすることを忘れてしまった。

6　訣別と敬遠

啄木の家庭にようやく平和で温かい雰囲気が醸し出され

るようになったが、啄木の周辺には逆のある異変が起こっていた。一つは先にみた堀合家や郁雨との義絶であり、もう一つは詩壇への道を開いてくれた恩人でもあり師匠でもあった与謝野鉄幹への訣別、そして今一つは郁雨とならんで啄木の生活の支えとなった金田一京助への敬遠である。

啄木には以前から人間関係についてある固有の傾向があって、それが繰り返し現れることがあった。それは、親密な関係を築き上げればあげるほどその人物と疎遠になっていくという不可思議な傾向である。それは明らかに啄木の性格の反映でもあるわけだが、おそらくそれは彼の文芸と思想にも深く繋がっているのであろう。この問題を論ずる資格は私にはないが、この二人の訣別と敬遠をみることで啄木の人間性と思想性が少しは明らかになるかもしれない。

その予兆は既に一九〇九（明治四十二）年の初頭に現れている。一月六日にある小説の構想を練り十日から書き出そうとして半日考えるが、なかなか筆が進まない、最初の一頁を原稿用紙十枚も書き損じてしまう。啄木の原稿は書き損じや書き直しが少ないことで知られている。志賀直哉には二十枚ほどの作品が気に入らなくて書き直したら一字一句同じものになったという〃伝説〃があるが、膨大な著作を残した民俗学者の宮本常一の原稿には殆ど書き直しが無く実にきれいなものであった。啄木もまた小説はもとより日記、書簡にいたるまで書き直しのあまりない作家の一人である。新聞記者時代の文章修業にもよるが、なによりも何時もカネがなく、十分な用紙のストックがままならなかった経済的な問題にも多少は因しているとも言えよう。

閑話休題—進まないこの原稿に苦しんで題目を「束縛」と決めて、漸く一枚半書き終えたのは深夜である。そして原稿が進まない原因がこの「束縛」という言葉にあったことに啄木は気づく。「束縛！情誼の束縛！予は今迄なぜ真に書くことが出来なかつたか?!／かくて予は決心した。この束縛を破らねばならぬ！現在の予にとつて最も情誼のあつい人は三人ある。宮崎君、与謝野夫妻、そうして金田一君。」（一月十日」『明治四十二年当用日記』）

最も信頼を寄せ、最も世話になっている人物、与謝野・金田一・宮崎—この三人の存在は自分にとっては生活と文芸の欠かせない必須人物だが、それ故にその「情誼」に絡め取られ、作家にとって最も不可欠な表現の自由を脅かされていはしないか、そしてこれからもそれらの束縛から自由であることを知らず知らずに浸蝕されているのではないかという不安が啄木を襲ったのである。この日の日記の最後に「（束縛）—作家としての最初の一夜—忘るべからざる一夜。」とあるのは啄木の思いの強さと決意のほどを示している。

与謝野鉄幹　先ず、〝恩師〟ともいうべき与謝野鉄幹の場合である。啄木が初めて鉄幹と会うのは一九〇二（明治三十五）年十一月十日、盛岡中学を五年途中で退学し、最初の上京を実現させた啄木十六歳のことである。「機敏にして強き活動力を有せることなるべし」（「秋韷笛語」『全集第五巻』前出）また自宅に招かれ晶子夫人とも顔をあわせて「凡人の近くべからざる気品の神韻にあり」と印象を述べている。啄木が北海道への漂泊の旅に出ている時も鉄幹は、このままでは折角の才能が朽ちてしまうから、一日も早く上京するように何度も手紙を書いている。

釧路にいた啄木は鉄幹が進めている新詩社の方向が時代遅れになりつつあるということをその鋭い嗅覚で見抜いていた。だから上京を催促する手紙にはあまり注意しなかった。ただ、毎日のように荒れた新聞記事をかきなぐり、芸妓と酒色に溺れていては駄目になっていくという自覚だけは失っていなかった。

それどころか特に釧路に来て以来、東京の文壇には常に注意して動向を探ることを怠っていなかった。東京から配達されてくる文芸誌に時折り目を配り、時代に遅れまいとする意志を失っていなかったことはたしかであった。だから、その頃の日誌にも詩壇の流れを冷静に分析した一文が記されている。「与謝野氏自身の詩は、何等か外来の刺撃が無ければ進歩しない。それは詰り氏自身の思想が貧しいからである。此人によつて統率せらるる新詩社の一派が、自然派に反抗したとて其が何になる。自分は現在の所謂自然派の作物を以て文芸の理想とするものではない。然し乍ら自然派と云はるる傾向は決して徒爾に生れ来つたものではないのだ。新詩社には、恐らく自然派の意味の解つた人は一人も居るまいと自分は信ずる。」（「一月三日」『明治四十一年日誌』）

そしてこの四月、上京を果たした啄木は真っ先に鉄幹宅へむかう。八尾、七瀬という三歳の双子が迎えての歓迎だった。しかし、「本箱に格別新しい本が無い。生活に余裕のない為だと気がつく。」さらに啄木の観察が続く。

一つ少なからず驚かされたのは、電燈のついて居る事だ。月一円で、却つて経済だからと主人は説明したが、然しこれは怎しても此四畳半中の人と物と趣味とに不調和であつた。此不調和は軈《ヤガ》て此人の詩に現はれて居ると思つた。そして此二つの不調和は、此詩人の頭の新らしく芽を吹く時が来るまでは、何日までも調和する期があるまいと感じた。（「四月二十八日」『明治四十一年日誌』）

ここにはかつて啄木が抱いていた鉄幹への畏敬の念は既

に失われている。もっとはっきり云えばもうすでに見切りをつけたかのような言い方である。さらに七月には友人の岩崎正に宛てて「君の歌は評判がよい。嬉しいよ。君、どうか盛んにやつてくれ玉へ。与謝野氏も先頃逢つた時聞いてみたら『岩崎君の進んで行く路はよい路だと思ふ』テナ事を言つてゐた。最も君、与謝野氏は、その最も得意とする短歌の批判上でも、矢張関西趣味、上ッ走り趣味に偏してゐる傾向があるから、氏の添刪ぶりは必ずしも最高の標準ではないと思ひ給へ。うまいにはうまいがね。」（「七月七日付」）啄木独特の人を見下した時の雰囲気が露骨に示されている。

　さらに翌年には「予は与謝野氏をば兄とも父とも無論思っていない。あの人はただ予を世話してくれた人だ。」といい「予は今与謝野氏に対して別に敬意を持っていない。同じく文学をやりながらも何となく別の路を歩いているように思っている。予は与謝野氏とさらに近づく望みを持たぬと共に、敢えてこれこれと別れる必要を感じない。時あらば今までの恩を謝したいとも思っている。晶子さんは別だ。予はあの人を姉のように思う事がある……」（「四月十二日」『ローマ字日記』）

　鉄幹が晶子と心血を注いで発行してきた『明星』が詩壇に台頭しつつあったいわゆる自然派に抗する術を持てず退潮し続け遂に一九〇八（明治四十一）年十一月百号を以て廃刊となった。この時、すでに新詩社と袂を分かっていた啄木だが、与謝野からの頼みで発送作業を手伝った。「あはれ、前後九年の間、詩壇の重鎮として、そして予自身もその戦士の一人として、与謝野氏が社会と戦つた明星は、遂に今日を以て終刊号を出した。巻頭の謝辞には涙が籠つてゐる。」（「十一月十六日」『明治四十一年日記』）

　言葉では鉄幹を〝弾劾〟した啄木だったが、鉄幹とはまだどこか細い糸で結ばれていたのである。また、啄木が「晶子さんは別だ。」と啄木が指しているのは歌人としてのみならず、余りに貧相な衣服ばかりの啄木に自分の衣類を啄木の為に三四回、仕立て上げて渡してくれたその優しい心遣いへの感謝のあらわれである。

　この後、啄木と鉄幹が接点を持つのは長男眞一の死の時だ。たまたま居合わせた雑誌記者からこの情報を聞いた鉄幹は取るものも取り敢えず俥をだして葬儀に掛けつけた。「残念だ！残念だ！」と啄木の手を握って男泣きに泣いた鉄幹を見て、啄木は心から自らの敬遠を後悔した。ありあわせの香典二円と線香一箱を小さい棺の前に置いて手を合わせる鉄幹に心の裡で謝罪した。鉄幹が啄木の姿を見たのはこれが最後となった。与謝野夫妻が新しい詩歌の道を打開するためフランスに出かけたからである。この時、啄木は病床にあってもう起き上がることができないほど病状は悪化していたのだった。与謝野夫妻の帰国は啄木没後一年後のことである。

鉄幹は一九一五（大正四）年に出した詩集『鴉と雨』にある一編を入れた。「煙草」という長詩である。この詩はこの時の葬儀を詠んだもので、発表は『文章世界』（第五巻第十五号　明治四十三年十一月）だから啄木はこれに目を通していたと思われるが日記、書簡等に感想は残されていない。

啄木が男の赤ん坊を亡くした。
お産があつて二十一日目に無くした。
僕が車に乗つて駆けつけた時は、
あの夫婦が間借してゐる喜之床の前から
もう葬列が動かうとしてゐた。
啄木の細君は目を泣き脹らして店先に立つてゐた。

自分は直ぐ葬列に加つた。
葬列と云つても五臺の車が並んで歩く限《だけ》だ。
秋の寒い糠雨が降つてゐる空は、
淋しい葬列を　露《あらは》に見せまいとして灰色のテントを張
つてゐる。
前の車の飴色の幌から涙がほろりほろり落ちる。

あの中に啄木が赤い更沙の風呂敷に包んだ赤ん坊《ぼ》の小《ちさ》
い柩を抱いてゐるんだ。

啄木はロマンチックな若い詩人だ、
初めて生れた男の児をどんなに喜んだらう、
自分などは子供の多いのに困るつてる、
一人や二人亡くしたつて平気でゐるかも知れない。
併し啄木はあの幌の中で泣いてゐる、屹度泣いてゐる。

どこかの街を通つた時、
前の車から渦を巻て青い煙がほおつと出た。
またほおつと出た。
ああ殊勝な事をする、啄木は車の上で香を焚いてゐる
んだ。
僕は思はず身が緊《しま》つた。

今度は又ほおつと出た煙が僕の車を掠めた、
所が香で無くてあまいオリエントの匂がぷうんとした。
僕は其れを一寸《ちつと》も驚かなかつた、
僕も早速衣嚢《かくし》から廉煙草のカメリヤを一本抜いて火を
點《つ》けた、
先刻《さつき》から大分喫みたかつた所なので……、

また勿論啄木と一所に新しい清浄な線香を一本焚く積りで……。
折から又何處かの街を曲がると、
「おい、車體をさうくつつけて歩いちや可かん」と交番の巡査がどなつた。
僕の車夫は「はい、はい」と素直に答へて走つた。
そんな事で僕と啄木の悲しい、敬虔な、い丶気持の夢が破れるもんぢやない、
二人の車からは交代にほおつと、ほおつと煙がなびいて出た。

不思議なことに膨大な手紙を知人・友人に書いた啄木であるが鉄幹や晶子に書いたものは一通も残されていない。『全集　第七巻』は「書簡」集で、その巻末には「書簡索引」が付いており、検索の便をはかっているが啄木による「束縛」〝三人組〟中、与謝野鉄幹・晶子は共にゼロ、金田一京助四十四通、宮崎郁雨七十二通である。

しかし啄木の日記にはしばしば与謝野宛への「書簡」の文字が見られるから何通も出していることは明確である。念の為に鉄幹や晶子の方の文献を調べてみたが啄木の書簡は収められていない。筑摩版『全集』の文献と資料の収集は並々ならない堅固で緻密な編集方針にしたがって行われたから、当然、与謝野家側にその所収方を依頼した筈であり、その回答がゼロだったと言うことになる。ということは与謝野家側が啄木の書簡を保有していながら拒否したのか、そうでなければ破棄して保管していなかったからゼロ回答になったのか、いずれかであろう。現段階ではその実相は不明のままである。

金田一京助　次に金田一京助のケースを見る事にしよう。啄木は人を呼ぶとき、年下であれ、年上であれ殆ど誰彼なく「君」付けで呼んだ。それ以外は敬称抜きで「漱石は……」「藤村は……」である。仕事の上での上司佐藤北江朝日新聞編集長ですら、「佐藤君」と呼んだ。だからどれだけ世話になったか計り知れない四歳年長の金田一京助は当然の如く「金田一君」だった。金田一は裕福な家庭に育ち、妹の自殺という精神的悩みはあったものの、何一つ不自由なく生活していた。必要なものはほとんど手に入れることができ、中学卒業後は二高（仙台）、東大文学部で言語学を専攻し卒業後は幾つかの仕事を経ながら研鑽を積みアイヌ語研究の第一人者となり晩年には文化勲章を授与され八十九歳で大往生を遂げる。ただ、京助の為に一言だけ添えておくが、凡てが順風満帆だったわけではない。一九〇九（明治四十二）年、林静江と結婚し、長女郁子が生まれるが一歳の誕生日直前に亡くなり一九一五（大正四）年次女弥生

は産後間もなく死亡、翌年三女美穂も一年後百日咳で亡くする。そういう悲劇をくぐり抜けて初志貫徹、アイヌ研究で不滅の業績をあげたということを付け加えておきたい。

その京助が啄木を語り出すのは一九三一（昭和六）年辺りからで、啄木没後二十年余りの歳月の後である。啄木が国民的人気を得るようになるのが土岐哀果の努力で相次いで刊行した『啄木遺稿』（大正二年）『一握の砂・悲しき玩具』（大正二年）『啄木選集』（大正七年）という先駆的努力によるが、決定的になったのはやはり土岐哀果が新潮社の佐藤義亮社長に直談判して口説き落として出した『啄木全集全三』（大正八年）である。この『全集』は十年間に四十刷まで出て、一躍啄木の名と歌は国中に広まった。

いきおい京助は数少ない生証人として引き合いに出され、啄木を語る機会が増した。現在でも金田一京助とは啄木の友人という半面しか知らない人が大部分である。また京助が語る啄木との関係は誰かがいみじくも「日本友情史上の模範的」存在と表現され、もてはやされ、相乗効果もあって啄木の国民的人気は決定的なものとなった。

金田一が東大に入学して間もなく啄木は後を追うように北海道の流浪の旅を終えて東京にやって来た。一週間ほど与謝野夫妻の世話になった後、啄木は本郷菊坂町「赤心館」、つまり金田一の下宿に向かった。一九〇八（明治四十一）年五月三日のことである。故郷思いの二人は懐かしさのあまり涙を落としながら明け方まで語り合った。京助は東大を出た後、四月から海城中学の講師をしていた。

「ところで金田一君、この近辺に手頃な下宿はありませんか。何時までも与謝野夫妻に世話になっているわけにもいかないし……」

「ああ、それなら僕の部屋にしばらくいたって構わないよ。どうせ僕は昼は学校に行っていないし、その間、君は僕の机で仕事をしていればいいじゃないか。」

「そうかい。そう言ってくれるのなら、それではしばらくそうさせてもらうかな。」

気のいい京助は親切心から本気でそう言った。しかし、啄木の懐には実際には五円しかなかった。とても下宿代を払えるどころか好きな煙草代や外食も数日でままならなくなる事態を迎えるのは確実だった。だから、啄木は数日ではなく数ヶ月は金田一の部屋に居候する積もりだった。啄木は人のいい金田一がそう言ってくれることまで計算しての相談だったことになる。これは啄木が北海道から離脱する際に宮崎郁雨に使った手法の再現とも言える。

ただ、金田一は啄木の予想と違った行動に出た。気のいい彼は大家に、自分の友人でとても有望な歌人がいるのだが今部屋を探している、この付近にいい部屋は出ていないか、と尋ねると「ああ、うちで良ければ明後日になると二階の一部屋が空く」と教えてくれた。夜になって帰ってきた啄木にそのことを嬉々として告げると啄木は計算違いに一瞬たじろぐが、そこは百戦錬磨、浮き世のハプニングには慣れている。

「ああ、そうですか。気を利かしてくれてありがとう。〈余計な事してくれて！〉とても助かりますよ。〈参ったな！〉君の親切は昔からちっとも変わっていないんだね。〈醜女《しこめ》の深情け！〉」

「ですから明日、早速引越しましょう。記念に僕の机と椅子、持っていって下さい。あげますから。ああ、それからこの二日間の食事代は僕が持ちますから心配しないで下さい。」

数ヶ月は金田一の財布で過ごせるという啄木の目論見は見事に外れた。策士策に溺れるの図である。苦労人の啄木にはこうしたことがしばしば起きている。例えば小樽日報時代、主筆追い出しに成功した後、北海道庁にいた沢田信太郎を強引に小樽日報に引き込み、日報に挿絵を描いていた桜庭ちか子と結婚させようと東奔西走して懸命に仲を取り持つが結局失敗してしまう。最後の詰めが甘かったのである。また、盛岡での文芸誌『小天地』第一号（明治三十八年九月）の時も「小天地社の特有船が間断なく桑港と横浜の間を航海し、部数三十万づゝ、発行する用にやるべく候」（九月二十三日金田一宛書簡）と大見得を切る。しかし、結果は惨敗、資金流用の嫌疑までかけられ裁判所に出頭を命じられる羽目になる。どこまでも詰めが甘いのである。

金田一の〝善意〟で「赤心館」に腰を据えた啄木は猛烈な勢いで執筆に専念する。主に小説であるが「菊池君」「病院の窓」「母」「天鵞絨」「二筋の血」などを一気に書き上げた。しかし、これらの原稿を引き受けてくれる出版社は森鴎外の斡旋もむなしく一つも現れず、生活は苦しくなっていく。そういう時、啄木を傍らで励まし続けたのは外ならぬ金田一であった。下宿代も立て替えてやったし、生活費も京助は書物や衣類を質に入れても工面してやった。「友の憂いに我も泣く」を図で行くような友情を京助は毫も厭わなかった。

例えば赤心館側が啄木に滞った下宿代をあまりにも厳しく取り立てようとするので金田一が憤慨し、自分の書物を殆ど処分し、その代金で本郷森川町に「蓋平館」という三階建ての下宿を自分で見つけ啄木と一緒に引っ越している。

それまで溜まっていた啄木の下宿代も全て金田一が払ったのである。啄木は手を合わせて感謝したが、相変わらず金田一の財布を自分のものとすっかり思い込んでいる態度は変わらなかった。それでも金田一は啄木を支え続けた。金田一の啄木に対する貢献度で言えば郁雨のそれと比肩して全く遜色ない。また、あともう一人土岐哀果を挙げなければならないが、ここでは触れない。

その金田一が一度だけ啄木に不満をぶつけたことがある。それは啄木があまりにも無遠慮に金田一の財布を使いすぎたことに遂に堪忍袋の尾が切れそうになった一件である。後に金田一が「考えると私の狭量、私のひがみからであって、たいへんに恥じ入ることだった」(『新訂版　石川啄木』前出)というその話の中身は次の様なことであった。

ある日盛岡の同郷の人間だという二人が会いにやって来た、二人とも一七、八歳の若者で家出同様に東京に出てきたが仕事もなかなか見つからず、困り果てて郷里で名前を何度か聞いた啄木を慕ってやってきたという。この頃啄木は新聞小説の連載で忙しかったが、「先ずは住む場所を見つけなければならないなあ」といって月二円の四畳半の部屋を見つけてやり、その家賃と当分の生活費にと三円を渡してやった。啄木は金田一に嬉しそうにその話をした。「たまにいいことをすると気持いいもんだな」と言って旨そうに煙草を吸った。

もう察しのついた事と思うが、なにしろこのカネの出所は全て金田一の財布だったから、さしもの京助もムカッとして「石川さん、せめて私に前もって一言くらい相談してくださいな」と言った。すると啄木は「善い事をするのにいちいち人に相談なんか必要ありませんよ」とはぐらかしてきたので、思わず京助は気色ばんで「その財布が私のものだってことをせめて分かってくださいよ」と言った。啄木は「ああ、済まなかったと思ってる。これからは無茶しないから」と引き下がった。

この一件があった辺りから、啄木の金田一観が変わり始める。自尊心の強い啄木のことだ、友人の財布にしがみついていては言いたいことも書きたいことも出来なくなる、いつまでも人の財布に縋っていてはだめだ。今の自分は明らかにそのようなしがらみに絡めとられている。それが本節冒頭の「束縛」説に結びついて来るのだ。

かつて「金田一君といふ人は、世界に唯一人の人である。かくも優しい情を持つた人、かくも浄らかな情を持つた人、かくもなつかしい人、決して世に二人あるべきで無い。若し予が女であつたら、屹度この人を恋したであらう」(「五月六日」『明治四十一年日誌』)とまで言わしめた金田一観は、この一件辺りから次第に様相を変えてゆく。

特に顕著にその傾向が現れるのが一九〇九（明治四十二）年初頭からである。例の「束縛」裁ち切り宣言は一月十日だったが二月十五日には「モウ予は金田一君と心臓と心臓が相ふれることが出来なくなった」四月八日には「友は一面にはまことにおとなしい、人の良い、やさしい、思いやりの深い男だと共に、一面、嫉妬ぶかい、弱い、小さなうぬぼれのある、めめしい男だ」と評価が逆転してしまう。

啄木が金田一との「束縛」を解くために書いた『束縛』は二種類あるが、いずれも数枚のもので未完のままに終わっている。啄木はこの原稿を金田一に見せた。啄木は殆どの作品を金田一に読んでもらい感想をきくのが常であった。この時も啄木はこの原稿を無造作に金田一に渡した。その時の金田一の反応――。

私は何気なしに、いつもの気で、危うく音読しかけて、二、三行読んで嚇《かっ》とした。／今まで、石川君が何をしても、何を言っても、たいてい寛容でおれたのは、決して自覚の上に立って、そうでありえたのではなく、むしろ私はすべてまず善意に取るほうでおめでたくできていたことと、一つは性格の弱さから来ていたのであったらしい。／「束縛」は明らかに私をモデルにしていて、しかも私の弱さを、醜さを、無遠慮に抉剔《けってき》して、十分私をして反省せしむるに足る、よき忠言であったかも知れなかったが、若かった私は、私の私事を、それは羞《はず》かしくて誰にも言い得ない、たった石川君にだけは白状していた内証ごと―実は人に隠してその当時鼻の下へ毎日毛生液をつけていた、それを、暴露したものだった。そのために、初めから軽蔑《けいべつ》の目で書かれているその主人公がいっそういやな歯の浮くような男に出てくるので、私は読み終えて、一生におそらくただ一度、石川君に真赤に怒った。石川君も黙ってい、私もしばし黙っていたあと、論語の中の一句を借りて「暴いて以て直と成すものを悪《にく》む」と言った。／たぶん私の顔は泣き出しそうにふくれていたかもしれなかった。それでさすが気の毒にでもなったものか、一、二分の後、石川君は、軽く頭を掻《か》いて笑って、両手を差し出して揉《も》みながら、（御免御免の身振りでこの人のよくやる習慣だったが）「いけない、いけない」と言い出した。そして白状して「本当はあなたの友情が邪魔になるから、それで今度は実はあなたを蹴ろうとしたんです。がだめ、だめ、ああ失敗した！」／と他愛もなく云うので、私も他愛なく笑って、「なあんだ」と、結局また元通りになってしまった。（『新訂版　石川啄木』前出）

金田一は「結局元通り」の仲良しに戻った、というがそれは温厚な金田一流の表現で、この〝事件〟は明らかに二人の間に溝を作った。金田一はこのころ三省堂編集部嘱託となり國學院大学の非常勤講師となっていた。一月三十一日の啄木の日記には「今日金田一君の代理で國學院の六円をうけとっておいた。／女中共へ一円五十銭やる。それから森川からかりた二円をかへして来た。」とあるが、金田一が時間給でようやく稼いだ六円を勝手に女中に大盤振る舞いし、友人の借金返済に流用している。いくら温厚な金田一でも忍耐の限度というものがある。啄木は金田一が「そろそろ引越するつもりだが、今度は僕一人で出るから」という声を上の空で聞き流した。

啄木には金田一をモデルにした未完の作品「底」もある。「両親は郷里で相当な生活をしてゐて今猶健かに、娶つて一年と経たぬ妻は可愛く美しく、伴れて来てゐる一人の妹と妻の間も睦ましい。」という長閑ながら中途半端な作品で、しかも金田一はまだ独身なのだから写実性にも乏しく「束縛」に見られた緊張感は全くない作品だ。啄木は家族が上京してくる六月まで浅草塔下苑に金田一を伴って〝悪い遊び〟を伝授する。未だに女を知らない金田一に遊蕩の味を覚えさせようとしたのは〝友情〟からか、一蓮托生の遊び仲間に引きずり込むためだったのか。この時期の啄木と金田一の関係はどこにでもみられるありふれた単なる遊び人同士で、二人の持つ独特な才覚はすっかり影を潜めたものだった。

啄木が金田一に世話になった蓋平館を出て弓町喜之床に移ったのが一九〇九（明治四十二）年六月十六日だった。以後、これ以後、啄木は節子らと家族ぐるみの生活に入る。以後、金田一とは往来がめっきり減った。啄木のローマ字日記がこの日で閉じられ、かな表記で再開されるのが一九一〇（明治四十三）年四月一日で、この間は〝空白〟になっている。

そして十月二日に例の節子「無断里帰り」があり、啄木が金田一に泣きついて仲介の労を取った件は先に述べた通りである。そして十一月十七日の新渡戸仙岳宛の手紙には「今度金田一花明君にお嫁さんを貰ふ問題起り、昨夜その見合いの席に小生も同席致候。但しきまるか何うか不明に御座候。」とあり、この話はとんとん拍子に進み金田一は見合いの相手だった二十歳の林静江と結婚する。京助二十七歳。金田一の〝筆降ろし〟を図った師匠である啄木が祝福したことは言うまでもない。

京助の結婚前のこと、ある日、啄木が京助の部屋にやって来て杖に肘をつきながら、こう切り出した。

「結婚しなさい」

「結婚などできるものじゃない。三十円そこそこの収入で」

「いや、だいじょうぶだ。一人で食っていけるんだから、二人で食ってゆける。一人の時には、そば屋へ行ったり、肉屋へいったりして使う。二人になるとそれがなくなるからだいじょうぶです」

「そうかなあ」

「そうですよ。二人でも結構暮らせるものです」(金田一京助『私の歩いてきた道』講談社　一九六八年)

啄木の世話好きは小樽日報の同僚への強引な見合いや家出してきた若造二人に下宿を見つけてやったりという話があるように証明済みである。この時も啄木は下準備を遂えて金田一に持ちかけてきた。啄木は顔見知りの貸本屋のおやじに「僕の友人で父親が盛岡の銀行の頭取で、東大出の大学講師の独り者がいるんだが誰かいいお嫁さん候補はいないか。君はほうぼうの家に出入りしているからなにか知っているだろ」するとと貸本屋のおやじは早速候補を報せて来た。蓋平館近くに済む二十歳の林静江で女子美術学校の刺繍科に通っていた。あまり気乗りしない見合いにしぶしぶ出かけ、その席で相手を見て京助は思わず「あっ！」と声を上げた。京助の職場と静江の学校は近かったから道すがら何度も二人はすれ違っていたのである。いつも下向き加減で落ち着いた風情だったから印象に残っていたのである。聞いて見ると江戸っ子でアクセントがいい。言語学の京助は標準語を話す女性に憧れていたから、この話はとんとん拍子に進んだ。

結婚して金田一は元の下宿の蓋平館に近い本郷森川町に新居を構える。したがって啄木の家ともそう離れていない。新妻の静江が困惑したのは節子がしばしば啄木からのメモを持ってやって来ることだった。そのメモには決まって「〇円寸借の程願度」と書かれていたからである。当時の金田一の収入は三省堂の月給三十円、非常勤の國學院が一回の講義一円で月平均三十五円、そして支出はと言えば家賃十円、京助の一日の小遣い二十銭、晦日の支払いが二十円前後だからそれほど余裕はない。そこに何度も啄木の〝メモ〟が廻って来ると赤字になりかねない。見合いの席を作ってくれた恩人だが、赤字を作ってとは頼んでいない。しかし、京助は相変わらずノーとは言わない。「メモが来たらその通りにしてくれ」と申し渡されていたから次第に新妻静江は啄木いや啄木家を嫌うようになっていった。そうでなくとも京助の性格—〝善い人でありたい〟から、困っている友人を見捨てることが出来ない、一方新妻からすれば家計荒らしは許せない、その態度は日常生活に反映されるから、京助は次第に啄木を敬遠せざるを得なくなる。

　二人の関係が決定的になったのは啄木が念願の歌集『一握の砂』を出し、その扉に郁雨と並んで献辞を掲げたというのに京助はハガキ一枚の返礼もせず、無視したことからである。しかもこの直ぐ後に啄木の長男眞一が亡くなった時も金田一は全く動かなかった。葬儀の前日、啄木は金田一にハガキを出し葬儀の日取りを伝え、明日取りにゆくから羽織袴を貸してくれと伝えたが、その日啄木は来ず、金田一も腰を上げなかった。急を聞いて駆けつけた与謝野鉄幹と著しく対照的な姿勢である。この経緯の金田一の弁明―


　二人はめいめいの家庭を持ってしばらく顔を見ずに暮らした半年あまりの経過の間に、私が石川君を憤慨さしていたらしかったのである。この年の秋遅く、石川君のところに二人目の赤ちゃんができてすぐ亡くなり、私の所へ死亡通知が来て、いずれ葬式の羽織袴を借りに行きますとあったから、見えるかと思って内の者に用意させておいたが、取りに来られずに葬式を済まされた。私は三省堂の『百科大辞典』の校正部に勤務して、第何巻目かのできる時で、家に戻らず徹夜騒ぎの最中などで、お葬式にも行かなかったし、つづいて、処女歌集『一握の砂』の恵送にもあずかって、あまつさえその一巻はデジケートされているものだったのに、私は、いずれ逢《あ》って悦《よろこ》びやお礼を言うつもりで、そのまま暮れたのである。

（『新訂版　石川啄木』前出）


俗に「ものも言いようで角が立つ、豆腐も切りようで丸くなる」というが、金田一のこのいい訳は明らかなごまかしである。誠意があれば羽織袴は新妻に持って行かせれば済むこと、葬儀も同様だ。歌集の例などはハガキで済むことだ。要するにこの時の金田一は啄木の前で〝悪い奴〟を演じたのである。恐らく初めての〝大役〟だった筈である。金田一にその役を〝演出〟したのは他ならぬ新妻金田一静江である。

　金田一一家と宮崎家の啄木に処する態度はその子息や孫に至るまで実に対照的だと言う。金田一一家に啄木をよく思う者は皆無で、一方、宮崎家は啄木に心酔しあまつさえ悪口など埒外である、と。詳しくは西脇巽『啄木と郁雨―友情は不滅』（文芸図書　二〇〇五年）を参照されたい。

　一九一一（明治四十四）年一月二十九日、金田一に長女が誕生したという知らせを聞いた啄木は早速京助にハガキを送り、次の歌を添えた。

そうれみろ、
あの人《ひと》も子《こ》をこしらへたと、
何《なに》か気《き》の済《す》む心地《ここち》にて寝《ね》る。

この後、二人の往来はしばらく途絶える。七月に入り酷暑が続いたある日、杖をつき息をきらしながら啄木が金田一の家にやってきた。「どうしても君に会いたくなってね。」この時、啄木の症状は悪化していて外出は出来ない位になっていた。金田一はこの「最後の訪問」について方々で書いている。それによれば啄木が自分の思想形成に関する「結論」を京助に告げに来たという事になっている。そしてこのことが後に啄木の「思想的展開」問題となって大論争を引き起こすことになるのだが、私は別の視点でこの啄木の「最後の訪問」の意味を考えてみたい。

　というのは啄木が〝社会音痴〟の金田一に思想や理論を語るために重い体を炎天下、出かけたとは思えないからである。思想や理念を語るのが目的であったならば、森鴎外や平出修など他の人物を訪れている筈だ。啄木はどうしても胸襟を開いて語りたかった友の一人、金田一京助という〝人間〟に逢いたかったのではなかったか。

　啄木の作品には常に人間に関する考察が基本になって構成されていることが素人の私にでも理解できる。友情から葛藤、疎遠という激しい曲折を繰り返して共に泣き笑い遊んだ〝盟友〟とゆくりなく語り合いたかった為の訪問だったと思うのである。

　確かに少しは社会主義や無政府主義、クロポトキン、トルストイも語ったであろう。しかし、それは付け足しであって、会話の殆どは故郷の自然から始まり、二人の辿った〝若き過ち〟への懐古だったのではなかったろうか。その会話が後に金田一のフィルターにかかって社会で論争の的になりそうな話題だけ切り取られ、論争好きの知識人達の標的となった、というのが真相だろう。まだ二十六歳、金田一がいうように啄木が思想形成の完成を為したというのは話が出来すぎている。啄木が本当に人間主義や理想主義の帰結に辿りついたなら、どうして嫁いでゆく妹に会いたいという節子を盛岡の実家に帰さず、郁雨や堀合家に義絶を一方的に通告し一家の糧道を立ち切る暴走を繰り返したのか、その説明はつくのだろうか。啄木が社会主義や無政府主義に関心を持っていたことは事実としてもそれは観念的レベルのもので日常的に結びついたものではなく、それを多くの啄木信奉家たちが大仰にあげつらっているに過ぎないというのが私の考えだ。

　だから啄木が病躯《びょうく》を押して京助に会いに行ったのは思想

上の問題ではない。一時はぎくしゃくした関係になったが、青春の熱い時代を共に共有した思い出を改めて確認したくなったからなのだ。ひょっとして自分は先が長くないのかも知れない、少しでも元気なうちに金田一と会っておかねば……と考えての会談だったと思うのである。

私は金田一は誠実な人間で虚偽を捏造したとは露も思っていない。しかし、彼は彼で夭折した天才との交友を思い出す度に「最後の人」として自分に会いに来てくれ啄木の面影を大切に大切に心の裡に刻み込もうとしたのであろう。その想いが一つの啄木像となって金田一の心の裡に形成されたのだ。

啄木が金田一へ書いた最後の手紙は病状がかなり悪化して時に意識が混濁することもあった一九一二(明治四十五)年一月八日である。それは金田一の長女郁子が一歳の誕生日を二十日後に控えて亡くなったことへの追悼だった。

只今お葉書を拝し、驚き入り申候。あの可愛気にむつちりと肥えておはせしお子様おなくなり遊ばせしとは、私も夢のやうに候。肺炎と申せば、明けて昨年の九月、私の子もそれに罹り、病人夫婦が徹夜にて氷嚢を取りかへてやりなどして、既に亡きものと思ひしいのちを取りとめ候ひしが、同じ病が今あなたのお子様を奪ひ候とは何たる事!御愁傷の御有様も目に見ゆる様にて、とみには申し聞ゆべき言葉も思ひ出侍らず、奥様のお心は申すに及ばず、盛岡の祖父祖母君の御いたみなど急がしく心に浮べられ候。子を失ひし恨みは私にもあり、すべてはお察し申し上げ候。病中御回向も叶わず、取り敢ず御くやみまで斯くの如くに御座候。

かくして与謝野鉄幹・金田一京助の「束縛」から解放された啄木だった。出来れば宮崎郁雨についても委細を尽くして語るべきであるが、それはまた別の機会に譲りたい。ともあれ、啄木が体制を整えて再出発しようとしたが、残された時間があまりない事を自覚しなければならなかった。試練の連続が待っていたからである。

二　残照

1　義絶の果て

金田一に「最後の訪問」を終えてから、啄木の体調はめっきり悪くなった。七月十二日には啄木は四十度三分の高熱を出し、同二十八日に節子は肺尖カタルと診断され、伝染の恐れがあるという理由で喜之床を追い出されるように郁雨の援助を得て久堅町の平屋に引っ越した。八月上旬のことである。郁雨との義絶は九月のことで、若しこの時間がもう少し早ければ、引越も侭ならず文字通り路頭をさ迷う事態になっていたであろう。ともかく啄木のこの〝血迷った〟決断は家族にとって大きな打撃になったことは間違いない。

あてのなき金《かね》などを待《ま》つ思《おも》ひかな。

寝《ね》つ、起《お》きつして、
今日《けふ》も暮《く》らしたり。

年末になってカツ、啄木、節子の薬代もなく、悲惨な大晦日を迎えることは目に見えている。窮余の一策としていまや啄木にとっての助け船は朝日の同僚だった西村真次しかなかった。西村は啄木と『二葉亭四迷全集』の編集に携わった後、『学生』（冨山房）という雑誌の編集長になり、啄木に数回原稿を書かせてくれた。十二月二十九日に高熱に苦しみながら書いた手紙は恥も外聞もかなぐり捨てた必死の思いで満たされている。少し長いが啄木一年の病歴とその苦衷を克明にしたものでもあり、この状況下での啄木の心境を如実に示した重要な記録であり、その全文を引用しておきたい。

西村さん。まる一年もすつかり御無沙汰してゐて、突然こんな手紙を差上げるなんて、自分ながら自分の行為を弁護することも出来ない次第で御座いますが、よくよくの事だと思つて下さい。今年はまるで病床に暮してしまつたのです。一月から悪く、二月一日に診察をうけて慢性腹膜炎だと言はれ、すぐ大学病院の施設に入院したのでしたが、同月末更に非常の発熱と共に肋膜炎を併発し、その後退院はしましたが、病勢一進一退、七月にはまた四十度以上の発熱でひどい目にあひ、八月に此処へ病床を移したのでしたが、涼しくなつたら癒るだらうと思つてゐた予想がはづれて、殊に向寒の頃から一時少し具合のよかつた熱がまたまた面白くなくなり、月に一度かそこいら気分のよい日に湯屋にでも行く外は全く下駄をはいた事がないといふ次第で御座います。腹の方はもうスツカリいゝのですが、肋膜が慢性になつてしまつてるので、春暖の頃にでもならなければ兎ても恢復すまいと思つてゐます。／親があり妻があり子がある処へこの始末、それだけでも大変ですのに、その妻までが七月以来もう半年病院通ひをしてゐます。この方は肺が悪かつたので、一時はひどく衰弱したのでしたが、例のツベルクリン注射の結果今では全く結核菌のある徴候がなくなり、体重も増し、顔色も殆ど普通になりましたが。／かうい ふ状態の処へ「年末」が来たのです。社ではそれでも賞与二十円くれました。何とも有がたい事ではありますが、しかし二十円だけでは兎てもこの年末が越せないのであります。今迄十一ヶ月の病床生活で、もう無理に無理を重ねて来てゐます。押し詰つた今日此頃、毎日浮かぬ顔をして行灯に寝ながら考へても、どうにも方法がつきません。／西村さん。兎ても申上げられない程の無理なお願ひなので御座いますが、万一出来ます事ならば、原稿料の前借といふやうな名で金拾五円許り御都合して助けて頂けますまいか。これが健康な時なら、こんなお願ひをするにしても、徹夜でゞも何か書いて、直接お訪ねしてお願ひするのですけれど、今のからだではそれも出来ません。但しお許し下されば、あなたの御命令の期日までに御命令のものを是非かきます。私で出来るものなら何でもかきます。学生に読ませるやうな短編でも、感想のやうなものでも、歌の評釈のやうなものでも、或はまた歌でも、何でも御命令通りにかきます。また名前を出さなくて済むやいな種類のものでもよう御座いま す。／十五円といふと私にとつては大金で御座います。十五円しかし実際の不足額の約四分の一で御座います。十五円あれば、四方八方きりつめて、さうして一円か二円正月の小遣が残る勘定なのです。何とかして（無理を極めたお願ひですが）助けていたゞけませんでせうか。／お葉書を下さればすぐ妻にお伺ひいたさせます、三十一日の間に合うやうに。

遂に大晦日を迎える。西村真次からの返事はまだない。啄木家には朝早くから取り立ての債鬼がやってくる。その応対はたいてい節子の役柄だが、手に負えない時は啄木が布団から這い出して重症の母を見やりながら何度も頭を下げて詫び、お引き取り願った。自尊心の強い啄木の姿はもうここにはなかった。平身低頭、全ての妥協を飲み込んでの必死の嘆願！もしここに郁雨が現れたなら啄木はすべての面目をかなぐり捨てて和を乞うたであろう。

とうとう明治四十五年の元旦を迎える。土岐哀果あての年賀状には「もう間もなく我々が交際を始めた一周年記念日がくる。この一年の間に、君が病中の僕にそゝいでくれた友情が、友の少ない僕にとつてどれだけ貴といものであつたかは、君も知つてゐてくれるだらう。僕はそれを年をとるまで忘れたくないと思ふ。／どうか今年はいゝ事が沢山あつてくれ—君のためにもさうして僕のためにも。」と心を込めて書き送った。

過《す》ぎゆける一年《いちねん》のつかれ出《で》しものか、
元日《ぐわんじつ》といふに
うとうと眠《ねむ》し。

お屠蘇も注連縄もない正月は何もこれが初めてではない。しかし家族の三人が病臥に伏し、しかも米櫃《こめびつ》には一粒の米もないという正月は初めてであった。諦めに似た心境になってうつらうつらしている処へ現金為替が届いた！西村真次から「金五円」！「何とお礼の申し様もありません。殊に時が恰も元日の事とて、何だか今年はいゝ事のある前兆のやうで、心では何度手を合せてお礼を申したかしれません。」

何《なん》となく、
今年《ことし》はよい事《こと》あるごとし。
元日《ぐわんじつ》の朝《あさ》、晴《は》れて風無《かぜな》し。

啄木研究家が啄木の一句一句の出自に目の色を変えてあの「蟹」はどこだ、この「島」はどこだと口角泡を飛ばすが如く騒いでいるのを見て感心したり驚いたりするのだが、そういうことに拘らず読み手が自由に自分の人生と生活に引きつけて共感を覚えるから啄木の歌は共通する汎用性を以て読み手に受け入れられているのである。専門家や批評家に解る歌など誰も相手にしない。しかし、私はこの歌だけは、この日の啄木の生活を思い出して読む必要があるのではないかと思わずにはいられない。

2 母の死

啄木の新しい年への希望は、しかし逆の方向へ進んで行った。母カツの喀血は昨年暮れから始まっていたが悪化するばかりだった。「実は四日許り前から三十八度以上の熱があり、日に何度も何度も痰と一しょに血を吐いたのです。もう今迄に御飯茶碗に二つ位は吐いたらうと思ひます。それですつかりまゐつてしまつて、平生寝てゐるといふ事のきらひだつたのが、昨日から床を離れません。（中略）なにしろからだがからだなものですから、少し音がないと心配でならず、夜などは二度も三度も妻に生きてゐるか否かを確かめさせる位です。」（「一月二十二日付佐藤眞一宛書簡」）

病魔時代の朝日の啄木への対応には賞すべきものがある。校正係の啄木がサボり始めた頃にも寛容にあつかったし、病気になってからも給与はそのまま続行され賞与も出ている。前借りにもできるだけ融通している。さらに佐藤編集長は母カツの入院まで心配して手配まで気配りをした。当時、既にジャーナリストとして名を馳せていた学芸部長杉村広太郎（楚人冠）から社内で啄木義援の募金をしたい旨の手紙を貰った際に感謝の言葉を示しながら「早い話が、私にはこの先まだまだ困つて行くに違いひありません。それで今のうちにお世話を頂いておくと、その時になつてもう重ねて申上げるといふ事が出来なくなると思ふのです。」（「一月九日付書簡」）と自分の今後の生活が予断を超えた厳しいものになることを告白している。

一月二十三日、いつもは一人の医師の往診だったが、この日は何かの手違いで二人の医師が同時刻に往診に啄木の家にやってきた。二人の医師の診断は一致して「肺患」であった。それを聞いた啄木は「母の病気が分ると共に、去年からの私一家の不幸の源も分つたやうに思はれます。私がかうして一年も直りかねてゐたのも、つまりは結核性の体質だつたからでせう。」（「一月二十四日佐藤眞一宛書簡」）啄木は一家の病魔の根源が肺結核であったことを知って愕然とする。長姉田村さだが三十一歳の若さで亡くなった（明治三十九年）のも肺結核だった。そして母も、自分も！

節子はまだ寝込むまでにはなっていないがカツや啄木の病状は日毎に悪化していく。土岐哀果宛の手紙にもその苦衷が綴られている。「この頃熱が我儘をはたらいて困る。高圧手段を取つてしきりに解熱剤を用ゐてるが、仲々うまくいかない。そこへもつて来て数日前から老母が床についちやつた。医者は、今明両月の寒さを過ごすことが出来ないかも知れないと言つてゐる。善い事がどつさり来る筈の四十五年が一月早々からこの通りぢや、僕も少しがつかりだ。一体誰がかう僕をいぢめるのかな。いくらいぢめたつて仲々降参なぞする僕ぢゃないのに。」（「一月二十七日付」）

そうした暗澹《あんたん》たる心境に塞がれていたとき、一月二十九日、佐藤編集長が社内有志十七人から集まった義援金「三十四円四十銭」と新年会酒肴費「三円」を持ってきてくれたのである。啄木と節子はただただ低頭して押し頂いた。佐藤が帰ったあと、啄木は息を切らしながら直ちに一人一人に鄭重な謝意を込めてハガキを書いた。音頭を取ってくれた杉村楚人冠には書簡で心からの礼を述べた後「取分け重病の母に滋養品の事について余計な心配をさせなくても済む事になつたのが、有難くて仕方がありません。あの幾枚もの紙幣を見せてワケを話した時に母は泣き笑ひして有難がりました」と久々に家庭に笑い声の上がったことを伝えている。

　日頃から本の一冊も買えずに思わずその愚痴を歌にした啄木が、朝日からの拠金を、しかも四十円近い〝大金〟が入った！そして三十日の日記には彼の面目が百パーセントにじみ出ている。

　　夕飯が済んでから、私は非常な冒険を犯すやうな心で、俥にのつて神楽坂の相馬屋まで原稿紙を買ひに出かけた。帰りがけに或本屋からクロポトキンの『ロシア文学』を二円五十銭で買つた。寒いには寒かつたが、別に何のこともなかつた。／本、紙、帳面、俥代すべてゞ恰度四円五十銭だけつかつた。いつも金のない日を送つてゐる者がタマに金を得て、なるべくそれを使ふまいとする心！それからまたそれに裏切る心！私はかなしかつた。

　病人の見舞金がクロポトキンになり、原稿用紙やインク代に変わったとしてもそれを咎める者は誰もいなかったろう。しかし、啄木の心はそれすら良心の呵責の種になってしまう。それが「かなしかつた」の一言に込められているのだ。先に宛てた楚人冠へはクロポトキンの本を考えに考えて買ってしまいましたと告白している。社会主義思想に理解を持つ楚人冠には自分の気持が通じるだろうと考えてのことだったろう。

　　本《ほん》を買《か》ひたし、本《ほん》を買《か》ひたしと、
　　あてつけのつもりではなけれど、
　　妻《つま》に言《い》ひてみる。

　この想いが久し振りに叶えられて啄木はどれほど嬉しかったことだろう。確かにここまでは「今年はよいことあるごとし」だった。しかし、啄木の外出も本や原稿用紙の購入も、これが最後のものとなった。

　母カツの症状は悪化の一途を辿り、三月七日朝息を引き取った。六十六歳の生涯だった。葬儀は三月九日、土岐哀果の援助で彼の生家である浅草等光寺に於いて行われた。

父一禎には重篤の手紙を出しておいたが返事もなく、葬儀の日にも現れず香典も来なかった。いや、正確に言えば「来れなかった」のだ。これまでに一銭の仕送りも出来ず、病中の妻に薬餌の何の助けになることも出来なかった人間がどのツラ下げておめおめと顔を出せるだろうか。一禎とはそういう一徹さを持った人物なのである。

啄木が母の臨終の模様を妹光子に伝えた三月二十一日であるが、この手紙もこの頃には体力が衰え自分では筆が持てなくなって友人の丸谷嘉市の代筆に拠らなければならなかった。光子は三月七日、母宛に七円を薬代にして欲しいと送ってきていた。

俺も母の死ぬよほど前から毎日三十九度以上の熱が出るが床に就いて居たため同じ家に居ながらろくろく慰めてやる事もできなかつた、お前の手紙は死ぬ前の晩につ いた、とてもあれを読んで聞かせても終ひまで聞いて居れる様な容態ではないので節子が大略を話するとお前から金が来たといふ事だけがわかつたらしかつた、それからその晩何時頃だつたかはよく記憶しないが「みぃ。みぃ」と二度呼んだ、「みぃが居ない」と言ふと、それ切り音がなくなつたけが、この外に母はお前に就て何も言はなかつた。翌る朝、節子が起きて見た時にはもう手や足が冷たくなつて息はして居たがいくら呼んでも返事がない、そこで俺も床から這ひ出して呼んで見たがやつぱり同じ事だ、すぐ医者を迎へたが、その医者の居るうちにすつかり息が切れてしまつた、お前の送つた金は薬代にならずにお香料になつた。

光子は明治四十四年八月十日から九月十四日まで、つまり弓町喜之床から久堅町の一軒家に引っ越した時期に啄木からの電報で呼ばれ一家の看病やら世話に当たったが、それ以後はまた旭川に戻っていた。

3 『悲しき玩具』

母の葬儀が終わってから啄木の体力は急激に衰えていった。啄木の日記は一九一二（明治四十五）年二月二十日で終わっている。また、最後の書簡は光子への三月二十一日付であるがこれは代筆で、啄木自身による直筆のものは三月三日付の工藤大助へ宛てた母危篤のハガキである。いずれにしても、筆まめな人間が筆を持てなくなるということがどういう意味を持つのかと言うことは啄木自身がよく分かっていたであろう。

生活費はもとより薬代もなく、未払いが続いて医者も来てくれない、追い詰められた啄木は以前から整理していた歌集ノートを出して見舞いにやってきた若山牧水に相談した。一頁に四首、三行表記五十頁二百余首の歌集である。「もう少し手を入れたいが、とにかく一日も早く金にしないと、みんなが生きていけない。これをなんとかしてもらえないか」

　このころ牧水は自ら『創作』という文芸誌を出し、詩歌における自然主義の旗手として注目されていた。（明治四十三年三月創刊、版元は東雲堂）啄木から相談を受けた牧水は当然、版元の東雲堂を考えたが折悪しく『創作』編集の事務トラブルを抱えていたので、自分が交渉するのは避けて友人の土岐哀果に斡旋を依頼した。土岐は直ちに東雲堂の西村陽吉に走り用件をきりだした。

　交渉はあっけないほど順調に進み、稿料先払い、二十円という好条件で話がついた。啄木は出来れば一度手を加えたいと言っていたが西村陽吉の条件は、このままでやりたいということだった。断るとこじれて金策に支障がでるかも知れないと考えて土岐はこれを飲んで、二十円を手にして啄木の家に向かった。「うけとつた金を懐にして電車に乗つてゐた時の心もちは、今だ忘れられない。一生忘れられないだらうと思ふ」（〝あとがき〟『悲しき玩具』）というほど昂奮して土岐はこの朗報を啄木に届けたのである。「石川は非常によろこんだ。氷嚢の下から、どんよりした目を光らせて、いくたびもうなづいた。」なお、土岐の名誉の為に一言断っておくが、土岐のこの歌集への跋文に協力者の牧水の名が出て来ないが、それは出版元の東雲堂との関係で牧水から名を伏せるよう云われていたからである。土岐という人物は自分だけのことばかり考えるようなケチな男ではない。真の歌人なのである。一部にこの件で土岐を誤解している言辞を弄している評論家がいるようなので、敢えて一言しておきたい。

> かへりがけに、石川は、襖を閉めかけた僕を「おい」と呼びとめた。立つたまゝ「何だい」と訊くと、「おい、これからも、たのむぞ。」と言つた。／これが僕の石川に物をいはれた最後であつた。／石川は死ぬ、さうは思つてゐたが、いよいよ死んで、あとの事を僕がするとなると、實に變な氣がする。（「同」）

土岐に「おい、これからもたのむぞ」という言葉は啄木が死を覚悟したから出た言葉なのか、もう一度『樹木と果実』をやろうという意志だったのか。衰弱した啄木を目前に見た土岐は前者だと認めないわけにはゆかなかった。

　節子からの連絡でカツの時にも腰を上げなかった父一禎

が顔を出したのは四月五日である。「お父さん！」啄木は一禎の手を取って年端の行かないこどものように泣きじゃくった。「済まなんだ。済まなんだ。」一禎の目にも涙が溢れていた。

節子も二人の久し振りの対面をもらい泣きしながら喜んだ。そのうち一禎が台所にやってきて「節子さん、苦労ばかりかけて本当に済まなんだ。この老いぼれが何の役にも立たず合わせる顔がなくてのう。これぼっちでお恥ずかしいが受け取ってくれませんか」といって紙包みを差し出した。中には五十銭玉一枚と一銭玉四枚が入っていた。重態の知らせをうけて煙草を止めて貯めたなけなしのカネだった。啄木の為に母カツが「茶断ち」をし、父一禎は「煙草断ち」をした、それは二人が息子へ出来た最後の〝餞別〟だった。

北原白秋、若山牧水、金田一京助、佐藤眞一が相次いで見舞いに来た。丸谷嘉市は毎日のように顔を出して何かと世話を焼いた。函館の郁雨から啄木の面倒を宜しくと内密に頼まれていたことを丸谷は啄木には一度も口にしなかった。啄木が節子の「不貞」騒ぎの時に啄木が信頼を寄せて相談し、郁雨に絶交を進言したのもこの丸谷であり、カツの葬儀は殆ど丸谷が仕切った。恐らく啄木末期に最も多く傍らにいてその様子を仔細に見聞したのは節子とこの丸谷二人であろう。日記の処分については既に金田一に話していたが、丸谷にも亡くなる数日前に改めて頼んでいる。これほど啄木が信頼を寄せていた丸谷嘉市については本人が寡黙でその交友をあまり語っていないという事もあるが、宮守計『晩年石川啄木』と双木秀「石川啄木と丸谷嘉市先生」（『啄木研究』第四号）が辛うじて丸谷の献身ぶりを語っている。

『悲しき玩具』という題目は啄木が土岐に渡したノートの第一頁に「一握の砂以後明治四十三年十一月末より」とあったが東雲堂の西村陽吉が、この題目では『一握の砂』と間違われる可能性があるから考えてくれと言われて土岐哀果は啄木が「歌のいろいろ」（＊同集に収録）の最後のフレーズ「歌は私の悲しい玩具である」から付けたものである。さすが詩人の鋭敏な感性と感心させられる。しかし、『悲しき玩具』が陽の目を見るのは六月二十日で、啄木はこれを目にすることなく亡くなった。四月十三日午前九時三十分。節子、一禎、若山牧水の三人に看取られ二十六歳と二ヶ月の生涯を終えるのである。

三　蓋柩《がいきゅう》

1　臨終

一九一二（明治四十五）年三月三十日、金田一京助はある出版社から言語学の"A History Of The Language"の邦訳を依頼されてこれにかかり切りになっていたがこの日完成した。櫻が満開で家族で花見に行こうというので静江は浮き浮きして花見弁当を作っていた。京助が煙草をくゆらしながら読売新聞の片隅の「読売抄」という人物消息欄に目を通すと「石川啄木いよいよ重態」という文字が目に飛び込んできた。この記事を書いたのは勿論、土岐哀果である。時間的に少し気が早すぎるという気がしないでもないが、土岐にはいつどうなるか分からないという切迫した気持がそうさせたのであろう。

金田一は静江に事情を話して花見はまたにしよう、と言うと日頃は啄木にいい印象を持っていなかった静江が珍しく一時《いっとき》でも早く行ってらっしゃいと言って送り出した。この後の光景は金田一の筆を借りよう。

　駈けていきますと、石川君は、もうすっかり衰弱が来まして、幽霊のような顔になった、これは死ぬんじゃないかと、私はギクッと思った、その瞬間、石川君の方から、／「今度は私もとうとう死ぬかもしれない」／私が思ったことを本人がズバッと、そう言ってきたのです。その時は、そんなことはないなどということばが出るものじゃないのですね。そうだとも勿論言えませんから、私はあわてて、／「お医者さんは、なんというお医者さんですか」／と言ったら、／「お医者さんもね、あまりお金を払わないもんですから、来てもくれない」／と言い、／「いくら生きようたって、こんなですよ」／と言って、夜具を上げて腰を見せたら、お尻が見えたのですが、お尻が生きた人間のお尻じゃなかったのです。あの骸骨の骨盤に皮がかかっているようなお尻だったのです。まるで、いたずらをして土を掘り起こし、骸骨でも掘り出したような気味悪さでした。／「アッ、いけない、いけない」／と私はさけびましてね、／「お医者さんも必要かもしれないけれど、それよりも、それよりも、先ず好きなもので、滋養になるもので、少し肉をつけなくちゃ、肉を……」／と言ったら、笑って、／「好きなものどころか、米が、米が……ないの」／と言いながら、ニヤッと笑って頭をスッとかいたんです。私はものが言えなくなってしまって、「どれ」と言って、帽子もかぶらずそのまま飛び出しました。脱稿した言語学の原稿を持って出版屋に駈けていったのです。出版屋は私の親しくしていた苦学生だったのです。だから、「いますぐ金がない。明日さし上げる」というわけ、私に二十円くれるはずだったのです。しようがないから、うちにもどっていき、「晦払いの余りがいくら余っているか」と言ったら、十円が残っている、これは来月の四月いっぱいの家事小づかいの全額なのです。私の小づかいもそのなかにある。その十円を、／「石川君がこれこれだ。あす原稿料の二十円をもらってきたら、十円はお前に勝手に使わせるから、この十円だけ、これ石川君に持っていかしてくれ」／と言って、家内の手から十円受け取って、石川君のところへ行ったのですよ。とにかく、手につかんだまま、石川君の家は久堅町だったのですが、駈けて行って／「石川君、とりあえずこれを」／と言って、十円のお札をだしたのですが、くしゃくしゃになったのが、ポッと落ちたのです。が、石川君も奥さんもなんとも言わないから、いくら友だちの仲でも、包んででも持ってくるのだったかな、というような気がして頭を上げてみたら、なあに、石川君が、枕をしたまま目を閉じて、手で拝むようなまねをしているのです。感謝して石川君がお世話になりますという場合には、われわれと違い、手をこうやって、拝むことがよくある人でした。その時もこうやって、ものが言えなかったのでした。妻君も枕もとにおられましたが、ポッンと涙が畳をぬらしました。私も、グッと胸に来て、ものが言えなくなってしまいました。私としては、うちの部屋が寒い部屋でしたもので、寒中に考えていると筆が凍るものですから、考える間、口にこうやっていて清書した、その原稿がこういうふうに役に立ったかと思うと、ありがたいような、感慨にたえない涙だったのです。／三人しばらく泣いておりましたが、石川君が一等先に、／「病気してしばらく寝ていると、人の親切が胸にこたえる」／とか、ことばはわすれましたけれども、そういう意味の事を言いました。私は、／「なあに、それはちっとも無理した金じゃない、それは言語学の原稿料の二十円貰うのを半分持ってきたのだから、ちっとも無理した金じゃないから、どういうふうにでも使ってください」／と言ったら、／「アッ、そうなの。でき上がったんですか、あれは。よかったね」／と言って、石川君が自分の詩集でもできたかのように喜んでくれたりなんかしまして、その日はほんとうに穏やかな話っぷりで終わって別れました。（「石川啄木の生涯」『金田一京助全集　第十三巻』三省堂　一九九三年）

男同士の友情もここまで来ると一幅の絵を見ている感じになってくる。こんな好人物を「束縛」から逃れようとして〝切ろう〟とした啄木はどうしても人間的に何処か足らないか間違っていると見えるのは私一人だけではあるまい。

それから二週間ほど経った十三日、金田一へ早暁、玄関をドンドン叩く音がして出て見ると石川家からの車夫である。「石川家からの使いです。旦那さんこの俥で一緒に」といわれそそくさと車上の人となった。着いてみると節子が「お呼びたてして済みません。あの人が夕べから時々意識が朦朧となったり、金田一さんを呼んでくれと繰り返し言うのですが真夜中でしたので、俥が動く時間にお願いしてしまいました」そう言うと節子は車夫に若山牧水を呼ぶように頼んだ。こんな早い時間に人を呼ぶというのだから、さては危篤！かと啄木を見ると呼吸が少し荒いように思ったが金田一の顔を見て少し笑いかけたがまた眠ってしまった。そのうち牧水がやってきた。眠っている啄木に節子が「若山さんがいらっしゃいましたよ。若山さんですよ」というと「分かってる」とはっきりした声で応えた。

ところで、この時に牧水と啄木の交わした場景を金田一が次のように述べている部分がある。

「君、君、この間君が来た時ああ言ったが、考えてみるとこうしたほうがいいよ」／と言いました。それは、牧水の「臨終記」によると、二人でこれから新しい雑誌をもう一つ出す計画だったんですが、その初号の計画の話になってしまったのですね。（前出）

もう余命幾許もない重態の啄木がまたも「新雑誌」！『樹木と果実』の大失敗からまだ日もそう経っていないと言うのに、本当だろうか、本気なのだろうか、私は思わずこのくだりに目が釘付けになってしまった。金田一の伝えたこの部分が本当だとしたら、啄木の生命を賭けた編集者魂を示す屈強な証拠になる！

世に知られている牧水の「臨終記」は

1 「石川啄木君と僕」『秀才文壇』一九一二（大正元）年九月号

2 「石川啄木君の歌」『創作』一九一四（大正三）年一月号

3 「石川啄木の臨終」『読売新聞』一九二三（大正十二）年

四月十四、十五日

の三件がある。内容は基本的に内容は変わらないがそれぞれ微妙に記述は異なっている。これらのうち、引き合いに出されることが多いのは『読売新聞』である。しかし『読売』の原稿には「新雑誌」のことは出て来ない。それが出ているのが『秀才文壇』の方で啄木の意識が少しはっきりした時に「恰度その頃僕が出しかけてゐた雑誌『自然』の話などを始め、初号の原稿は集まったかなどと訊いた。」というくだりがある。金田一はこの話を啄木も関わった話と勘違いしたのであろう。雑誌『自然』はうまく行かず頓挫している。

評伝を書くときに最も困難を感ずるのは直接当人と接している本人がこうした勘違いやあるいは思い込みの証言をされると、一犬虚に吠えて万犬実を伝う、という事になりかねないということである。これも、証言者の言葉だからといってそのまま鵜呑みに出来ないという一例である。

話を戻そう。意識を取り戻した啄木が『自然』の話を牧水と元気そうに交わしている様子を見た金田一は安心すると同時にこの日の午前に國學院での講義のことが気になりだした。非常勤講師というのは現在ではその謝金は学期毎に支払う方式が殆どで、従って何度か休講しても減俸になることはない。だが戦前は一回の講義について謝金が払われていた。平均謝金は年齢業績に関係なく一回一円が相場であった。だから一回休めばその分が減収になり収支ぎりぎりの金田一家にとってはこの報酬は無視できないものだった。今朝も京助が俥に乗る際に静江が「若し講義が出来るようなら、そのまま学校へ行って下さいね。」と言って鞄を渡している。

啄木と牧水の話が続いている。無意識のうちに鞄に時折り目をやる金田一に節子が気づいて「大丈夫みたいですから学校へ行ってくださいな」と言うとその声に啄木も「そうだ、そうだ。気がつかなかった。今日は午前、言語学の講義の日でしたね。どうぞ講義に行って下さい。この通り元気ですから。でも、また、きっと会いにきて下さいよ」まさかこの一言が啄木最後の声となるとは思わず金田一は國學院に向かった。

金田一が「それじゃ」といって襖の戸を閉めて出て行くと啄木は牧水との会話を中断し、「ごめん、ちょっと待って」と言って金田一の後姿を目で追うような仕草をした。啄木にはこれが永久の別れになると分かっていたのかも知れない。

「ああ、済まなかった、ちょっと休んでいいかな。話の続きはそれからにしよう」というと啄木は一寸布団を直す仕草をしたかと思うと眠りについた。四、五分もした頃、目を開けた啄木が一言二言何か話かけたが牧水には発音が不明瞭で聞き取れない、「石川君、石川君、何と言ったんだい」と問い返すと、何かもぐもぐ話したが牧水は何を言ったのかやはり聞き取れなかった。かと思うと容態が急変した。その場で一部始終を目撃した牧水の証言である。三本の原稿のうち、どちらかというとより具体的に述べている初期の『秀才文壇』を採ることにしよう。四月十三日の早朝だった。

まだ寝てゐるところへ、婦人から使ひが来た。危篤だから来て呉れといふのである。胸をどらせながら行つて見ると、痛ましいかな、どんよりと開いた両眼には、もう光といふものが宿つてゐなかつた。座には夫人と若い紳士とがゐた。紳士は石川君の旧友の金田一京助君であるとあとで知つた。それでも、僕が入つて行つて暫くして、じいつと濁つた瞳で僕を見詰めてゐたが、蒼黄い顔の筋肉がわづかに動いて微笑が表れて来た。思はず此方から声をかけると、それでも気は確かなものであつた。ほんとに一語一語づつであつたが、昨日の礼をも云つて、薬も買つたと告げた。滲み上る涙を抑へて、もう大丈夫だからしつかりし給へと云ふと、につこりして、程経てから、死に度くない、と返事した。五分十分と経つうちに、気は段々はつきりして来たやうで、恰度その頃僕が出しかけてゐた「自然」の話などを始め、初号の原稿は集つたかなどと訊いた。斯れなら大丈夫だから僕は一寸帰つてきますと云つて金田一君は帰つて行つた。一寸座を外してゐた夫人は其時枕もとに来て、声を高くして、若山さんがおいでになりましたよ、解りますかと訊いた。きけば今朝の三時半から全然昏睡状態で何ひとつ解らなかつたのださうだ。石川君は、夫人のさういふのを聞いて口をもぐもぐさせながら、僕の顔を見て、またにつこり笑つた。何か云ふのだつたらうが、云へなかつたのだろう。実にその微笑こそ、石川君の最後の意識であつたのである。／うとうとと半ば目を瞑つて、既うそれからは何を云つても感応が無かつた。次第々々に呼吸が遠くなつて、ゴクリゴクリと動く咽喉もとも今は殆ど絶へて来た。いつの間にか、一人の老人が石川君の枕もとに来て手を執つてゐた。老父である。／僕は惶《あわただ》しくお京ちやん（長女、六歳）を探しに部屋をでた。三、四度呼んだが、何処かへ遊びに行つて、ゐなかつた。あわてて引返すと、老父と夫人とが双方から石川君の上に倒れ臥して、忍びやかに声に出して泣いて居られた。額に触つてみると、全く冷くなつて居た。老父は濡れた眼で、置時計を取上げた。午前九時三十分、一四月十三日のことである。

悲しみを振り払うように牧水は一人で後片付けとその始末に奔走する。「医者、電報打ち、区役所、警察署、葬儀社などへ独りで駆け廻つてゐると、ほかほかと照る日光に直射せられて僕は度々眼がくらみかけた。先刻床を移す時につくづく見た人間らしくもない迄に衰弱した人の姿が陽炎のやうに其処此処にちらつてあるのを見た。」

金田一が講義を終え、その足で真っ直ぐ啄木の家に再び戻ったのが午前十一時少し廻ったころである、門の傍で京子が散った桜の花びらで独り遊んでいる姿をみて金田一は安堵した。よかった、間に合った、啄木はまだ生きている！しかし、家に上がり部屋の前にきて開いた襖の向こうに見えたのは逆さ屏風の前に横たわっている啄木の骸《むくろ》だった。顔に白い布がかけられている。現実は隠しようがなかった。啄木が死んだ！それも一円のために最期の別れを看取れなかった自分が悔しくてならなかった。もっと悔しかったのは先日見舞いに来た時に啄木が手を合わせて「頼む」と言った時に即座に「わかった。安心してくれ」と返事が出来ず笑ってごまかしたことだった。

その夜、行われた通夜の模様、これも牧水にたよって語ってもらおう。

さびしいのはその夜の通夜であつた。午後から来てゐた二三人のひとも帰つて行つて、十時頃には線香の煙つてゐる部屋には老父と夫人と僕との三人きりになつた。今日逝つた人と同じ病気を受けて居る夫人は烈しく咳き込んで殆どものも云へないので、強ひて次の間へ寝させて、あとには二人だけ残つた。老父は六十七八歳で、諸所いろいろと苦労をせられた人らしく、極くものの解つた人であつた。石川君の幼時の話なども尽きてから、僕を淋しがらせぬためであらう、諸国の珍しい話など聞かせられた。小樽港の今は廃物になつてゐるとかいふ巨きな古桟橋に出て魚を釣つた話などを聞いてゐて、眼の前にこの老人の釣りする姿を見も知らぬ遠い港の桟橋に思ひ合わせてゐると、我知らず涙が頬を伝つてきた。ツイ先日亡くなられた石川君の母堂の話も出た。

牧水と一禎たった二人での静まり返った通夜は薄倖の啄木の人生を象徴しているかのようであった。やがて父一禎は筆を取って「母みまかりて中院のうちにまたその子うせければ」と一紙に端書きして牧水の前で一首を詠んだ。

親とりのゆくゑたつねて子すすめの

死出の山路をいそくなるなむ

かつては自ら歌人を称しながら、いく度となない辛酸を嘗め、とうに歌わなくなった老人がつい先刻黄泉の世界に旅立った息子へ送る最後の一句だった。

啄木の眠る枕元には真新しい薬箱がそっと置かれていた。牧水と哀果が協力して『悲しき玩具』の原稿料を手にした啄木は早速この薬を入手したのであろう。薬箱の蓋が開けられてはいたがそれを飲む力さえすでに奪われていた。この薬は十五日、出棺の寸前に節子の手によって啄木の柩に入れられた。「あなた、ごめんなさい。とうとう間に合わなくて。でもあの世でしっかりこの薬を飲んで、元気になって下さいね」

2 葬列

啄木の葬儀は母カツの葬儀を仕切った土岐哀果に委ねられ四月十五日浅草等光寺で行われた。『朝日新聞』に啄木の死とその葬儀を報ずる記事が載った。

石川啄木氏葬儀

▽文士詩人の會葬

社員啄木石川一氏の葬儀は昨日午前十時浅草松清なる等光寺（本願寺中）に於て執行された、途中葬列を廃して未亡人せつ子や佐藤眞一土岐善麿金田一京助其他の人々柩に付添い予め同寺に参着柩は狭い本堂に淋しく置かれた、軈て会葬者はポツポツ集る、夏目漱石、森田草平、相馬御風、人見東明、木下杢太郎、北原白秋、山本鼎杯いふ先輩やら親友やらの諸氏が見える、殿《しんがり》には佐々木信綱博士が来られる、夫に本社員の誰彼を加て僅に四五十名が淋しい顔を合せた、人は少いが心からの同情者のみである、程なく導師土岐静師は三名の若い僧侶を具して淋しく読経する、了つて白衣の未亡人は可憐なる愛嬢京子を携へて焼香した、香煙の影に合掌せる多感なる若き詩人の柩と相対して淋しい人生の謎である四五十名は斉しく泣かされた、続いて一同の焼香に式は終つて柩は大遠忌の賑々しい本願寺内を五六の人に護られつ、町屋の火葬場へ淋しく舁かれて行つた（＊原文は全文ルビ付）

この葬儀にあれだけ何かと奔走してくれた牧水の姿はなかった。その理由を「石川啄木君の歌」では「私は都合があつて葬式には出られなかつた」とあるが「石川啄木の臨終」では「私は疲労と其処で種々の人に出逢う苦痛をおもふとのために欠席した」と少し変えている。いずれにしても牧水の誠意を疑う者はいまい。ただ、葬儀参列者五十余人の顔ぶれが一部しか分からない。もし牧水がいれば記録を残してくれた可能性があり、この点だけが残念だ。

ただ、この会葬の短い原稿に「淋しい」という表現が四度も使われており、プロの記者にしてはいただけないと思ったが、吉田狐羊がこの記事を書いたのは「多分松崎天民氏の筆と推測される」（『啄木写真帳』前出）と述べている。天民は社会部のベテラン記者である。啄木を想う余りの感情移入のなせる業だったのであろうか。

町屋の火葬場には佐藤眞一と金田一京助二人が付き添った。二人は会葬の受け付けもやっている。両氏の間にどのような会話があったのか、二人とも触れていないので分からないが、二人とも東北出身の故郷思いの人間だ。

岩手山《いはてやま》
秋《あき》はふもとの三方《さんぼう》の
野《の》に満つる虫《むし》を何《なに》と聴《き》くらむ

二人は啄木がこよなく愛した故郷の山河、その思い出を繞りながらその人生を語り合ったのではあるまいか。茶毘《だび》から戻った二人はその小さな骨壺を節子に渡した。法名は土岐静師によって「啄木居士」と付けられた。その遺骨は浅草等光寺の墓地の一角、土岐がこどもの頃よく遊んだ大きな柿の根本にある一基の墓石の下に収められた。この遺骨は現在、函館立待岬にある「啄木一族墓」に入っている。盛岡生まれの啄木がどうして函館なのか、ということは少し複雑な問題を抱えている。いずれ機会を改めて論じることにしたい。

ところでこの葬儀に妹光子の姿が見あたらない。母カツのが亡くなる直前に七円を送ってきた光子であるが葬儀には現れなかった。この送金と手紙は偶然だったのかなと思ったが、実はそうではなかった。母危篤の電報を受け取った光子が所属していた協会の学校に相談すると「お気の毒だが、あなたが東京まで行かれる間には、お母さんはおそらく亡くなっておられるでしょう。そうして兄さんがお悪いのでは、また、あなたは帰れないようなことになるでしょう。それでは神の使命にもとるからゆくのはおよしなさい。学校からお見舞いをさしあげましょう」と言われて思い留まり、啄木の時も大阪教区の大会があって多忙で「お母様のときもいかなかったのだから……」と言われて葬儀に参加しなかったと述べている。（『兄啄木の思い出』前出）

しかし、この説明はどうもしっくりこないものがある。

この説明によると、カツの時は、どうせ帰っても間に合わないといわれ、啄木の時はカツの時に行かなかったのだから行くなと言われて葬儀に出なかったということになっている。神の僕は肉親の葬儀にでなくて構わないということになっているのだろうか。そして光子が浅草等光寺に初めて詣でるのは翌年一月十五日、しかし、これも偶々校長の結婚式でその代表の一人として選ばれ上京し、ようやく墓参りの時間を得られたということになっている。日頃から自己主張のはっきりしている光子がここでは自分の意志を表に出していない様子なのである。言い換えればそれは啄木と光子の日頃の兄妹関係を反映したものと見ていいのかも知れない。

　寡婦になった節子は既にこの時は函館に移っていて（この間の状況もかなり混みいっていて簡単には言い尽くせない。残念ながら後の機会に譲りたい。）二人が再び顔を合わせることはなかった。勿論その葬儀にも光子の姿はなかった。

　啄木が死んでから節子が療養と第二子出産のため房州に身を寄せていた時期、光子に宛てた手紙がある。この手紙は実は金田一京助が貸してくれといって持ち出したままなかなか返してくれず夫にたのんでようやく取り返した〝貴重品〟だという。「大学ノートに十二頁分、細かく書いた長い手紙」（「前出」）それは一九一二（明治四十五)年六月十日前後のことらしく、啄木臨終前後の模様を克明に述べている部分を、同書から引用させてもらう。文中（中略）は光子のもの、（＊）は筆者が加えたものである。

　熱はくれの三十日から高くなつて一月の末には三十九度台でした、氷をつけたのはお母さんの納骨の日からでした。日に三貫目ほども用ひましたよ、一月の末に又佐藤（＊眞一）さんのお世話で社から三十五円だかもらひましたが、お母さんの薬価や何かずい分かゝりましたから、やはり自分は去年三月大学（＊病院）を出る時もらつた処方で売薬を呑んで居ました、三月になつてからはどうしても今死ぬのは残念だと云ふて三浦（＊省軒）と云ふお医者にかゝりましたが、医者はもう、一目母のを見ました時兄さんも一寸見てもらひましたつたが、その時もうだめだと見きりをつけて居たそうです。（中略）アンズの干して砂糖につけたのを買つて来ましたらおいしいと云ふてよく食べて居ました、そして夜になつたら今晩は皆な早く寝ろ寝ろと云ふのです、いつもならさびしいからもすこしこゝに居てくれと申（＊す）のがその晩にかぎつて寝ろ寝ろと云ふのです、（中略）兄さん十日ばかり前から夜眠られないでくるしんで居ましたがそのばんは自分もグッスリ眠たらしふ御座ひました。三時少し前に節子節子起きてくれと申（＊し）ますから急いで起きて見ましたらビッショリ汗になつて、ひどく息ぎれがする之がなほらなければ死ぬと申（＊し）ましてね、水を呑みましたが、年よりが云ふ二階おちでした。それから少しおちついてから何か云ふ事がと聞きましたら、お前には気の毒だつた、早くお産して丈夫になり京子を育てゝくれと申し、お父様にはすまないけれどもかせいで下さいと申（＊し）ましてね─若山、（＊牧水）さんが大塚に居られるので車をやりましたらすぐ来られて室に入られると、君はいつも太つてうらやましいな─と云ふてニツコリ笑ひ、雑誌のお話（＊『自然』）等して居ました、金田一さん金田一さんと云ふので来て頂きますとやはり色々とあとあとのお願ひしてね─、終り迄気がたしかでしたよ、（中略）あんまり気がたしかすぎたものですからおはりの朝も医者を入口に送り出し其処で色々話をしますとあとで医者は何と云ふたときくのですもの、どれ位つらかつたでせ（＊う）私の心中お察し下さいませ、死ぬ事はもうかくごして居ましても何とかして生きたいと云ふ念は充分ありました、いちごのヂヤムを食べましてね─、あまりあまいから田舎に住んで自分で作（＊っ）てもつとよくこしらへようね等と云ひますのでこう云ふ事を云はれますとたゞたゞ私なきなき致しましたよ、（中略）万事は佐藤さん、金田一さん、土岐さん、若山さんは最後の場に居られお通夜もして下さいました、（中略）金田一さんは読売に病気重態と云ふ事が出たらビックリして来られ、お見舞だと云ふてすぐ十円下さいましたのよ、それから今度出す歌集の原稿料二十円前借したのや何かで食べたいと云ふもの、夜本郷あたりまで行（＊っ）て買（＊っ）て食べさせましたがいちごだけはなかつたので、今ここで出来ますが見るとなき度なります。

ここには啄木の死を覚悟しながら、なんとか希望だけはもって啄木に尽くそうと必死に悲しみをこらえている節子の姿がいじらしいほど切々と語られている。臨終前夜、自分も重病人だというのに啄木の親友たちから預かった貴重な義援金から一円を懐に本郷の街に一人、高熱に苦しみながらふらつく足取りで啄木の好物を買い求めた節子の心裡はいかばかりだったであろうか。この日の「金銭出納簿」（岩城之徳『啄木評伝』前出）には「アンズ」二十銭、「おすし」二十銭「肴」三十五銭の記帳が残されている。

手紙の引用はここで終わっている。そして光子が啄木の死後節子宛に「一生独身ですごして、京子を育てようと真剣に」考えている手紙を書いていたらしい。それに対して節子は「みつちゃんは独身で、京子を世話して下さるなんて、そんな事はしない方がよいのよ、お心はありがたいけど……」と書いている。前後の時間を正確に測れないが、京子を引き取るというのは節子の死を前提にした話だったのだろうか、あるいはやがて生まれてくる第二子（「房江」）の養育が大変だろうから、という光子の考えだったのか、現段階の資料では確実な判断が出来ない。

3　残照

啄木没後、無二の歌人、牧水と土岐が追悼の歌を残している。これで金田一が加わってくれれば盤石の〝揃い踏み〟となるが、それは無い物ねだりというものだろう。しかし、啄木を知り尽くした牧水・哀果二人による追悼歌ほど啄木への鎮魂歌に相応しいものはあるまい。

《若山牧水》

午前九時やや晴れそむる初夏の曇れる朝に眼を瞑ぢにけり

はつ夏の曇りの底に桜咲き居り衰へはてて君死にけり

病みそめて今年も春はさくら咲き眺めつつ君の死にゆきにけり

初夏に死にゆきしひとのおほかたのさびしき群に君も入りけり

《土岐哀果》

君が娘は庭のかたへの八重桜散りしを拾ひうつつともなし

—啄木を憶ふ
かくてあれば、わが今日をしもあらしめし亡き友の前にひそかにわく涙。
友としてかつて交はり、兄として今はもおもふ　渝《カワ》　ることなし。
かれ遂にこのひと壺のしろき骨、たつたこれだけになりにけるかも。

おほきなる悲しみをここにうづむると、かのなきがらを
土にうづめし。
あきらめてこころひそかに憤る、この病友を慰めがたし。
人のよの不平をわれにをしへつるかれ今あらずひとりわ
が悲し。
あのころのわが貧しさに、いたましく、悲しく友を死な
しめしかな。
いまも眼にかたくからびて悲しきは、かの鼻の血のくろ
きかたまり。
しろき布、そのかの妻がかかげたる、いま死にしてふ顔
のうへの布。
いまぞわれら柩のなかにをさむるか、まけずぎらひのか
れの體を。
『おい、これからも頼むぞ』と言ひて死にし、この追憶を
ひそかに怖る。

啄木の葬儀は『朝日新聞』の短い会葬記事の中で四度も「淋しい」ものだったと報じていた。参列者も四五十名だったとある。一年後に土岐哀果や金田一京助らが発起人となって浅草等光寺で「故石川啄木一周忌追悼会」が行われた。この会にはフランスから帰ったばかりの与謝野夫妻をはじめ伊藤左千夫、斉藤茂吉、西村眞次らの他、植田暁・阿部竜夫・杉原三郎・高山辰雄・坂本三郎・望月博・前田洋三・生方敏郎・佐藤白哉・大熊信行・沢田天峰・清澤巌・加藤鈴之助・相馬御風・北原白秋・平出修・日夏耿之介ら百数十名という盛況であった。

ただ、この中に若山牧水の名が見えないのはどうしたのだろうか。もともと牧水は人前に出ることを好まなかったが、それ以上に生前にきちんとした交友もなかった人間がいかにもわけ知り顔で集ってやってくる事への抵抗感があったのかも知れない。

またこの名簿の中に意外な人物の名が見える。堀合赳夫である。赳夫は節子の実家堀井忠操の長男で一八九五（明治二十八）年八月二十五日生まれの長男、上にフキ、タカがいた。（三女イクは生後三ヶ月後に死亡）啄木は九歳年下の赳夫を可愛がり目にかけていた。節子に会いに行く口実にも赳夫の存在は重宝だった。「赳夫君いるかい？」と気軽に

声をかけて遊びに行ったが、本当は節子が目標だった。

その赳夫が問題を起こした。啄木が堀合家と断絶宣言を出し、既に病床に伏していた啄木に節子の父堀合忠操から一通の手紙が届いた。その経緯を啄木は日記に簡単に記している。「今日は函館の堀合から手紙が来た。赳夫が学校の成績に失望し、父の預かつてゐた漁業組合の金五十円を携帯して逃げたのださうな。若し行つたらよろしくと言つて来た。」（「一月十九日」『千九百十二年日記』）赳夫は姉節子を慕っており、啄木も可愛がってくれた、赳夫が彼等の元へ現れる可能性は否定出来なかった。

啄木は忠操が苦手というか嫌いで、とかく殆ど交流がなかった。いや、もっと正確に言えば頑固一徹な忠操は文学という〝軟弱〟な道を選んだ若造を好きになれず、啄木は啄木で軍人を絵にしたような堅物は苦手だったからである。だから二人は一度も肝胆相い照らして語り合うということがなかった。それが忠操の方から絶交中にも関わらず頭を下げて消息を尋ねてきた。忠操のことを軍人を絵に描いたような人物と書いたがそれはあくまでも啄木からの見方であって、私のそれは少し違う。同じ頑固でも忠操のそれは〝武士〟としてのそれである。忠操は多くの啄木評伝では軍人型に属し武士型には殆ど分類されていない。しかし、忠操はもののの道理をわきまえた礼儀正しい人間なのである。例えば盛岡の『小天地』時代、新婚の家計の足しになるように啄木に知られず米や野菜をこっそり運ばせたのも忠操であり、結婚式に姿を現さなかった〝バカ〟婿を叱責もしなかったのである。啄木没後支払われることになったかなりの印税について、これを関係者に平等に分配したのも忠操である。そういう忠操が滅多に頭をさげるような男でないことは啄木も承知している。義絶が本物であればこれを無視してもいいはずだが、啄木も「窮鳥懐に入れば猟師これを撃たず」〝武士道〟を以て応えた。「堀合へ出奔人の来ない通知もだした。来ても臨機の処置以外の世話は病人だらけの家だから出来ないと書いた。」（「一月二十二日」）「堀合からまだ赳夫さんの行方が不明だといふ葉書」（「一月二十七日」）しかし、この結末は最悪の状態で迎えた。

函館の赳夫さんの事が二三日前の盛岡の新聞に詳しく出た。五十円携帯して海を渡り、青森で色々贅沢な買物をして盛岡にのりこみ、大手先の宿屋にとまつてゐて女郎買をしたり旧友と牛肉店をあらし廻つた末、月末になつても宿料を払ふことも出来なくなり、自殺するといふ書置をしてブラツいてゐるところを巡査につかまつたといふのだつた。新聞に記事だけでは、学問以外で身を立てようとして家出したといふ心掛は少しもありさうになかつた。妻は泣いた。（「二月五日」）

この間の忠操とのやりとりで「病人だらけ」という啄木家の情報に対して堀合家がどう動いたものか杳《よう》として把握出来ない。いまの所、啄木家に救いの手立てを忠操が取った事実は発見されていない。忠操が動くのは啄木没後、節子が房州で房江を出産し憔悴《しょうすい》仕切った後のことである。

話を戻そう。一周忌にこの赳夫が現れたということをわざわざここで取り上げたのは、他でもない、堀合家に傷をつけた赳夫がこの後、立派に立ち直り、その報告も兼ねて北海道から駆けつけたという一事を書き残しておきたかったからである。赳夫の立ち直りをもっと喜んだのは既に草場の陰に逝った節子だったかも知れない。

ところで、森田草平は夏目漱石に啄木の症状を伝え鏡子夫人から託された「見舞金十円と征露丸」を渡すなど陰で啄木を支えた一人であるが、この一周忌にも参加して啄木を偲んだ。その森田が興味ある感慨を残している。

集まるもの百数十名、実に盛会であった。私も末席に列したが、見知らぬ人が多数集まっているのを見て、死んでからこんなに大勢寄って来る位なら、何故生前にこの中の一人でも二人でもあの陋屋を訪ねてくれなかったろう。そうしたら石川君もあんなに寂しい死に方をしなかったろうと、心の中では、実は多少の憤慨を禁じ得なかった。そして、「これが世の中というものだろう」と、わずかに思い返していた。／が、更に思い返してみれば、石川君にそれだけの余徳があったればこそ、今日同君は不朽の声名を得て、死後何十年かの後に、日記まで出版されるようなことになったのである。／石川君こそ、実に「知己を百年の後に待つ」という言葉を今の世に実現したものだ。生前が寂しかっただけに、死後の盛名が目に立つ。私自身から云えば、こんな言葉は全然信じられない。生きている内でさえ認めてくれない世間が、死んでから認めてくれるなんてことがあるものかと、固く信じている。そして世間なぞ頭から信用しないことに決めている。尤も、死んでから大いに認められたるためには、石川君のように陋巷に窮死しなければならないかも知れない。そいつは御免だ！別に生前一杯の酒に若かずとも思っていないが、病気をすれば薬ぐらいは服みたい。この年になって刑務所へ遣られることも、成るべくなら勘弁して貰いたい。しかしこんな了簡でいては、迚も石川君の轍を踏むことは覚束なかろう。（「私と啄木の関係」『回想の石川啄木』前出から重引）

「百年先の知己」という言葉を好んで使ったのは北大路魯山人である。小学校四年しか学ぶ事の出来なかった魯山人は師匠を持たず、すべて独学で会得した技量を書画・陶芸・篆刻・料理万般にわたって発揮した。その独特で強引な手法は時として誹《そし》られ傲岸不遜、唯我独尊と非難されたが、今は理解されなくとも百年先に自分を理解してくれる知己に会うのが楽しみだと語っていた。魯山人は享年七十六歳、横浜の病院で孤独の内に亡くなった。

　啄木の場合は二十六年という短い生涯にも関わらず没後間もなく評価が高まり百年を待たず多くの知己を得た。しかし、森田がいうように窮死せずとも正当に評価される社会のあるべきことを忘れてはならないのではあるまいか。

4　出納簿

　啄木の初七日が過ぎて三日目の四月二十二日、一禎は心を残しながら節子に別れも告げず飄然と室蘭に戻った。一禎はこれまで何度も家出をしてきたが、この時もいつもの家出の再現だった。（最も一禎は啄木の葬儀の為だけに顔を出しに来たのだから、正しくは家出といえないかもしれないが。）誰にも別れを告げずいつの間にか姿を消すのである。ただ今回は少し違った。一通の書き置きがあった。といってもそれは走り書きのメモだった。

　節子さん、あんたはこれからも大変やなあ。わしはこんなざまで何にも力になれないですまんのう。
　ほんとうにすまんのう。
　どうかどうかお達者で。生まれ来る子も達者でなあ。

　慌てて玄関に駆けて行くと草鞋姿で背を丸めた一人の古老の後ろ姿が見えた。その老人は振り向くと何度も何度も頭を下げて遠ざかっていった。それが節子が一禎の姿を見た最後であった。

　がらんとした主のいない部屋で節子は今後の生活を考えねばならなかった。節子は台所の引き出しから「金銭出納簿」を取り出して広げた。宮崎郁雨と義絶し経済的支援が断たれてから、啄木が命じた帳簿だ。明治四十四年九月十四日から五十五年四月十三日に至る大学ノートに八十四頁にわたる記録である。その四月十三日の帳簿を見ると

一《ハジメ》　死亡ニツキお香奠　一二〇円
　《支出》
　電報料　一円八十銭
　主人薬価　二十銭

代書料	十銭
葉書	六十銭
茶碗	二十銭
土びん	十銭
お花	二銭
さるまた	十五銭
ろうそく	十銭
そば	二十銭
小計	三円四十七銭
残高	一二七円四十九銭五厘

とあり、これによると百二十七円余が残ったことになる。しかし、この金額がそのまま節子が使えるワケではない。葬儀費用一切をこれから払わねばならず、葬儀後の家賃や生活費いろいろな雑費がかかる。ちなみに母カツの葬儀の際の三月九日の出納簿の支出を見ると次の様になっている。

質受	七円二十四銭
電車賃	九銭
足袋	九銭
煙草	十銭
お菓子	三十銭
お布施	五十銭
お車代	五十銭
そば代	三十六銭
葬儀社払	四円
火葬料	三円
人夫へ心づけ	六十銭
うなぎ	三十銭
肴	十銭
とうふ	三銭
小計	十七円二十一銭

これは葬儀一日目だけの支出であり、総じてこの前後の出費はこの数倍かかるものと見なしていいだろう。とすれば、最低で四十円から五十円の出費が必要ということになってくるわけである。それに大黒柱がいなくなった今は前借りや借金も不可能になるから、この費用だけが頼みの綱だ。だから啄木の葬儀後これらの経費を引くと節子の手元に残される金額は予想以上に目減りしたものになり、この後に控えている引越や出産、そして節子自身の薬餌代などを考えると最低限度の生活すら維持出来ない困難に遭遇す

ることは目に見えている。

それにしても啄木の指示に拠ったものだとは言え、妊娠と病魔、そしてカツと啄木の看病をしながら七ヶ月にわたる克明な「金銭出納簿」を欠かさず付けた節子の気迫と意志の堅さに改めて畏敬の念を表わさずにはいられない。そして啄木の葬儀の終わった日にこれを決然と了えた姿勢に節子という女性の凜とした姿勢を垣間見る思いがする。

5　房州北条

主人のいないがらんとした家に時々京子の元気な声が上がるが節子は今後のことで頭が一杯だった。最善の策は父忠操の函館に身を寄せることだったが、義絶したままになっている郁雨のいる函館には啄木の遺志もあり、その意向を無視はできなかった。

四月十七日に節子は土岐哀果に、今後の相談に乗って欲しい旨の葉書を出した。(なお、『啄木追懐』の所収されているこの日の葉書の暦年が「明治四十三年」となっているが、これは明らかに明治四十五年の誤りである。)しかし、土岐は忙しくて都合がつかなかったためか、なかなか来てくれなかったため、さらに四月二十八日に次のような葉書を出した。

拝啓
其の後の事につきぜひいちいち御耳に入れ度と思ひ居り候へど、御存じの通り人手なく、それに父は二十二日室蘭に向ひ出立致し候、なんだか筆とる気にもなれず、遂失礼致し居り候、本月一ぱいにて思ひ出多きこの家を去り、房州北条に転地致し度と今取りかたづけ中にて候、お話下されし、故人の書きちらしたるもの、一度御覧に入れ度、おひまもおはさず候べけれど、明日にでも一寸お越し下さるわけには参らず候や、くわしき事は御目もじの上に申上ぐべき候　早々

土岐がなかなかやってこないのでこの葉書を書くまでの十日間、節子は独りで家財の処置やら引っ越し先のことやら、啄木の残した僅かな書籍と書き散らかした原稿そして日記の整理に追われていた。出来ればこれらのことも土岐に相談したかったのだろうが、それは叶わなかった。一番悩んだのは引越の問題だった。しかし、いつまでもぐずぐず出来ないので、かつて光子の関係でクリスチャンのミス・サンダーが啄木に会いに来て厭がる啄木に〝説教〟したことがあった。啄木が苦みを噛みつぶしたような顔でサンダーの話の相手をしていたことを節子は思い出した。そ

のときサンダーは啄木に、自分の友人サルバン夫妻が房州北条に療養所を持っている、そこでしばらく療養したらどうか、と勧めた話を思い出した。節子はさっそく手紙を書いたところ、いつ来ても歓迎するという返事を貰っていた。だから今後の身の振り方は既に節子独りで大方決めていたのである。土岐とは啄木の原稿の扱いを相談するだけだった。

ところが土岐が「四月二十八日」の夕刻、（つまり土岐は二十八日付の節子の葉書を読んでいないことになる。）節子を訪ねると、大事件が起きていた。以下は土岐の証言。

玄関に上ると、その玄関の座敷の薄暗い光の中に、節子さんはぐったり陰のやうに坐つて、茫然自失してゐた。／「どうしたのです、何か事件が？」／僕は唯事でない情景を眼の前に、立つたままかう訊いた。／節子さんは急に、泣き伏してしまつた。見ると古びた柳行李が、からのままになつて、木綿の肌著などが寂しくとり亂されてゐる。／「どうしたのです。」／節子さんは艶のない蒼ざめた顔をどんより上げて、呼吸をはずませながら、今、つい今、空巣狙ひがはひつて、やつと一つ、詰め込んで、縄をかけておいた柳行李をそのまま持つていつてしまつた事を語つた。實に僅かなあひだのことなのだ。臺所道具も無くなつたあとの夕食に、京子さんと二人、蕎麦でもとらうと、近處の蕎麦屋へ註文に行つて、すぐ歸つてくると、もう柳行李が無い。／運命の手に良人を奪はれた節子さんは、今また、最後に遺された物質的な殆んどすべてをも奪はれてしまつたのだ。ほんの十分か十五分のあひだのことで、おそらく空巣狙ひが節子さんの外へ出るのをねらつてゐたとしか考へられない。それでも、まだ、外へ出るのだからと、せめて外へ出られるだけの身なりをして蕎麦屋へ行つただけに、旅にゆく着物だけは體につけてゐた。それと、こんな事件で、不幸中の幸といつていいことは、次ぎの座敷においてあつた故人の蔵書―蔵書といふほどでも無い十幾冊かの汚れた一重ね―これが啄木の最後の蔵書の一切だつた―のほかに、故人の原稿の一重ねが、空巣狙ひに持つてゆかれなかつたことだつた。これは蔵書の方を金田一京助君が、原稿の方を僕が預つて、保管しようといふことになつてゐたのだ。／蕎麦屋は、そんな事件のあつたと知るはずもない。勢のいい聲で、臺所へ運んで来た。節子さんは、それをまづ京子さんにたべさせ、僕にもすすめてくれたが、僕は箸をとる気にもなれなかつた。やがて薄赤く點つた電燈の下で、僕はそれから後の相談を受けた後、いくら慰めても慰めやうのない気分の中に、親子の影を残

して、早くおやすみなさいといつて帰つた。(『啄木追懐』前出)

幸い、盗まれた行李はいったん開けられた形跡はあったものの、そのまま戻ってきた。この泥棒は中のボロばかりの衣類を見て、こんなに貧乏している人間の物を盗ったことを後悔したのであろう。

節子が房州北条にたどり着いたのは五月一日のことである。早速コルバン夫妻に会うと療養所は満室なのでといってクリスチャンでもある片山カノを紹介してくれここに落ち着くことになった。コルバン夫妻は毎日牛乳、医薬品を持参し、部屋代も自分達がもつから心配しないで養生するようにと言ってくれた。京子も新しい環境が気に入って、主の死後、ようやく初めて安らいだ気持になれた。そして六月十四日、女の子が生まれた。病弱で難産を覚悟していたが安産で大きな元気な産声を上げて節子を喜ばせた。室蘭の一禎に名を付けてほしいと手紙を書いたが返事はなかった。それで節子は房州で生まれたから「房江」としたのである。

六月二十日、『悲しき玩具』が出た。節子はこれを房州で房江を抱きながらうれし涙をながした。せめてこの日まで啄木が生きていてくれたなら、どんなに喜んだ事だろうとそう思うと涙がとまらなかった。房江がお腹を空かせたのだろう。大きな鳴き声を上げた。

安産ではあったが其の後の体調は芳しくない。それにいつまでもコルバン夫妻に甘えているわけにも行かなかった。自分が倒れると京子も房江も犠牲になってしまう。主人啄木の命に背くことになるが函館に行こう、それ以外に三人の生きる道はない。こどもたちの命を守るためであれば主人も許してくれるだろう。

土岐に宛てた手紙で節子は「本意ではありませんけれど、どうも仕方がありません。」と苦しい胸の裡を述べその決意を次のように述べている。

夫に對してはすまないけれども、どうしても歸らなければ親子三人うゑ死ぬより外ないのです。こゝに居りますと下宿料は京子と二人で十六円、牛乳代、薬価卵代等で十円、それに小遣を入れると、どうしても三十円では足りません。この体では自炊も出来ず、それかと云うて三十円なんてそろうた金を、月々親の処からもらふ事等はなほなほ出来ません。かう云ふわけですから、私はほんとうに当分のつもりで行つて来ます。病気と貧乏ほどつらいものはありません。病気には私決してまけないつもりですが、でもどう云ふものですか。／どうしても半ば頃になつたら行かうかと思ひます。読売の方に小説がきまりましたら、立つ迄に十円ばかり都合していたゞけないでせうか。もし出来ます事なら折入つてお願ひ致します。まだ申上げ度い事もありますけれども、熱のために長く筆取つてはゐられませんから之で失礼致します。末筆ながら御奥様へも宜しく願上候かしこ（「七月七日」付）

つまり函館には行くがそれはあくまでも一時的措置で〝永住〟ではない、ということだ。節子には依然として啄木の言いつけに背きたくないという遺志が強く残っている。ただ、この手紙を読んでいると恰も啄木本人が書いているような錯覚に囚われるのは私だけであろうか。病気のことといい、借金のことといい、同じ轍にはまっているからである。

なお、「読売の方に小説がきまりましたら」云々というのは啄木が一九一〇（明治四十三）年に書いた『我等の一団と彼』という作品、生前未発表で啄木没後、土岐哀果の奔走により一九一二（大正元）年八月二十九日から二十八回連載された。しかし時期的には北条での生活に行き詰まった節子のもとに原稿料が届くのは函館に移住した後のことである。

6　再びの青柳町

細かないきさつはともかく節子が函館に戻って来たのは一九一二（明治四十五）年九月四日のことである。残暑の厳しい日であったという。節子の十五歳年下の弟了輔も函館桟橋に姉を出迎えに行っている。

節子は産後のうえ、房州に療養していたせいか顔は青黒くほほこけ、ずいぶんやせてふけて見え、苦労の程がしのばれた。京子は白っぽいたてじまのネルに着物を着て、色白く小太りでわりあい元気であったが、どうしてか前髪が目にはいるほど長く、妙に感じられてた。房江はやせて頭ばかり大きい子であった。母たちは涙にむせんでいたようだ。（『啄木の妻節子』前出）

住まいは青柳町、函館公園の横通りの坂の中程にある六畳二間の家を借りていてくれた。母トキと妹孝子が当面三人の面倒をみることになった。以前住んだ近くだったから苜蓿社の楽しかった交友を思い浮かべる度に、なぜここに啄木がいないのかという気持がよぎって寂しさが襲うこともしばしばだった。しかし、これらの人々に節子は函館に来たことを連絡しなかった。会えば悲しみが募るばかりと考えてのことである。

京子は目の前の函館公園を自分の庭のように遊び楽しんだ。一方、節子は結核ということで周囲を気づかって外出を極力控え、病院と実家に出かけるだけで、あとは買い物にときおり出るが、いかにもひっそりという暮らしぶりであった。内心は郁雨のことも気にかかっていたことは間違いないが、一言も口に出さず会おうともしなかった。啄木による堀合家と宮崎家の義絶は依然として節子の呪縛になっていた。しかし、自分一人での解決の道は全く分からなかった。

おそらく節子の胸の内には、時間が解決してくれる、という思いがあったのではあるまいか。忠操、郁雨、節子という三角点は今や同じ市内に住み、その間を切断した啄木はもういない。切断箇所の修復は自然の治癒が最善だ、しかもこの三点同士にはある共通項がある。それはお互いの信頼感だ。憎しみや蔑視の全くない友好関係をいつでも樹立できる環境が生まれつつある。急がないで自然の治癒をまてばよい。それに必要なものは時間である。じっくり待てば啄木が遺していった呪縛は断ち切れる。

節子はその時間をゆっくり待つことにした。その一つの区切りというか目標は京子が生死の境をさ迷っているときに徹夜で看病してくれた郁雨のことを京子に胸をはって話す時がやって来た時だと節子は考えたのである。だから、その時まで病魔を体内から追い出し、健康になろう。そう考えると家に籠もって誰にも会わなくとも全く寂しくなかった。しかし、その時間は待っていてはくれなかった。

十二月に入った。函館の冬は同じ北海道でもそれほど寒くはない。当時の暖房は炬燵か炭火で、ストーブはまだ普及していなかった。しかし、病人にとっての雪の寒さは体力を奪う以外の何ものでもなかった。急速に節子の体調は悪化して一九一二（大正元）年一月市内の豊川病院に入院せざるを得なくなった。これは郁雨が陰で手を回したようだと堀合了輔は推測している。（「前出」）

入院してからの記録は殆ど残されていない。節子が出した最後の手紙は土岐宛ての一九一二（明治四十五）年十二月四日で、この時も生活費が足りないので『悲しき玩具』の稿料が出るようだったら送って欲しいという内容で、自分の症状については触れていない。

入院後一進一退の状態が続いた。函館の冬は長い。なにしろ桜の満開は東京で桜がとうに散って躑躅《つつじ》が咲き誇る五月である。一月から四月まで少し体調が良い日があっても寒さで外出は出来ない。五月に入ってようやく陽光が緑の嵐を街に運んでくる。五月四日に了輔が京子と一緒に病院にやって来た。

「おかあちゃん、どう?元気?」

「ええ、元気よ。京ちゃんはいい子にしてる?房ちゃんはどうしてる?」

「うん、私はとてもいい子にしてる、房ちゃんも元気よ。ねえねえお母さん、元気になったら五稜郭の桜を見に行こうよ。お弁当いっぱい持って。」

「そうだね。早く元気になるから、もうちょっと待っててね。」

「うん、分かった。じゃあ外で遊んでくる。」

いつも身体を動かしていなければじっとしていられない京子は病院を飛び出して近くの遊園地に駆けだして行った。これが京子との最後の会話になった。翌五日、容態が急変、その場に居合わせた母トキ、妹孝子、一方井のいとこ、そして郁雨が臨終に立ち会う事が出来た。郁雨が金田一京助に宛てた書簡にこの時の情景が描かれている。(『啄木の妻節子』より重引)

五月五日病院でなくなりました。亡くなる時鉛筆で京子のことをよく頼む(房江はどうせ助からぬ子だとよく自分で云つてましたせゐか、その事は云ひませんでした。)それから与謝野さん、金田一さん、夏目さんの名を書いて、知らせてあげてくれと云ひました。それから私の顔を見て妹(私の妻のことです)を可愛がつてやつてくれと云ひました。そして眼を閉じて、「もう死ぬから皆さんさようなら」と云ひましたが、二三分してまた眼を開き「なかなか死なないものですねえ」と云つた時はもう皆が泣いてゐる時でした。それからもう一度「皆さんさようなら」と云つて眼を閉じると口から黄色い泡を一寸だしましたが、それで永久のわかれでありました。

豊川病院に入院して間もなく節子は看護婦に「誰が入院の手続きを取ってくれたのかしら」というと「あら、御存知ないんですか、佐藤院長先生のお知り合いの方の紹介ですわ。宮崎さんとかいう……」以来、郁雨は公然と病院に出入りするようになった。三角点の断線がつながり出したのである。郁雨が入院中の節子を詠んだ歌がある。

母のことよく聞き分けて病院を出されぬ様にせとは言ひしが

病院の窓ぎはにゐて日一日誰かも来ると待ちわびぬらむ

汝が父といさかひしけるわれぞとも知らしな汝のわれを

したへる

節子が息を引き取った後、郁雨は『函館毎日新聞』の友人に電話で知らせた。そしてあるメモを筆記するように伝えた。訃報記事はこの日の夕刊で報じられた。

薄命なる青年詩人石川啄木氏が東京に客死してより一年、図書館主催追悼会の記憶未だ新なるに未亡人節子宿痾遂に癒えず京子房江の二愛児を遺して今日午前六時四十分夫の後を遂ふて帰らぬ旅に立ちたりと言ふ悲惨の極と言ふばし、尚葬式は明午前九時富岡町なる生家堀合忠操氏（樺太水産組合事務所）方より出棺、台町高龍寺に於て執行の由。

この記事の後「今未亡人入在院中の短歌を得たれば左に録してその俤を偲ぶ因便にせむ。」とあり次の三首を掲載した。郁雨の言うメモがこれであった。

六号《がう》の婦人室《ふじんしつ》にて今日《けふ》一人《ひとり》
死《し》にし人《ひと》あり
南無《なむ》あみだ仏《ぶつ》

わが娘《むすめ》
今日《けふ》も一日《いちにち》外科室《げくわしつ》に
遊《あそ》ぶと云《い》ふが悲《かな》しき一《ひと》つ

区役所《くやくしょ》の家根《やね》と春木《はるき》と大鋸屑《おがくず》は
わが見《み》る外《そと》の
すべてにてあり

思い起こせば五月五日は六年前啄木が苜蓿社を頼って函館に足を踏み入れた日である。奇しくも同じ日に節子は逝った。函館に始まり函館に終わった二人は黄泉の国でカツや眞一と再会しこの世では果たし得なかった団欒の一時を過ごしていることであろう。

7　墓標

豊川病院に入院して恢復がはかばかしくなく、むしろ悪化しつつある事から、余命幾許もないことを悟った節子は郁雨とその後のことを相談した。

「まだ父とも話していないんですけど、もし万が一、私に何かあった場合のことなんですが……」

「いや、そのことはあなたが元気になってから話しましょう。今は恢復のことに専念することですよ。」

「そうですけど、何にもしないでぽっくりいったら、むしろ皆さんに迷惑がかかります。夫の時のようになりたくないのです。やれることはすましておかないと。」

「そこまで考えておられるのなら、話しあっておくべきかもしれません。二年前に私への手紙で死ぬ時は函館で死にたいと言ってましたし、お墓の事も何時までも浅草に置いておくわけにはいかないでしょうから。」

「そのことなんですが、私が生きている間に函館に持ち帰りたいのです。でも、この身体ではもう東京へは出かけられませんから、もし出来る事ならどなたか東京へ行かれる方にお願いできないものでしょうか、」

「私が行ければそうしたいのですが、今は会社から離れられないので、誰かと相談してみますよ。」

「面倒おかけしますが、よろしくお願いします。行かれる方には土岐哀果さんと等光寺住職の土岐静師さんに私が書状を書いてお渡しします。迷惑ついでに厚かましいお話なんですが、お墓のこともご相談したいんです。」

「なにかお考えがおありですか。実は父もそろそろ函館に墓地を用意しないといかんな、と言い出して下準備を始めているんです。立待岬の墓地用地に空きがあるというので先日下見してきたばかりなんです。」

「わたしも父と相談しなければなりませんが、出来れば私もここ函館にお墓があればいいと考えているんです。一番いいのは渋民だと思うんですけれど、父はどうやら向こうには未練がないようですし、私がここにしたいと言えば反対はしないと思います。」


この話会いの後、郁雨は元苜蓿社のメンバーを中心にしたサロン「函館啄木会」にこの話を出したところ、函館に啄木の墓を作りたいという節子の意向に全員が共鳴し、積極的に協力していこうと話がまとまった。なかでも岡田健蔵（当時函館図書館初代館長）が「東京にはわしが行って遺骨を持って帰るよ。こういう話は早いほどいい。ぐずぐずしているとこじれることもある」と言って節子から哀果と静師への書状をもらって慌ただしく東京へ向かった。岡田は土岐に言わせると「極度の近眼鏡をひからせて、その顔は怒つてゐるのか笑つてゐるのかわからない」（『啄木追懐』前出）男である。一九一三（大正二）年三月二十四日のことである。

岡田は了源寺から眞一の、等光寺からはカツ、啄木の遺骨を引き取ると脇目もふらず函館にとって返した。その際、岡田は等光寺に「遺骨引渡証」を書いて貰った。引き取り後の問題を避けるためだったが、これは正しい判断だった。上京前、サロンの一人が「後で無断で勝手に運び出したと関係者から訴えられる可能性があるから証文を取った方がいい」と知恵を付けた結果であった。

証

一、石川啄木氏遺骨　壱
一、石川一母の遺骨　壱
右予テ御預申置キ候処今般正ニ御渡申上候也
　大正二年三月二十三日
石川せつ子氏代理者
　岡田健蔵殿

岡田が持ってきた遺骨は節子に会わせた後、取りあえず函館図書館の一隅に置かれた。函館市内には高龍寺の外いくつもの寺があるのになぜそこへ預けずに図書館の一隅に保管したのか、郁雨の説明もない。考えられるのは熱烈な啄木ファンだった岡田が「墓のメドが立つまでわしが守る！」と宣告して一方的に持ち帰ったということである。寝食を図書館で共にしていた岡田は自分のそばに置いた方が安心だと思っていたのだろう。本格的なものではなかったが、一応仏壇らしきものを仮設し、毎日焼香し、花や供物も欠かさなかったから、サロンのメンバーもこの方がいい供養になると安心して岡田に任せた。郁雨がやって来て節子の父忠操が立待岬の墓地用地を購入したから、四十九日の六月二十二日に埋葬しようと言って来た。

節子が亡くなった時、郁雨は室蘭にいる一禎に電報を送り知らせたが葬儀には現れなかった。その後、再び手紙で節子や石川一家の遺骨の扱いの意向を尋ねたところ「今頃その様な相談に与ることは迷惑であるから其方で適当に措置して欲しいと言う回答に接した」（『函館の砂』前出）という経緯もあって忠操などとも相談して購入した用地に埋骨し、簡素な墓標を建てることにした。現在ある墓は立派になり位置も変わっているが、当初は四寸角の檜で墓標というよりちょっと大きめの卒塔婆といったほうがいいかもしれない。表面に「啄木石川一々族の墓」左側面に「東海の小島の磯の白波にわれ泣きぬれて蟹とたはむる」の歌が忠操の手に拠って書かれた質素な墓標である。

この日は津軽海峡から吹き上げてくる浜風が強く、墓標はヒューヒューという風を切る音が絶えなかった。郁雨は京子の手をしっかり握って風をよけた。郁雨にとって京子は自分のこども同様だった。

思えば京子の母節子が啄木との結婚を前日に控え〝雲隠

れ状態〟にも関わらず「吾れはあく迄愛の永遠性なるといふ事を信じ度候」（明治三十八年六月二日）と凛とした姿勢を崩さず、作家を目指してさっぱり売れない啄木を支えた節子の人生。

私は吾が夫を充分信じて居ります。大才を持ちながらいたづらにうづもるるゲザのたぎひでないかと思ふと何とも云はれません、世の悲しみのすべてをあつめてもこの位可なしい事はないだらうと思ひます。古今を通じて名高い人の後には必ず偉い女があつた事をおぼへて居ます。私は何も自分を偉いなどおこがましい事は申しませんが、でも啄木の非凡な才を持てることは知つてますから今後充分発展してくるやうにと神かけていのつて居のです。私ひとりなら、決して決してこんな弱い事は云はせませんがね―兄さん……四年も前から覚悟して居りますもの、貧乏なんか決して苦にしません、黄金とか名誉と地位がはたしてどのくらゐの価があるでせうね―（明治四十一年八月二十七日　函館にて」郁雨宛書簡）

郁雨が節子の言葉を思い浮かべたこの瞬間だけ強風がぴたりと止んだ。見おろす大森浜に一人の歌人がゆっくりと歩いて来るのが見えた。後ろにはその夫人とおぼしき姿もあった。しかし、次の瞬間、強風が砂塵を舞いあげて視界を遮った。

（了）

あとがき

本書は啄木とその妻節子の死で終わっている。いずれも肺結核が死因だった。しかし、本当の死因は「貧困」だったと言うべきだろう。二人の死後、土岐哀果の奔走が実を結び『啄木全集』（新潮社）が一九一九（大正八）年に出版されるとたちまち評判となって版を何度も変えて売れた。その稿料二八〇〇円が堀合忠操に届けられた。忠操はその使途を啄木の父一禎に諮り二〇〇円を京子と房江の養育費に当て、残りを二人の結婚資金として預金した。

この資金があれば啄木はこんなに早く死なずに済んだし、その資金で雑誌を作り、新聞を発行し、日本の社会と文化に大きな貢献をしただろう。土岐が「あの頃は啄木もそうだが、私もみんなも貧乏に苦しんだ」と述懐している。しかし時の流れは非情である。啄木はその栄光を見ることなく亡くなった。

その後、京子は新聞記者の須貝正雄と結婚し函館市内の五島軒で結婚式を挙げ、長女晴子、長男玲児をもうけて幸せな生活を送った。一九三〇（昭和五）年四月、正雄の上京には病弱の房江も同行した。ところが一二月六日、急性肺炎で逝去、享年二十三歳、そのショックのせいか房江も二週間後に亡くなった。十八歳の若さであった。

啄木と節子の薄倖な人生は愛娘二人をも巻き込んでいたのである。ただ、京子と正雄の間に生まれた長女晴子は六十二歳、長男玲児は六十八歳を全うしている。ようやくにして啄木一家の夭折に歯止めがかかったと言えるかも知れない。また啄木の父一禎は一九二七（昭和二）年七十七歳、節子の父忠操は一九三一（昭和六）年七十三歳でなくなった。

本書を執筆する際に多くの文献資料にお世話になったが、中でも岩城之徳の研究には多くを学ばせてもらった。合間に氏のことを知りたくて少し調べて見たが、氏に関する著述や論文考証がまったく見あたらないことに気づいた。かつて私が民俗学者宮本常一に取り組んだ時も一本の先行研究がなくて驚いたことがある。尤も現在では数多くの研究や評伝が相次いで生まれているが。

岩城之徳の場合は全集が出てもおかしくない功績顕著な人物である。その氏にたいして一本の論文も存在しないというのは、宮本常一と同次元で論ずることは出来ないのかも知れないが、健全な傾向でないことは明らかである。出版界が許してくれれば今後も啄木論をもう少し敷衍してみたいと思っているが、岩城之徳研究もまた次の課題にしなくてはならないかも知れない。できれば関係者のご助言とご教示をお願いしたい。

本書の刊行に当たっては社会評論社の松田健二氏の理解と支援がなければ陽の目をみることは叶わなかった。記して感謝申し上げたい。

二〇〇九年八月二十九日

長浜　功

啄木同時代人物一覧

1900　2000

北村　透谷	1868－1894	1868	1894	北村　透谷（26）
高山　樗牛	1871－1902	1871	1902	高山　樗牛（31）
国木田独歩	1871－1908	1871	1908	国木田独歩（37）
川上　眉山	1869－1908	1869	1908	川上　眉山（39）
幸徳　秋水	1871－1911	1871	1911	幸徳　秋水（40）
石川　啄木	1886－1912	1886	1912	石川　啄木（26）
夏目　漱石	1867－1916	1867	1916	夏目　漱石（49）
上田　敏	1874－1916	1874	1916	上田　敏（42）
森　鴎外	1862－1922	1862	1922	森　鴎外（60）
若山　牧水	1885－1928	1885	1928	若山　牧水（43）
田山　花袋	1871－1930	1871	1930	田山　花袋（59）
与謝野鉄幹	1873－1935	1873	1935	与謝野鉄幹（62）
与謝野晶子	1878－1942	1878	1942	与謝野晶子（64）
北原　白秋	1885－1942	1885	1942	北原　白秋（57）
島崎　藤村	1872－1943	1872	1943	島崎　藤村（71）
野口　雨情	1882－1945	1882	1945	野口　雨情（63）
土井　晩翠	1871－1952	1871	1952	土井　晩翠（81）
正宗　白鳥	1879－1962	1879	1962	正宗　白鳥（83）
宮崎　郁雨	1885－1962	1885	1962	宮崎　郁雨（77）
野村　胡堂	1882－1963	1882	1963	野村　胡堂（81）
金田一京助	1882－1971	1882	1971	金田一京助（89）
土岐　善麿	1885－1980	1885	1980	土岐　善麿（95）

《参考文献・資料一覧》

【全　集】

金田一京助他編『石川啄木全集』（全八巻）筑摩書房　一九七八年版

『歌集』（第一巻）『詩集』（第二巻）『小説』（第三巻）『評論・感想』（第四巻）『日記ⅠⅡ』（第五、六巻）『書簡』（第七巻）『石川啄木研究』（第八巻）

【伝記・評伝】

3 岩城之徳『石川啄木傳』東寶書房　一九五五年
4 岩城之徳『石川啄木伝』筑摩書房　一九八五年
5 岩城之徳『啄木評伝』學燈社　一九七六年
6 岩城之徳編『回想の石川啄木』八木書店　一九六七年
7 金田一京助『石川啄木』改造社　一九三九年
8 金田一京助『金田一京助全集　第一三巻』三省堂　一九九三年
9 金田一京助『新訂版石川啄木』角川書店　一九七〇年
10 伊東圭一郎『人間啄木』岩手日報社　一九五九年
11 久保田正文『評伝石川啄木』実業之日本社　一九五九年
12 石川正雄『父啄木を語る』三笠書房　一九三六年
13 渡辺順三『評伝石川啄木』振興出版社　一九五五年
14 小沢恒一『石川啄木』潮文社　一九七六年
15 草壁　焔『石川啄木』講談社現代新書　一九八〇年

【各　論】

1 宮崎郁雨『函館の砂』東峰書院　一九六〇年
2 金田一京助他『石川啄木研究』楽浪書院　一九三三年
3 土岐善麿『春帰る』人文会出版部　一九二七年
4 土岐善麿『啄木追懐』新人社　一九四七年
5 伊東栄洪『啄木と晶子』明治図書　一九七〇年
6 碓田のぼる『石川啄木』東邦出版社　一九七三年
7 太田愛人『石川啄木と朝日新聞』恒文社　一九九六年
8 塩浦　彰『啄木浪漫』洋々社　一九九三年
9 柴田啓治『啄木・賢治・太宰』東京図書出版会　二〇〇三年
10 吉野俊彦『鴎外・啄木・荷風』一九九四年
11 小坂井澄『兄啄木に背きて』集英社　一九八六年
12 好川之範『啄木の札幌放浪』小林エージエンシー　一九八六年
13 岩織政美『啄木と教師堀田秀子』沖積舎　一九九九年
14 西脇　巽『石川啄木の友人』同時代社　二〇〇六年
15 西脇　巽『啄木と郁雨』同時代社　二〇〇五年
16 関西啄木懇話会編『啄木からの手紙』和泉書院　一九九二年
17 石川正雄『啄木人生日記』社会思想社　一九六五年
18 あらえびす・胡堂『面会謝絶』乾元社　一九五一年
19 三浦光子『兄啄木の思い出』理論社　一九六四年
20 伊五澤富雄『啄木と渋民の人々』近代文藝社　一九九三年

21 上田・中島編『石川啄木と北原白秋』有精堂　一九八九年
22 吉田狐羊『啄木を繞る人々』改造社　一九二九年
23 阿部たつお『新編・啄木と郁雨』洋々社　一九七六年
24 梁取三義『小説石川啄木』光和堂　一九九一年
25 沢地久枝『石川節子』講談社　一九八四年
26 堀合了輔『啄木の妻　節子』洋々社　一九七四年
27 石井勉次郎『私伝石川啄木』桜楓社　一九七二年
28 長島和太郎『詩人野口雨情』有峰書店新社　一九八一年
29 大悟法利雄『若山牧水伝』短歌新聞社　一九七六年
30 桑原武夫編訳『ROMAZI NIKKI』岩波書店　一九七七年
31 長島和太郎『詩人野口雨情』有峰書店新社　一九八一年
32 長久保源蔵『野口雨情の生涯』暁印書館　一九八〇年
33 藤本英夫『金田一京助』新潮社　一九九一年
34 TOKI AIKWA “NAKIWARAI” ローマ字ひろめ会　一九一〇年
35 金田一京助『私の歩いて来た道』講談社　一九六八年
36 宮守　計『晩年の石川啄木』冬樹社　一九七二年
37 西村陽吉『石川啄木』東雲堂　一九四八年

【雑　誌】

1 『啄木研究』洋洋社　一号（一九七六年）～八号（一九八三年）
2 『文芸—石川啄木読本』河出書房　一九五五年
3 『鳩よ！石川啄木』マガジンハウス　一九九一年
4 『新文芸読本—石川啄木』河出書房新社　一九九一年
5 「解釈と鑑賞—石川啄木のすべて」八月号　至文堂　一九六二年
6 『国文学—啄木生誕八十年記念特集号』一月号　學燈社　一九六六年
7 『短歌現代—石川啄木と日本人』四月号　短歌新聞社　一九八〇年
8 『太陽—石川啄木と北海道』平凡社　一九七〇年

【他】

1 国際啄木学会編『石川啄木事典』おうふう　二〇〇一年
2 上田博監修『啄木歌集カラーアルバム』芳賀書店　一九九八年
3 司代隆三編『石川啄木辞典』明治書院　一九七〇年
4 岩城之徳編『写真作家伝叢書—石川啄木』明治書院　一九六五年
5 近代文学社編『現代日本文学辞典』河出書房　一九五一年
6 久松潜一他編『近代日本文学辞典』東京堂出版　一九五四年
7 吉田狐羊編『啄木写真帳』藤森書店　一九八二年（復刻版）
8 岩城之徳『啄木研究三十年』學燈社　一九八〇年（私家版）

《啄木簡略年表》

年	啄木関連	◎社会一般・☆文学・［生］＝生誕
一八八六（明治一九）年	二月二十日、岩手県南岩手郡日戸村、常光寺で父一禎、母カツの長男として生まれ「一《はじめ》」と命名。長女サダ（十歳）次女トラ（八歳）	平塚雷鳥・谷崎潤一郎・吉井勇・萩原朔太郎［生］
一八八七（明治二十）年 一歳	三月（旧暦）、一禎が渋民村宝徳寺に転任のため一家で移住	山本有三・釈迢空［生］ ☆二葉亭四迷『浮雲』
一八八八（明治二一）年 二歳	十二月二十日、妹光子誕生	菊池寛・里見弴・長与義郎［生］ ☆二葉亭四迷（訳）『あひゞき』
一八九一（明治二四）年 五歳	渋民尋常小学校入学	◎内村鑑三「教育勅語」不拝礼で問題化。 ☆幸田露伴『五重塔』尾崎紅葉『二人女房』 北村透谷『蓬莱曲』
一八九五（明治二八）年 九歳	渋民尋常小学校卒業、盛岡高等小学校入学	◎日清講和条約調印 ☆樋口一葉『たけくらべ』『にごりえ』
一八九八	盛岡中学入学	◎文相・尾崎行雄、共和演説事件の為辞職

（明治三一）年 十二歳		◎幸徳秋水ら社会主義研究会設立 ☆国木田独歩『武蔵野』
一八九九 （明治三二）年 十三歳	四月二年に進級、クラス会誌『丁二会』発行、堀合節子を知る。	◎著作権法公布。
一九〇〇 （明治三三）年 十四歳	三年進学、五年生の及川古志郎・金田一京助らと知り合い、文芸に開眼、金田一から『明星』を借り、直ちに定期購読、短歌を毎月ひそかに投稿するも入選に至らず。 四月、級友ら七人で語学研究と文芸懇談の「ユニオン会」結成。	◎治安警察法公布。／夏目漱石英国留学 石坂洋次郎・壺井栄［生］ ☆島崎藤村『千曲川旅情の歌』与謝野鉄幹『子規子に与ふ』徳富蘆花『自然と人生』
一九〇一 （明治三四）年 十五歳	四年進級、盛岡中で教員内紛に学生決起、啄木も同調参加。回覧誌『三日月』創刊（後に『爾伎多麻』） 文芸同人の「白羊会」に参加。 堀合節子との交際深まる。 雅号「翠江」を使用	◎幸徳秋水、片山潜ら社会主義政党結成を当局が即日禁止。 ☆与謝野晶子『みだれ髪』国木田独歩『牛肉と馬鈴薯』川上眉山『ふところ日記』
一九〇二 （明治三五）年 十六歳	盛岡中校内誌に「白蘋」の雅号で詩歌を発表 五年に進級、文芸と節子の恋愛にのめりこみ学業不振と試験でカンニング、学校から譴責処分を受ける。 十月『明星』に三年目にして短歌一首初めて入選。 学校に退学届けを出し、文学で身を立てる決心をし単身上京。与謝野夫妻の知遇を得るが、生活の見通し立たず苦境に陥る。	◎八甲田山雪中行軍訓練中遭難 中野重治・小林秀雄・三好十郎［生］ ☆田山花袋『重右衛門の最後』正岡子規『病床六尺』与謝野鉄幹『新派和歌大要』 国木田独歩『富岡先生』『運命論者』

一九〇三（明治三六）年 十七歳	昨年末に病に伏し父一禎に連れられて帰郷、渋民で療養。半年ほどで健康回復。 新詩社に同人として推薦される。『明星』に長詩など発表、「啄木」の雅号使用。	◎第一高等学校学生藤村操、日光華厳の滝上の樹木に「巌頭之感」を書き残して投身自殺。 小林多喜二・島木健作［生］ ☆幸徳秋水『社会主義神髄』
一九〇四（明治三七）年 十八歳	堀合節子との恋愛は婚約まで進行。 『明星』『岩手日報』『時代思潮』『太陽』などに相次いで作品・評論などを発表。 十月三十一日、詩集刊行の目的で上京 十二月、父一禎が宗費滞納で宝徳寺住職を罷免	◎日露戦争勃発。 丹羽文雄・船橋聖一・佐多稲子［生］ ☆与謝野晶子『君死にたまふことなかれ』 幸徳秋水訳『共産党宣言』
一九〇五（明治三八）年 十九歳	五月三日初詩集『あこがれ』出版。 五月十二日、堀合節子と石川一の婚姻届、三十日啄木欠席のまま結婚披露宴行われる。啄木が盛岡の新居に姿を現したのは六月四日。 文芸仲間と共に『小天地』刊行の話が出て啄木が編集を任せられる。創刊号は九月五日に出た。二号の編集も進んだが創刊号の売れ行き悪く一号雑誌で終わる。 次第に生活環境が悪化、苦境に陥る。	◎日露講和条約調印。国内で反対運動起こる。／ローマ字ひろめ会創立。 伊藤整・石川達三・平林たい子［生］ ☆夏目漱石『吾輩は猫である』国木田独歩『独歩集』
一九〇六（明治三九）年 二十歳	三月、盛岡を出て母カツ、節子と渋民村の六畳一室を借りて移住。 四月、渋民尋常小学校の月給八円の代用教員となる。ユニークな教育実践を行う。 六月、小学校の農繁休暇の合間に上京、再度の文壇進出を狙って情報収集。	◎日本エスペラント協会設立。 ☆島崎藤村『破戒』夏目漱石『坊っちゃん』『草枕』川上眉山『観音岩』

	七月、帰京後、小説を書き出す。「雲は天才である」「面影」等 十二月二十九日、盛岡の実家で長女京子誕生。	
一九〇七 （明治四〇）年 二十一歳	一月函館の苜蓿社から寄稿依頼あり、詩歌を送り函館とのつながりが生まれる。 代用教員を辞め生活の立て直しを図ることにし、函館の苜蓿社に単身赴くことにする。節子・京子は実家に、妹光子は小樽、母カツは渋民という一家離散。 五月五日、函館青柳町に寄宿、同人たちが経済的支援、弥生小学校代用教員、函館日々新聞社勤務。弥生小学校で〝恋人〟橘智恵子を知る。 八月二十五日夜、函館大火。小学校も新聞社も焼失。同僚の紹介で札幌の新聞社に入ることにし函館を去る。 九月十六日札幌の北門新報社勤務。二十七日、小樽日報社に移動、十月に家族を函館から呼ぶ。 十二月、対立していた北門新報事務長から暴力を振るわれ憤然退社。年末を一文ナシで迎える。	◎夏目漱石朝日新聞入社。 亀井勝一郎・高見順・井上靖・中原中也［生］ ☆泉鏡花『婦系図』二葉亭四迷訳『狂人日記』幸徳秋水『平民主義』夏目漱石『虞美人草』田山花袋『蒲団』
一九〇八 （明治四一）年 二十二歳	一月、小樽日報社長白石社長から『釧路新聞』を斡旋され家族を小樽に残し十九日釧路へ単身赴任。実質的な編集長として辣腕を振るう。芸者小奴などと遊郭遊びを覚え家族に送金せず、連日酒と女にあけくれる。 四月、さしもの自堕落な生活を反省、文学に戻る決心をし、釧路を去り、盟友宮崎郁雨の経済的支援を受け、家族を函館に移動させ、活路が見つかるまで単身東京に出ることにする。	◎川上眉山自殺 ☆正宗白鳥『何処へ』島崎藤村『春』若山牧水『海の声』夏目漱石『三四郎』国木田独歩『欺かざるの記』徳田秋声『新世帯』

	四月二十八日千駄ヶ谷新詩社に赴く。以後、本格的な文壇進出を賭けた生活が始まる。金田一京助が公私ともに渡る支援を惜しまなかった。小説「菊池君」「病院の窓」など五本書き上げるがどの出版社も相手にせず、途方にくれ、自殺を考える。十一月「鳥影」が『東京毎日新聞』に連載される。漸く手に入れた稿料六十円という大金は浪費や淫売通いで瞬く間に無くなった。	
一九〇九（明治四二）年 二十三歳	三月一日朝日新聞校正係となる。 四月三日から六月十六日まで「ローマ字日記」 家族上京に備えて宮崎郁雨の支援で本郷弓町の床屋の二階に部屋を借りる。家族は六月十六日郁雨と共に上京。 十月二日、節子、啄木に無断で盛岡の実家に里帰り。節子初めての〝叛乱〟 十二月二十日、青森野辺地に家出していた一禎が戻って来る。	◎新聞紙法公布、言論統制と取締強化。／伊藤博文、ハルピン駅で暗殺される。 ☆『スバル』創刊。北原白秋『邪宗門』夏目漱石『それから』森鷗外『ヰタ・セクスアリス』田山花袋『田舎教師』
一九一〇（明治四三）年 二十四歳	四月、第二歌集として構想していた『仕事の後』（二五五首）出版交渉躓く。 言論統制の厳しくなりつつある世情を嘆き「時代閉塞の現状」を書くが発表の機会はなかった。 十月四日、長男眞一が生まれる。この日『仕事の後』の構成を変えた『一握の砂』の出版契約実現、稿料二十円が入る。二十八日眞一が急死。葬儀中に『一握の砂』組見本来る。	◎幸徳秋水逮捕される。 ☆島崎藤村『家』若山牧水『独り歌へる』土岐哀果『NAKIWARAI』長塚節『土』森鷗外『青年』志賀・武者小路等による『白樺』創刊
一九一一（明治四四）年	幸徳事件裁判資料を新詩社同人で弁護士の平出修から書写する。 土岐哀果と面談、次代の為の雑誌『樹木と果実』について話し合う。	◎幸徳事件判決秋水ら二四名死刑（後に特赦で十二名が減刑）／タイタニック号沈没

二十五歳

早速編集に着手。

二月一日、大学病院で慢性腹膜炎と診断、入院。

三月十五日退院するも経過思わしくなく高熱続く。

郁雨から節子宛書簡をめぐって啄木は郁雨に義絶を宣告、堀合家とも一線を引く。家庭の諍いに嫌気がさした一禎は再び家出。

死者多数を出す。
☆有島武郎『或る女』北原白秋『思ひ出』
正宗白鳥『泥人形』森鷗外『雁』
一九一二（明治四五）年
二十六歳

二月二十日、この日で啄木の「日記」は閉じられる。体調が回復せず筆を取る体力と気力が失われた。必要な代筆は丸谷嘉市が当たった。

三月七日母カツ死去。享年六十五歳。

若山牧水が啄木に頼まれた第二歌集出版を土岐哀果が東雲堂と交渉、稿料前金二十円を啄木に渡す。

四月十三日午前九時三十分死去。節子、牧水、一禎の三人が看取った。

四月十五日、浅草等光寺で葬儀、漱石・御風、白秋ら五十余名が参列。

五月二日節子、京子と千葉県北条町へ。六月十四日次女房江出産。二十日土岐哀果の奔走で『悲しき玩具』出版。

九月四日、節子、京子・房江と函館の実家堀合家へ。
▼一九一三（大正二）年
三月　節子の意向によって一族の遺骨は函館に移され、立待岬の墓地に埋められた。
五月五日容態が急変した節子、函館の豊川病院で宮崎郁雨らに見守られ永眠。享年二十七歳。

■筆者紹介

長浜　功（ながはま・いさお）

1941年、北海道生れ、北海道大学教育学部卒、同大学院修士・博士課程修了、東京学芸大学教授を定年退職、以後執筆活動に専念。編著書に『教育の戦争責任』『教育芸術論』『常民教育論』『彷徨のまなざし』『柳田国男文化論集』『日本民衆の文化と実像』『北大路魯山人』など。

写真提供：石川啄木記念館
〒028-4132　岩手県盛岡市玉山区渋民字渋民9
TEL 019(683)2315　FAX 019(683)3119

石川啄木という生き方——二十六歳と二ヶ月の生涯

2009年10月15日　初版第1刷発行

著　者＊長浜　功
装幀・組版デザイン＊中野多恵子
発行人＊松田健二
発行所＊株式会社社会評論社
東京都文京区本郷2-3-10
tel. 03-3814-3861/fax. 03-3818-2808
http://www.shahyo.com/
印刷・製本＊倉敷印刷

太宰治はミステリアス

●吉田和明

A5 判並製★ 280 頁／ 0953-9

2008 年は没後 60 年、2009 年は生誕 100 年。神話の森の外に太宰治を連れだそう。新しい太宰論の創生だ！（2007・7）

蓮月

幕末に生きたひとりの女の生涯

●寺井美奈子

四六判★ 2600 円／ 1446-5

42 歳のとき天涯孤独の身になり、手造りの陶器に自詠の和歌を書いて自活の道を求めた。幕末の時代、「結縁」の人たちとの交友を大切にしたたかに生きた、ひとりの女の生涯を描く。（2005・5）

作家・田沢稲舟

明治文学の炎の薔薇

●伊東聖子

A5 判★ 3600 円／ 0930-0

田沢稲舟は樋口一葉と同時代に生きて、希有の美貌と才稟にめぐまれ、文学の上でも嘆美妖艶の花を大輪に咲かせる閨秀として期待されながら、あたら 23 歳の若さで散った。同郷の詩人・作家による批評。（2005・2）

中野重治・ある昭和の軌跡

●円谷真護

四六判★ 2200 円／ 0521-0

初期の詩作からその晩年の著作にいたるまで、全作品を通じて天皇制との格闘を続けた文学者・中野重治。その作品と生涯をあとづけるなかから、「昭和」の時代に拮抗する思想的核心を追求する。（1990・7）

中野重治「甲乙丙丁」の世界

●津田道夫

四六判★ 2600 円／ 0527-2

1960 年代――変貌する東京の街、政治の季節へ。党と思想の亀裂、そのはざまに息づく人間模様。難解といわれてきた長編小説『甲乙丙丁』の全体像を明晰に描く。（1994・10）

重治・百合子覚書

あこがれと苦さ

●近藤宏子

四六判★ 2300 円／ 0520-3

中野重治・宮本百合子とともに、革命と文学運動のはざまに生きた人間群像を描き、その作品を再読する著者の作業は、自らの傷痕にふれながら戦後文学史への新たな扉をひらく。（2002・9）

ぬやま・ひろしとその時代

●長島又男

四六判★ 1700 円／ 0408-4

「若者よ――」の歌で著名なぬやまひろしの生涯とその時代。中野重治、佐多稲子らとともに『驢馬』を舞台とする芸術運動から、天皇制ファシズム下の革命運動へ。詩人として革命家として生きた人間のドラマ。（1985・7）

島崎こま子の「夜明け前」

エロス愛・狂・革命

●梅本浩志

四六判★ 2700 円／ 0928-7

『夜明け前』執筆を決意した藤村は、姪のこま子との愛を断つため『新生』を発表する。こま子は京都へ移り、革命と抵抗の世界へと歩む。1930 年代日本のイストワール。（2003・9）

島崎藤村とパリ・コミューン

●梅本浩志

A5 判★ 3000 円／ 0929-4

島崎藤村が『夜明け前』を連載し始めた 1929 年。1870 年前後の燦然と輝く歴史を描くことによって、戦争とファシズムの跫音が聞こえてきた 1930 年代の時代状況につるはしを打ち込んだ孤絶の藤村の姿を描く。（2004・8）